파리의 노트르담

옮긴이 신정아

한국외국어대학교와 동 대학원 불어과를 졸업하고 파리 통번역학교ESIT 번역부를 졸업했다.
프랑스 파리3대학에서 「17~18세기 라신과 그 작품 수용에 관한 사회시학적 연구」로 문학박사 학위를 받았다. 많은 전공 논문 외에 저서로 『바로크』가 있으며, 『프랑스단막극선집』(공역) 『에로티즘』 등을 번역했다.
현재 한국외국어대학교 불어과 교수로 재직 중이다.

파리의 노트르담

—

1판 1쇄   2007년 3월 20일
2판 1쇄   2024년 5월 3일
지은이   빅토르 위고
옮긴이   신정아
펴낸이   김영재
펴낸곳   책만드는집

—

주소   서울 마포구 양화로3길 99, 4층 (04022)
전화   3142-1585·6
팩스   336-8908
전자우편   chaekjip@naver.com
출판등록   1994년 1월 13일 제10-927호

—

* 잘못 만들어진 책은 구입하신 서점에서 바꾸어 드립니다.

—

ISBN 978-89-7944-866-5 (03860)

파리의 노트르담

빅토르 위고 지음 ✚ 신정아 옮김

책만드는집

| 차례 |

1

1. 대강당 / 10

2. 피에르 그랭구아르 / 20

3. 추기경 각하 / 24

4. 자크 코프놀 영감 / 30

5. 카지모도 / 38

6. 에스메랄다 / 44

2

1. 다시 찾아온 고난 / 48

2. 구타 대신 키스 / 50

3. 밤길에 아리따운 여인을 뒤따르다가 생긴 일 / 61

4. 깨진 항아리 / 65

5. 신혼의 밤 / 79

3

1. 노트르담 대성당 / 90

2. 파리의 전경 / 95

1. 좋은 사람들 / 102

2. 클로드 프롤로 / 104

3. 괴물들을 지키는 대괴물 / 111

4. 개와 그 주인 / 119

5. 나쁜 평판 / 121

1. 생마르탱의 사제 / 124

1. 옛날 사법관에 대한 공정한 시선 / 134

2. 쥐구멍 / 141

3. 분홍 신에 얽힌 사연 / 144

4. 물 한 방울에 더해진 눈물 한 방울 / 157

7

1. 염소에게 비밀을 털어놓는 위험 / 166
2. 신부는 신부, 철학자는 철학자 / 177
3. 아낭케(ΑΝΑΓΚΗ, 숙명) / 184
4. 검은 옷을 입은 두 남자 / 194
5. 야외에서 들은 욕설의 효과 / 197
6. 허깨비 수도사 / 200
7. 강가로 난 창문의 유용성 / 208

1. 가랑잎으로 변한 금화 1 / 216
2. 가랑잎으로 변한 금화 2 / 226
3. 가랑잎으로 변한 금화 3 / 230
4. 제각기 다른 세 남자의 마음 / 232

1. 열병 / 250
2. 꼽추, 애꾸, 절름발이 / 255
3. 귀머거리 / 258
4. 질그릇 꽃병과 수정 꽃병 / 262
5. 붉은 문의 열쇠 / 267

10

1. 좋은 생각을 떠올린 그랭구아르 / 276

2. 거지가 되려무나 / 281

3. 쾌락 만세! / 284

4. 서투른 친구 / 288

5. 루이 왕이 기도를 드리던 방 / 306

6. 산책하는 작은 불꽃 / 327

7. 샤토페르의 원군 / 328

11

1. 작은 신발 / 332

2. 백의의 미녀 / 359

3. 페뷔스의 결혼 / 366

4. 카지모도의 결혼 / 367

1

파리의 노트르담

Notre-Dame de Paris

1 대강당

센 강 한가운데 자리 잡은 시테 섬과 대학구, 시가지 지역 사이로 힘찬 종소리가 요란스레 울려 퍼졌다. 그 소리에 파리 시민들이 아침잠을 깬 것이 벌써 348년 6개월하고도 19일이 되었다.

1482년 1월 6일의 일이었다. 하지만 이날은 결코 후세의 역사가 기억할 만한 날이 아니었다. 이른 아침부터 파리의 온갖 종과 시민들을 뒤흔든 사건 속엔 그리 특기할 점이 없었다. 1월 6일은 아득한 옛날부터 주현절과 가장 교황제가 열리는 광인절이 한데 겹쳐 어느 옛 시인의 말처럼 「파리 장안의 모든 백성이 한판 놀아나는」 흥겨운 축제 날이었다.

이날 그레브 광장에서는 축제를 축하하기 위한 환희의 불꽃이 타오르고, 브라크 성당에선 오월주(역주 : 옛 프랑스에서는 5월 1일에 경의를 표하거나 애정을 표시하고 싶은 사람 집 문 앞에 꽃이나 리본으로 장식한 통나무 기둥을 세워놓곤 했는데, 몇몇 지방에서는 오늘날까지 이 전통이 전해지고 있다)가 세워지며, 재판소에선 그리스도 수난극이 상연될 예정이었다. 전날부터 장안의 네거리마다 가슴에 크고 하얀 십자가를 매단 보랏빛 제복의 재판소 사람들이 나와서 축제 당일에 있을 행사를 예고하고 다녔다.

집과 가게 문을 꼭꼭 닫아둔 채 도처에서 몰려든 파리 시민들은 이른 아침부터 떼를 지어 지정된 세 장소 중 한 곳으로 각각 몰려가고 있었다. 어떤 이는 환희의 불꽃이 타오르는 것을 보길 원했고, 어떤 이는 공연을 보고 싶어했다. 물론 오월주를 세우는 것을 보려는 사람도 있었다. 하지만 대다수의 군중은 환희의 불꽃이나 연극 쪽으로 마음을 정했다. 그 시절의 구경꾼들 생각에도 추운 1월의 겨울날에는 이왕이면 따뜻한 온기를 느낄 수 있는 불꽃놀이나 재판소 대강당 안에서 벌어질 연극을 구경하는 것이 합리적인 선택이었던 모양이다. 구경거리를 정한 사람들은 마치 약속이나 한 듯 아직 꽃도 제대로 피지 않은 가련한 오월주를 1월의 차가운 하늘 아래 인적도 없는 브라크 성당의 묘지에서 홀로 떨게 내버려 두고는 서둘러 발걸음을 옮겼다.

사람들은 특히 재판소가 있는 거리로 몰려들었다. 이틀 전에 도착한 플랑드르 사신들이 연극 상연과 함께 대강당에서 열릴 가장 교황 선발 대회에 참관할 예정이라는 소문이 퍼져 있었기 때문이다.

당시 실내 집회장으로는 세계에서 제일 크다고 하는 대강당이었지만, 그날만큼은 그 안에 들어가는 것이 결코 쉬운 일이 아니었다. 1월의 희미한 빛이 어슴푸레 비치는 기다란 대강당 안에는 이미 사람들이 들어차 있었다. 실내를 가득 메운 가지각색의 군중은 온갖 소란을 피우며 벽을 따라 일곱 개의 커다란 기둥 주위를 물결처럼 표류하고 있었다.

평행사변형의 거대한 대강당 한쪽 구

석에는 커다란 대리석 탁자가 놓여 있었다. 그것은 거인 가르강튀아의 식욕을 돋울 만한 문체로 옛날 토지대장의 기록에 「이렇게 생긴 대리석 조각은 세상에 둘도 없다」라고 쓰여 전해 오고 있었다. 탁자가 놓인 반대쪽에는 작은 예배당이 꾸며져 있었다. 루이 11세는 그곳에다 성모마리아 앞에 무릎을 꿇은 자신의 모습을 새겨놓았으며, 역대 프랑스 왕 가운데 하늘나라에서 크게 신망을 얻고 있다고 생각되는 두 성인, 즉 샤를마뉴 대제와 루이 성왕의 조상을 옮겨다 놓게 했다. 지은 지 겨우 6년밖에 안 된 이 예배당은 오늘날 우리가 고딕 양식 말기의 특징으로 규정짓는 정교한 건축술과 훌륭한 조상, 섬세하면서도 깊이 있는 조각 솜씨가 어우러진 매혹적인 모습을 자랑하고 있었다. 특히 예배당 출입문 위쪽에 자리 잡은 아담한 장미형 창은 마치 레이스로 수를 놓아 만든 별처럼 섬세함과 부드러움에 있어 단연 걸작 중의 걸작이었다.

대강당 가운데에는 플랑드르 사신들과 함께 수난극 상연에 초대받은 또 다른 귀빈들을 위한 연단이 마련되어 있었다. 금실로 수놓은 비단으로 둘러싸인 연단은 특별 통로를 통해 귀빈 전용 출입문과 연결되어 있었다.

예수 수난극은 관례에 따라 대리석 탁자 위에서 상연될 예정이었다. 아침 일찍부터 대리석 탁자를 꾸미기 시작한 것도 바로 이 때문이었다. 재판소 서기관들의 구두 뒤축에 긁혀 여기저기에 흠집은 났지만 여전히 빼어난 대리석 판 위에는 커다란 새장같이 생긴 철제 뼈대가 놓여 있었다. 대강당에 모인 사람들이 모두 볼 수 있는 뼈대의 바깥쪽 면은 연극을 위한 무대가 되고, 태피스트리가 쳐진 안쪽 면은 배우들을 위한 분장실로 사용될 예정이었다. 바깥쪽에 세워진 사다리는 무대와 분장실을 연결하는 통로였으며 배우들은 가파른 계단을 통해 무대로 오르내리게끔 되어 있었다.

축제 날이든 처형 날이든 매한가지로 시민들의 오락을 감시하는 역할을 맡은 네 명의 재판소 군졸이 대리석 탁자의 네 모퉁이마다 하나씩 지키고 서 있었다.

연극은 재판소의 커다란 벽시계가 열두 시를 알리는 종을 칠 때 막이 오르기로 되어 있었다. 연극 상연을 하기에는 늦은 감이 없지 않으나 플랑드르 사신들의 일정에 맞추기 위해선 어쩔 수 없는 일이었다.

그런데도 거기 모인 대부분의 군중은 아침 일찍부터 연극이 상연되기를 기다리고 있었다. 순박한 파리 시민들은 연극을 보기 위해 추위에 몸을 떨며 꼭두새벽부터 재판소의 커다란 층계 앞에 모여 진을 치고 있었던 것이다. 그중에는 제일 먼저 안으로 들어가겠다고 출입문 앞에 꼭 붙어선 채 밤을 새운 이도 있었다. 사람들은 시시각각으로 늘어갔다. 흡사 불어나는 강물처럼 벽을 따라 높아지며 기둥을 타고 부풀어 오르더니 급기야는 기둥 위 수평부나 돌림띠 위로 넘쳐나기 시작했다. 창문의 버팀목을 비롯하여 건축물의 돌출부와 조각상의 부조 위까지 모두 사람들의 물결로 메워졌다. 그날은 냉소와 광기가 허락되는 축제 날이었다. 그런 날 느끼게 되는 해방감에다,

불편함과 초조함과 기다림에 지쳐 짜증이 나버린 사람들은 서로 팔꿈치가 닿거나 편자 박은 신발의 뒤축에 살짝 밟히기만 해도 불같이 화를 내며 시비를 걸었다.

플랑드르 사신들이 도착하려면 아직 시간이 많이 남아 있었다. 하지만 비좁은 공간에 갇혀 서로 밀고 밀리며 숨이 막힐 지경인 군중의 아우성은 시간이 갈수록 날카로워지며 험악한 기세를 띠어가고 있었다. 그들은 플랑드르인들과 파리 시장, 부르봉 추기경과 재판소 대법관, 오스트리아의 마르그리트 공주와 몽둥이를 들고 선 군졸들에게 불평과 저주를 내뱉었다. 그것만이 아니었다. 혹독한 겨울의 추위와 숨 막히는 실내의 열기에 대한 불평이 있는가 하면, 날씨가 궂은 것을 탓하고 파리의 대주교를 비롯해 가장 교황에 대해서 트집을 잡았으며, 심지어는 실내의 기둥과 조각에까지 욕설을 쏟아놓고 있었다. 문짝이 닫혔으면 닫혔다고, 창문이 열렸으면 열렸다고 시비를 걸었다. 그 순간만큼은 불평불만의 대상이 아닌 것이 없었다. 이런 소란 통에 군중 여기저기에 섞여 있던 학생과 하인 무리는 좋아라 설치면서 불만 섞인 말이 튀어나올 때마다 욕설을 덧붙여가며 분위기를 더욱 험악하게 몰고 갔다.

그중에서도 제일 신이 나서 판을 치는 젊은이 패거리가 있다. 그들은 배짱 좋게도 창유리를 박살 내고 의기양양하게 기둥머리에 올라앉아서는 실내에 모인 군중과 바깥 광장에 운집한 사람들을 번갈아 쳐다보면서 놀려댔다. 그 패거리는 대강당 이쪽과 저쪽에서 서로 우스꽝스러운 표정을 짓거나 소리 내어 웃고 농담을 나누기도 했다. 분명 이 젊은이들은 실내에 모인 다른 사람들처럼 피곤하거나 기다림에 지쳐 있지 않았다. 오히려 그들은 연극 공연이 시작되길 애타게 기다리고 있는, 그야말로 연극 같은 군중의 모습을 보면서 재미를 맛보고 있었다.

「아니, 누군가 했더니 요안네스 프롤로 데 몰렌디노(역주 : '풍차의 존'이라는 뜻으로 '장 프롤로 뒤 물랭'이라는 불어 이름을 라틴어식으로 부른 것임)잖아!」

그중 하나가 기둥 꼭대기의 아칸서스 잎 장식 위에 매달려 있는 청년에게 말을 건넸다. 금발 머리에 키 작은 청년의 얼굴은 곱살하면서도 장난기가 넘쳤다.

「넌 이름 하나는 참 잘 지어 붙였어. 두 팔과 다리가 꼭 바람에 나부끼는 풍차 날개 같으니 말이야. 그래, 언제부터 여기 와 있었냐?」

「빌어먹을!」

요안네스 프롤로가 대답했다.

「벌써 네 시간이나 됐다고. 나중에 죽어서 지옥에 가게 되면 이 시간만큼은 벌 받는 시간에서 빼달라고 해야겠어. 시칠리아 왕실의 여덟 성가대원이 생트샤펠 성당의 오전 일곱 시 대미사의 첫 구절을 노래할 때부터 와 있었으니 말이야.」

「그 사람들이야 멋진 성가대원 아냐? 목소리가 자기네가 쓰고 있는 모자보다 더 높이 올라가는 걸 보면 말이야! 국왕 폐하께선 성 요한 님께 바치는 미사를 드리기 전에 그분이 시골 억

양으로 라틴어를 읊조리는 걸 좋아하실지 생각을 해보셨어야
해.」

「성 요한 님은 무슨! 그저 망할 놈의 시칠리아 왕실 성가대
원들을 고용하기 위해 미사를 드리는 거지!」

창 아래쪽 군중 속에서 한 노파가 외쳤다.

「한번 생각 좀 해보시구려! 미사 한 번 드리는 데 천 리브르
가 들어간다고 합디다. 그것도 우리처럼 시장에서 생선 파는
가난뱅이들한테 거두어들인 돈으로 말이오!」

「이봐요, 늙은이. 입 다무시오!」

노파 옆에 서 있던 뚱뚱하고 근엄한 남자가 비린내를 맡지
않으려고 코를 틀어막은 채 말했다.

「당연히 미사에 정성을 바쳐야지 그게 무슨 말이오. 설마하
니 폐하께서 다시 병환이 나시길 바라는 건 아니겠죠?」

그때 기둥머리 장식에 매달려 있던 키 작은 요안네스 프롤
로가 끼어들었다.

「거 말씀 한번 잘하셨소이다. 왕실 모피 상
인 질 르코르뉘(역주 : 뿔 달린 어릿광대)
어르신!」

「르코르뉘! 질 르코르뉘!」

사람들이 소리쳤다.

「아니! 이봐요, 여러분!」

기둥머리 장식에 매달린 악동이 다시 말했다.

「궁내 재판소 대법관이신 장 르코르뉘 어른의 동생이시자
뱅센 숲 제1관리인이신 마이에 르코르뉘 어른의 자제분이신

16

훌륭하신 질 르코르뉘 어르신의 이름을 불렀는데 왜들 웃는 거죠? 세 분 다 파리의 부르주아 출신인 데다 부친부터 자제분까지 모두 결혼까지 하셨는데!」

그의 말에 사람들의 웃음소리는 더욱 커졌다. 뚱보 모피 상인은 한마디 대꾸도 못 하고 자기에게 고정된 주위의 시선에서 벗어나려고 애를 썼다. 하지만 헛일이었다. 땀은 자꾸만 흘러내렸고 숨은 더욱 가빠졌다. 커다란 상인의 얼굴은 마치 나무에 박힌 쐐기 못처럼 분노와 수치로 벌게져 금방이라도 졸도할 것 같았다.

그때 역시 뚱보에다 키가 작고 나이가 들어 보이는 한 남자가 그를 도와주려고 나섰다.

「이런 고약한 놈들! 어른한테 그게 무슨 말버릇이냐! 옛날 같았으면 회초리로 경을 친 다음 화형을 시켜야 마땅할 것을!」

학생들이 일제히 아우성을 쳤다.

「어라! 누가 이렇게 호통을 치신다지? 어느 양반이 이렇게 불길한 얘기를 지껄이시는 거야?」

그때 열두 시를 알리는 종소리가 울렸다.

군중이 일제히 소리를 질렀다. 학생들은 모두 입을 다물었다. 갑자기 실내가 소란스러워졌다. 자리를 잡기 위해 바삐 움직이는 사람들 사이로 기침 소리와 손수건 흔드는 소리가 마치 폭발음처럼 들려왔다. 사람들은 저마다 삼삼오오 모여 자리를 잡고 앉았다. 긴 침묵이 흘렀다. 사람들은 모두 목을 길게 빼고 입을 벌린 채 대리석 탁자 쪽으로 눈길을 주었다. 하지만 아무것도 나타나지 않았다. 대법관의 군졸들은 네 개의 조각

상처럼 꼼짝도 하지 않고 여전히 그 자리에 서 있었다. 사람들의 시선이 플랑드르 사신들이 앉기로 되어 있는 연단으로 향했다. 문은 닫혀 있었고 연단은 비어 있었다. 꼭두새벽부터 도착한 사람들이 기다리고 있던 것은 정오의 종소리와 플랑드르 사신들과 예수 수난극이었다. 그중에서 정오의 종소리만이 제시간에 도착한 것이다.

1분, 2분, 3분……. 15분이 넘도록 기다렸지만 아무런 일도 일어나지 않았다. 연단은 여전히 비어 있었고, 무대는 말이 없었다. 사람들의 초조함은 이제 조금씩 분노로 바뀌어가고 있었다. 여기저기서 불평의 소리가 오갔지만 아직은 들릴 듯 말 듯한 작은 목소리였다.

「연극을 시작해라! 연극을 시작해라!」

나직한 수군거림이 들렸다.

사람들이 술렁이기 시작했다. 끓어오르는 분노의 폭풍이 거기 모인 군중 사이를 휩쓸고 지나갔다. 제일 먼저 그 폭풍에 불을 지른 것은 바로 요안네스 프롤로였다.

「연극을 시작해라! 빌어먹을 플랑드르 놈들은 꺼져버려라!」

그는 마치 뱀처럼 기둥 주위로 몸을 비틀며 있는 힘껏 소리쳤다.

사람들이 박수를 쳤다.

「당장 연극을 시작해라! 그러지 않으면 연극과 도덕심 대신 재판소 대법관의 목을 매달 테다!」

「옳소! 먼저 군졸들의 목부터 시작합시다.」

사람들이 외쳤다.

군중의 동의와 환호성이 뒤따랐다. 대리석 탁자 귀퉁이에 서 있던 네 명의 불쌍한 군졸은 새파랗게 질려서 서로를 쳐다보았다. 사람들이 그들을 향해 모여들고 있었다. 그들과 군중 사이를 가로막고 있는 가냘픈 나무 난간이 군중이 미는 힘 때문에 휘어져 볼록해졌다.

위태로운 상황이었다.

「잡아 죽여라! 잡아 죽여라!」

여기저기에서 외치는 소리가 들렸다.

바로 그때 무대 뒤 분장실의 태피스트리가 걷히며 한 사람이 나타났다. 군중의 움직임이 일제히 멎었다. 마치 마술처럼 분노가 호기심으로 바뀌는 순간이었다.

「조용히 합시다, 조용히!」

갑자기 나타난 인물은 불안한 듯 사지를 떨며 대리석 탁자의 앞쪽까지 걸어 나왔다. 꾸벅꾸벅 절을 하면서 다가오는 그의 모습이 마치 무릎을 꿇은 것처럼 느껴졌다.

「시민 여러분, 저희는 친애하는 추기경 각하를 모시고 〈성모마리아의 훌륭한 심판〉이라는 도덕적인 작품을 공연하게 된 것을 영광스럽게 생각하고 있습니다. 저는 유피테르 신 역할을 맡은 배우입니다. 추기경 각하께서는 지금 오스트리아 대공께서 보내신 사절단을 영접하고 계시며, 이 시각 현재 보데 성문에서 대학 총장님의 환영사를 듣고 계신다고 합니다. 추기경님이 이곳에 도착하시는 대로 연극을 시작하도록 하겠습니다」

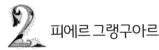 피에르 그랭구아르

무대에 나타난 배우의 화려한 옷차림에 너 나 할 것 없이 만족과 찬탄을 보내던 군중은 불행히도 연설의 결말이 「추기경님이 이곳에 도착하시는 대로 연극을 시작하도록 하겠습니다」란 얘기로 끝나자 일순간 태도를 바꾸었다. 배우의 목소리는 우레 같은 군중의 외침에 묻혀 들리지 않았다.

「시작해라! 당장 연극을 시작해라!」

군중이 소리쳤다. 소리를 질러대는 군중의 목소리 너머로 요안네스 데 몰렌디노의 목소리가 크게 들려왔다.

「당장 연극을 시작해라!」

그가 목청을 돋우자 군중이 따라 외쳤다.

「당장 연극을 시작해라! 지금 당장 시작해라! 그러지 않으면 배우들과 추기경의 목을 매달아 버리겠다!」

가엾은 유피테르는 공포로 얼이 빠져 할 말을 잃었다. 분장한 그의 얼굴이 창백하게 질렸다. 마음속에선 교수형을 당할지도 모른다는 두려움이 일었다.

연극 상연을 늦추면 성난 군중이 그의 목을 매달 것이며, 반대로 지금 연극을 시작하면 기다리지 않은 죄로 추기경이 그의 목을 매달 것이었다. 어느 쪽을 선택하든 교수대의 신세를 지게 되는 것은 마찬가지였다.

그때 다행히 한 사람이 곤경에 처한 그를 구하려고 나섰다.

대리석 탁자 주변의 난간 아래 서 있던 그 남자의 모습은 그때까지 누구의 눈에도 띄지 않았다. 키가 크고 말랐으며 창백한 얼굴에 금발 머리인 남자는 이마와 뺨에 약간의 주름이 잡혀 있었지만, 젊어 보이는 얼굴이었다. 낡아서 주름 지고 반들반들하게 닳아빠진 검은색 서지 옷을 입은 남자는 입가에 웃음을 띤 채 눈을 반짝이며 대리석 탁자로 다가왔다. 그는 가련하게도 덜덜 떨고 있는 배우에게 손짓을 했다. 하지만 얼이 빠진 배우는 그를 보지 못했다.

남자가 한 걸음 더 가까이 다가왔다.

「유피테르! 이봐요, 유피테르!」

상대방에겐 그의 말이 들리지 않았다.

마침내 초조해진 남자가 거의 코에 닿을 듯한 거리에서 소리를 질렀다.

「당장 연극을 시작해요. 군중을 만족시키란 얘기요. 대법관님에게는 내가 잘 얘기하겠소. 추기경님이야 대법관님이 알아서 말씀해주실 테고.」

그제야 유피테르가 안도의 숨을 내쉬었다. 그러고는 대강당이 떠나가라 목청껏 소리를 내질렀다.

「시민 여러분, 곧 연극을 시작하도록 하겠습니다.」

군중이 일제히 환호했다. 실내를 가득 메운 사람들의 박수 소리로 귀가 먹먹할 지경이었다. 유피테르는 말을 마치고 태피스트리 안으로 들어갔다. 하지만 실내는 여전히 환호성으로 떠나갈 듯했다.

그런데 마술처럼 순식간에 성난 군중의 폭풍을 잠재워버린 정체 모를 사나이는 어느새 다시 기둥 뒤의 어둠 속으로 사라져버렸다. 그는 바로 그날 공연될 연극을 쓴 작가 피에르 그랭구아르였다.

여러 악기가 연주하는 높고 낮은 음악 소리가 철제 뼈대 안쪽에서 들려오기 시작했다. 이윽고 태피스트리가 걷혔다. 얼룩덜룩한 옷을 입고 얼굴에 분을 잔뜩 바른 네 명의 배우가 무대로 연결되는 가파른 계단을 통해 탁자 위의 넓은 무대로 올라섰다. 배우들은 일렬로 선 뒤 허리를 굽혀 관객들에게 공손히 인사했다.

음악이 멎었다. 연극이 시작되려는 순간이었다. 강당이 떠나갈 듯한 박수 소리가 가라앉자 배우들은 긴장된 정적을 깨고 연극의 서막을 읊조리기 시작했다. 배우들의 의상은 화려했다. 오늘날과 마찬가지로 관객들의 관심은 배우들의 대사보다는 그들의 의상에 쏠려 있었다. 네 명의 배우 모두 노랑과 흰색이 반씩 섞인 긴 옷을 입고 있었다. 차이가 있다면 원단의 질이 다르다는 것뿐이었다. 첫 번째 배우의 옷은 금실과 은실로 수놓은 비단옷이었고, 두 번째는 명주, 세 번째는 모직, 그리고 네 번째는 무명으로 짠 옷이었다. 비단옷을 입은 사람은 오른손에 검을 들고 있었고, 명주옷을 입은 사람은 두 개의 금 열쇠를 들고 있었으며, 세 번째는 저울을, 네 번째는 삽을 들고 있었다. 이것은 분명 각자의 신분을 상징하는 소도구였지만 그래도 각 배우의 역할을 파악하지 못하는 사람들

22

을 위해 비단옷 자락에는 「나는 귀족」, 명주옷 자락에는 「나는 성직자」, 모직옷 자락에는 「나는 상인」, 무명옷 자락에는 「나는 농사꾼」이라는 글씨가 쓰여 있었다.

그 시간 그 자리에 모인 관중 가운데서 연극의 진행에 가장 큰 관심을 보이는 사람은 누구보다 연극의 작가인 피에르 그 랭구아르였다. 그저 그렇게 대사를 읊조리는 네 명의 배우를 바라보는 그의 심장은 팔딱팔딱 뛰었고, 시선은 한곳에 고정 된 채 움직일 줄 몰랐으며, 목덜미는 너무 긴장한 탓인지 뻣뻣 하게 굳어 있었다. 그는 유피테르에게 연극을 시작하라고 지 시한 후 다시 기둥 뒤로 물러나 귀를 기울이고 눈여겨보면서 연극을 감상하고 있었다. 서막이 시작될 때 관중이 보여준 환 호성은 아직도 그의 몸 깊은 곳에서 메아리치고 있었다. 극작 가란 사람들은 자신의 머리에서 나온 생각이 배우의 입을 통 해 침묵하는 관중 사이로 하나씩 전해지는 것을 볼 때 가장 행 복한 법이다. 그랭구아르 역시 그 순간 그런 황홀경에 흠뻑 빠 져 있었다.

하지만 이 최초의 황홀경은 이내 깨져버리고 말았다. 그랭 구아르가 기쁨과 승리에 취한 술잔을 한 모금 들이켜기도 전 에 쓰디쓴 고통의 방울이 그 술잔 속으로 떨어진 것이다.

지금까지 굳게 닫혀 있던 귀빈석 연단으로 향하는 출입문이 갑자기 활짝 열리면서 추기경 각하의 행차를 알리는 문지기의 목소리가 실내에 쩌렁쩌렁 울려 퍼졌다.

「부르봉 추기경 어르신 납시오!」

3 추기경 각하

아! 가련한 그랭구아르! 성 요한 축일
(역주 : 6월 24일로 전야제 격인 전날 밤 장작불을 피워놓고 한판 즐
겁게 노는, 유럽의 축제일 중 하나다)에 터뜨리는 요란한 폭죽의
폭발음도, 스무 자루의 화승포에서 일제히 뿜어 나오는 사격
소리도, 1465년 9월 29일 일요일 파리 포위전(역주 : 1461년 부
왕이 죽자 왕위에 올라 부왕의 측근을 일소하고 제후의 세력을 적극
적으로 파괴하는 정책을 쓴 루이 11세에 대항하여, 1465년 부르고뉴
공 샤를 르 테메레르가 영도하는 불평 귀족들의 '공익 동맹' 반란이
일어났다. 전투가 진행되는 과정 중에 파리가 포위되기도 했다) 때
부르고뉴 지방 사람 일곱 명을 단번에 날려버린 그 유명한 비
탑의 대포 소리도, 성당 기사단이 모여 지내던 성문 앞에 가득
한 화약이 한꺼번에 폭발하면서 내는 굉음도 이 엄숙하고 극
적인 순간에 부르봉 추기경 각하의 행차를 알리는 문지기의
말에 비하면 아무것도 아니었다.

물론 피에르 그랭구아르는 추기경을 무서워하거나 경멸하
지 않았다. 그는 그럴 만큼 약하거나 건방진 사람이 아니었다.
오히려 그는 자기 작품의 서문에 등장하는 수많은 암시, 그중
에서도 특히 프랑스 국왕의 왕위 계승자를 찬미한 부분이 지
체 높은 분의 귀에 들어가기를 내심 바라고 있었을 뿐 아니라
실제로 사는 형편이 어렵기도 했다. 하지만 때론 시인이란 작
자들의 고귀한 품성을 지배하는 것은 이해관계가 아니다.

그랭구아르가 두려워하던 일은 너무나 빨리 일어나고 말았

다. 추기경의 등장은 관객들을 혼란에 빠뜨렸다. 관객들의 시선이 모두 연단 쪽으로 향했다. 이제 배우들의 목소리는 들리지 않았다.

「추기경이다! 추기경이다!」

모두들 일제히 소리를 질러댔다.

불행히도 연극의 서막은 중단되었다.

실내로 들어서던 추기경은 잠시 연단 입구에 멈춰 서서 무관심한 표정으로 관중을 둘러보았다. 그러는 사이 장내는 점점 더 소란스러워졌다. 저마다 추기경의 얼굴을 자세히 보려고 난리 법석이었다.

부르봉 추기경은 과연 지체 높은 사람으로, 솔직히 그의 모습을 가까이에서 본다는 것은 어떤 연극을 보는 것 못지않게 흥미로운 일이었다. 부르봉 추기경이자 리옹의 대주교 겸 공작 작위를 가지고 있는 샤를은 루이 11세의 장녀와 결혼한 그의 형 피에르 덕분에 왕과 사돈 관계인 동시에, 그의 어머니인 아네스 드 부르고뉴로 인해 샤를 르 테메레르와도 외척 관계에 있었다. 호탕한 성격의 그는 추기경으로서의 삶을 한껏 즐기며 살고 있었다. 왕실에 바쳐지는 샬뤼오의 특산 포도주를 즐겨 마시고, 거리의 여자들을 적대하지 않았으며, 늙은 여자보다는 젊은 여자에게 적선을 하곤 했다. 이런 이유로 파리 사람들은 부르봉 추기경을 좋아했다.

조금 전까지만 해도 불만에 가득 차 있던 파리 시민들이 추기경의 등장을 냉대하지 않은 것은 바로 그 같은 인기 덕분이었다. 또한 그날은 파리 시민들 스스로 교황을 선출하는 날로,

애초부터 추기경에게 존경심 따위를 갖지 않아도 되는 날이었다. 어쨌든 파리 시민들은 추기경에 대해 그다지 큰 앙심을 품고 있지 않았다. 추기경이 나타나기 전에 이미 그들은 자신들의 힘으로 연극을 시작하게 만들지 않았던가. 그것은 이미 추기경에 대한 민중의 승리라 할 수 있었고, 그것만으로도 충분했다. 게다가 부르봉 추기경은 미남이었고 매우 아름다운 붉은색 법의를 잘 어울리게 걸치고 있었다. 그 사실 하나만으로 그 자리에 있던 모든 여성, 그러니까 관중의 절반 이상은 모두 그의 편이었다.

실내로 들어선 추기경은 지체 높은 사람이 으레 일반 백성들에게 머금는 미소를 지으며 관객들에게 가볍게 인사를 했다. 그러고는 다른 생각에 빠진 듯 천천히 주홍빛 비로드 천이 덮인 안락의자를 향해 걸어갔다. 오늘날 같으면 추기경의 참모부라고 부를 수 있는 주교와 신부로 구성된 그의 수행 행렬이 뒤이어 귀빈석으로 들어섰다. 관중의 호기심과 소동은 더욱 커졌다. 저마다 수행원들을 손가락으로 가리키고 이름을 대기도 하면서 쑥덕거리기에 바빴다. 각자 적어도 한 사람 정도는 아는 얼굴이 있을 터였다. 어떤 이는 마르세유 대주교 알로데와 생드니의 사목회장의 얼굴을 봤다고 했다. 다른 사람은 루이 11세의 정부를 누이로 둔 자유주의자 생제르맹 데 프레 성당의 로베르 드 레스피나스 신부를 봤다고도 했다. 하지만 각자 내세우는 이름이 매번 다른 것으로 미루어 제대로 알고 말하는 경우는 거의 없는 듯했다.

한편 학생들은 그들대로 계속해서 욕설을 내뱉었다. 그날은

학생들의 날이며, 가장 교황을 선출하는 잔칫날이요, 법원 서기단과 학교의 연례적인 축제일이었다. 로마 신화에 등장하는 사투르누스제나 그리스 신화의 디오니소스제를 방불케 하는 광란의 날로, 체면 따위는 벗어던지고 마음껏 놀아보는 날이었다. 이날만큼은 어떠한 난잡한 언동도 허락되고, 신성한 것으로 간주되었다. 이 군중 사이에는 시몬 카트르리브르나 아네스 라 가딘, 또는 로빈 피에드부 같은 수다스러운 창부도 섞여 있었다. 이렇듯 좋은 날 고위 성직자들과 거리의 여자들이 함께 모여서 마음껏 농담을 던져가며 신의 이름을 모독해도 무방하다니 이보다 더 통쾌한 일이 어디 있겠는가? 사람들은 거리낌이 없었다. 장내는 신성모독과 어처구니없는 욕설로 소란스러웠다. 하지만 군중의 입에서 새어 나오는 온갖 욕설은 실내가 떠나갈 듯한 소음에 묻혀 귀빈석에 있는 사람들에게까지는 들리지 않았다. 게다가 추기경 자신은 사람들의 소란에 그다지 놀란 것 같지도 않았다. 이날의 방종은 오래된 관습으로 이미 예견된 것이었다. 그에게는 귀빈석에 들어서는 순간부터 머리를 떠나지 않는 또 다른 걱정거리가 있었다. 바로 플랑드르의 사절단을 맞이하는 것이었다.

　문지기가 우렁찬 목소리로 플랑드르 사절단의 도착을 알렸을 때, 추기경은 세상에서 가장 세련된 자태로 입구 쪽을 바라보았다. 그 자리에 있던 군중 역시 마찬가지로 모두 고개를 돌렸다.

　오스트리아 막시밀리안 대공이 보낸 마흔여덟 명의 사신은 생베르탱 교구의 신부이자 황금 양털 기사단의 재무 담당인

장 신부와 강 시市의 대법관인 자크 드 구아와 도비 씨를 앞세우고 둘씩 짝을 지어 안으로 들어왔다. 엄숙하고 당당하게 장내로 들어서는 사절단의 모습은 조금 전 다소 초조한 듯 보이던 추기경의 수행 행렬과 대조를 이루었다.

군중이 잠시 조용해졌다. 그러나 그 손님들이 제각기 거들먹거리면서 문지기에게 귀에 설은 이상한 이름이나 장사치 같은 평범한 직함을 일러주자 군중은 이내 킥킥대기 시작했다. 문지기는 문지기대로 그들의 이름과 직함을 뒤죽박죽 섞어서 아무렇게나 불러주고 있었다. 비로드 옷감으로 정장을 차려입고 키프로스산産 금술이 달린 검정색 모자를 쓴 플랑드르 사신들은 하나같이 점잔을 빼며 뻣뻣하게 굳어 있었다.

그런데 그들 중에 뭔가 색다른 사나이가 한 명 끼어 있었다. 원숭이와 외교관의 얼굴이 뒤섞인 것 같다고 할까, 남자의 얼굴은 교활하고 영리하며 약삭빨라 보였다. 추기경은 이 사람을 맞기 위해 앞으로 몇 걸음 나서며 정중하게 인사를 했다. 그러나 기욤 랭이라 불리는 이 사람은 그저 강 시의 참의원 겸 사무관일 뿐이었다.

기욤 랭이 어떤 존재인지 알고 있는 사람은 당시로서는 극히 드물었다. 혁명이라도 일어난다면 분명 그 표면에 나서서 활약할 것이 틀림없는 보기 드문 인재였지만, 15세기 당시에는 그저 죽은 듯이 엎어져 있는 형편이었다. 그렇다고는 해도 당시 유럽 최고의 모사가로 이름이 알려진 그는 루이 11세와 가까이 지내며 음모를 획책하거나 왕의 비밀공작에도 자주 관여하곤 했다. 그러나 이와 같은 사정을 전혀 모르는 군중은 높으신 추기경이 한낱 플랑드르의 관리에 불과한 자에게 그토록 예를 갖추어 대하는 것을 보고 그저 놀랄 따름이었다.

 ## 자크 코프놀 영감

기욤 랭과 추기경이 정중하게 인사를 하고 나서 아주 낮은 목소리로 몇 마디 나누고 있는 동안에, 얼굴이 넓적하고 키가 크며 어깨가 넓은 한 남자가 기욤 랭과 함께 나란히 들어오려고 자신을 소개했다. 그의 모습은 흡사 여우 곁에 서 있는 불독 같았다. 그는 펠트 모자를 쓰고 가죽 저고리를 입고 있었는데 비로드와 명주옷을 입은 주위 사절단과 대조되어 두드러져 보였다. 문지기는 웬 마부가 길을 잘못 알고 들어오는 거라 생각하여 급히 그를 제지했다.

「이봐, 어딜 들어가려고!」

가죽 저고리를 입은 남자가 어깨로 그를 밀쳤다.

「뭐가 문제야?」

남자가 우렁차게 말하자 모두 그들의 별난 언쟁에 귀를 기울였다.

「나도 사절단의 일행인 걸 모르겠나?」

「이름이?」

문지기가 물었다.

「자크 코프놀.」

「그럼 직함은?」

「강 시의 트루아 셰네트 양품점 주인이다.」

문지기는 잠시 머뭇거렸다. 판사나 시장을 소개하기까지는 괜찮았다. 하지만 양품점 주인을 소개하기란 곤란한 일이었다. 추기경도 난처한 눈치였다. 장내에 모인 구경꾼들은 숨을 죽이고 상황을 주시하고 있었다. 어떻게 하면 곰처럼 투박한 플랑드르 상인들을 대중 앞에 내세울 정도로 세련되게 만들 수 있을까를 이틀 전부터 고민해온 추기경이었기에 이 당돌한 행패에는 어이가 없어 말이 나오지 않았다. 그때 기욤 랭이 교활한 웃음을 흘리며 문지기 쪽으로 다가섰다.

「강 시 판사들의 서기장 자크 코프놀 나리라고 고하게.」

그가 나지막이 속삭였다.

「이보게, 어서 훌륭한 도시 강의 판사들을 도와주는 서기장 자크 코프놀 나리를 소개하게나.」

이번에는 추기경이 큰 소리로 문지기에게 말했다.

하지만 그것은 실수였다. 코프놀이 그만 추기경의 말을 들은 것이다.

「아니, 절대 그렇지 않소!」

그는 우레같이 버럭 소리를 질렀다.

「난 그저 양품점 주인 자크 코프놀이오. 이봐, 문지기 양반. 내 말 알아듣겠나? 더 붙이거나 뺄 것도 없는 옷 장수 코프놀이라고. 제기랄! 옷 장수가 뭐가 어때서! 오스트리아 대공께서도 우리 가게에서 몇 번이나 장갑을 사가지고 가셨는데!」

그러자 관객들 사이에서 웃음과 박수갈채가 터져 나왔다. 파리 사람들은 익살맞은 언사를 곧잘 알아채서 해독하곤 한다. 그러므로 멋들어진 결말에는 으레 박수갈채를 아끼지 않는 법이다.

게다가 옷 장수 코프놀은 서민이고, 그 자리에 모여 있던 관중 역시 서민이었다. 그런 연유로 플랑드르의 옷 장수와 파리 시민들 사이에는 전기가 통하듯 뭐라 표현할 수 없는 전류가 흘렀다. 플랑드르의 양품점 주인이 저지른 무례한 행패는 궁중의 높으신 어른들의 콧대를 꺾어놓았고, 거기엔 비록 15세기 당시엔 아직 모호하고 불분명했겠지만 일종의 서민 의식 같은 것을 일깨우는 통쾌한 무언가가 있었다. 한번 생각해봐라. 조금 전 추기경 나리에게 대든 사람은 그들과 똑같은 일개 평민이 아닌가! 추기경 나리라면 모두 벌벌 떨며 굽실대는 것을 보는 데 익숙해 있던 불쌍한 파리 시민들에게는 이것이야말로 통쾌한 광경이 아닐 수 없었다.

코프놀은 위세도 당당하게 추기경에게 인사를 했다. 추기경도 루이 11세까지 두려워했다는 콧대가 센 이 플랑드르 시민에게 답례를 했다. 「뱃속이 검은 재사」라고 불리던 기욤 랭은 무시하는 듯 비웃음을 흘리며 두 사람의 뒤를 따랐고 이내 두 사람은 자리를 잡고 앉았다. 추기경이 몹시 당황하며 내내 근심스러운 표정을 짓고 있는 데 반해 코프놀은 태연자약한 자세를 유지하고 있었다. 아무래도 옷 장수라는 자신의 신분이 추기경에 비해 못할 것이 없다고 생각하는 듯했다.

이제 오늘날 흔히 말하듯 하나의 생각과 이미지를 결합할 수 있는 능력을 지닌 독자라면, 우리가 지금까지 얘기를 했던 그 순간에 평행사변형의 재판소 대강당에서 벌어졌을 광경을 한번 머릿속에 그려보기 바란다. 실내의 한가운데에는 서쪽 벽에 기대어, 금실로 수놓은 천으로 덮인 커다랗고 화려한 귀빈석이 놓여 있다. 끝이 뾰족한 작은 문을 통해 점잖은 양반들이 줄지어 들어오고 그때마다 문지기가 큰 소리로 그들의 이름을 외쳐댄다. 귀빈석 맨 앞쪽 좌석에는 흰 담비 가죽 망토에 진홍색 비로드 모자를 쓴 지체 높은 인물들이 자리를 잡고 앉아 있다. 도도하게 침묵을 지키는 귀빈들이 앉아 있는 연단 주위로 가득 찬 군중은 시끄럽게 떠들고 있다. 귀빈석에 앉은 인물들의 얼굴 위로 수많은 시선이 머물고, 그들 각자의 이름이 불릴 때마다 군중의 웅성거림은 커진다. 물론 그것은 훌륭한 구경거리고 관객들의 관심을 끌 만한 가치가 있는 것이다. 하지만 저기, 대강당 한쪽 끝에 위아래로 울긋불긋한 옷을 입고 서 있는 꼭두각시 같은 네 사람은 누구인가? 그들 옆에 남루한 검은 옷을 걸치고 창백한 얼굴로 서 있는 남자는 또 누구인가? 아, 슬픈 일이로다. 사랑하는 독자여, 그것은 바로 피에르 그랭구아르와 그의 서막에 등장하는 네 명의 배우였다.

추기경이 등장한 순간부터 그랭구아르는 자신의 서막을 살려내기 위해 무진 애를 쓰고 있었다. 그는 먼저 우두커니 멈춰 선 배우들에게 목소리를 높여 다시 연극을 시작하라고 종용했다. 하지만 배우들의 대

33

사에 귀를 기울이는 사람은 아무도 없었다. 연극을 중단시킬 수밖에 없었다. 연극이 그렇게 중단된 지도 이미 15분, 그동안 그랭구아르는 내리 발을 구르며 성화를 부렸고, 조금 전에 안면을 튼 두 처녀에게 말을 건네고, 옆에 서 있는 사람들을 부추기기도 하면서 어떻게든 서막을 이어나가려 노력했지만 모두 허사였다. 그래도 그랭구아르는 포기하지 않았다. 어차피 이렇게 된 바에야 더욱 크게 소리를 질러대는 것이 상책이었다.

「연극을 다시 시작해라! 연극을 다시 시작해라!」

「제기랄! 저 구석에서 뭐라고 소리치는 거야?」

요안네스 데 몰렌디노가 말했다.

「이봐, 연극은 끝난 것 아니었어? 그런데 다시 하겠다고? 그건 안 되지!」

「맞아! 연극은 집어치워라! 연극은 집어치워라!」

학생들은 일제히 외쳤다.

그러나 그랭구아르는 몇 사람의 목소리를 합친 듯 더욱 소리를 높였다.

「연극을 다시 시작해라! 연극을 다시 시작해라!」

그들이 떠들어대는 소리는 마침내 추기경의 귀에도 들어갔다. 추기경은 대여섯 걸음 떨어진 곳에 자리를 잡고 있던 재판장에게 말을 건넸다.

「이봐요, 재판장님. 저기 서 있는 사람들은 왜 저렇게 미친 듯이 소리를 지르는 겁니까?」

재판장은 추기경 옆으로 다가서더니 행여 그의 심기를 건

34

드리지나 않을까 두려워하면서 조금 전 파리 시민들의 행동에 대해 더듬더듬 설명하기 시작했다. 그의 말인즉 열두 시가 되어도 추기경 각하께서 당도하지 않으셨기 때문에 흥분한 관중의 요구에 못 이겨 어쩔 수 없이 각하께서 오시기도 전에 연극을 시작할 수밖에 없었다는 것이었다.

그의 말에 추기경이 껄껄 웃었다.

「그런 일이 있었소? 그랬다면 대학 총장님이 계셨어도 아마 마찬가지였을 거요. 기욤 랭 선생의 생각은 어떻습니까?」

「각하, 연극의 반을 보지 못한 게 오히려 다행이 아니겠습니까?」

기욤 랭이 대답했다.

「저, 그러시다면 저기 있는 불한당 놈들이 다시 연극을 시작해도 괜찮겠는지요?」

재판장이 물었다.

「계속하시오. 나는 아무래도 상관없소. 그 시간 동안 성무 일과서라도 읽으면 되니까.」

추기경이 말했다.

그 말에 재판장은 귀빈석의 가장자리로 나아가 손을 흔들어 조용히 하라는 신호를 하고는 입을 열었다.

「파리 시민, 상민, 주민 여러분, 연극을 처음부터 다시 시작하라는 사람들과 그만 끝내라는 사람들 쌍방을 모두 만족시키기 위해서 추기경 각하께서 연극이 중단된 부분부터 다시 시작하라는 분부를 내리셨습니다.」

양쪽 모두 그 같은 절충안을 체념하고 받아들일 수밖에 없었다. 하지만 작가는 작가대로 관중은 관중대로 추기경의 결정에 불만이 높은 것도 사실이었다.

무대 위의 배우들은 다시 대사를 읊조리기 시작했다. 그랭구아르는 이미 지나간 부분은 어쩔 수 없다 해도 남은 부분만이라도 관객들이 집중해서 들어주길 바랐다. 하지만 그 희망마저도 가차 없이 깨지고 말았다. 추기경이 나타난 순간부터 보이지 않는 마법의 실이 대강당의 모든 시선을 대리석 탁자에서 귀빈석으로, 다시 말해 남쪽 끝에서 서쪽 끝으로 끌어당겨 놓은 것 같았다. 이 마법의 힘을 풀 수 있는 것은 아무것도 없었다. 관중의 시선은 한곳에 고정된 채 움직일 줄을 몰랐다. 계속해서 새로운 사신이 들어왔고, 그때마다 관객들은 낯선 이름을 가진 새로운 얼굴과 그들의 의상을 구경하느라 넋이 나가 있었다. 상황은 절망적이었다. 이따금씩 소매를 잡아당기는 그랭구아르 때문에 마지못해 가끔씩 고개를 돌려 탁자 위를 바라보는 두 처녀를 제외하면 똑바로 앉아 연극을 보는 사람은 없었다. 배우들의 대사를 듣는 사람 또한 아무도 없었다. 그랭구아르의 눈에는 오직 사람들의 옆모습만이 들어올 뿐이었다.

이런 상황에서도 배우들은 꿋꿋하게 연극을 계속해나갔다. 그런데 갑자기 옷 장수 코프놀이 벌떡 일어서더니 장내 모든 이의 시선을 모으며 말하기 시작했다. 그랭구아르에겐 이런 그의 모습이 그저 가증스럽게만 보였다.

「이보시오, 파리의 신사 여러분! 대체 우리가 여기서 뭘 하고 있는 거요? 저기 구석 마룻장 위에 서로 싸움이라도 하려는 것처럼 으르렁대고 있는 사람들이 있긴 한데, 대체 저런 짓거리가 여러분이 성사극이라 부르는 것인지는 모르겠지만 정말 재미라고는 눈곱만큼도 없군요. 오늘 이 자리에서 가장 교황을 선출한다고 들었는데 맞습니까? 가장 교황제라면 내가 살고 있는 도시에도 있소이다. 그 사실로만 보면 우리가 당신네에 비해 그리 모자란 것도 아니올시다. 자, 그럼, 우리 마을에서 어떻게 가장 교황을 뽑는지 한번 설명해보겠소. 우리도 당신들처럼 모두 한자리에 모인답니다. 그러고는 한 사람씩 구멍이 뚫린 판자에 얼굴을 처박고 사람들을 쳐다보면서 갖은 인상을 다 쓰는 거요. 그중에서 제일 추악하게 얼굴을 찡그린 사람이 모두의 환영을 받으면서 교황으로 선출된다 이 말씀이외다. 그런데 이것이 아주 배꼽 빠지게 웃긴다는 거 아니오. 어떻소, 당신네도 우리네 방식으로 교황을 뽑아보는 게? 어찌 되었거나 저런 시시껄렁한 배우들의 대사를 듣는 것보다는 재미있지 않겠소. 만일 저 사람들도 후보로 나서서 구멍에다 얼굴을 들이대고 인상을 쓰겠다면 대환영이오. 파리 시민 여러분, 어떻게들 생각하시오? 여기 와 있는 사람들을 보아하니 우리 식으로 한번 놀아볼 만큼 괴상하고 추악하게 생긴 얼굴이 많은데 말이오.」

그랭구아르는 어떤 말로든 반박을 하고 싶었지만 너무나 놀라고 격분한 나머지 아무 말도 할 수가 없었다. 더구나 사람들은 이미 평민 출신 옷 장수의 제안에 광적으로 흥분하고 있었다. 그 어떤 저항도 소용없는 상황이었다. 그저 흘러가는 대로 내버려 두는 수밖에 없었다. 절망한 그랭구아르는 두 손으로 얼굴을 감쌌다.

5 카지모도

눈 깜짝할 사이에 코프놀이 제안한 방법으로 가장 교황을 선출하기 위한 채비가 끝났다. 시민들과 학생들과 법원 서기 조합 사람들까지 팔을 걷어붙이고 나섰다. 대리석 탁자 맞은편에 위치한 작은 예배당이 얼굴 찡그리기 대회의 무대로 선택되었다. 예배당의 출입문 위쪽에 뚫려 있는 아름다운 장미형 창에 마침 유리 하나가 깨져 구멍이 나 있었다. 얼굴 찡그리기 대회에 나서는 사람들은 그곳으로 얼굴을 내밀기로 합의했다. 거기까지 올라서려면 꽤 높은 받침대가 필요했다. 사람들은 어디선가 두 개의 통을 가져다가 나란히 포개놓았다. 가장 교황 선발 대회에 나서는 참가자들은 남자든 여자든(교황이 여자인들 무슨 상관인가!) 무대에 등장하는 순간까지 얼굴을 가리고 예배당 안에 숨어 있기로 했다. 찡그린 얼굴의 효과를 극대화하기 위해서였다. 몇 분 지나지 않아 예배당 안은 대회에 나설 후보자들로 가득 찼다. 그리고 이내 문이 닫혔다.

옷 장수 코프놀은 자리에 앉아서 가장 교황 선발 대회의 모든 준비 과정을 감독하고 조정했다. 그러는 사이 이 돌발적인 상황에 그랭구아르만큼이나 어이가 없어진 추기경은 저녁 미사를 핑계 삼아 자신의 수행원들을 데리고 자리를 떠났다. 추기경이 입장할 때 그토록 소란을 피우던 관중은 그가 퇴장할 때는 전혀 동요하지 않았다. 추기경이 도망가듯 자리를 빠져나가는 것을 알아챈 사람은 오직 기욤 랭뿐이었다. 민중의 관심이란 마치 움직이는 태양처럼 나름대로의 진행 방향이 있는 것이다. 사람들의 시선은 대강당 한쪽 끝에서 출발해 잠시 한가운데 머물렀다가 이젠 반대쪽 끝에 도달했다. 다시 말해 연극이 상연된 대리석 탁자와 금실로 수놓은 천으로 장식된 귀빈석 연단이 한때 그들의 관심을 끌었다면 이젠 루이 11세의 예배당이 관심을 받을 차례였다. 고위층 어르신들이 떠나고 플랑드르 사신들과 하층의 서민들만이 남은 재판소 대강당에선 바야흐로 광란의 무대가 펼쳐지려는 참이었다.

얼굴 찡그리기 대회가 시작되었다. 맨 처음 장미형 창에 나타난 것은 눈꺼풀을 뒤집어 빨간 데를 내놓고 짐승같이 입을 벌린 채 이마에는 제국 시대 경기병들의 장화처럼 잔뜩 주름을 잡은 얼굴이었다. 이를 보고 관중은 죽어라 웃어대기 시작했다. 그 자리에 그리스의 위대한 시인 호메로스가 참석했다면 숨도 쉬지 않고 미친 듯 웃어대는 이 군중을 보면서 모두 올림포스의 신이 아닌가 착각했을 것이다. 두 번째, 세 번째 뒤를 이어 찌푸린 얼굴이 계속해서 나타날 때마다 사람들은 더욱더 크게 웃으며 발을 굴렀다. 삼각형으로부터 사다리꼴까지, 원

추형으로부터 다면체까지 그날 장미형 창의 깨진 구멍으로 모습을 드러내지 않은 도형은 없었다. 또한 노한 표정부터 음탕한 표정까지 얼굴로 표현할 수 있는 인간의 감정은 모두 다 나왔다. 게다가 나이도 천차만별이어서 어린아이부터 죽기 직전의 노인네까지 너 나 할 것 없이 인상을 써댔다. 그야말로 온갖 면상이 총동원된 셈이었다. 이제 대강당은 거대한 흥분의 도가니로 변했다. 사람들의 입에선 열을 내뿜는 수증기처럼 신랄한 욕설과 상소리가 터져 나왔다.

「저런, 끔찍하구먼!」

「저 상통 좀 봐라!」

「별 볼일 없는 저 따위 얼굴로 어디를 나와!」

「다른 얼굴 나와라!」

「제기랄! 대체 무슨 낯짝이 저럴까!」

「우! 그건 반칙이다! 상판만 내놓기로 했잖아!」

「저런 흉측한 노릇을 봤나! 무슨 계집애가 저 모양이냐!」

「아이구, 숨 막혀 죽겠다!」

한편 그랭구아르는 충격에서 벗어나 서서히 냉정을 되찾아가고 있었다. 시련이 커질수록 더 강해져야만 했다. 그는 이 난리판 한가운데서 마치 녹음기를 틀어놓은 것처럼 대사를 뱉어내고 있는 배우들에게 「계속해요!」라고 세 번째로 말했다.

아! 가련하게도 그만이 연극의 유일한 관객이었다.

상황은 아까보다 더 심각했다. 이제 그의 눈에 보이는 것은 사람들의 옆모습도 아닌 등뿐이었다.

아니, 그것은 사실이 아니었다. 그 말고도 한 뚱뚱한 남자가 아까부터 계속해서 무대 쪽을 바라보고 있었다.

그랭구아르는 이 충실한 관객에게 마음속 깊숙이 감격한 나머지 그에게 다가가 그의 팔을 살짝 흔들며 말을 건넸다. 남자는 난간에 몸을 기댄 채 졸고 있었다.

「선생님, 고맙습니다. 선생님은 연극을 제대로 보신 유일한 분입니다. 저, 이 연극을 본 소감이 어떠신지요?」

「흠, 꽤 괜찮은 작품이군요!」

아직 잠이 덜 깬 뚱보 사나이가 그나마 경쾌하게 대답했다.

그랭구아르는 그것으로 만족해야 했다. 돌연 떠나갈 듯한 함성과 함께 우레와 같은 박수 소리가 그들의 대화를 중단시켰기 때문이다. 광인들의 가장 교황이 선출된 것이었다.

「만세! 만세! 만세!」

구경꾼들이 여기저기에서 소리를 질러댔다.

그 순간 장미형 창의 깨진 유리 사이로 보이는 것은 실로 환상적으로 인상을 쓰고 있는 얼굴이었다. 지금까지 이 구멍 너머로 오각형이나 육각형, 아니 그보다 훨씬 불규칙하게 생긴 얼굴이 수없이 지나갔지만 그 누구도 이처럼 이상적인 그로테스크의 미학을 보여준 사람은 없었다. 지금 창을 통해 나타난 것이야말로 난장판이 되어버린 광인절 축제에 취한 사람들이 온갖 상상력을 동원해 그려볼 수 있는 가장 기괴한 얼굴이었다. 전혀 부족함이 없고 무엇 하나 탓할 것도 없이 너무나 완벽해서 오히려 경외감마저 들 정도의 추함에 관중은 그만 넋을 잃고 말았다. 코프놀까지도 박수갈채를 보냈다. 네모난 코, 말

편자 같은 입, 잡초처럼 자라난 붉은 눈썹에 덮여 있는 자그마한 왼 눈, 거기에다 오른쪽 눈은 커다란 무사마귀에 완전히 가려 보이지도 않았다. 요새의 총구멍을 연상케 하는 여기저기 빠져 고르지 못한 누런 이, 그중 하나는 말라서 까칠한 입술 위로 마치 코끼리의 상아처럼 길게 삐져나와 있었고 아래쪽 턱에는 주름이 굵게 패어 있었다. 거기에다 그런 얼굴 전면에 흐르는 잔악하지만 겁에 질린 듯 슬퍼 보이는 복잡한 표정은 뭐라 형언할 수 없는 오묘한 느낌을 주었다. 만일 할 수만 있다면 그의 총체적인 인상을 상상하는 것은 독자의 몫이리라.

사람들은 환호성을 질러댔다. 모두들 기뻐 날뛰며 예배당으로 몰려가 이 행복한 광인들의 교황을 끌어 내렸다. 그리고 그를 가까이서 본 사람들의 놀라움과 감탄은 절정에 달했다. 그토록 완벽하게 괴상망측했던 그 인상은 일부러 찡그린 얼굴이 아니라 바로 그의 얼굴 자체였던 것이다.

아니, 이 사나이는 그야말로 몸 전체가 괴상망측한 추물이었다. 커다란 머리통에는 붉은 털이 고슴도치처럼 곤두서 있고, 두 어깨 사이의 등에는 어마어마한 혹이 달려 있었는데 그 때문에 가슴팍까지 불룩하게 보였다. 허벅지와 다리가 묘하게 휜 두 다리는 간신히 무릎 언저리에서나 맞닿을 지경이었다. 이 모양을 정면에서 본다면 초승달 모양의 낫 두 개가 자루 부분에서 맞붙은 꼴이었다. 뿐만 아니라 두 발은 크고 펑퍼짐했으며 손은 흡사 괴물의 그것 같았다. 이처럼 온몸이 기형적으로 뒤틀린 상태였지만 몸놀림은 날쌨고 왠지 모르게 그에게는 무서운 힘과 용기가 스며 있었다. 힘이란 것이 아름다움과 마찬가지로 균형과 조화에서 나온다는 사실이 영원불변의 법칙이라면 이 사나이야말로 그 법칙의 기묘한 예외가 아닐 수 없었다. 바로 그가 그날 광인들에 의해 교황으로 선출된 것이다.

사지가 부러진 거대한 거인의 몸 조각을 순서 없이 아무렇게나 맞추어놓았다고 말하면 어떨까. 키클롭스(역주 : 그리스 신화에 나오는 외눈박이 거인)를 닮은 이 사나이가 세로나 가로나 별반 차이가 없는 작달막한 몸을 이끌고 침착하게 예배당 문턱에 나타났을 때 구경꾼들은 은색 종탑 무늬가 수놓아진 붉은빛과 보랏빛이 반씩 섞인 그의 겉옷과 완벽하게 추하게 생긴 그의 꼴을 보고는 그 사나이가 누군지 금방 알아챘다.

「종지기 카지모도다! 노트르담의 꼽추 카지모도! 애꾸눈 카지모도! 안짱다리 카지모도! 만세! 만세! 만세!」

이 가련한 남자는 별명 또한 많았던 것이다.

여자들은 얼굴을 가리고 제각기 한마디씩 했다.

「어머나! 추해빠진 교활한 원숭이!」

「못생긴 데다 심술도 사납지.」

「저건 분명히 악마라고요!」

「불행히도 내가 노트르담 성당 근처에 살지 않겠어요. 끔찍하게도 밤새도록 저치가 거리를 배회하는 소리가 들린다니까요.」

그동안 거지들과 하인배와 소매치기가 모두 학생들과 한패가 되어서 가장 교황을 꾸미기 위해 마분지로 된 교황관과 낡은 법의를 찾으러 법원 서기단 사무실까지 줄지어 몰려갔다. 카지모도는 거만한 표정으로, 그러나 사람들이 자기에게 하는 대로 내버려 두었다. 사람들은 이제 그를 화려하게 색을 입힌 가마 위에 올라타게 했다. 광인절 축제단에서 나온 열두 명의 임원이 가마를 어깨에 떠멨다. 추하게 일그러진 자신의 발밑으로 잘생긴 남자들의 얼굴을 내려다보는 키클롭스의 침울한 얼굴엔 씁쓸하지만 경멸하는 듯한 환희의 표정이 떠올랐다. 이제 요란스러운 가장 교황의 행렬은 관례에 따라 큰길과 네거리로 나가기 전에 재판소의 갤러리 안쪽을 한 바퀴 돌기 위해 천천히 움직이기 시작했다.

 에스메랄다

그 모든 소란이 진행되는 동안 그랭구아르의 연극은 계속되고 있었음을 독자들에게 알려야겠다. 배우들은 그랭구아르의 독촉에 못 이겨 대사를 끊임없이 쏟아내고 있었으며 작가 역시 이에 귀 기울이는 것을 멈추지 않고 있었다. 그랭구아르는 주위의 소동에도 불구하고 포기하지 않고 끝까지 밀어붙이기로 마음먹었다. 이 소란이 끝나고 나면 언젠가는 관객들의 관심이 다시 연극으로 돌아올 수도 있지 않은가. 카지모도와 코프놀을 둘러싼 시끄러운 행렬이 큰 소리를 내며 대강당을 나서는 것을 본 순간 그의 실낱같은 희망은 다시 불타올랐다. 한 무리의 군중도 가장 교황의 행렬을 따라 서둘러 대강당을 빠져나가고 있었다.

「좋아. 저놈의 말썽꾼들이 이제야 다 빠져나가는구나.」

그가 혼잣말을 했다.

그러나 불행하게도 그가 말썽꾼이라 부른 이들은 바로 대강당의 관객들이었다. 눈 깜짝할 사이에 대강당이 텅 비었다.

아니, 실은 아직도 약간의 구경꾼이 남아 있긴 했다. 지금까지 벌어졌던 난리 법석에 혼이 빠진 여인들과 노인들과 아이들이 여기저기 흩어져 있거나 기둥 주위에 삼삼오오 모여 있었다. 창문턱에 걸터앉아 광장을 내다보는 학생도 몇몇 있었다. 갑자기 그 젊은이들 중 하나가 소리를 질렀다.

「에스메랄다! 저기 광장에 에스메랄다가 보인다!」

그 말은 마술과도 같은 효과를 냈다. 강당에 남아 있던 사람들은 전부 창문 쪽으로 달려가 외쳤다.

「에스메랄다! 에스메랄다!」

그때 밖에서는 요란한 박수 소리가 들려왔다.

「에스메랄다가 대체 뭐야? 아! 하느님 맙소사! 이번엔 창문이 내 연극을 망치는구나!」

낙담한 그랭구아르가 두 손을 모으며 말했다.

그랭구아르가 대리석 탁자 쪽을 돌아보니 연극은 중단되어 있었다. 유피테르가 벼락을 들고 무대에 나타나야 할 때였다. 그런데 그 유피테르가 무대 아래에 우두커니 서 있었다.

「대체 지금 거기서 뭘 하고 있는 겁니까? 당신 차례 아닌가요? 어서 올라가세요!」

성난 작가가 소리를 빽 질렀다.

유피테르가 대답했다.

「저, 죄송하지만 어떤 학생이 사다리를 가지고 가버렸습니다.」

그랭구아르가 주위를 둘러보았다. 배우의 말은 사실이었다.

「고얀 놈! 사다리를 가져간 이유가 대체 뭐야?」

「에스메랄다를 보려고요.」

울상이 된 유피테르가 대답했다.

이것이야말로 최후의 일격이었다. 이젠 체념할 수밖에 없는 노릇이었다.

「저 빌어먹을 놈들을 누가 안 잡아가나! 후…… 원고료를 받으면 출연료를 주겠소.」

그랭구아르는 최선을 다했지만 전쟁에서 지고 만 패전 장수처럼 마지막에야 대강당을 떠났다.

「이놈의 파리 시민이란 뻔뻔스러운 바보들이로군! 성사극을 보러 온 놈들이 연극 대사는 한마디도 들을 생각을 안 하다니!」

구불구불한 재판소 계단을 내려가며 그랭구아르가 투덜거렸다.

2

파리의 노트르담

Notre-Dame de Paris

다시 찾아온 고난

　　1월에는 밤이 일찍 찾아온다. 그랭구아
르가 재판소에서 나왔을 때 거리는 이미 어둠에 잠겨 있었다.
이렇게 밤이 된 것이 그에게는 다행한 일이었다. 그는 어딘가
어둡고 한적한 골목길을 찾아 마음껏 명상에 잠기고 싶었다.
철학자로서, 시인으로서 그가 입은 마음의 상처를 어루만져
줄 조용한 장소가 필요했던 것이다.

　그날 밤 홀로 거리에 버려진 그에겐 철학만이 유일한 안식
처였다. 솔직히 어디서 밤을 보내야 할지 아무런 생각이 없었
다. 첫 연극이 처참한 실패로 돌아간 이상 여태껏 묵고 있던 거
리의 하숙방으로 돌아갈 용기는 도저히 나지 않았다. 물론 자
신이 지어준 결혼 축시에 대한 대가로 파리 시장이 지불하게
되어 있는 돈을 받으면 하숙집 주인에게 여섯 달치의 밀린 방
세를 갚을 생각이었다. 하지만 그날이 언제가 될지는 그로서
도 알 수 없는 일이었다. 게다가 여섯 달치의 밀린 방세는 파리
주화로 열두 솔이나 되었는데, 그것은 이 가난한 시인이 지닌
전 재산의 열두 배나 되는 금액이었다. 하기야 그가 가진 재산
이라고는 짧은 바지에 셔츠 한 장, 모자 하나가 전부였다. 시인
은 생트샤펠 감옥의 쪽문 아래 벽에 잠시 몸을 기대고 오늘 밤
어디로 가서 잠을 청할 것인가 생각해보았다. 돌연 지난주 사

바트리 거리에 있는 파리 고등법원 판사의 집 앞에 놓인, 나귀를 탈 때 딛는 디딤돌을 보면서 그것이 경우에 따라서는 거지나 시인에게 훌륭한 베개가 될 수 있겠다고 생각했던 것이 떠올랐다. 시인은 바로 이 순간에 그처럼 적절한 생각이 떠올라 준 것이 못내 고마울 뿐이었다. 그런데 그가 시테 섬의 미로처럼 구불구불한 골목길로 들어서기 위해 재판소 앞 광장을 지나가려고 할 때였다. 햇불을 환히 밝혀 든 가장 교황의 행렬이 소리를 지르면서 재판소를 빠져나와 그가 가려던 거리로 몰려가는 것이 보였다. 이 광경을 보자 상처 난 자존심이 다시 아파왔다. 그는 얼른 자리를 피했다. 공들여 만든 연극이 실패로 돌아갔다는 자괴감 때문에 그날의 축제와 관련된 것이라면 모두 그의 마음을 괴롭히고 상처를 덧나게 했던 것이다.

그는 생미셸 다리를 건너기로 마음먹었다. 아이들이 불꽃놀이를 하면서 이리저리 뛰어다니고 있었다.

「망할 놈의 축제 같으니! 어디서든 벗어날 수가 없군!」

그가 투덜거렸다. 그는 자신의 발밑으로 유유히 흘러가는 센 강을 바라보았다. 끔찍한 충동이 그를 사로잡았다.

「아! 강물이 저렇게 차지만 않아도 몸을 확 던져버리는 건데!」

이윽고 그는 절망적인 결정을 내렸다. 어디를 가도 가장 교황이나 오월주 더미나 불꽃놀이나 폭죽을 피할 수 없다면 차라리 용감하게 축제의 한복판으로 뛰어들어 버리자는 것이었다.

'거기 가면 적어도 내 한 몸 녹일 만한 불씨라도 있을 테고 시에서 준비한 식탁에 왕실 문장을 본뜬 사탕 부스러기라도 남아 있겠지!'

이렇게 생각한 시인은 축제의 중심부인 그레브 광장을 향해 걷기 시작했다.

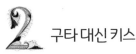 구타 대신 키스

그레브 광장에 도착했을 때 피에르 그랭구아르의 몸은 추위로 얼어붙어 있었다. 그는 서둘러 광장의 한복판에서 벌겋게 타오르고 있는 축제의 불꽃 쪽으로 달려갔다. 많은 사람이 불타오르는 장작더미 주위에 빙 둘러서 있었다.

가까이 다가가서 살펴보니 모여 있는 사람들과 불꽃 사이에는 꽤 넓은 간격이 벌어져 있었다. 구경꾼들은 그저 불을 쬐거나 활활 타오르는 장작더미의 아름다움에 이끌려 거기 서 있는 것이 아니었다.

군중과 불 사이의 넓은 공간에서 한 아가씨가 춤을 추고 있었다.

그 아가씨가 인간인지 요정인지 천사인지 제아무리 회의주의적 철학자며 냉소적 시인인 그랭구아르라 해도 단번에 판단을 내리기가 어려웠다. 그녀의 눈부신 아름다움에 그만 넋을

잃고 만 것이다.

구경꾼들은 하나같이 입을 헤벌리고 한곳으로 시선을 고정하고 있었다. 그녀는 통통하면서도 흠잡을 데 없이 아름다운 두 팔을 머리 위로 올려 방울 달린 탬버린을 치며 그 소리에 맞추어 말벌처럼 가냘프게 휘청거리면서도 생기가 넘치는 춤을 추고 있었다. 주름이 잡히지 않은 짧은 금빛 상의에 풍성하게 늘어뜨린 알록달록한 빛깔의 치마, 노출된 어깨와 가끔씩 치마 사이로 엿보이는 날씬한 두 다리, 검은 머리채에 불꽃처럼 이글거리는 눈매까지 모두 초자연적인 형태로 보였다.

'아! 저건 불도마뱀이거나 불의 요정일 거야! 아니, 불의 여신일지도 모르지!'

그랭구아르의 추측이었다.

바로 그때 '불도마뱀'의 땋아 내린 머리 한쪽이 풀어지면서 노란 구리쇠 머리 장식 하나가 땅에 굴러 떨어졌다.

「뭐야! 집시 계집애였군!」

순간 시인의 환상은 깨지고 말았다.

아가씨는 다시 춤을 추기 시작했다. 땅바닥에서 두 자루의 칼을 집어 들고는 하나는 이마에 대고 다른 하나는 휘둘렀다. 그것을 보니 어김없는 집시 여인이었다. 그랭구아르가 실망을 한 것은 사실이었지만 춤추는 아가씨의 모습에는 뭔지 모를 위엄과 신비함이 묻어 있었다. 축화의 불꽃은 그 강렬한 빛을 둘러선 군중의 얼굴에 반사되고 있었다.

불빛으로 붉게 물든 구경꾼들 가운데 어느 누구보다도 유심히 춤추는 아가씨를 바라보는 한 사람이 있었다. 위엄이 있고 침착하면서도 음울한 표정의 남자였다. 남자의 옷차림은 둘러 싼 군중에 가려 보이지 않았다. 많아야 서른다섯 정도나 되었을까. 하지만 머리가 벗겨져 이미 회색으로 변한 머리칼이 여기저기 듬성듬성 남아 있을 뿐이었다. 넓고 높은 이마에는 주름이 파이기 시작했으나 움푹 들어간 눈에선 색다른 젊음과 강렬한 정기, 깊은 정열이 뿜어 나오고 있었다. 그의 눈길은 잠시도 아가씨에게서 떠날 줄을 몰랐다. 열여섯 살의 아가씨가 모든 구경꾼을 즐겁게 해주려고 나비처럼 이리저리 날아다니며 춤을 추는 동안 남자의 꿈꾸는 듯한 얼굴은 점점 더 어두워져 갔다. 이따금씩 남자의 입술에 미소와 탄식이 함께 번지기도 했으나 안타깝게도 그 미소는 탄식보다 더 고통스러운 것이었다.

이윽고 숨이 찬 집시 아가씨가 춤추는 것을 멈추었다. 관중은 열렬한 박수갈채를 보냈다.

「잘리!」

아가씨가 입을 열었다.

그러자 날쌔고 영리해 보이는 자그맣고 귀여운 흰 염소 한 마리가 달려 나왔다. 금빛 뿔과 금빛 발에 금빛 목걸이를 매단, 털이 부드러운 염소였다. 염소는 지금까지 누구의 눈에도 띄지 않았었다. 주인이 자신의 이름을 부를 때까지 양탄자 한구석에 쭈그리고 앉아 주인이 춤추는 것을 바라보고 있었던 것이다.

「잘리, 이젠 네 차례야.」

아가씨가 염소 곁에 앉으면서 자신의 탬버린을 살며시 내밀었다.

「잘리, 지금이 몇 월이지?」

그녀가 염소를 향해 물었다. 염소는 앞발을 들어 탬버린을 한 번 쳤다. 과연 지금은 1월이었다. 관중은 환호성을 질렀다.

「잘리, 오늘이 며칠이지?」

그녀가 탬버린을 뒤집으면서 물었다.

그러자 염소는 작은 금빛 발을 들어 탬버린을 여섯 번 쳤다.

「그럼, 잘리, 지금 몇 시지?」

그녀가 다시 탬버린을 돌려놓으면서 묻자 잘리가 일곱 번을 쳤다. 바로 그 순간 메종오필리에의 벽시계가 일곱 시를 알렸다.

구경꾼들은 감탄해 마지않았다.

「이건 마법이야.」

구경꾼들 사이에서 음산한 목소리가 새어 나왔다. 집시 아가씨에게서 눈길을 떼지 않고 있던 대머리 사나이였다.

그녀가 몸을 떨며 뒤를 돌아보았다. 하지만 사내의 소리는 관중의 박수갈채에 묻혀 들리지 않았다.

「어머! 참 못된 아저씨로군!」

이렇게 혼잣말을 한 아가씨는 아랫입술을 쭉 내밀고 뾰로통한 표정을 지어 보이고는 발뒤꿈치로 뱅그르르 돌면서 관중에게 탬버린을 내밀었다.

크고 작은 은전과 동전이 탬버린 속으로 비 오듯 쏟아졌다. 그 순간 그녀가 그랭구아르 쪽으로 다가왔다. 그가 정신없이 호주머니에 손을 쑤셔 넣는 것을 본 그녀는 그 앞에서 걸음을 멈췄다.

「아뿔싸!」

호주머니 속에 손을 넣은 시인의 입에서 탄식이 흘러나왔다. 그에겐 단 한 푼도 없었던 것이다. 아리따운 집시 아가씨는 여전히 그 자리에서 커다란 눈으로 그를 바라보면서 탬버린을 내밀고 있었다. 그랭구아르의 등에선 구슬 같은 식은땀이 흘러내렸다.

그때였다. 뜻하지 않은 사태가 그를 궁지에서 구해주었다.

「썩 꺼져버리지 못해! 이 메뚜기 같은 집시 계집!」

째지는 듯한 목소리가 광장의 가장 어두운 구석에서 새어나왔다.

아가씨가 깜짝 놀라 뒤돌아보았다. 그것은 대머리 남자의 목소리가 아니었다. 독실한 교인임에 틀림없는 심술궂은 여자의 목소리였다. 아가씨를 떨게 한 이 목소리는 근처에서 돌아다니던 아이들을 날뛰게 만들었다.

「투르롤랑에 사는 노파다!」

아이들이 웃으며 법석을 떨었다.

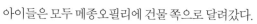

「무섭게 으르렁대는군! 아직 저녁밥을 못 먹었나? 시에서 준비한 식탁에 뭐라도 남은 게 있으면 좀 갖다 주자!」

아이들은 모두 메종오필리에 건물 쪽으로 달려갔다.

그랭구아르는 춤추는 아가씨가 당황한 틈을 타서 그 자리를 피했다. 그는 아이들이 떠드는 소리를 듣고 자기도 여태 저녁을 먹지 않았다는 생각이 들었다. 그래서 재빨리 식탁으로 뛰어갔다. 하지만 아이들의 뜀박질을 당해낼 재간이 없었다. 그가 식탁에 도착했을 때는 이미 아무것도 남아 있지 않았다.

저녁을 굶은 채 잠자리에 든다는 것은 서글픈 일이다. 저녁도 못 먹고 잠잘 곳도 없다면 더더욱 처량한 일이다. 그날 밤 그랭구아르의 신세가 바로 그러했다.

그가 점점 더 침울한 상념에 깊이 빠져 들 즈음 갑자기 감미로우면서도 기이한 노랫소리가 들려왔다. 바로 그 어여쁜 집시 아가씨가 부르는 노래였다.

아가씨의 목소리는 그녀의 외모나 춤만큼 아름다웠다. 맑고 낭랑하면서도 날개가 달린 듯 가벼운 목소리에는 딱히 뭐라 정의할 수 없는 매혹이 깃들어 있었다. 아가씨의 노래는 마치 백조가 호수에 파문을 일으키듯 그랭구아르의 마음을 흔들어 놓았다. 그는 넋 나간 사람처럼 노래에 귀를 기울였다. 아침부터 계속된 고통의 시간 끝에 처음으로 모든 괴로움을 잊은 시간이었다.

하지만 그 시간은 짧았다.

집시 아가씨의 춤을 멈추게 했던 노파의 목소리가 이번에는 노래를 방해했다.

「아가리를 닥치지 못하겠느냐! 이 지옥의 매미 같은 것아!」

노파의 목소리는 여전히 광장의 어두운 곳에서 울려 나왔다.

가엾은 '매미'는 노래를 뚝 그쳤다. 그랭구아르는 귀를 틀어 막으며 소리를 질렀다.

「아! 이 망할 놈의 이 빠진 할망구 같으니라고! 아름다운 노래를 망쳐놓다니!」

다른 구경꾼들도 투덜대기는 마찬가지였다.

「늙어빠진 할망구야, 뒈져버려라!」

이렇게 욕을 하는 사람이 한둘이 아니었다.

때마침 들이닥친 가장 교황의 행렬이 아니었다면 축제의 흥을 깨버린 보이지 않는 노파는 집시 아가씨를 공격했다는 이유로 몰매를 맞았을지도 모르는 일이다. 재판소를 떠난 가장 교황의 행렬은 파리 장안의 여기저기를 돌고 난 후 횃불을 앞세우고 떠들썩하게 그레브 광장으로 들어서고 있었다.

가장 교황 행렬에 앞장을 선 것은 집시의 왕국이었다. 말을 탄 집시 대왕 뒤로 소두목들이 나타났고, 집시 남정네들과 우는 아이를 둘러업은 여인네들이 저마다 자기 신분에 맞추어 엉터리 옷을 차려입고 그 뒤를 따르고 있었다. 그 다음은 불량배의 왕국이었다. 이들은 다름 아닌 프랑스 전역에서 올라온 도둑들로 가장 별 볼일 없는 좀도둑 무리를 선두로 해서 나름대로의 위계질서에 따라 네 명씩 종대로 행진을 하고 있었다. 행렬의 가운데에는 두 마리의 큰 개가 이끄는 작은 수레에 엎드려 있는 불량배의 왕, 거지 왕초가 눈에 띄었다. 거지 떼 다음으로 갈릴레아 제국 사람들이 들어왔다. 이 제국의 황제라는 작자는 포도주로 얼룩진 보랏빛 옷을 걸치고 서로 주먹질을 하거나 어깨춤을 추는 떠돌이 광대들의 호위를 받으며 당당하게 걷고 있었다. 맨 마지막으로 법조단 사람들이 입장했다. 그들은 꽃으로 장식한 오월주를 들고 긴 검정 제복을 늘어뜨린 채 시끌벅적한 음악을 연주하며 들어왔다. 누런 색의 커다란 밀랍 초가 그들의 무리를 비추고 있었다. 이 우스꽝스러운 행렬의 한복판에는 가장 교황 선발을 담당하는 축제단의 임원들이, 페스트가 창궐했을 때 파리의 수호 성녀 주느비에브의 성골 함에 바쳐진 촛불보다도 더 많은 수의 초가 꽂혀 있는 가마를 어깨에 메고 있었다. 가마 위에는 법의를 입고 교황관을 쓴 채 나무 지팡이를 짚은 새로운 가장 교황, 이른바 노트르담의 종지기 꼽추 카지모도가 앉아 있었다.

재판소에서 그레브 광장까지 오는 동안 카지모도의 슬프고도 추악한 얼굴은 자랑스러움과 행복함에 한껏 젖어 있었다. 그는 이날에서야 태어나서 처음으로 자존심의 만족이란 것을 경험한 것이다. 이제껏 그는 자기 처지에 대한 경멸과 자기 신체에 대한 혐오감밖에 모르던 사람이었다. 카지모도는 비록 귀머거리였지만 진짜 교황이 된 기분으로 군중의 박수갈채를 즐겼다. 여태껏 그는 세상이 자기를 미워한다고 느꼈기에 세상을 미워했다. 하지만 지금은 바로 그 세상 사람들이 자기에게 환호를 보내고 있지 않은가. 이 사람들이 미치광이와 병신과 도둑과 거지의 무리라고 해도 그것이 무슨 상관이랴! 이들은 그의 신하요, 백성이고 자신은 군주인 것이다. 그는 사람들의 빈정대는 환호와 조롱 섞인 존경을 아무런 의심 없이 순수하게 받아들였다. 게다가 비록 군중의 존경과 환호가 조롱에서 비롯된 것이라 해도 거기에는 가장 교황에 대한 두려움과 경외감이 어느 정도 섞여 있는 것이 사실이었다. 그들이 뽑은 교황은 비록 꼽추였지만 건장했고, 절름발이였지만 날쌨으며,

귀머거리였지만 심술이 사나운 심상치 않은 인간이었다. 이 세 가지 특징 덕분에 사람들은 추한 외모에도 불구하고 그를 완전한 놀림감으로 생각할 수 없었다.

카지모도가 자기 기분에 반쯤 취한 상태에서 의기양양하게 메종오필리에 앞을 지나가고 있을 때였다. 군중 속에서 한 남자가 뛰쳐나오더니 격분한 듯 그의 손에서 광인 교황의 상징인 금빛 나무 지팡이를 낚아챘다. 놀란 구경꾼들은 두려움에 떨며 그 광경을 지켜보았다.

이 당돌한 남자는 조금 전 군중 틈에 끼어 집시 아가씨에게 위협과 증오의 말을 뇌까리던 대머리 사나이였다. 그는 성직자의 옷을 걸치고 있었다. 남자가 군중 사이를 헤치고 앞으로 나오는 순간 그랭구아르는 이 인물이 누구인지 금방 알아보았다.

「아니! 저분은 클로드 프롤로 부주교님이시잖아? 대체 저 사악한 애꾸눈을 어쩌실 셈이지? 저러다가는 잡아먹히고 말 텐데.」

아니나 다를까 그 순간 공포의 고함 소리가 솟아올랐다. 무시무시하게 생긴 카지모도가 가마 위에서 뛰어내린 것이다. 여자들은 그가 부주교를 해치는 장면을 보지 않으려고 눈길을 돌렸다.

카지모도는 신부 앞으로 다가가 한참을 쳐다보더니 무릎을 꿇었다. 신부는 그에게서 교황관을 빼앗고 지팡이를 부러뜨리고 번쩍이는 법의를 벗겨냈다. 카지모도는 여전히 무릎을 꿇은 채 머리를 조아리면서 두 손을 마주 잡았다.

두 사람 사이에서 신호와 몸짓으로만 구성된 기이한 대화가 시작되었다. 둘 다 말이 없었다. 부주교는 화가 났는지 위협적인 자세로 명령하듯 딱 버티고 서 있었고, 카지모도는 땅바닥에 엎드려 공손한 태도로 애걸을 하고 있었다. 이상한 일이었다. 마음만 먹으면 부주교쯤이야 엄지손가락 하나로도 두 동강 낼 수 있는 힘이 있는 카지모도였다.

이윽고 부주교는 카지모도의 억센 어깨를 사정없이 잡아 흔들더니 일어나 따라오라는 시늉을 했다.

처음의 놀라움이 가시자 가장 교황제를 담당한 임원들은 갑자기 옥좌에서 쫓겨난 자신들의 교황을 지키려고 나섰다. 집시들과 부랑배와 법조단 사람들도 부주교 주변에서 웅성거리기 시작했다.

그러자 카지모도가 부주교 앞을 막아서더니 굵직한 두 주먹을 휘두르면서 성난 호랑이처럼 이를 갈며 그들을 노려보았다.

평소의 냉정을 되찾은 부주교는 카지모도에게 신호를 주고는 말없이 자리를 떴다. 카지모도가 앞장서서 사람들을 밀치며 그에게 길을 터주었다.

두 사람이 갑작스러운 상황에 놀라 웅성거리는 혼잡한 군중을 내버려 둔 채 광장을 떠나려고 하는 순간, 호기심이 발동한 사람들과 그다지 할 일 없는 부랑자들이 그들의 뒤를 따르려 했다. 부주교의 뒤쪽으로 나선 카지모도는 뒷걸음질 치며 부주교를 호위하기 시작했다. 작달막하지만 다부진 몸에다 등에는 커다란 혹을 매단 카지모도는 사지를 잔뜩 굽혀 공격적인 자세를 취하고 산돼지 같은 어금니를 날름거리며 맹수처럼 울부짖어, 몰려드는 구경꾼들을 몸짓과 눈짓으로 쫓아냈다.

사람들은 두 사람이 어둡고 좁은 골목길로 사라지는 것을 그저 바라볼 뿐이었다. 목숨의 위험을 무릅쓰면서까지 뒤를 쫓으려는 사람은 없었다. 이빨을 갈며 포효하던 카지모도의 모습은 군중의 호기심을 꺾어놓기에 충분했다.

「놀라운 일이군! 그나저나 대체 어디서 저녁밥을 얻어먹는 담?」

그랭구아르의 혼잣말이었다.

3 밤길에 아리따운 여인을 뒤따르다가 생긴 일

그랭구아르는 전후를 돌아볼 새도 없이 집시 아가씨를 뒤따르기 시작했다. 그녀가 염소와 함께 쿠텔르리 거리로 들어서는 것이 보였다. 그도 쿠텔르리 거리로 들어갔다.

「뭐, 안 될 이유는 없지.」

그는 혼잣말을 했다.

파리 시민들이 하나 둘 집으로 돌아가고, 그날 가게 문을 열었던 유일한 장사꾼인 선술집 주인들마저도 가게 문을 닫는 것을 본 아가씨는 염소에게 종종걸음을 치게 하며 발걸음을 재촉했다. 그랭구아르는 사색에 잠긴 채 그런 그녀의 뒤를 밟았다.

「어쨌거나 저 아가씨도 어디에선가 자긴 할 거야. 집시 아가
씨들은 친절하니까 혹시 모르지…….」

거리가 점점 어두워질수록 인적도 뜸해져 갔다. 소등을 알
리는 종도 오래전에 울린 터라 거리에서 행인을 만나는 일은
아주 드물었고, 창가로 새어 나오는 불빛조차 거의 없었다. 그
랭구아르는 집시 아가씨의 뒤를 따라 실타래처럼 엉킨 좁은
길이 엇갈리는 공동묘지 근처의 미로 같은 곳으로 들어섰다.

조금 전부터 아가씨는 자신의 뒤를 밟는 사
내가 있다는 것을 알아차렸다. 그녀는
걱정스러운 듯 여러 번 고개를 돌려 그
사나이 쪽을 쳐다보더니 급기야 한번
은 아예 걸음을 멈추고 반쯤 열린 빵집
의 문에서 흘러나오는 불빛으로 그를 머리부터 발끝까지 훑어
보았다. 이렇게 한번 사나이를 살펴본 아가씨는 아까 광장에
서 그랬던 것처럼 입술을 내밀어 뽀로통한 표정을 지어 보이
고는 다시 걷기 시작했다.

아가씨의 표정은 그랭구아르에게 생각할 거리를 주었다. 살
짝 찡그린 아가씨의 부드러운 표정에는 분명 멸시와 비웃음이
스며 있었다. 그는 고개를 숙이고 포장도로에 박힌 돌멩이의
수를 세면서 아가씨와 약간 거리를 두고 걷기 시작했다. 어느
길모퉁이에 이르러 그녀의 모습이 보이지 않게 되었을 때였
다. 갑자기 날카로운 비명 소리가 들려왔다.

그는 소리 나는 곳으로 걸음을 재촉했다.

거리는 칠흑 같은 어둠에 휩싸여 있었다. 그러나 때마침 길 모퉁이에 서 있는 성모마리아상 아래 놓인 철제 보호각 속에 기름이 묻은 밧줄이 타고 있었다. 그 불빛 덕에 시인은 입을 틀어막으려는 두 사나이의 팔 속에서 발버둥치고 있는 집시 아가씨의 모습을 볼 수 있었다. 가엾은 염소는 겁에 질려 뿔을 수 그리고「매매」울어댔다.

「어이, 야경대 양반들! 이리로 와주시오!」

그랭구아르가 다른 쪽을 향해 소리를 지르며 용감하게 다가갔다. 아가씨를 붙들고 있던 사나이들 중 하나가 뒤를 돌아보았다. 천만뜻밖에도 그것은 무시무시한 가장 교황 카지모도의 얼굴이었다.

그랭구아르는 도망치지는 않았지만 한 걸음도 앞으로 나갈 수가 없었다.

카지모도가 다가오더니 손등으로 방해자를 한 번 후려쳤다. 그는 그대로 길바닥에 나동그라졌다. 카지모도는 축 늘어진 아가씨를 마치 실크 스카프처럼 팔 위에 두르고 어둠 속으로 사라졌다. 공범자는 뒤를 따랐고, 가엾은 염소는 슬프게 울면서 그들 뒤를 쫓아갔다.

「사람 살려요! 사람 살려요!」

집시 아가씨가 외쳤다.

「이놈들, 거기 서라! 당장 여자를 내려놓아라!」

옆의 십자로에서 기병 하나가 벽력같은 소리를 지르며 달려나왔다.

장검을 손에 든 그는 완전무장 한 왕실 친위대의 중대장이었다.

그는 어리둥절해 있는 카지모도의 팔에서 아가씨를 빼내어 자기의 말안장 위에 앉혔다. 순간 제정신을 차린 카지모도가 아가씨를 되찾기 위해 그에게 달려들었다. 동시에 중대장을 따르는 열댓 명의 군사가 손에 장검을 들고 나타났다. 그들은 파리 관할 기마대의 대장이자 파리 시장인 로베르 데스투트빌의 명령을 받고 야간 정찰을 하는 왕실 친위대 소속의 군사들이었다.

포위된 카지모도는 체포되어 포승줄에 꽁꽁 묶였다. 그는 짐승처럼 으르렁대며 게거품을 물고 밧줄을 물어뜯었다. 만약에 한낮에 이런 일이 일어났다면 카지모도는 분노로 더욱 흉측하게 일그러졌을 그 얼굴만으로도 거기 모인 군사들을 모두 혼비백산하게 하여 줄행랑을 놓게 할 수 있었으리라. 하지만 한밤의 꼽추는 자신의 가장 큰 무기라고 할 수 있는 추악한 모습을 잃은 상태였다.

그와 함께 있던 사나이는 꼽추가 군사들과 싸우는 틈을 타서 사라져버렸다.

집시 아가씨는 기마대 중대장의 안장 위에서 서서히 몸을 일으켰다. 그러고는 두 손을 장교의 어깨 위에 올렸다. 아가씨는 구원자의 준수한 용모와 자신에게 베풀어준 호의에 감탄한 듯 잠시 동안 사내의 얼굴을 뚫어져라 쳐다보았다. 이윽고 그녀가 먼저 침묵을 깨고 부드러운 목소리를 한층 더 부드럽게 하여 말했다.

「기병대장님, 성함이 어떻게 되세요?」

「페뷔스 드 샤토페르 대위입니다, 미인 아가씨.」

장교가 몸을 반듯이 세우며 대답했다.

「고맙습니다.」

처녀는 페뷔스 대위가 콧수염을 만지작거리는 사이 살며시 말에서 내려 쏜살같이 사라졌다.

「빌어먹을! 이런 병신보다 저 계집애를 붙잡아 놓는 게 훨씬 나았을 텐데!」

대위가 카지모도의 포승줄을 세게 잡아당기며 투덜거렸다.

「별수 있나요, 대장님. 꾀꼬리는 날아가고 박쥐만 남았습니다.」

군사 하나가 대꾸했다.

 4 깨진 항아리

그랭구아르는 정신을 잃은 채 성모마리아상이 있는 길모퉁이 바닥 한쪽 구석에 내던져져 있었다. 조금씩 의식이 돌아오기 시작했지만 처음 얼마 동안은 비몽사몽 상태로 꿈을 꾸는 듯, 집시 아가씨와 염소의 흥얼거림이 가져다준 감미로움과 카지모도가 날린 주먹의 무게 사이를 오락가락했다. 그러나 이런 상태는 오래가지 않았다. 포석에 맞닿은 몸뚱이 한쪽에서 느껴지는 한기가 정신을 번쩍 들게 했다.

「대체 왜 이렇게 차가운 거지?」

그제야 그는 자신이 진흙투성이 길바닥에 쓰러져 있다는 사실을 깨달았다.

「망할 놈의 꼽추 같으니라고!」

그는 간신히 몸을 일으키며 중얼거렸다. 욕설을 내뱉고 나니 다소나마 마음이 진정되었다. 그때였다. 길고 좁은 골목길 한쪽 끝에서 불그스레한 불빛이 새어 나오는 것이 보였다.

「그래, 바로 저기야!」

그는 힘이 솟아나는 것을 느꼈다. 그런데 경사가 심하게 지고 포장이 안 되어 진창인 골목길로 몇 걸음 옮기자마자 뭔가 이상하다는 생각이 들었다. 골목길은 비어 있는 것이 아니었다. 뭔가 희미하고 명확하지 않은 형체들이 골목길 끝에서 반짝이는 불빛을 향해 기어가고 있었다. 흡사 한밤에 목동이 피워놓은 들불에 이끌려 이쪽 풀잎에서 저쪽 풀잎으로 옮겨 가는 애벌레들 같았다.

그랭구아르는 몇 발짝 더 다가섬으로 이내 가장 게으르게 다른 사람들 뒤를 따라가고 있는 애벌레 한 마리를 따라잡을 수 있었다. 가까이 가서 보니 그것은 불쌍한 앉은뱅이였다. 이 앉은뱅이는 다리가 두 개밖에 남지 않은 무당벌레처럼 두 팔로 무거운 몸을 끌며 앞으로 기어가고 있었다. 그랭구아르가 얼굴은 사람인데 몸은 거미 같은 이 형체 옆을 지나치는 순간 처량한 목소리가 그를 불러 세웠다.

「라 부오나 만시아, 시뇨르! 라 부오나 만시아!(역주 : '마실 것과 먹을 것을 줍쇼, 나리! 마실 것과 먹을 것을 줍쇼!'라는 뜻의 이탈리아어)」

「대체 무슨 말을 지껄이는 거야! 지옥에나 떨어져 버려라!」

그랭구아르는 차갑게 쏘아붙이고는 성큼 앞서 나갔다.

그리고 이동하는 무리 가운데 다른 사람을 따라가며 살펴보았다. 이번엔 절름발이에다 한쪽 팔이 없는 불구자였다. 절뚝거리는 다리나 대롱거리는 팔은 보기에도 너무 처참했다. 불구인 몸을 떠받치고 있는 쌍지팡이와 목발의 복잡한 모양새는 마치 현재 진행 중인 건축 공사장 인부들이 쌓아놓은 비계 같았다. 언제나 고상하고 고전적인 비교를 하는 버릇이 있던 그랭구아르의 머릿속에는 대장장이의 신 불카누스가 만든 삼각대의 이미지가 스쳐 갔다.

이 살아 있는 삼각대 같은 작자는 그랭구아르가 지나치는 것을 보자 인사를 건넸다. 그런데 그 인사라는 것이, 이발사가 면도할 때 사용하는 대야처럼 모자를 그랭구아르의 턱까지 쳐들면서 귀에다 대고 알아들을 수 없는 소리를 질러대는 것이었다.

「세뇨르 칼바레로, 파라 콤프라르 운 페다조 드 판!(역주 : '나리, 빵 한 조각 살 돈을 줍쇼'라는 뜻의 스페인어)」

그랭구아르는 못 들은 척 서둘러 발걸음을 옮겼다. 그러나 무언가가 그의 길을 막았다. 이번에는 장님이었다. 그는 커다란 개를 끌고 지팡이로 사용하는 막대기로 주변을 휘적휘적 저으며 헝가리 억양으로 콧소리를 내며 말을 걸어왔다.

「파시토테 카리타템!(역주 : '적선해줍 쇼!'를 뜻하는 헝가리 사투리식 라틴어)」

그랭구아르는 소경에게 등을 돌리고 걸음을 재촉했다. 그러나 장님도 잰걸음으로 그를 바짝 따라붙었다. 그뿐이 아니었다. 별안간 아까 그 앉은뱅이와 절름발이가 밥사발을 부딪치고 목발을 땅에 끌면서 시끄럽게 두 사람 쪽으로 다가왔다. 그러더니 셋이 엎치락뒤치락하면서 한 패거리가 되어 마치 합창을 하듯 구걸을 시작했다.

「카리타템!」 장님이 소리를 지르면 앉은뱅이가 「라 부오나 만시아!」라고 외치고, 이어서 절름발이가 목청을 돋워 「운 페다조 드 판!」을 반복했다.

그랭구아르는 그만 귀를 막아버렸다.

「아! 이거야말로 바벨탑이 따로 없구나!」

그랭구아르는 내달리기 시작했다. 그러자 장님도, 절름발이도, 심지어 앉은뱅이까지도 뛰었다.

그가 골목 안으로 깊이 들어가면 들어갈수록 앉은뱅이와 장님과 절름발이의 수는 늘어갔다. 집에서, 옆 골목에서, 지하실의 채광 환기창에서 쏟아져 나온 곰배팔이, 애꾸눈, 상처를 드러낸 문둥이들이 으르렁거리거나 찌지는 소리를 내고 아우성을 치고 절뚝거리고 진창 속을 뒹굴면서 빛이 새어 나오는 쪽으로 몰려가고 있었다.

오던 길을 되돌아갈까 하는 생각이 들었지만 때는 이미 늦었다. 병신 떼가 거리를 가득 메우고 뒤로 죽 늘어섰으며, 아까부터 그를 괴롭히던 세 명의 거지는 그를 놓아주지 않았다. 그는 물리칠 수 없는 인파에 떠밀려 어쩔 수 없이 앞으로 계속 나아갔다. 두려움과 어지러움 때문에 이 모든 상황이 그저 악몽

같이 생각되었다.

마침내 그는 좁은 골목길 끝에 다다랐다. 골목길을 빠져나오니 널찍한 광장이 펼쳐져 있었다. 수많은 불꽃이 흐릿한 밤안개 속에 여기저기서 흔들리고 있었다. 그랭구아르는 자신의 튼튼한 두 다리만 있으면 지금껏 자기를 놓아주지 않는 세 명의 불구자를 따돌릴 수 있으리라 믿으며 광장으로 달려 나갔다.

「온데 바스, 옴브레!(역주 : '어딜 가는 거야, 이 자식아!'라는 뜻)」

갑자기 절름발이가 목발을 던져놓고 멀쩡한 두 다리로 그를 쫓아오기 시작했다. 앉은뱅이도 두 다리를 짚고 일어서더니 들고 있던 무거운 밥사발을 시인의 머리 위에 뒤집어씌웠다. 장님은 두 눈을 반짝이며 정면에서 그를 노려보았다.

「대체 여기가 어디요?」

시인이 공포에 질려 물었다.

「기적궁이다.」

어느새 옆에 다가와 있던 네 번째 괴물이 대답했다.

「그렇군요. 소경이 눈을 뜨고, 절름발이가 달리는 것을 보니…….그런데 구세주는 어디 있소?」

그들은 소름끼치게 웃을 뿐 아무도 대꾸하지 않았다.

가엾은 시인은 주위를 둘러보았다. 그는 과연 보통 사람이라면 그 시간에는 근처에 얼씬해서는 안 될 그 이름도 유명한 기적궁에 들어와 있었다. 여기는 바로 수사를 위해 들어왔던 파리 감옥소 간수들이나 재판소의 군졸들이 뼈도 못 추리고 감쪽같이 사라진다는 마술의 지역으로, 도둑들의 소굴이자 파리 시에 사마귀처럼 붙어 기생하는 죄악의 본거지였다. 사회의 질서를 망가뜨리는 무늬 말벌 같은 놈들이 저녁마다 노획물을 갖고 돌아오는 무시무시한 벌집이요, 집시

나 환속한 수도사나 타락한 학생들이 출신지나 종교를 막론하고 낮에는 거지 행세를 하다가 밤이 되면 불한당으로 바뀌는 곳, 한마디로 요약하자면 파리의 거리에서 벌어지는 도둑질, 매춘, 살인 같은 사라지지 않는 범죄의 연극에 등장하는 모든 배우가 옷을 갈아입는 거대한 분장실이었다.

당시 파리의 모든 광장이 그러했듯이 그곳도 바닥이 고르지 못하고 포장이 안 되어 있었다. 여기저기에서 모닥불이 타오르고 있었고 그 주위로는 이상한 차림의 패거리가 떼를 지어 모여 있었다. 사람들은 왔다 갔다 하면서 소리를 질러댔다. 날카로운 웃음소리와 어린애들의 울음소리, 여자들의 목소리도 들렸다. 타오르는 불빛을 배경으로 사람들의 손과 머리가 시커멓게 해괴한 그림자를 만들어내고 있었다. 때로는 흔들리는 불빛 사이로 사람을 닮은 개인지 개를 닮은 사람인지 구분할 수 없는 그림자들이 지나갔다. 지옥의 수도를 연상케 하는 이곳에선 종족이나 인종의 구별 따위는 아예 없어진 듯싶었다. 남자든 여자든 짐승이든 사람이든 모두 뒤범벅이 되어 나이나 성별이나 건강 상태에 상관없이 모두 하나가 되어버린 것 같았다. 모두가 이 괴상한 전체를 구성하는 하나의 구성원일 뿐이었다.

그 순간 주변의 시끄러운 잡음 속에서 하나의 목소리가 뚜

렷하게 들려왔다.

「저놈을 대왕님께 끌고 가자!」

「대왕님께! 대왕님께!」

모두가 한목소리로 외쳐댔다.

사람들이 그를 끌고 갔다. 누구든 먼저 차지하는 자가 임자가 될 찰나였다.

「저놈은 우리 거야!」

세 명의 거지가 부르짖으며 딴 사람들로부터 그를 빼앗았다. 이미 기진맥진해 있던 시인의 영혼은 이 싸움에서 완전히 넋을 놓고 말았다.

이 무시무시한 광장을 가로질러 끌려가는 동안에 그랭구아르는 어지럼증이 좀 가셨다. 몇 걸음 걸어가자 현실감이 되돌아왔다. 그는 조금씩 광장의 분위기에 익숙해져 갔다.

마침내 광장의 끝에 이르러 누더기를 걸친 불한당들이 그를 놓아주었을 때 눈앞에 펼쳐진 광경은 시적인 것과는 거리가 먼 것이었다. 그들이 마주 대하고 선 것은 그 무엇보다도 산문적이고 적나라한 현실, 바로 선술집이었다.

커다랗고 둥근 포석 위에선 화톳불이 활활 타올라, 불꽃은 아무도 앉지 않은 삼각의자의 다리를 붉게 물들이고 있었다. 화톳불 주위로 낡아빠진 탁자가 여기저기 흩어져 있었다. 탁자 위에는 포도주와 맥주 항아리가 놓여 있었고 항아리 주위로는 불과 술이 붉게 물든 수많은 취한 얼굴이 흔들리고 있었다.

화톳불 언저리에 놓인 커다란 술통 위에 거지 하나가 앉아 있었다. 이자가 바로 용상에 앉아 있는 그들의 왕이었다.

그랭구아르를 붙잡은 세 명의 거지가 그를 통 앞으로 끌고 갔다. 그러자 시끌벅적하던 주위가 쥐 죽은 듯 조용해졌다.

그랭구아르는 숨도 제대로 못 쉬고 고개도 들지 못했다.

술통 위에 앉은 왕이 그에게 말을 걸었다.

「이 조무래긴 대체 무엇이냐?」

그랭구아르가 몸을 떨었다.

「나리…… . 각하…… . 폐하…… .」

그가 더듬거리며 말했다.

「저, 뭐라고 불러 모셔야 할지…… .」

「각하든 폐하든 친구든 너 좋을 대로 불러라. 그러나 우물쭈물하지 말고 빨리 말해라. 자기변호로 할 말이 있느냐?」

'자기변호라니! 이 무슨 뚱딴지같은 말인가.'

그랭구아르는 듣기 거북하다 생각하며 다시 더듬더듬 말을 이었다.

「저는 오늘 아침에…… .」

「개수작 부리지 말고! 이 자식아, 간단히 이름만 대면 그만이야. 다른 건 필요 없다. 네놈은 지금 세 분의 위대한 군주 앞에 서 있다. 나로 말하면 불량배 왕국의 최고 영주인 위대한 거지의 후계자 튄의 왕 클로팽 트루유푸다. 저기 머리에 걸레를 두르고 계신 얼굴이 누런 어르신은 이집트와 보헤미아 공작이시고, 지금 우리 얘기랑 상관없이 저쪽에서 계집아이를 껴안고 있는 뚱뚱한 분이 갈릴레아 제국의 황제이시다. 우리 세 사람이 너를 재판하겠다. 너는 불량배도 아니면서 우리 제국에 들어옴으로써 우리 도시의 특권을 침해했다. 너는 '사기 도박

꾼'이냐, '꾀병쟁이'냐, 그렇지 않으면 '가짜 이재민'이냐? 바깥 세상 사람들이 점잖게 하는 말로 도둑놈이냐 거지냐 떠돌이냐 하는 걸 묻는 것이다. 네가 하는 일이 그 셋 중 하나가 아니라면 벌을 받아 마땅한 것이다. 어떠냐? 변호를 할 테면 해봐라. 어서 신분을 밝히란 말이다!」

「아! 슬픈 일이지만 저는 그런 명예를 갖지 못했습니다. 저는 작가로서…….」

「그렇다면 됐다.」

클로팽은 상대의 말을 가로막았다.

「네놈을 교수형에 처하겠다. 선량한 파리 시민들이여, 그대들이 그대들의 나라에서 그대들의 법으로 우리를 다루듯 우리 왕국에선 우리의 법으로 그대들을 다루겠노라! 그 법이 억울하다면 그건 그대들의 탓이다. 때로는 포승줄에 매달린 양반 놈의 찌그러진 상판도 봐두어야 하지 않겠는가.」

「황제 및 국왕 여러분.」

그랭구아르가 침착하게 입을 열었다. 어디서 그런 용기가 나왔는지 모르겠지만 그랭구아르는 평정을 되찾고 아주 단호한 어조로 말하기 시작했다.

「여러분께서는 그릇된 판단을 내리고 계십니다. 저는 피에르 그랭구아르라고 합니다. 오늘 아침 재판소 대강당에서 공연된 성사극을 쓴 시인입니다.」

「아! 그게 바로 네놈이었느냐?」

클로팽이 말했다.

「어처구니없게도 나도 거기 있었지. 그런데 여보게, 이 친구야. 네가 오늘 아침에 우리를 지루하게 했다고 해서 오늘 밤에 교수형을 당하지 않아도 좋을 이유가 되느냐?」

순간 그랭구아르의 머릿속에 여기서 살아 나가기는 어렵겠다는 생각이 스쳤다. 그러나 그는 마지막까지 버텨보기로 했다.

「어째서 시인이 부랑자나 거지들과 한패가 될 수 없다는 겁니까? 이솝은 떠돌이였고 호메로스는 걸객이었으며 메르쿠리우스는 도둑이었습니다.」

클로팽이 그의 말을 가로막았다.

「지금 네놈이 엉터리 같은 말로 우리를 속일 생각이렷다. 망할 자식! 어서 목을 내놓아라. 딴 수작 부리지 말고!」

클로팽이 신호를 보냈다. 그러자 패거리에서 떨어져 나온 몇 명의 사내가 말뚝을 두 개 가져왔다. 말뚝 아래쪽 끝엔 주걱 모양의 뼈대가 달려 있어 쉽게 땅에 박을 수 있도록 되어 있었다. 그들이 세워놓은 말뚝 위에 들보를 가로질러 놓자 이내 그것은 훌륭한 교수대로 변했다. 들보 아래에는 이미 밧줄까지 매달려 흔들리고 있었다.

그랭구아르의 입에서 「자비를 베푸소서」 하는 말이 한숨과 함께 섞여 나왔다. 그랭구아르는 주위를 둘러보았다. 그러나 희망은 없었다. 모두들 재미있다는 듯 웃고 있을 뿐이었다.

「이봐, 벨비뉴 드 레투알. 들보 위로 올라가라.」

거지 대왕이 덩치가 큰 불한당에게 명령을 내렸다.

그러자 명령을 받은 사내는 재빨리 들보 위로 올라섰다. 그랭구아르는 겁에 질린 표정으로 고개를 들어 자기 머리 위에 놓인 들보 위에 웅크리고 앉아 있는 사내를 바라보았다.

「좋아. 이제 내가 손뼉을 치면 앙드리, 네가 저놈이 서 있는 나무 의자를 쓰러뜨려라. 프랑수아는 저놈 다리에 매달리고. 그러는 동안 벨비뉴, 너는 저놈의 어깨 위로 뛰어내리는 거다. 세 사람이 일제히 동작을 개시해라. 알겠느냐?」

그랭구아르는 몸서리를 쳤다.

「다들 준비됐느냐?」

클로팽은 파리 한 마리에 달려드는 세 마리의 거미처럼 그랭구아르를 향해 금방이라도 돌진할 듯한 자세를 취하고 있는 세 명의 사내에게 물었다. 클로팽이 아직 다 타지 않은 포도 덩굴을 가만히 발끝으로 밀어 넣는 사이에 가련한 죄인은 생과 사를 가르는 형벌의 시간을 고통스럽게 기다리고 있었다.

「준비됐겠지?」

클로팽이 재차 물으며 손뼉을 치려고 손을 폈다. 모든 것이 끝장나려는 순간이었다.

갑자기 클로팽이 들었던 손을 도로 내렸다. 무슨 생각이 떠오른 모양이었다.

「아, 잠깐! 깜박 잊고 있었군! 누구든 사내놈의 목을 매달기 전에 그놈을 갖겠다는 계집이 있는지 물어보는 게 우리의 관습이렷다……. 이것이 네놈의 마지막 명줄이다. 불한당의 계집과 결혼을 하든지 아니면 밧줄에 감겨 죽든지 둘 중 하나라 이 말씀이야.」

그랭구아르가 크게 한숨을 내쉬었다. 클로팽은

다시 술통 위에 올라가 큰 소리로 외쳤다.

「여봐라! 계집들은 들어라! 마녀부터 암고양이까지 누구라도 상관없다. 너희 가운데 이 떨거지를 차지하고 싶은 계집이 있느냐? 이리 와서 자세히들 보아라. 원한다면 이놈을 거저 주겠노라.」

그랭구아르의 몰골이 하도 처참했기에 매력이라곤 있을 리가 없었다. 여인네들은 거지 대왕의 제의에 별반 관심을 보이지 않았다. 오히려 이런 외침만이 들렸다.

「싫어요, 싫어! 저놈의 목을 매달아요. 모든 여자에게 즐거움이 될 테니!」

그러나 그 와중에서도 남자의 얼굴을 보려고 나서는 여인이 세 명 있었다. 그들은 앞으로 나와 사형수 가까이로 다가섰다. 그러고는 사내를 훑어보기 시작했다. 첫 번째 여자는 얼굴이 네모진 뚱보였다. 그녀는 시인의 볼품없는 윗옷을 유심히 살펴보았다. 닳아서 여기저기가 해진 윗옷은 온통 구멍투성이였다. 그것을 보자 여자는 낯살을 찌푸렸다.

「낡아빠진 넝마 조각이군!」

여자가 중얼거리며 그랭구아르에게 말했다.

「그냥 형틀에 올라가시우. 그게 낫겠어!」

두 번째는 얼굴이 검고 자글자글하게 주름이 잡힌 늙고 추한 노파였다. 그 흉측한 꼬락서니는 기적궁 내에서도 손에 꼽힐 정도였다. 노파는 그랭구아르 주변을 빙글빙글 맴돌았다. 그랭구아르는 혹시라도 이 할멈이 자기를 원하면 어쩔까 싶어 몹시 불안했다. 하지만 노파는 「말라깽이로군」 하고 중얼거리며 자리를 떠났다.

세 번째 여인은 생기 있어 보이는, 그다지 추하지 않은 젊은 처녀였다.

「살려주십시오!」

시인은 나지막한 소리로 애걸을 했다.

처녀는 한참 동안 동정하는 눈치로 시인을 바라보더니 그만 고개를 숙였다. 치맛자락을 매만지는 폼이 아직도 결정을 내리지 못한 모양이었다. 시인의 시선은 처녀의 움직임 하나하나를 뒤쫓았다. 그녀는 그의 마지막 희망이었다.

「안 돼요, 안 되겠어요. 그랬다가는 기욤 롱그주한테 얻어맞을 테니까요!」

처녀는 군중 사이로 되돌아갔다.

「이봐, 친구. 너는 운이 지지리도 없구나!」

클로팽이 다시 통 위에서 일어나 경매장의 집달관 같은 어투를 흉내 내며 외쳤다.

「자, 원하는 사람 없습니까? 이놈을 사실 분 없습니까? 하나, 둘, 셋!」

그러고는 교수대를 향해 돌아서며 신호를 보냈다.

「낙찰!」

형을 집행하기로 되어 있던 세 남자가 그랭구아르 주변으로 다가섰다.

그때였다. 거지와 부랑배들 사이에서 고함 소리가 들렸다.

「에스메랄다다! 에스메랄다다!」

그랭구아르는 바르르 떨며 소리 나는 쪽을 바라보았다. 몰려 있던 무리가 옆으로 비켜서자 눈부시게 환한 여인이 나타났다.

바로 그 집시 아가씨였다.

「에스메랄다!」

'에스메랄다'라는 단어 하나로 그날 하루 동안 있었던 모든 일이 주마등처럼 그랭구아르의 머릿속을 스쳐 갔다. 그랭구아르는 감정을 주체하지 못하고 덩달아 이 신비한 이름을 뇌까렸다. 보기 드물게 아름다운 이 아가씨는 기적궁 안에서까지 그 매력과 아름다움의 위력을 발휘하는 듯했다. 그녀가 앞으로 나설 수 있게 길을 터주는 남녀 패거리의 거친 얼굴에 환한 미소가 떠올랐다.

아가씨는 사뿐사뿐 걸어서 그랭구아르 옆으로 갔다. 귀여운 염소 잘리가 그녀의 뒤를 따랐다. 그랭구아르는 지금 살아 있다기보다 죽어 있다고 하는 편이 나을 정도로 기진맥진해 있었다. 그녀는 잠시 말없이 그를 쳐다보았다.

「이 남자의 목을 매다시려는 거예요?」

그녀가 심각하게 클로팽에게 물었다.

「그렇다, 자매여. 만일 그대가 남편으로 삼을 생각이 없다면.」

처녀가 입술을 내밀며 예의 그 뾰로통한 표정을 지었다.

「남편으로 삼겠어요.」

그 순간 그랭구아르는 그날 아침부터 있었던 모든 일이 꿈이었으며 지금도 계속 꿈을 꾸고 있는 것이라고 믿어버렸다. 사건의 변화는 분명 매혹적인 요소가 없진 않았으나 매우 급격한 것이었다.

거지들은 시인의 목에 걸린 줄을 풀고 그를 교수대에서 내려오게 했다. 정신적 충격이 너무 컸던 탓에 그는 그대로 주저앉고 말았다.

집시들의 대왕이 말없이 찰흙으로 만든 항아리를 가져왔다. 집시 아가씨가 그것을 받아 그랭구아르에게 내밀었다.

「이걸 땅바닥에 던지세요.」

항아리는 깨져서 네 조각이 났다.

그러자 집시들의 공작이 그들의 이마에 손을 얹고 말했다.

「형제여, 이 여자는 네 아내다. 누이여, 이 남자가 네 남편이다. 앞으로 4년 동안. 이제 물러들 가거라.」

 신혼의 밤

잠시 후 그랭구아르는 첨두형 천장에 사방이 꼭 막힌 따뜻한 방 안에서 식탁을 앞에 두고 아리따운 아가씨와 마주 앉아 그녀와 지낼 훌륭한 침대를 상상하고 있었다. 이제 식탁 옆에 있는 찬장에서 요기할 것을 꺼내 오기만 하면 될 것 같았다. 아침부터 일어났던 일은 모두 마법의 힘이었던 것 같은 착각이 들었다. 그는 정말로 자신을 옛날 요정 이야기에 나오는 한 인물로 생각하기 시작했다. 이따금씩 그는 날개 달린 말이 이끄는 불의 마차가 아직도 밖에 서 있는지 보려는 것처럼 주위를 두리번거렸다. 눈 깜짝할 사이에 자신이 지옥에서 천당으로 옮겨 와 있는 것을 보면 분명 마법의 마차가 아니고는 불가능한 일이었다. 그렇지만 그는 현실감을 완전히 잃어버리지 않기 위해 때때로 여기저기 구멍이 뚫린 자신의 윗옷을 유심히 살피기도 했다. 옷은 상상 세계에서 우왕좌왕하는 그의 영혼을 현실에 매어주는 유일한 끈이었다.

아가씨는 그에게 아무런 관심도 없는 것 같았다. 그녀는 왔다 갔다 하면서 나무 의자를 옮겨놓거나 염소와 얘기를 나누면서 가끔씩 뾰로통한 표정을 짓는 것이 전부였다.

점점 더 자신의 몽상에 깊이 빠져 든 그랭구아르는 아가씨의 모습을 눈으로 좇으며 생각했다.

'에스메랄다가 바로 저 여인이란 말이지. 천사 같은 여인! 거리의 무희! 너무나 고귀하면서도 하찮은 존재! 오늘 아침 내 연극에 일격을 가한 것도 저 여자였고 조금 전 내 목숨을 살려준 것도 저 여자다! 나의 악령이여! 오, 나의 천사여! 참으로 아름답구나! 게다가 나를 남편으로 삼은 걸 보면 미치도록 나를 사랑하는 게 틀림없어! 어쨌거나 내막은 모르겠지만 내가 지금 저 여자의 남편인 것만은 틀림없는 사실이다!'

생각이 여기에 미치자 용기가 솟았다. 그는 아가씨 옆으로 슬쩍 다가갔다. 그의 태도에 놀란 아가씨가 뒷걸음질을 쳤다.

「대체 왜 이러세요?」

「왜 이러냐니요?」

점점 더 몸이 달아오른 그랭구아르는 지금 기적궁의 순진한 아가씨를 상대하고 있는 것이라 생각하며 더욱 부드럽게 말을 이어갔다.

「사랑스러운 그대, 난 당신의 것, 당신은 나의 것이 아닌가요?」

그러면서 그는 슬며시 그녀의 허리를 껴안았다.

아가씨가 입은 꽉 끼는 저고리가 마치 미꾸라지처럼 미끄러져 사내의 팔을 벗어났다. 아가씨는 방 한쪽 구석으로 한걸음에 달려가서 몸을 굽히더니 단도를 손에 들고 일어섰다. 그 자리에 있던 그랭구아르도 이 단도가 어디서 나온 건지 의아할 만큼 날쌘 동작이었다. 아가씨는 분노에 차서  경멸하듯 그랭구아르를 노려보았다. 입술을 내밀고 콧구멍을 벌린 그녀의 뺨은 능금처럼 빨갛게 물들어 있었으며 두 눈동자는 섬광처럼 반짝거렸다. 동시에 흰 염소도 그녀 앞으로 나서면서 금방이라도 공격을 가할 듯 금빛의 날카로운 뿔을 그에게 들이댔다. 이 모든 것이 순식간에 일어난 일이었다.

아가씨는 마치 말벌처럼 공격적인 자세로 단도를 사용할 순간을 기다리고 있었다.

철학자는 어찌할 바를 모르고 어안이 벙벙해져서 처녀와 염소를 교대로 바라볼 뿐이었다.

「세상에! 둘 다 엄청난 기세로군!」

놀라움이 가신 그랭구아르가 드디어 말을 꺼냈다.

집시 아가씨도 침묵을 깼다.

「당신은 아주 뻔뻔한 사람이군요!」

「미안하게 되었습니다, 아가씨.」

그랭구아르가 웃으며 대답했다.

「그런데 왜 나를 남편으로 삼았습니까?」

「그럼 당신이 교수대에 매달려 죽도록 그냥 두고 봤어야 했나요?」

「그렇다면 나를 교수대에서 살려내야겠다는 이유 하나로 결혼을 했다 이 말입니까?」

사랑의 환상이 깨진 데서 다소 실망한 시인이 되물었다.

「그럼 무슨 딴생각이 있어서 그런 줄 아셨어요?」

그랭구아르는 입술을 깨물었다.

「좋습니다. 내가 생각했던 것과는 전혀 다르군요. 난 당신이 나를 사랑하는 줄 알았는데……. 그렇다면 그 항아리를 깨뜨린 이유는 뭡니까?」

그러는 동안에도 에스메랄다의 단도와 염소의 뿔은 여전히 방어 태세를 취하고 있었다.

「에스메랄다 아가씨, 우리 이쯤에서 타협을 합시다. 내 당신의 허락 없이는 절대 당신에게 접근하지 않겠다고 하늘에 대고 맹세하겠어요. 그러니 먹을 것을 좀 주세요.」

집시 여인은 대답하지 않았다. 대신 경멸하는 듯 입술을 내밀더니 새처럼 머리를 뒤로 젖히고서 웃기 시작했다. 이미 아가씨의 단도는 처음 나타날 때와 마찬가지로 어딘가로 사라지고 없었다.

잠시 후 식탁에는 검은 빵 한 덩이와 비계 한 토막, 시든 사과 몇 알과 맥주 한 병이 놓였다. 그랭구아르는 허겁지겁 음식을 집어

삼키기 시작했다. 그의 철제 포크가 사기 접시에 부딪치는 격렬한 소리를 들으니 마치 그의 정욕이 식욕으로 화한 것만 같았다.

에스메랄다는 식탁에 마주 앉아 말없이 그를 바라보고 있었다. 그러나 무슨 다른 생각에 잠겼는지 가끔씩 미소를 지으면서 무릎에 고개를 대고 있는 염소의 영리한 머리를 쓰다듬었다.

「그러니까 당신은 나를 남편으로 삼을 생각이 없다 이 말씀이죠?」

아가씨가 그를 뚫어져라 쳐다보며 대답했다.

「그래요.」

「그럼 애인으로는요?」

그녀는 입술을 삐죽이며 대답했다.

「싫어요.」

「그렇다면 친구로는 어떻겠습니까?」

그녀는 다시 그를 쳐다보고는 한참 생각한 끝에 대답했다.

「가능하겠죠.」

철학자들이 즐겨 쓰는 언사인「가능하겠죠」라는 대답은 그랭구아르에게 용기를 주었다.

「아가씨, 우정이 무엇인지 아십니까?」

「네. 그것은 오누이가 되는 것, 한 손에 달린 두 손가락처럼 두 영혼이 섞이지 않고 서로 맞닿는 것이죠.」

「그럼 사랑은요?」

「아! 사랑이란!」

아가씨의 목소리가 떨리고 두 눈이 빛났다.

「그건 둘이면서도 하나가 되는 거예요. 한 남자와 한 여자가 서로 녹아서 천사가 되는 거랍니다. 바로 천국이지요.」

이렇게 말하는 거리의 무희는 눈부시게 아름다웠다. 그랭구아르는 깊이 감명을 받았다. 그녀의 아름다움은 그녀의 입에서 흘러나오는 말이 표현하는 동양적인 정열과 완벽하게 어우러지는 듯 보였다. 그녀의 투명한 장밋빛 입술에서 엷은 미소가 배어 나왔다. 천진하면서도 차분해 보이는 그녀의 얼굴은 무슨 생각 때문인지 입김을 불어 흐려진 거울처럼 때때로 어두워졌다. 검고 긴 속눈썹에선 말로 표현할 수 없는 광채가 돌았다. 그 덕분에 그녀의 옆얼굴에는 라파엘로가 그린 성모상처럼 동정녀의 처녀성과 어머니의 모성애, 그리고 신성을 고루 갖춘 우아함이 깃들었다.

그랭구아르는 질문을 계속했다.

「당신들이 집시 대공이라 부르는 그 사람이 당신 부족의 대표입니까?」

「네.」

「그래서 우릴 결혼시켜주었군요.」

시인이 머뭇거리며 사실을 지적했다.

에스메랄다는 버릇대로 뾰로통한 표정을 지으며 말했다.

「전 당신의 이름조차 몰라요.」

「내 이름요? 난 피에르 그랭구아르라고 해요.」

「전 그것보다 더 아름다운 이름을 알고 있어요.」

「짓궂군요! 하지만 상관없어요. 화가 난 건 아니니까. 자, 이제 내 얘길 한번 들어봐요. 나를 좀 더 알게 되면 나를 사랑하

게 될지도 모르니까. 내 이름이 피에르 그랭구아르라는 건 이제 알고 있겠죠. 난 고네스의 공중 사무소 소속 징세 청부인의 아들이었습니다. 20년 전, 파리가 포위되었을 때 우리 아버지는 부르고뉴 군사들에게 교수형을 당했고 어머니는 피카르디 군사들의 칼에 찔려 돌아가셨어요. 난 여섯 살에 신발 한 짝 없는 불쌍한 고아가 되었지요. 그때부터 열여섯 살까지 어떻게 살았는지 모르겠어요. 과일 장수가 던져주는 자두나 빵 장수가 주는 빵 껍질을 먹으며 연명을 했지요. 밤에 거리를 어슬렁거리다 감옥에 끌려가면 거기서 짚을 깔고 잠을 잤어요. 어쨌거나 지금 아가씨가 보는 것처럼 말라빠지긴 했어도 키는 자랐답니다. 겨울이면 상스 저택의 현관에 앉아 햇볕을 쬐며 추위를 달랬어요. 그러면서 성 요한 축제를 위해 불을 보존해두는 걸 보면서 참 웃기는 일이라는 생각을 하곤 했지요. 열여섯 살이 되었을 때 이젠 뭔가 직업을 가지고 살아야겠다 싶었습니다. 차례대로 모든 걸 다 시도해봤지요. 군인이 되어봤지만 용감하지 못했고 수도사가 되어봤지만 신앙심이 깊질 못했어요. 게다가 술도 세지 못했고요. 절망한 나머지 목수 견습생으로 공사판에 들어갔습니다. 하지만 몸이 너무 약했지요. 결국 학교 선생이 되는 것이 더 어울리겠다는 걸 깨달았습니다. 물론 글은 읽을 줄 몰랐죠. 그렇지만 그건 큰 문제는 아니었습니다. 그렇게 얼마간의 시간을 보내고 보니 나란 인간은 무엇을 하더라도 항상 뭔가가 부족하구나, 도대체 제대로 하는 것이 하나도 없구나 하는 자괴감이 들더군요. 시인이 되기로 작정을 한 건 바로 그 때문입니다. 누구든 떠돌이 생활을 하는 사람을 보면 저 사람은 시인이구나 생각하잖아요. 그게 도둑이 되는 것보다는 훨씬 나은 일이지요. 내 친구 놈들 중에는 강도짓을 하고 다니는 놈도 있고, 나더러 도둑질을 하라고 부추기는 놈도 있었지만 말입니다. 그러던 어느 날 다행히도 노트르담 성당의 부주교인 클로드 프롤로 신부님을 만났습니다. 그분은 내게 관심을 갖고 라틴어와 스콜라 철학, 시학에 대해 가르쳐 주셨어요. 음율학을 비롯해서 그 어렵다는 연금술까지도 그분을 통해 배웠지요. 오늘 아침 재판소 대강당에서 관중의 열화와 같은 성원 속에 공연되었던 성사극이 바로 내 작품입니다. 그 작품을 무대에 올린 값으로 적지 않은 돈을 받게 될 겁니다. 자, 이제 난 당신이 시키는 대로 따르겠어요. 나의 재능과 학문과 문학을 보고 당신이 결정을 해요. 부부든 오누이든 당신이 원하는 대로 당신 곁에 있어주겠어요.」

그랭구아르는 연설을 멈추고 자신의 장광설이 아가씨에게 어떤 영향을 미쳤는지 보기 위해 상대방의 반응을 살폈다. 아가씨는 눈을 아래로 내리깔고 있었다.

「페뷔스.」

그녀가 작은 목소리로 말했다. 그러고는 시인에게 물었다.

「페뷔스가 무슨 뜻이죠?」

그랭구아르는 자신이 지금까지 했던 연설과 지금 이 질문 사이에 무슨 관계가 있는지 도저히 알 수가 없었다. 하지만 자신의 박식함을 드러내기에 좋은 기회였으므로 우쭐대며 대답했다.

「그건 태양을 뜻하는 라틴어입니다.」

「태양!」

「또한 아주 잘생긴 사수였던 신의 이름이기도 하죠.」

「신이라고요!」

에스메랄다가 따라 외쳤다. 사색에 잠긴 듯한 그녀의 목소리에는 뭔지 모를 정열이 넘쳐흘렀다.

그때 그녀의 팔찌 하나가 풀려 땅에 떨어졌다. 그랭구아르는 그것을 주우려고 재빨리 몸을 굽혔다. 하지만 그가 허리를 폈을 때 에스메랄다와 염소는 이미 사라지고 없었다. 대신 자물쇠 잠그는 소리가 들려왔다. 그것은 밖에서 잠그게 되어 있는, 옆방과 통하는 작은 문에서 나는 소리였다.

「에라, 모르겠다. 여기에 침대 정도는 있겠지.」

우리의 철학자는 이렇게 말하며 방 안을 둘러보았다. 그러나 잠자리로 쓸 만한 가구라곤 뚜껑에 장식 조각이 붙어 있는 기다란 나무 궤짝뿐이었다. 울퉁불퉁한 나무 궤짝 위에 몸을 누이며 그랭구아르가 중얼거렸다.

「좋아. 불편한 것쯤은 참아야지 별수 있나. 그나저나 신혼 첫날밤 치고는 참 이상한 밤이군. 항아리를 깨뜨리는 구식 결혼식은 참 마음에 들었는데……. 좀 아쉬운걸.」

3

파리의 노트르담

Notre-Dame de Paris

1 노트르담 대성당

파리의 노트르담 대성당은 오늘날에
도 여전히 장엄하고 숭고하고 아름다운 건물임에 틀림없다.
하지만 제아무리 성당의 보존 상태가 좋다 해도 건물의 초석
을 놓았던 샤를마뉴 대제나 마침내 건물의 완성을 본 필리프
오귀스트 시대의 그것과 비교하면, 시간이 흐르면서 인간과
세월이 그 건축물에 입힌 수많은 훼손과 파괴 앞에서 분개하
지 않기란 어려운 일이다. 프랑스에 있는 많은 성당 가운데 가
장 나이가 많은 여왕 격인 노트르담 대성당의 정면에는 깊이
팬 주름살 한편에 다음과 같이 새겨진 상처가 눈에 띈다.

Tempus edax, homo edacior.
세월이 삼키고, 인간이 그 이상으로 삼킨다.

나는 이것을 「세월은 눈이 멀었으며, 인간은 어리석구나!」
라고 풀이하고 싶다.

그런데 오랜 역사를 지닌 이 교회에 새겨진 무수한 파괴의
흔적을 자세히 살펴보면 세월의 몫은 하찮은 것에 불과하며
최악의 훼손은 인간, 그것도 예술가라는 사람들의 손에서 비
롯되었음을 알 수 있다.

그중 눈에 띄는 몇 가지 예를 노트르담 대성당 정면에서 찾아보겠다. 과거 노트르담 대성당의 정면은 역대 건축사에서도 보기 드문 아름다움을 자랑했었다. 첨두 홍예 양식의 출입구 세 개가 가지런히 늘어선 위로 톱니 모양의 벽감 스물여덟 개가 한 줄로 늘어선 채 역대 프랑스 왕의 조상을 모시는 '제왕의 상' 회랑이 있었고, 그 위쪽으로는 한복판에 커다란 장미형 창이 마치 부제副祭와 차부제次副祭를 거느린 사제처럼 보다 규모가 작은 두 개의 영창의 호위를 받고 있었다. 창 위로는 높고 가냘픈 기둥들이 서 있는 얇은 클로버 장식 아케이드 회랑이 잇달리며 무거운 지붕을 받치고 있었고, 이 지붕 위에는 슬레이트 차양이 붙어 있는 검고 육중한 쌍 탑이 늠름하게 얹혀 있었다. 이렇게 각 부분이 서로 훌륭한 조화를 이루는 가운데 모두 다섯 층으로 구성된 성당의 정면은, 장인들의 세심한 손길이 닿은 수없이 많은 조상과 조각과 부조와 어우러져 어디 하나 눈에 거슬리는 곳 없이 완벽한 하모니를 만들어냈다. 그야말로 웅장한 돌의 교향악이요, 한 인간, 한 민족이 만들어낸 장엄한 예술품이 아닐 수 없었다. 또한 그것은 한 시대를 살았던 모든 사람이 조금씩 힘을 합쳐 일구어낸 결과물로서 그것을 구성하는 각각의 돌덩이마다에는 예술가의 혼을 지닌 능숙한 장인들의 상상력이 다양한 방법으로 펼쳐졌다. 한마디로 그것은 변화무쌍하면서도 영원한 신의 창조와 마찬가지로, 힘 있고 풍요로운 인간의 손으로 만들어낸 인간의 위대한 창조물이었다.

그런데 오늘날 노트르담 대성당의 정면에는 세 가지 중요한 것이 보이지 않는다. 우선 그 옛날의 성당 정면에는 열한 개의 층계가 있어서 성당 건물을 지면보다 높은 데 위치하게 해주었지만 지금은 형체도 없이 사라져버렸다. 그와 함께 세 개의 출입구 위쪽으로 오목하게 패어 있는 벽감 속에 서 있던 조상과, 그 위쪽의 회랑을 장식해주던 스물여덟 프랑스 왕의 조상도 어디론가 사라지고 빈자리만 남아 있다.

층계를 없애버린 것은 시간의 힘이었다. 완만하지만 거역할 수 없는 자연의 힘으로 세월은 시테 섬의 지면을 조금씩 들어올려서 마침내는 대성당 건물의 웅대한 외관에 한몫을 담당했던 열한 개의 층계를 하나씩 집어삼키고야 말았다. 하지만 어찌 생각해보면 세월은 빼앗아 간 것보다 더 많은 것을 이 성당에 베풀었는지도 모른다. 수 세기 동안 쌓인 시간의 흔적만이 자아낼 수 있는 저 어두운 색깔을 노트르담 대성당 정면에 입힘으로써 오래된 건물에서만 볼 수 있는 그윽한 아름다움을 만들어낸 장본인 또한 세월이 아니었던가.

그러나 위아래로 나란히 서 있던 조상들을 내던진 자는 과연 누구인가? 누가 오목하게 들어간 벽감 속의 조상들을 빼내어 그것을 텅 비게 만들어놓았는가? 세 개의 출입구 중 가운데 있는 현관 중앙에다 이도 저도 아닌 잡종의 궁륭형 아치를 새로 끼워 넣은 자는 또 누구인가? 그것은 바로 인간, 다

시 말해 우리 시대의 건축가, 예술가라 불리는 자들이다.

이제 건물 안으로 들어가 보자. 크기 면에서 파리 재판소의 대강당이 얻고 있는 명성이나 첨탑의 뾰족한 정도에서 스트라스부르 대성당의 첨탑이 얻고 있는 명성에 결코 뒤지지 않았을 저 유명한 성 크리스토프의 거대한 조각상을 쓰러뜨린 자는 누구인가? 성당의 중앙 통로와 내진內陣의 교차부를 가득 메웠던 조상들, 무릎을 꿇거나 말을 타거나 서 있는 남자와 여자, 아이들, 왕과 대주교를 모델로 삼아 만든 석상, 대리석 상, 금 상, 은 상, 청동 상, 심지어는 밀랍 상까지, 이 모든 것을 가차없이 쓸어버린 자가 과연 누구인가? 그것은 세월이 아니다.

성당 위로 올라가 봐도 사정은 마찬가지다. 온갖 종류의 자질구레한 파손 행위는 차치하더라도 성당 꼭대기 양쪽에 자리한 두 개의 탑보다도 더 하늘에 가깝도록 뾰족하게 솟아 있던 소리 나는 작은 종탑은 어떻게 되었는가? 안목이 있다고 믿은 18세기의 어느 건축가가 그것을 떼어내고 그 흉한 자리를 흡사 냄비 뚜껑 같은 거대한 납덩이로 대충 가려놓은 뒤 그것으로 충분하다고 생각했다는 사실을 알기나 하는가?

이것이 바로 대부분의 나라, 특히 프랑스에서 경이로운 중세 예술을 취급하는 태도였다. 오늘날 우리에게 전해 오는 건축물의 훼손 상태를 관찰해보면 그 파손 원인을 대략 세 가지로 구분할 수 있다. 제일 먼저 시간이다. 흐르는 세월은 보이지 않게 건축물 여기저기를 갉아먹으며 무엇보다도 건축물의 외부에 많은 손상을 입힌다. 둘째로는 정치적 혹은 종교적 혁명을 들 수 있다. 그 본질상 맹목적이며 분노를 표출하도록 되어 있는 혁명은 건축물을 목표로 삼아 조각품을 장식하는 값비싼 보석을 떼어내고, 장미형 창을 깨뜨리고, 아라베스크 무늬 혹은 작은 조상들로 장식된 기둥머리를 쓰러뜨리고, 주교관 혹은 왕관을 차지할 목적으로 조상을 떼어내게 만든다. 세 번째 파괴 원인은 바로 갈수록 점점 더 기이하고 형편없게 변해가는 건축 양식의 유행으로, 르네상스 이래로 계속해서 건축물을 망가뜨리는 데 한몫을 하고 있다. 곰곰 생각해보면 이 건축 양식의 유행이란 것이 혁명보다도 더 심한 악영향을 미쳤다고 할 수 있다.

위대한 건축물은 높은 산이나 마찬가지로 여러 세기에 걸쳐 이루어진 결과물이다. 새로운 세기의 신기술은 이전 시대로부터 내려온 건물과 만나 거기에 고착되고, 자신의 것으로 동화시키면서 그것을 발전시키고, 할 수 있으면 그것을 완성한다. 이 모든 과정은 자연의 법칙에 따라 별다른 노력을 들이지 않아도 자연스레 이루어진다. 그것은 접붙인 식물이 살아남는 것이요, 순환하는 수액이요, 다시 뿌리를 내리는 식물과 같은 것이다. 게다가 수준이 서로 다른 여러 시대의 예술이 계속해서 손을 대고 다듬어놓은 오랜 건축물에는 몇 권의 책에 담아낼 만큼 방대한 인류의 보편적 역사가 들어 있다. 예술가든 장인이든 인간 개인의 존재는 누구의 작품이라 말할 수 없는 이 거대한 돌덩이 앞에서 지워져 버린다. 인류의 지성은 그곳에서 하나로 집약되고 합해진다. 건축가는 다름 아닌 시간이요, 민중은 돌을 쌓아올리는 석공인 것이다.

파리의 전경

지금까지 우리는 장엄하고 화려했던 노트르담 대성당의 옛 모습을 되살려보려고 애썼다. 그러면서 이제는 더 찾아볼 길이 없는 15세기 무렵의 노트르담 대성당의 이모저모에 대해서 간략히 얘기했다. 그러나 조금 전 언급한 부분에는 가장 중요한 대목이 빠져 있다. 바로 당시 성당의 탑 위에서 내려다보이던 파리 시가지의 모습이다.

지금으로부터 350년 전, 그러니까 15세기에 파리는 이미 하나의 거대한 도시를 이루고 있었다. 우리 파리 사람들은 대개가 그 시절부터 시작해서 파리 시의 면적이 크게 늘어났다고 알고들 있지만 실제로 파리 시는 루이 11세가 통치하던 그때에 비해서 겨우 삼분의 일 가량이 커졌을 뿐이다. 그러니 그 세월 동안 시의 규모가 커진 데서 얻은 이익에 비하면 미관이 손상됨으로써 잃은 손해가 훨씬 크다고 할 수 있겠다.

파리 시는 다들 알다시피 요람과 같은 모습을 하고 있는 오래된 시테 섬에서 태어났다. 이 섬의 모래사장이 파리 최초의 성벽이요, 센 강이 파리 방어를 위한 최초의 외호外濠였던 셈이다. 수 세기 동안 파리는 섬으로 남아 있었다. 섬의 북쪽과 남쪽에 다리가 하나씩 놓였으며, 강 오른쪽에 그랑 샤틀레, 왼쪽에 프티 샤틀레라고 하는 두 개의 교두보가 설치되어 성문과 요새의 역할을 담당했다. 그러다가 첫 번째 왕조의 몇 대째 왕인가에 이르러 이미 섬만으로는 너무 복잡해진 파리 시는 섬을 벗어나 강을 건너게 되었다. 두 개의 교두보를 넘어 센 강 양쪽으로 늘어선 평야가 성벽과 탑으로 둘러싸인 최초의 성안에 포함되었다. 하지만 늘 그렇듯이 도심으로부터 변방으로 밀려나는 인가의 물결은 어느새 성벽의 경계를 허물어버렸다. 파리에 새로운 담을 쌓게 한 이는 필리프 오귀스트였다. 그는 두껍고 견고하며 높은 탑을 세워 파리를 둘러싸게 했다. 거의 한 세기 동안 파리 시의 인가는 저수지의 수위를 높여가는 물처럼 울타리 안에서 차곡차곡 쌓여갔다. 인가는 이제 층에 층을 더해 높아지기 시작했고, 거리와 골목은 점점 좁아졌으며, 광장은 집들로 메워져 자취를 감추었다. 1367년 이후 성 밖으로 퍼질 대로 퍼진 도시는 새로운 경계를 필요로 했다. 특히 오른쪽 강독으로의 팽창이 심했기 때문에 결국 샤를 5세 때에 새로운 울타리가 세워지기에 이르렀다. 하지만 파리와 같은 도시는 계속해서 성장하는 법이다. 이러한 도시만이 한 나라의 수도가 될 수 있다.

15세기까지 파리 시는 서로 판이하게 구별되는 세 개의 구역, 즉 시테 섬, 대학구, 시가지 구역으로 나뉘어 있었다. 각각의 구역은 독자적인 성격과 특징, 관습, 특권 및 역사를 지니고 있었다. 그중 제일 작지만 가장 오래된 역사를 가진 시테 섬은 다른 두 구역을 낳은 어머니 격이었다. 시테 섬이 다른 두 구역 사이에 끼어 있는 모습은 흡사 아름다운 두 딸 사이에 서 있는 늙고 자그마한 어머니 같았다. 센 강의 왼쪽 강변에 위치한 대학구는 투르넬부터 네슬 탑까지 걸쳐 있었다. 오늘날 파리로 따지자면 포도주 시장으로부터 조폐국까지 해당되는 지역이다. 그런가 하면 파리를 이루는 세 구역 중 가장 큰 시가지 구역은 센 강 오른쪽 강변으로 넓게 퍼져 있었다.

파리 성안에서 이 세 구역은 각각 독립된 하나의 도시였다. 하지만 지나치게 전문화되어 있던 까닭에 어느 한 구역이 독자적인 기능을 할 수 없었고 다른 두 구역을 필요로 했다. 시테 섬은 성당들로 넘쳤고, 시가지에는 저택들이 들어차 있었으며, 대학구에는 학교가 많았다.

그렇다면 1482년 노트르담 대성당 꼭대기에서 내려다본 파리의 전경은 어떠했을까?

대성당 꼭대기에 위치한 종탑 위까지 숨 가쁘게 올라온 구경꾼의 눈에 처음 보이는 것은 지붕과 굴뚝, 거리와 다리, 광장, 성당의 첨탑과 종루가 늘어선 모습이었다. 그와 동시에 깎아지른 지붕 모서리나 가파른 지붕, 건물 모서리에 매달린 소탑, 11세기의 피라미드식 석조 건물, 15세기의 청석돌 돌기둥, 장식 없이 밋밋한 둥근 성의 주루, 네모지고 화려하게 장식된 성당의 탑 등 큰 것, 작은 것, 육중한 것, 가벼운 것이 모두 한눈에 들어왔다. 미궁과도 같은 이 광경에 시선을 고정하고 한참을 서 있노라면, 한낱 민가에서부터 국왕의 거처인 루브르 궁전에 이르기까지 독창성과 아름다움과 천재성으로 자신의 존재 이유를 갖지 않은 것이 없고, 예술이라 부르지 못할 것이 하나도 없다는 사실을 발견할 수 있었다. 하지만 수없이 많은 건물이 모여 있는 이 광경이 눈에 익기 시작할 때는 다음과 같은 몇몇 주요한 덩어리가 두드러져 보였다.

제일 먼저 시테 섬이 눈앞에 펼쳐진다. 흡사 뱃머리를 동쪽으로 향한 배와 같은 형상이다. 동쪽으로 몸을 돌려 바라보면 양 떼처럼 수없이 늘어선 낡은 지붕들이 보인다. 노트르담 성당의 탑에서 내려다보면 시테 섬 어느 쪽에서도 강물이 흐르는 것이 보이지 않는다. 센 강은 다리에 가려 보이지 않고 다리는 또 인가에 가려 보이지 않는 것이다.

시선을 다리 너머 센 강 왼쪽으로 옮기면 대학구가 나타난다. 이 지역은 그 자체로 하나의 덩어리를 이루고 있다. 서로 엇비슷한 건물들이 구역 전체에 밀집해 있으며 그 안에 마흔두 개의 학교가 고르게 퍼져 있다. 작은 집들이 서로 뒤엉킨 채 무질서하게 서 있는 좁고 구불구불한 거리 사이로 수많은 검은 점이 줄지어 움직이는 것이 보인다. 바로 멀고 높은 곳에서 내려다본 대학구의 사람들이다.

이처럼 찬찬히 대학구를 관찰하고 난 후 마지막으로 센 강의 오른쪽 강둑에 퍼져 있는 시가지로 시선을 돌리면 풍경은 순식간에 완전히 달라진다. 대학구보다 훨씬 넓은 면적을 자랑하는 시가지 구역은 전체적인 통일성 면에 있어서는 대학구에 훨씬 못 미친다. 첫눈에도 벌써 서로 확연히 구분되는 몇몇 지역이 눈에 띈다. 오늘날에도 여전히 마레 지구라 불리는 시가지 구역 오른쪽에는 왕족의 궁전과 귀족의 대저택들이 늘어서 있다. 시가지의 중심에는 서민들이 사는 집들이 몰려 있다. 시테 섬과 연결된 세 개의 다리는 바로 그 지역을 통과한다. 귀족들의 대저택, 서민들의 집과 함께 시가지의 풍경을 이루는 또 다른 특이한 요소는 수도원 건물로, 시가지 구역 주변을 띠처럼 둘러싸고 서 있다. 시가지 구역 왼편, 서쪽에는 루브르 궁전 밑으로 또다시 궁전과 대귀족의 저택들이 들어서 있다.

지금까지 설명했던 옛날 파리 시내의 모습을 짧게 요약해보자. 도성의 중심에는 시테 섬이 자리 잡고 있다. 그 모양새로 볼 때 커다란 거북이를 닮은 시테 섬은 딱딱한 잿빛 등껍질 아래로 뻗어 나온 거북이 다리처럼 시테 섬을 양쪽 강둑으로 연결해주는 다리를 내밀고 있다. 그 왼편에는 작고 엇비슷한 건물들이 빽빽하게 들어차서 마치 하나의 돌덩이처럼 보이는 거대한 사다리꼴 모양의 대학구가 자리 잡고 있으며, 오른편에는 정원과 건물이 뒤섞여 있는 시가지가 반원형으로 넓게 퍼져 있다. 파리의 젖줄이라 불리는 센 강이, 수많은 거리가 마치 대리석 무늬처럼 종횡으로 구불구불 나 있는 시테 섬, 대학구, 시가지가 합쳐진 파리 도성 사이를 유유히 흘러간다. 도성 주위에는 넓은 평야가 펼쳐져 있고, 각양각색의 작물이 재배되는 전답들 가운데 아담한 마을이 군데군데 흩어져 있다. 이것이 바로 1482년에 살았던 사람들이 노트르담 대성당 위에서 내려다본 파리의 풍경이었다.

파리의 노트르담
Notre-Dame de Paris

1 좋은 사람들

우리의 이야기가 벌어지고 있는 가장 교황 선발 대회 행사로부터 16년 전의 일이다. 부활절이 지나고 첫 일요일 아침 미사가 끝난 시간, 노트르담 대성당 앞 광장 왼쪽에 매여 있는 나무 침대 위에 작은 생물체가 버려져 있었다. 세상 사람들의 자비심에 호소하기 위해 버려진 아이를 이곳에 놓아두는 것은 당시의 관습이었다. 누구든 원하는 사람은 아이를 데려갈 수 있었다. 침대 앞에는 동냥을 위한 구리 접시가 놓여 있었다.

서기 1467년 부활절 후 첫 일요일 아침 성당 앞 침대 위에서 기어 다니는 생물체는 사람들의 호기심을 자극하기에 충분했다. 주변에는 많은 사람이 모여 있었다. 군중 대부분은 나이가 많은 여자였다.

맨 앞줄에서 침대 쪽으로 몸을 기울이고 있는 사람들 가운데 네 명의 여인이 있었다. 수도복같이 생긴 회색의 소매 없는 외투를 입고 머리에 두건을 쓴 것으로 보아 분명 어느 수녀회에 속한 사람들인 듯싶었다. 소박하게 보이는 이 네 여인의 이름은 아네스 라 에름, 잔 드 라 타름, 앙리에트 라 골티에르, 고셰르 라 비올레트였다. 그녀들은 모두 과부로 에티엔 오드리 교회에서 일하고 있었는데, 이날 마침 노트르담 대성당 신부의 설교를 듣기 위해 상급 수녀의 허가를 받아 외출을 한 참이었다.

「자매님, 이게 대체 뭘까요?」

아네스가 나무 침대 위에서 몸을 비틀며 우는 아이를 쳐다보면서 고셰르에게 물었다. 아이는 자기에게 쏠린 수많은 시선에 겁을 먹은 듯했다.

「이제 사람들이 어린애를 이 모양으로 만들어낸다면 대체 세상이 어떻게 되겠어요?」

「난 아이에 대해선 잘 모르지만 이 애를 바라보고 있는 것조차도 왠지 죄가 될 것 같군요.」

아네스가 대꾸했다.

「아네스, 이건 아이가 아니에요.」

고셰르가 거들었다.

「꼭 생기다 만 원숭이 같아요.」

「누군가 버려진 아이처럼 여기다 두고 갔지만 이건 괴물이 분명해요.」

잔이 덧붙였다.

「거기다 아주 귀가 찢어져라 소리를 질러대는군요.」

고셰르가 말했다.

「이봐, 조그만 고함쟁이야! 조용히 좀 못 하겠니?」

「내 생각엔 파리의 선량한 시민들을 위해서는 이 꼬마 요물을 여기 널빤지 위에 둘 게 아니라 장작개비 위에 갖다 놓는 게 좋을 듯싶은데요.」

잔이 주장했다.

「활활 타오르는 장작개비 위에 말이우!」

어느 틈엔가 수녀들 사이에 끼어든 노파가 말했다.

아까부터 젊은 신부 하나가 여인네들이 지껄이는 소리를 말없이 듣고 있었다. 근엄한 얼굴에 넓은 이마, 깊은 눈의 소유자였다. 그는 조용히 구경꾼들을 밀치며 '꼬마 요물'을 살펴보더니 이내 아이를 향해 팔을 내밀었다.

「이 아인 내가 키우겠습니다!」

신부의 입에서 떨어진 말이었다.

그는 옷자락으로 아이를 감싸 안고 발걸음을 옮겼다. 구경꾼들은 모두 놀란 눈으로 그를 지켜보았다. 잠시 후 신부는 노트르담 성당과 수도원을 연결하는 붉은 문을 통해 사라졌다.

처음의 놀라움이 가시자 잔이 앙리에트의 귀에 대고 속삭였다.

「그것 봐요, 내가 진작 말했었죠. 클로드 프롤로라는 저 젊은 신부는 마법사가 틀림없다고요.」

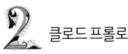

클로드 프롤로

클로드 프롤로는 어릴 때부터 부모에 의해 성직자가 되도록 결정지어졌다. 그의 부모는 그에게 라

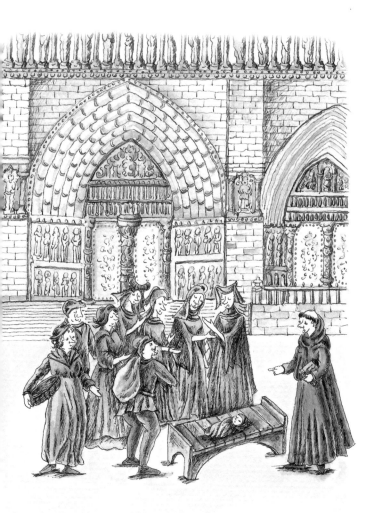

틴어를 가르쳤으며 눈을 내리깔고 낮은 목소리로 말하도록 교육했다. 그의 아버지는 아직 어린아이에 불과했던 클로드를 파리 대학구 내에 있는 토르시 학교의 수도원에 보냈다. 그는 그곳에서 미사문과 그리스어 사전을 읽으며 자라났다.

클로드는 침울한 성격에 근엄하고 신중한 아이였다. 그는 열심히 공부했고 모든 것을 빨리 깨우쳤다. 휴식 시간에 나가 놀 때에도 큰 소리를 내지 않았고 푸아르 거리에서 소란스럽게 놀아나는 무리에도 섞이는 법이 없었다. 오히려 그는 장드 보베 거리의 크고 작은 학교에 열심히 출석하는 열성적인 모범생이었다. 교회법규를 강의하러 들어서는 생피에르 드 발 신부의 눈에 제일 먼저 보이는 학생은 언제나 교단에서 정면으로 보이는 기둥 앞에 앉아 있는 클로드 프롤로였다. 그는 잉크병을 옆에 놓고 펜을 씹으면서 해진 무릎에다 손으로 무언가를 열심히 쓰기도 하고 겨울이면 꽁꽁 언 손을 호호 불며 강의가 시작되기를 기다렸다. 또한 매주 월요일 아침 강의를 하는 교회 법령 박사 밀 디슬리에 선생의 수업을 듣기 위해 교문이 열리자마자 가쁜 숨을 몰아쉬며 제일 먼저 교실로 들어서는 학생도 클로드 프롤로였다. 공부에 대한 그러한 열성 덕분에 이 젊은 신학생은 나이 열여섯에 이미 신비주의 신학에 관해서라면 어느 교회의 신부와 맞서도 지지 않을 만큼 통달해 있었으며, 교회법 신학에 있어서는 공의회의 신부 못지않은 지식을 쌓았고, 스콜라 신학에 있어서도 소르본 대학의 박사에 버금가는 지식을 지니고 있었다.

신학에 통달한 클로드 프롤로는 교회 법령에 몰두했으며,

이어 공부에 굶주린 사람처럼 여러 분야의 학문을 두루 섭렵하기 시작했다. 교회 법령에 대한 연구가 끝나자 의학과 함께 회화와 조각에 대해 공부했으며, 약초학과 고약에 관한 학문에도 관심을 기울였다. 덕분에 열병이나 타박상, 창상, 농상 등에서 전문가가 되었다. 뿐만 아니라 당시 사람들이 거의 배우지 않았던 라틴어와 그리스어, 히브리어 같은 고어에까지 큰 관심을 두었다. 그야말로 학문이라면 어떤 분야든 정복해서 자기 안에 쌓아두겠다는 열병과도 같은 정열에 사로잡혀 있었던 클로드는 열여덟 살에 이미 법학, 예술, 신학 및 의학의 네 개 학부 과정을 모두 마쳐버렸다. 이 청년에겐 '알아야 한다'는 것이 인생의 유일한 목표인 듯했다.

바로 그 무렵 여름, 무서운 페스트가 창궐하여 파리 시에서만 4만 명 이상이 목숨을 잃는 참사가 발생했다. 1466년의 일이었다. 페스트에 의한 피해가 특히 티르샤프 거리에서 컸다는 소문이 대학구에 쫙 퍼졌다. 이 소식은 클로드를 놀라게 하기에 충분했다. 클로드의 부모님이 티르샤프 거리에 있는 자신들의 소유지에서 살고 있었기 때문이다. 젊은 청년은 서둘러 부모님이 계신 곳으로 달려갔다. 그가 집에 당도했을 때 부모님은 이미 돌아가신 뒤였고, 배내옷에 싸인 어린 동생만이 요람 속에 버려진 채 울고 있었다. 그 어린 동생은 이제 클로드에게 남은 유일한 가족이었다. 그는 어린 동생을 품에 안고 생각에 잠긴 채 부모님의 집을 빠져나왔다. 지금까지 그는 오직 학문에만 몰두하여 살아왔다. 하지만 이제는 생활을 해나가야 했다.

이 비극적인 사건은 클로드의 삶에 큰 변화를 가져왔다. 열아홉의 젊은 나이에 고아에다 형으로서 가장이 되어버린 그는 학교의 꿈같은 세계에서 험한 세파의 현실로 갑작스레 끌려나온 것 같은 느낌을 받았다. 그러나 애틋한 마음이 든 그는 열성을 다해 어린 동생을 헌신적으로 돌보기 시작했다. 오직 책과 학문만을 사랑하던 그에게 인간에 대한 애정은 야릇하고도 달콤한 것이었다.

클로드는 어린 동생 장에게 깊고 과묵하면서도 열정적인 자신의 성격대로 한없는 사랑을 베풀었다. 곱슬곱슬한 금발 머리에 분홍빛 뺨을 가진 귀엽고도 약한 가엾은 동생, 역시 고아가 되어버린 형을 빼면 피붙이라고는 하나 없는 이 가엾은 동생을 생각할 때마다 클로드는 가슴이 찢어지는 듯한 아픔을 느꼈다. 비록 냉정한 사상가인 그였지만 어린 동생을 생각할 때면 무한한 자비로움이 넘쳐흘렀다. 어린 동생에게 있어 이제 그는 단순한 형이 아니라 엄마가 된 것이다.

어린 동생 장이 아직 젖을 떼지 못했으므로 클로드는 그를 유모에게 맡기기로 했다. 그는 티르샤프의 봉토 외에도 장티에 있는 방앗간에 딸린 토지를 부모로부터 상속받았다. 다행히도 방앗간 집 여인에게 젖먹이 아이가 있었고, 대학구에서도 그리 멀지 않았기에 클로드는 그곳에다 아이를 맡겨놓을 수 있었다.

이때부터 클로드는 자신이 짊어지고 가야 할 짐을 느끼고

인생을 아주 진지하게 생각하기 시작했다. 어린 동생을 생각하는 것은 공부의 피로를 말끔히 씻어줄 뿐 아니라 공부의 목적 자체가 되기도 했다. 그는 동생의 장래를 위해 자신의 일생을 바치겠다고 하느님 앞에서 맹세했다. 또한 동생의 행복과 행운을 위해서 자신은 평생 아내도 자식도 갖지 않겠다고 결심했다. 그리하여 그는 전보다도 더욱 성직자라는 천직에 충실하게 임했다. 재능이 있으며 학식도 풍부한 데다 파리 대주교의 직속 제자였던 그에게 교회의 문은 활짝 열려 있었다. 그는 스무 살 때 교황청의 특별 허가를 받아 사제가 되었고, 노트르담 성당의 수도사들 중 가장 어린 나이로「게으른 자들의 미사」라고 불리는 늦은 시각의 미사를 주관하게 되었다.

노트르담 대성당에 들어온 이후 클로드는 이전보다 더 열심히 학문에 매달렸다. 그는 방앗간에 동생을 보러 가는 시간 외에는 늘 자신의 소중한 책에 파묻혀 지냈다. 그 또래에서는 찾아보기 어려운 엄청난 학식과 극도로 절제된 생활은 짧은 시간에 그를 수도원 안에서 존경과 숭배의 대상으로 만들어주었다. 학자로서 그가 얻은 명성은 수도원에서 민중에게로 퍼져나갔고, 당시에는 흔히 그랬듯 대중 사이에서 마법사라는 별칭이 그에게 붙여졌다.

그가 버려진 아이를 놓아두는 침대 주변에서 네 명의 여인이 떠드는 소리를 듣게 된 것은 바로 부활절 후 첫 일요일에「게으른 자들의 미사」를 마치고

나오는 길이었다. 여인들의 소리에 이끌린 그는 사람들이 괴물처럼 여기며 짓궂게 굴고 있는 생명체 쪽으로 다가섰다. 그곳에는 불쌍하게도 흉측하게 생긴 한 아이가 버려져 있었다. 그것을 보자 갑자기 끔찍한 생각이 그의 뇌리를 스쳤다.

'만일 내가 죽는다면 사랑하는 어린 동생 장도 저렇게 가련하게 버려질 것이 아닌가?'

생각이 여기에 미치자 그는 버려진 아이에 대해 너무도 측은한 마음이 들었고 이에 그대로 아이를 안고 갔던 것이다.

아이를 자루에서 꺼내 보니 과연 보통 흉한 게 아니었다. 괴물처럼 생긴 가엾은 아이의 왼쪽 눈 위에는 무사마귀가 있었고, 머리는 두 어깨 사이에 파묻혀 있었으며, 등뼈는 활처럼 휘어 있었다. 또 가슴뼈는 툭 불거져 나왔고 다리는 비틀려 있었다. 하지만 아이에게서는 생기가 돌았고 무슨 말인지 알아들을 수는 없었지만 아이의 외침에서는 어떤 힘과 건강함이 느껴졌다. 클로드의 동정심은 아이의 그 추악한 모습으로 인해 더욱 커졌으며, 동생에 대한 사랑을 위해서라도 이 아이를 키워야겠다는 결심이 섰다. 장래에 어린 동생이 어떤 잘못을 저지르게 되더라도 자신이 행한 자비로운 행동으로 인해 용서를 받을 수 있으리라고 생각한 것이다.

클로드는 이 양아들에게 세례를 주고 카지모도(역주 : 카지모도는 '간신히 모양새를 갖추다'란 뜻의 라틴어에서 나온 말로, 부활절 후 첫 번째 일요일을 의미한다)라는 이름을 붙였다. 그것은 아이를 얻게 된 날을 기념하기 위한 것이기도 했지만 동시에 이 이름을 통해 이 불쌍한 아이가 얼마나 불완전하고 생기다가 만 모습을 하고 있는지를 나타내려는 뜻도 있었다. 실제로 애 꾸눈에 꼽추요, 절름발이인 카지모도는 그럭저럭 인간의 형상을 띠고 있긴 했지만 완전한 인간이라 보기는 어려웠다.

3 괴물들을 지키는 대괴물

1482년 카지모도는 이미 성인이 되어 있었다. 그는 몇 년 전부터 양부 클로드 프롤로의 덕택으로 노트르담 대성당의 종지기로 일하고 있었다. 클로드도 1472년 파리 대주교가 된 루이 드 보몽의 도움으로 조자스의 부주교가 되었다.

세월이 흐르면서 노트르담의 종지기 카지모도와 성당 사이에는 무언지 알 수 없는 끈끈한 유대 관계가 맺어졌다. 출생의 비밀과 기형적인 외모라는 이중의 숙명 때문에 영원히 외부 세계로부터 고립된 채 어릴 적부터 넘으려야 넘을 수 없는 테두리 속에 갇혀버린 불쌍한 카지모도는 자신을 그늘 속에 받아들여 길러준 성당의 벽 너머 세계에 대해서는 아무것도 보지 않고 지내는 것에 익숙해져 있었다. 노트르담은 그가 자라나고 커감에 따라 그에게 있어 알이었고, 둥지였고, 집이었고, 국가였으며, 우주였다.

카지모도와 성당 사이에는 전생에서부터 존재했던 것 같은 신비스러운 조화가 이루어져 있었다. 아직 어렸을 무렵의 카지모도가 성당의 둥근 천장 그늘 밑에서 깡충거리며 지그재그로 뛰어다닐 때면, 얼굴은 사람이지만 수족은 동물 같은 그의 모습은 로마네스크 양식 기둥머리들의 그림자가 어지럽게 널려 있는 어둡고 축축한 성당의 포석에서 기어 나온, 살아 있는 진짜 도마뱀처럼 보였다.

그러다가 누가 가르쳐주지도 않았는데 어린 카지모도가 혼자서 종탑의 밧줄을 붙잡고 매달려 처음으로 종을 치던 날 양부 클로드는 마치 처음으로 말을 하는 아기를 본 사람처럼 즐거워했다.

밖에 나가는 법 없이 성당에서 살면서 매시간 성당의 신비한 영향을 받으며 자라난 카지모도는 점점 성당을 닮아갔고, 성당의 분위기를 자신 안에 흡수해 마침내는 성당의 일부가 되어버렸다. 한마디로 그는 자신의 껍데기를 달고 다니는 달팽이처럼 성당의 모습을 띠게 된 것이다. 성당은 그의 거처요, 구멍이었으며, 덮개였다. 성당은 카지모도에게 있어 거북이의 등껍질과 같은 존재였다.

그뿐이 아니었다. 카지모도의 육체가 성당에 적합하게 만들어진 것처럼 그의 정신 또한 그러했다. 카지모도는 태어날 때부터 애꾸에다 꼽추였고 절름발이였다. 그가 마침내 말하는 법을 터득하기까지 클로드 프롤로가 쏟은 수고와 인내는 이만저만한 것이 아니었

다. 그런데 끈질긴 숙명의 힘은 이 버려진 아이를 그냥 내버려
두지 않았다. 열네 살의 나이에 노트르담의 종지기가 된 아이
에게 또 다른 불행이 찾아왔다. 종소리가 그의 고막을 찢어 그
를 귀머거리로 만든 것이다. 그로 인해 자연이 그에게 남겨놓
았던 세상을 향한 유일한 문마저 영원히 닫히고 말았다.

몸이 불구면 정신마저도 위축되는 모양이다. 카지모도는 일
그러진 자기 육체를 닮은 영혼이 자기 안에서 무분별하게 돌아
다니고 있음을 느끼지 못했다. 사물에 대한 인상은 그의 사고
에 도달하기 전에 이미 상당한 굴절을 겪었다. 그의 두뇌는 특
이한 세계였다. 그곳을 거쳐 나오는 생각은 뭐든지 비틀리고
뒤틀려 있었다. 이런 굴절에서 비롯된 사고는 당연히 서로 빗
나가고 어긋났다. 그 결과 카지모도는 수많은 환상을 보았고,
그릇된 판단을 내리게 되었으며, 그의 생각은 때론 미친 사람
처럼 때론 바보처럼 어처구니없게 길을 잃고 헤매게 되었다.

이러한 치명적인 상태는 우선 시각 장애라는 결과로 나타났
다. 사물을 보는 그의 시선은 언제나 흔들렸고, 무엇을 보든 즉
각적으로 받아들일 수가 없었다. 카지모도가 보는 외부 세계
는 다른 사람들에 비해 한참 멀리 떨어져 있었다.

두 번째로 그의 불행은 그를 심사가 뒤틀린 인간으로 만드
는 결과를 가져왔다. 실제로 그는 심술궂었다. 거칠기 때문에
심술궂었고, 추하게 생긴 외모 때문에 그렇게 거칠어진 것이
었다. 그의 성격이 그렇게 형성된 데에는 다른 사람들의 경우
와 마찬가지로 다 이유가 있었던 것이다.

어쨌거나 그는 가능하면 사람들의 얼굴을 대하지 않으려 애

썼다. 그에겐 자신의 보금자리인 노트르담 성당만 있으면 충분했다. 성당을 가득 메운 왕과 성인들과 주교들의 대리석 상은 그를 조롱하거나 비웃지 않았고 늘 고요하고 다정한 눈으로 대해주었다. 괴물이나 악마의 조상들도 카지모도를 미워하지 않았다. 미움을 받기에는 카지모도가 그들을 너무 많이 닮아 있었다. 성자들은 친구로서 그를 축복해주었으며 괴물들 역시 친구로서 그를 지켜주었다. 이따금씩 그는 조상들에게 마음을 털어놓고 감정을 쏟아내곤 했다. 때로는 어느 조상 앞에 쭈그리고 앉아 몇 시간씩 조용히 대화를 나누기도 했다. 그러다가 인기척이 들리면 사랑의 세레나데를 부르다 들킨 연인처럼 소리 없이 서둘러 그 자리를 빠져나왔다.

노트르담 대성당은 그에게 있어 사회일 뿐 아니라 세계였고, 더 나아가 대자연 그 자체였다. 늘 꽃이 만개한 스테인드글라스를 보면서 다른 꽃을 꿈꾸지 않았고, 성당 내 기둥머리 돌장식에 수풀 사이로 새 떼가 날아드는 장면이 새겨져 있었기에 다른 수풀을 찾아갈 필요가 없었다. 산을 보고 싶으면 성당의 거대한 탑을 보면 되었고, 바다를 보고 싶으면 성당 꼭대기에 올라가 발치에서 물결치는 파리 시를 바라보면 그만이었다.

하지만 어머니와도 같은 성당에서 카지모도가 가장 사랑하는 것은 바로 종이었다. 종은 잠자는 그의 영혼을 깨우고, 어두운 동굴 속에 접혀 있는 가엾은 그의 날개를 펼치게 해주고, 때때로 그를 행복하게 만들어주었다. 카지모도는 종을 사랑했다. 그는 종을 어루만지고 그것에게 말을 걸며, 이해하려 애썼다. 그는 현관의 차임벨부터 첨탑 꼭대기의 커다란 종까지 성

당에 있는 모든 종을 사랑하고 아꼈다. 그에게는 성
당 지붕 꼭대기에 매달린 종루와 두 개의 종탑이 마
치 그를 위해서만 노래하는 새들의 둥지처럼 여겨
졌다. 물론 그를 귀머거리로 만들어버린 것도 다름
아닌 그 종들이었다. 하지만 흔히 그렇듯 어머니란
가장 속을 썩인 자식에게 더 깊은 정을 주는 법이다.

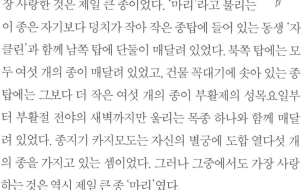

　아울러 종소리는 귀머거리인 종지기가 아직까
지 들을 수 있는 유일한 소리였다. 그런 뜻에서 축제
날 요란스럽게 울려대는 종들 가운데 카지모도가 가
장 사랑한 것은 제일 큰 종이었다. '마리'라고 불리는
이 종은 자기보다 덩치가 작아 작은 종탑에 들어 있는 동생 '자
클린'과 함께 남쪽 탑에 단둘이 매달려 있었다. 북쪽 탑에는 모
두 여섯 개의 종이 매달려 있었고, 건물 꼭대기에 솟아 있는 종
탑에는 그보다 더 작은 여섯 개의 종이 부활제의 성목요일부
터 부활절 전야의 새벽까지만 울리는 목종 하나와 함께 매달
려 있었다. 종지기 카지모도는 자신의 별궁에 도합 열다섯 개
의 종을 가지고 있는 셈이었다. 그러나 그중에서도 가장 사랑
하는 것은 역시 제일 큰 종 '마리'였다.

　여러 개의 종이 일제히 울려 퍼지는 축제 날이면 카지모도
의 기쁨은 말할 수 없이 커졌다. 부주교가 「자, 가거라」하며 놓
아주면 그는 즉시 종탑으로 향하는 나선형 계단을 뛰어 올라
간다. 동작이 어찌나 날쌘지 다른 사람들이 계단을 뛰어 내려
오는 속도보다 더 빠를 지경이다. 가쁜 숨을 몰아쉬면서 큰 종
을 매달아 놓은 탑 안으로 뛰어든 카지모도는 잠시 애정과 경

건함을 마음에 담아 큰 종을 응시한다. 그러고는 마치 장거리 경주에 출전하는 말에게 하듯 앞으로 힘든 시간을 견뎌내야 할 종에게 부드러운 말을 건네면서 손으로 쓰다듬는 것이다. 그런 다음 카지모도는 탑의 아래 층계에서 기다리고 있는 조수들에게 큰 소리로 시작하라는 신호를 보낸다. 이에 조수들이 밧줄에 매달리면 굴대가 삐걱대면서 거대한 종이 서서히 움직이기 시작한다. 카지모도는 가슴이 두근거리는 것을 느끼며 종의 움직임을 눈으로 좇는다. 마침내 큰 종의 추가 내벽에 부딪치며 굉음을 울리는 순간 카지모도가 서 있는 자리가 흔들린다. 카지모도는 움직이는 종과 함께 몸을 떨면서 마치 미치광이처럼 웃음을 흘린다. 그러는 사이 종의 움직임이 빨라지면서 크게 좌우로 흔들리고, 부릅뜬 종지기의 눈에선 점점 더 뭐라 표현할 수 없는 광채가 뿜어져 나온다. 드디어 큰 종 마리가 마음껏 울기 시작하는 순간 그녀가 매달린 탑 전체가 흔들리고, 대들보와 장식 돌과 기둥 돌을 비롯하여 주춧돌부터 꼭대기의 클로버 무늬 장식까지 성당 전체가 일제히 포효하듯 우렁찬 소리를 낸다. 그러면 카지모도는 입에서 거품을 내뿜으며 이리 뛰고 저리 뛰면서 흔들리는 탑과 더불어 머리부터 발끝까지 부르르 떤다. 이제 큰 종은 사슬에서 풀려난 맹수처럼 청동으로 만들어진 거대한 아가리를 양쪽으로 드러내 보이면서 사방 40리에서도 들릴 만큼 거대한 폭풍우 같은 숨결을 쏟아낸다. 카지모도는 커다랗게 벌어진 종의 아가리 앞에 딱 버티고 서서 그것이 뿜어내는 노한 입김을 온몸으로 들이마신다. 그러면서 그는 종의 움직임에 따라 몸을 웅크렸다 폈다 하

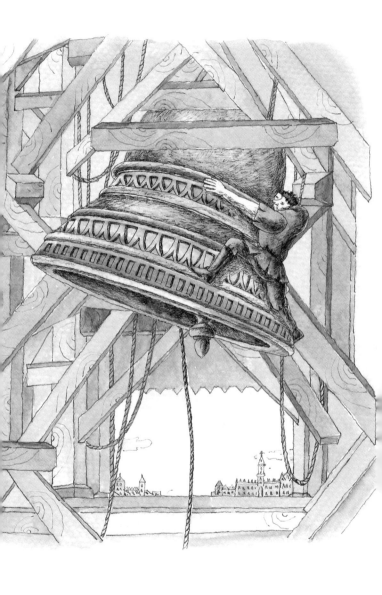

면서 저 아래 광장을 가득 메운 개미 떼 같은 사람들과 매초 자신의 귀에 대고 울부짖는 거대한 청동 아가리를 번갈아 쳐다보는 것이다. 그 종소리야말로 카지모도가 들을 수 있는 유일한 말이고, 세상의 침묵을 깨뜨려주는 유일한 소리다. 종소리와 함께 그의 마음은 기쁨으로 부풀어 올라 마치 태양을 향해 날아가는 새처럼 가벼워진다. 그러다 갑자기 미쳐 날뛰는 종의 기운이 그에게로 옮아가는 순간 그의 두 눈이 괴이하게 빛난다. 그러고는 마치 파리가 날아오기를 기다리는 거미처럼 종이 다가오는 순간을 기다리다가 잽싸게 몸을 날려 종 위에 올라타는 것이다. 무시무시하게 움직이는 종에 온몸을 내맡긴 채 아득한 낭떠러지 끝에 매달린 그는 흔들리는 청동 괴물의 귓불을 움켜잡고, 두 다리로 가슴을 조이고, 자신의 몸무게를 실어 격렬한 종의 움직임에 박차를 가한다.

종을 달아맨 탑 전체가 요동치며 흔들리고, 종 위에 올라탄 카지모도는 이를 갈며 큰 소리로 울부짖는다. 붉은 머리털은 곤두서고, 심장은 풀무처럼 펄떡이며, 두 눈은 불꽃을 내뿜을 듯이 글거린다. 그 아래에서는 그의 몸을 실은 괴물 같은 종이 숨을 몰아쉬며 울어댄다. 그것은 이제 노트르담 대성당의 종도 카지모도도 아니다. 그것은 하나의 환상이요, 소용돌이요, 폭풍우다. 그 순간 미친 짐승처럼 울부짖는 것은 반은 사람이고 반은 종의 모습을 한 기이한 괴물인 것이다.

개와 그 주인

카지모도는 세상 모든 사람에게 악의와 증오를 품고 있었다. 그런 그가 노트르담 대성당만큼, 아니 그보다 더 사랑하는 사람이 있었으니 그는 다름 아닌 클로드 프롤로였다.

어쩌면 그것은 당연한 일이었다. 클로드 프롤로는 그를 받아들여 양자로 삼았고, 먹이고 입히면서 그를 길러주었다. 어린 카지모도가 동네 아이들이나 개에게 쫓겨 괴로움을 당할 때마다 늘 방패막이가 되어준 것도 그였다. 뿐만 아니라 클로드는 그에게 말하고 읽고 쓰는 법을 가르쳐주었다. 또한 그를 성당의 종지기로 만들어 큰 종 마리를 카지모도의 짝으로 맺어주었으니 이는 로미오에게 줄리엣을 안겨준 것과 다름없는 일이었다.

그런 까닭에 클로드에 대해 카지모도가 가지는 감사의 마음은 깊고 열정적이었으며 끝이 없었다. 비록 말수가 적고 늘 찌푸린 얼굴에 준엄하고 고압적인 양아버지였지만 카지모도는 결코 한순간도 그 고마움을 잊지 않았다. 클로드 프롤로 부주교는 이 세상에서 가장 유순한 노예요, 충직한 하인이며, 세심하게 주의를 살피는 충견을 지닌 셈이었다. 이 가엾은 성당 종지기가 귀머거리가 되자 두 사람은 자기들만 알 수 있는 기이한 몸짓으로 의사소통을 하기 시작했다. 부주교는 카지모도가 대화를 나눌 수 있는 유일한 인간이 된 것이다. 그리하여 카지모도가 이 세상에서 관계를 맺고 있는 것은 노트르담 대성당과 클로드 프롤로뿐이었다.

그러므로 성당의 종지기에 대한 부주교의 권한과 부주교에 대한 종지기의 사랑에 견줄 만한 것은 이 세상 어디에도 없었다. 만일 자신이 노트르담 꼭대기 탑 위에서 뛰어내리는 것이 클로드를 기쁘게 해줄 수 있는 일이라면 부주교가 손가락 하나 까딱하는 것만으로 충분히 그렇게 하고도 남을 카지모도였다. 힘이 장사고, 보기 드물게 뛰어난 체력을 가진 카지모도가 다른 사람을 위해 자신의 힘을 그토록 맹목적으로 사용한다는 게 실로 의아한 일이었다. 이런 맹종에는 분명 자식이 부모를 섬기는 마음과 함께 주인을 섬기는 하인의 충성심이 섞여 있었다. 더불어 한 사람이 다른 사람에게 행사하는 마력 같은 힘도 빼놓을 수는 없는 것이었다. 불쌍하고 비틀어졌으며 어설픈 자가 고매하고 심오하며 강하고 빼어난 지성의 소유자 앞에서 머리를 조아리고 애원하는 눈길을 보내는 것은 흔히 볼  수 있는 장면이 아닌가. 그렇다고는 해도 클로드 프롤로에 대한 카지모도의 맹종의 바탕에는 다른 것이 아닌 고마움이 자리 잡고 있었다. 카지모도가 자신의 양부에게 느끼는 극단에 이른 고마움은 무엇과도 비교할 수 없는 감정이었다. 사람들 사이에서 이런 감정을 찾아보기란 쉽지 않은 일이다. 카지모도는 개나 말이나 코끼리가 자신의 주인을 사랑하는 것보다도 더 열렬히 부주교를 사랑했다.

# 5 나쁜 평판

부주교와 종지기는 성당 주변에 사는 사람들로부터 그다지 사랑을 받지 못하고 있었다. 흔히 있는 일로 클로드와 카지모도가 함께 외출하여 노트르담 주변의 비좁고 침침한 거리를 걸어갈 때면 여기저기에서 험담하는 소리나 조롱 섞인 노랫소리, 혹은 모욕적인 야유가 들려오곤 했다. 물론 클로드 프롤로가 준엄하고 가차 없어 보이는 이마를 드러내고 고개를 꼿꼿이 세운 채 걷는 날엔 사정이 달랐지만 그런 날은 거의 없었다.

장난꾸러기 꼬마들은 카지모도의 곱사등에 바늘을 꽂기도 하고, 노는 걸 좋아하는 몇몇 아리따운 아가씨는 뻔뻔스럽게도 부주교의 검은 법의 옆으로 스쳐 지나가면서 냉소적인 콧노래를 흥얼거렸다. 건물의 계단에 웅크리고 앉은 노파들은 부주교와 종지기가 지나가는 것을 보고 음험한 표정을 지으면서 큰 소리로 투덜거리곤 했다.

「흥, 저것 봐라! 한 놈은 몸뚱이가 병신이고 다른 놈은 영혼이 병신이구나!」

그러나 부주교나 종지기는 대개 그런 욕설을 알아채지 못하고 지나쳤다. 카지모도는 귀가 먹었고 클로드는 늘 몽상에 잠겨 있었기 때문이다.

5

파리의 노트르담
Notre-Dame de Paris

생마르탱의 사제

클로드의 명성은 널리 퍼져 있었다. 그 명성을 듣고 그를 찾아온 사람이 있었다.

어느 저녁이었다. 클로드 부주교는 미사를 마치고 성당의 독방으로 돌아왔다. 그가 한참 명상에 잠겨 있을 즈음 누군가 문을 두드렸다.

「누구십니까?」

그가 나직이 물었다.

「당신 친구인 자크 쿠악티에요.」

클로드가 문을 열어주었다.

자크 쿠악티에는 왕실 주치의였다. 그는 쉰 살쯤 된 무뚝뚝한 인상의 남자로 두 눈은 언제나 교활하게 빛났다. 또 하나의 사내가 그의 뒤를 따라 들어왔다. 두 사람 모두 온몸을 감싸는 회색 다람쥐 가죽을 덧댄 청회색 가운을 걸치고 같은 재질로 만든 같은 색 모자를 쓰고 있었다. 발밑까지 내려오는 긴 가운을 입은 사내들의 손은 옷소매에 가려져 있었고, 두 눈은 푹 눌러쓴 모자 때문에 보이지 않았다.

「이 시간에 이처럼 귀한 분이 오실 거라곤 생각도 못 했습니다.」

부주교는 의사와 함께 동행한 사내를 불안한 듯 살피며 정중하게 안으로 안내했다.

「클로드 프롤로 드 티르샤프 신부님 같은 위대한 학자를 뵈러 오는데 늦은 시간이 어디 있겠습니까?」

쿠악티에 의사가 대답했다. 프랑슈콩테 지방의 독특한 억양으로 인해 그의 말은 발끝까지 내려오는 긴 가운만큼이나 장중하게 들렸다.

「이토록 건강하신 모습을 뵈니 마음이 아주 즐겁습니다.」

의사의 손을 잡으며 클로드가 말했다.

「고맙습니다.」

「그런데 폐하께서는 요즘 어떠십니까?」

「폐하께선 당신의 의사에게 충분한 보수를 지불하지 않고 계신답니다.」

의사가 동행자에게 곁눈질을 하면서 대답했다.

「정말 그렇게 생각하나, 쿠악티에?」

동행자가 불쑥 물었다. 순간 부주교의 시선은 놀라움과 비난이 섞인 어조로 말을 던진 사내에게 향했다. 사실 부주교는 의사와 인사를 나누면서도 이 낯선 인물을 계속 의식하고 있었다. 이 사내가 최고의 권력을 휘두르는 루이 11세의 주치의를 따라 여기까지 온 걸 보면 필시 무슨 중대한 이유가 있을 법했다.

「그런데 클로드 신부님, 오늘 이 자리에 신부님의 명성을 듣고 신부님을 꼭 한 번 만나고 싶어하는 분을 모시고 왔답니다.」

「혹시 학자이십니까?」

125

부주교가 쿠악티에의 동행자를 예리한 눈으로 바라보았다. 낯선 사내 역시 상대방 못지않게 경계하는 듯하면서도 날카로운 눈빛으로 응대했다.

독방의 불빛은 어두웠지만 그가 예순 살 가량 된 중키의 노인이란 건 알 수 있었다. 허리가 굽었고, 어딘가 몸이 불편한 듯했다. 얼굴 옆선은 평범했지만 뭔지 모를 위엄과 준엄함이 배어 있었고, 눈동자는 동굴 깊숙한 곳에서 새어 나오는 불빛처럼 밝게 빛났다. 코까지 내려오게 푹 눌러쓴 모자 너머로 잘생긴 넓은 이마를 추측하기란 그리 어려운 일이 아니었다.

「부주교님의 명성은 익히 들어서 알고 있습니다. 여쭤볼 말씀이 있어서 이렇게 불쑥 찾아왔습니다. 저는 대학자 분들 앞에 나설 때 신발을 벗는 미천한 사람입니다. 이름은 투랑조라고 합니다.」

'이름을 보니 귀족은 아니겠군!'

부주교가 속으로 생각했다. 하지만 이상하게도 그는 강하고 진지한 무언가 앞에 서 있다는 느낌이 들었다. 그는 직관적으로 모피 모자를 쓰고 있는 이 남자에겐 투랑조란 이름보다는 더 고귀한 이름이 어울리겠다고 생각했다. 뿐만 아니라 사내의 진지한 얼굴을 마주 대하는 순간 조금 전 자크 쿠악티에의 갑작스러운 출현으로 인해 얼굴에 번졌던 냉소적인 미소가 조금씩 걷히기 시작했다. 그는 침울한 표정으로 말없이 자신의 의자에 다시 앉았다. 그러고는 늘 하던 대로 팔꿈치를 탁자 위에 올려놓고 손으로 이마를 짚었다. 잠시 명상에 잠겼던 부주교는 손님들에게 앉으라고 권하고는 투랑조에게 물었다.

「선생님, 제게 물어볼 말씀이라는 게 뭡니까?」

「부주교님, 저는 환자입니다. 몹시 아픈 환자지요. 부주교님은 위대한 의학자라고 평판이 자자하더군요. 그래서 의학에 관한 조언을 듣고 싶어 이렇게 찾아왔습니다.」

「의학 말씀입니까?」

당혹감을 감추려는 듯 부주교는 머리를 흔들었다.

그는 잠시 무언가를 생각하는 듯하더니 이내 말을 이었다.

「투랑조 선생님, 뒤를 한번 돌아보십시오. 저의 대답은 모두 벽에 적혀 있습니다.」

투랑조가 그의 말을 따랐다. 거기엔 다음과 같은 문구가 새겨져 있었다.

의학은 몽상의 딸이니라.

이미 투랑조의 질문에 분개했던 의사 쿠악티에는 클로드 신부의 대답에 경악을 금치 못했다. 그는 투랑조의 귀에 대고 부주교에게 들리지 않도록 나직한 목소리로 말했다.

「그러게 제가 미친 사람이라고 진작 말씀드리지 않았습니까? 그런데도 저 사람을 만나려고 그렇게 애를 쓰셨다니!」

「어쩌면 저 미친 사람의 말이 옳을 수도 있네, 자크 선생!」

투랑조가 신랄한 미소를 띠며 대답했다.

「좋을 대로 하십시오!」

쿠악티에의 무뚝뚝한 대답이었다. 그는 부주교를 향해 말문을 열었다.

「아니 클로드 신부님, 의학이 몽상이라니요! 약제사나 약료상이 이 자리에 있었다면 당신을 가만히 놔두었을지 의심스럽군요. 그러니까 신부님은 지금 미약媚藥이 환자의 피에 미치는 영향이나 연고가 피부에 행하는 작용을 부인하시는 겁니까? 우리가 인간이라는 영원한 환자를 고치기 위해 만들어낸 약초와 광물로 구성된 이 약학의 세계를 부인한다 이 말씀입니까?」

「나는 약학도 환자도 부인하지 않습니다. 제가 부인하는 건 의사입니다.」

클로드가 차갑게 말했다.

「그렇다면 당신은 무엇을 믿습니까?」

투랑조가 소리쳤다.

「크레도 인 데움(나는 하느님을 믿습니다).」

부주교는 잠시 머뭇거리다가 대답했다. 마치 자신의 대답을 부인하기라도 하듯 그의 입가에 어두운 미소가 번졌다.

「도미눔 노스트룸(하느님 아버지)!」

투랑조가 성호를 그었다.

「아멘.」

쿠악티에가 덧붙였다.

「존경하는 신부님, 신부님께서 이처럼 훌륭한 믿음을 가지고 계신 걸 보니 저 또한 마음이 흡족합니다. 하지만 그토록 위대한 학자이신 신부님께서 이 정도로 과학을 부정하시는 걸 보니 의외입니다.」

「아니요, 난 과학을 부정하지 않습니다.」

부주교가 투랑조의 팔을 잡으며 말했다. 갑자기 그의 흐릿한 눈동자에 생기가 돌기 시작했다.

「제가 그토록 오랫동안 학문이라는 동굴에 나 있는 수많은 갈림길에서 납작 엎드려 손톱으로 바닥을 긁으며 기어 다녔는데 그 결실이 전혀 없기야 하겠습니까? 어느 정도 시간이 지나니 저 멀리 어두운 동굴이 끝나는 곳에서 빛인지 불꽃인지 알 수 없는 무언가가 보이긴 했답니다. 아마도 사형수나 현자들이 마지막 순간에 간파하게 되는, 신의 비밀이 감추어진 곳에서 나오는 빛이 아닐까 싶습니다.」

투랑조가 말을 가로막았다.

「그렇다면 신부님께서 진실이며 확실하다고 생각하시는 것은 무엇입니까?」

「연금술입니다.」

「그럼 신부님은 그 연금술이라는 학문의 최종 목표점에 도달하셨습니까? 금을 얻으셨나요?」

부주교가 마치 무언가를 생각하는 사람처럼 천천히 말을 끊어가며 대답했다.

「만일 그랬다면 프랑스의 국왕은 루이가 아니라 클로드라 불렸을 거요.」

투랑조가 눈살을 찌푸렸다.

「아니, 내가 지금 무슨 말을 하고 있는 거지? 동방의 제국을 재건하게 되는 날이 오면 한낱 프랑스의 왕위가 뭐 그리 중요하겠습니까!」

「그렇군요!」

투랑조가 말했다.

「아, 저 불쌍한 미치광이!」

쿠악티에가 중얼거렸다.

자신의 생각에 빠져 든 부주교는 방문객의 존재는 안중에도 없는 듯 계속해서 말을 이었다.

「아니, 난 아직도 동굴 속에서 기어 다니고 있습니다. 지하에 가득 찬 돌멩이에 긁혀 얼굴이며 무릎에 온통 생채기가 났지요. 어렴풋이 보이기는 하는데 아직 확실한 건 안 보이는군요. 진리의 글을 한 자씩 더듬거리며 읽기는 하는데 그 뜻을 완전히 해독하진 못한다 이 말씀입니다!」

투랑조가 물었다.

「그렇다면 언젠가 당신이 그 진리를 알게 되는 날 나에게 금을 만들어주시겠습니까?」

「못 할 이유가 없지요.」

부주교가 대답했다.

「우리의 성모마리아께서는 지금 내게 돈이 필요하다는 것을 잘 알고 계십니다. 나도 책 속에 들어 있는 진리를 읽어 해독하는 당신의 방법을 배우고 싶군요. 신부님께서 저를 그 놀라운 세계로 입문시켜주시겠습니까?」

클로드가 위엄 있고 당당한 태도를 취했다.

「언제든 원할 때 오시면 됩니다.」

쿠악티에가 아까부터 입에 올린 말을 다시 한번 반복했다.

「저자는 정말 미치광이로군요.」

이번에는 그의 동행자도 동의를 표시했다.

「나도 그렇게 생각하네.」

그때 수도원의 소등 신호가 울렸다. 어떤 외부인도 수도원 안에 머물러 있어서는 안 되는 시간이었다. 투랑조가 방을 나서며 말했다.

「나는 위대한 학자들을 사랑하며, 당신에 대해선 각별한 존경을 가지고 있습니다. 내일 투르넬 궁으로 와서 생마르탱 드 투르의 사제를 찾아주십시오.」

그 말에 부주교는 투랑조란 방문객이 어떤 인물인지 알게 되었다. 부주교는 생마르탱 드 투르의 기록집에 나오는 한 구절을 떠올리면서 방으로 돌아왔다.

생마르탱의 사제, 즉 프랑스의 국왕은 관례에 따라 주교좌성당의 참사원이 되며……

그때부터 부주교는 루이 11세가 파리에 올 때 자주 회견을 가졌고, 그에 대한 국왕의 신임은 올리비에 르 댕과 자크 쿠악티에를 능가했다고 한다.

6

파리의 노트르담

Notre-Dame de Paris

옛날 사법관에 대한 공정한 시선

1482년 정월 초이렛날 아침 파리 시장 로베르 데스투트빌은 몹시 언짢은 기분으로 잠에서 깨어났다. 이런 불쾌감은 어디에서 비롯된 것일까? 그로서도 알 수 없는 일이었다.

그날은 축제의 다음 날로 모두에게나 고달픈 날이겠지만 특히 축제에서 쏟아져 나온 온갖 오물과 사고의 뒤처리를 맡아야 하는 시장에게는 더욱 그러했다. 더구나 그날 아침엔 그랑 샤틀레에서 재판을 주재하기로 되어 있었다. 원래 재판관들이란 왕이나 법, 혹은 정의의 이름으로 자신의 짜증을 법정에서 푸는 사람들이다. 그리하여 재판관들은 으레 기분이 좋지 않은 날 재판이 열리도록 조정하곤 한다.

하지만 이날의 재판은 시장이 참석하지 않은 가운데 시작되고 있었다. 민사, 형사, 혹은 특수한 사건을 담당하는 그의 보좌관들이 관례에 따라 재판을 대행하고 있었다. 아침 여덟 시부터 법정에 모여든 수십 명의 남녀 시민이 어두운 방청석 한구석에 앉아 시장의 보좌관인 샤틀레 재판소 심의관 플로리앙 판사가 내리는 판결을 흥미롭게 지켜보고 있었다.

그런데 이 심의관이란 작자는 귀가 좀 먼 편이었다. 하지만 심의관에게 그런 것쯤은 큰 결점이 되지 않았다. 플로리앙 심의관은 적절하게 심판을 내렸기 때문에 시비가 벌어지는 일은 없었다. 또한 원래 재판관이란 듣는 척만 하고 있으면 그것으로 충분한 법이다. 우리의 귀머거리 판사는 무슨 소리가 나든 한눈을 팔지 않는다는 점에서 재판관으로서 가장 중요한 조건을 만족시키고 있었다.

그런데 불행히도 그날의 방청석에는 플로리앙 재판관의 일거일동을 샅샅이 관찰하는 무자비한 감시자가 한 명 끼어 있었다. 바로 학교 강의실을 제외하고는 파리 시 어디에서나 마주칠 수 있는 건달패요, 그 전날 벌어진 축제 때 군중의 소동을 주도했던 장본인 장 프롤로 뒤 물랭이었다.

「이봐!」

그가 옆에서 재판을 구경하던 같이 온 패거리 로뱅 푸스팽에게 낮은 목소리로 말을 건넸다.

「저건 잔통 뒤 뷔송 아니야? 시장 거리의 미인 아가씨인데! 세상에, 가엾게도 저 영감이 유죄를 선고하네! 저 늙은이는 귀가 멀었을 뿐 아니라 눈에 뵈는 것도 없는 모양이야. 단지 묵주 두 개를 옷에 달고 다녔다고 벌금을 내라니 너무 지나치잖아? 어럽쇼! 이거 온통 아가씨들뿐이로구먼. 앙브루아즈 레쿼예르! 이자보 라 페네트! 베라르드 지로냉! 다 안면이 있는 여자들인데! 벌금형에 처함! 벌금형에 처함! 거 봐라! 금박 허리띠를 차고 다니더니 꼴 좋다! 귀머거리에 멍텅구리 판사 영감! 식탁에 앉아 소송인들을 하나씩 먹어치우고 있구나! 아니, 이봐! 로뱅! 저것 봐, 저기! 뭘 끌어내리려고 저렇게 군졸들이 많이 몰려 있는 거지? 굉장한 놈이 걸렸나 본데? 아마 멧돼지라도 되는 모양이야! 과연 그렇군! 저건 어제 우리의 군주였던 가장 교황이다! 꼽추에 절름발이, 험악한 인상의 카지모도!」

바로 그였다. 카지모도는 밧줄에 꽁꽁 묶인 채 군졸들에게 둘러싸여 삼엄한 감시를 받으며 재판장으로 끌려 들어오고 있었다. 가슴에는 프랑스의 문장이, 등에는 파리 시의 문장이 새겨진 제복을 입은 부대장이 몸소 호송 부대를 지휘하고 있었다. 그러나 추하게 일그러진 카지모도의 외모를 제외하면 그가 그런 특별 호위를 받을 이유는 없어 보였다. 어두운 안색의 카지모도는 말없이 조용히 있었다.

그는 이따금씩 눈을 들어 주변을 둘러보았다. 졸린 듯 반쯤 감긴 그의 눈을 보고 여자들은 손가락질하며 웃어댔다.

플로리앙 심의관은 서기가 제출한 카지모도에 대한 소송 문서를 꼼꼼히 훑어보았다. 그러고는 잠시 생각에 잠기는 듯했다. 그는 심문을 시작하기 전에 언제나 취하는 이런 신중함 덕택으로 미리 피고인의 이름과 직업, 범죄 내용 등을 알았고 예상 질문에 대한 대답을 생각해놓을 수 있었다. 따라서 사람들은 그가 귀머거리라는 사실을 좀처럼 눈치 챌 수가 없었다.

플로리앙은 카지모도의 사건을 다시 한번 되새기면서 고개를 뒤로 젖히고 눈을 반쯤 감았다. 비록 귀머거리에 지금 눈을 감고 있지만 이런 모습은 그에게 완벽한 판사가 되는 두 가지 필수 조건, 즉 위엄과 공정성을 드러내기에 충분했다. 그는 그런 상태로 심문을 시작했다.

「이름은?」

이렇게 되고 보니 귀머거리가 귀머거리를 심문하는, '법이 예측하지 못한' 상황이 벌어지고 말았다.

어떤 질문이 들어올 것인지 전혀 알지 못했던 카지모도는 판사의 얼굴만 뚫어지게 쳐다볼 뿐 아무 대답도 하지 않았다. 피고가 귀머거리라는 사실을 전혀 모르고 있던 판사는 카지모도가 여느 피고와 마찬가지로 대답을 했으리라 추측하고는 태연하게 판에 박힌 질문을 계속했다.

「좋아, 나이는?」

카지모도는 역시 대답이 없었다. 판사는 그걸로 충분하다 믿고 다시 말을 이었다.

「그럼 직업은?」

마찬가지로 침묵뿐이었다. 방청객들은 서로 마주보며 수군거리기 시작했다.

피고인이 세 번째 질문에도 대답을 했다고 생각한 판사가 침착하게 말했다.

「그대는 다음과 같은 죄목으로 오늘 이 자리에 서게 됐다. 첫째, 밤중에 난동을 부린 점, 둘째, 집시 여인에게 폭력을 가한 점, 셋째, 국왕의 친위대에게 반항을 시도한 점이다. 이에 대해 할 말이 있으면 진술해라. 서기, 지금까지 피고가 진술한 것을 다 기록했는가?」

공교롭게도 이 질문은 서기를 비롯한 방청객들의 웃음보를 터뜨리게 하는 결과를 가져왔다. 모두들 배꼽이 빠져라 웃어댔으니 귀머거리인 판사와 피고까지도 그런 상황을 알아차리지 않을 수 없었다. 카지모도는 경멸하듯 곱사등을 들썩거리며 주위를 돌아보았고, 플로리앙 판사는 방청객의 웃음이 피고인의 불순한 대답에서 야기되었다고 믿고는 분노하여 호통을 쳤다.

「저런 고얀 놈을 봤나! 교수형을 받아 마땅한 대답을 하다니! 지금 그대가 누구 앞에 서 있는지 모르는가?」

플로리앙의 질책은 장내의 웃음을 멈추기에는 역부족이었다. 누가 들어도 이상하고 앞뒤가 안 맞는 뚱딴지같은 소리에 문 앞에 서 있던 군졸들까지 웃기 시작했다. 자기 주변에서 무슨 일이 일어나고 있는지 알 턱이 없는 카지모도만이 심각한 표정을 유지하고 있었다. 더욱 화가 난 판사는 계속해서 피고인에게 소리를 질러댔다. 피고인을 공포에 질리게 함으로써 방청객들의 존경을 되찾을 수 있다고 믿는 것 같았다.

이때 안쪽의 낮은 문이 열리면서 시장이 들어오지 않았다면 플로리앙 판사의 훈계는 끝없이 계속되었을 것이다.

시장이 들어서자 플로리앙은 입을 다물기는커녕 지금껏 카지모도에게 쏟아 붓던 장광설을 시장에게로 돌렸다.

「시장님, 저는 여기 서 있는 피고가 저지른 전례 없는 법정 모독에 대해 시장님께서 엄벌을 내려주시길 바랍니다.」

말을 마친 플로리앙은 가쁜 숨을 몰아쉬면서 자리에 앉았다. 그러면서 앞에 펼쳐진 양피지 위로 눈물처럼 떨어지는 이

마의 땀방울을 닦아냈다. 시장은 이맛살을 찌푸리고는 카지모도에게 위협적인 몸짓을 해 보였다. 귀머거리인 카지모도도 뭔가 심상치 않은 일이 일어났음을 알아차렸다. 시장이 준엄하게 물었다.

「이 불한당 같은 놈, 너는 무슨 일로 여기에 끌려왔느냐?」

가엾은 카지모도는 시장이 필시 이름을 묻는 것이라 생각하고는 처음으로 입을 떼어 쉰 목소리로 대답했다.

「카지모도라고 합니다.」

엉뚱한 그의 대답에 방청석에서는 다시 폭소가 터져 나왔다. 이에 시장은 얼굴을 붉히며 외쳤다.

「네놈이 이제 나까지 조롱하려는 거냐?」

카지모도는 이번에는 직업을 물어보는 줄 알고 다시 대답했다.

「노트르담의 종지기입니다.」

「종지기라고? 그래? 좋아, 장안의 네거리마다 네놈을 끌고 다니며 등짝에다 종처럼 매질을 해주마. 알겠느냐?」

「만일 제 나이를 물으시는 거라면 저는 성 마르탱 축일에 스무 살이 됩니다.」

상황이 여기까지 이르자 시장은 더 참을 수가 없었다.

「이런 고얀 놈을 봤나! 시장인 나를 우롱하다니! 여봐라! 저 발칙한 놈을 당장 그레브 광장의 죄인 공시대에 매달아 한 시간 동안 두들겨 패라. 저놈은 죗값을 받아 마땅하다.」

재판소 서기가 즉시 판결문을 작성하기 시작했다.

「제기랄! 참 훌륭하게도 판결하는군!」

방청석 한쪽 구석에서 장 프롤로 뒤 물랭이 외쳤다. 그러자 시장이 다시 카지모도를 쏘아보며 말했다.

「저놈이 욕을 한 것 같구나. 이봐 서기, 벌금으로 파리 주화 12드니에를 추가하고, 그 벌금의 반을 생퇴스타슈 성당의 재산 관리 위원회에 보내도록 해라.」

서기가 판결문을 제출하자 시장은 도장을 찍고 방청석을 한 번 둘러보고는 밖으로 나갔다. 장 프롤로와 로뱅 푸스팽은 속으로 그런 시장을 비웃었다. 상황을 이해할 길 없는 카지모도는 그저 어안이 벙벙해서 무심한 표정으로 주위를 둘러볼 따름이었다.

 쥐구멍

독자들이여! 이제 어젯밤 우리가 그랭구아르와 에스메랄다를 뒤따르기 위해 떠났던 그레브 광장으로 다시 한번 돌아가 보자.

아침 열 시, 광장은 아직도 어제 있었던 축제의 냄새를 풍기고 있었다. 포석이 깔린 광장 바닥에는 종잇조각이며, 누더기 천 조각, 장식용 깃털, 리본, 음식물 찌꺼기 등이 여기저기 널려 있었다. 행인들이 분주하게 길을 오가는 가운데 상인들은 가게 문턱에서 서로 이야기를 나누거나 인사를 하고 있었다. 어

제의 축제와 플랑드르 사절단, 코프놀, 그리고 가장 교황까지
모든 것이 이야깃거리가 되었다. 다들 누가 더
그럴싸하게 어제의 사건을 해설하고, 누가 더
많이 웃는지 내기라도 하는 것 같았다. 그동안 말
을 탄 네 명의 군졸이 죄인 공시대의 네 귀퉁이에
와서 자리를 잡았다. 그러자 광장에 흩어져 있던
사람들이 그 주위로 모여들기 시작했다. 혹시라
도 처형이 벌어지는 장면을 보게 될까 하는 기대
때문이었다.

그레브 광장 어디에서나 볼 수 있는 활기차고 소란스러운
광경을 살펴본 독자가 광장 서쪽에 자리 잡은, 반은 고딕 양식
으로 반은 로마네스크 양식으로 지어진 옛 건물 투르롤랑 저
택 쪽으로 시선을 돌리면 다음과 같은 장면이 펼쳐진다. 투르
롤랑의 정면 모서리에는 십자 모양으로 엇갈려 끼워지고 두
개의 쇠창살로 가로막힌 작은 첨두형 창이 광장 쪽으로 트여
있다. 그 창은 낡은 저택의 아래층 벽 사이에 출입문도 없이 들
어서 있는 독방에 햇빛과 공기를 넣어주는 유일한 구멍이다.
파리에서도 가장 시끄럽고 사람이 제일 많이 붐비는 광장이
그 주변을 둘러싸고 있는 만큼 이 방의 평화는 깊어 보이고 정
적은 더욱 음산하게 느껴진다.

이 독방은 약 3세기 전부터 파리에서 큰 명성을 얻고 있었
다. 롤랑드 드 라 투르롤랑이라는 처녀가 십자군 원정에서 죽
음을 맞이한 아버지를 애도하기 위해 자기 저택의 벽을 파서
독방을 만든 후 출입문을 막아버리고 작은 창문 하나만 뚫어

놓은 채 여름이든 겨울이든 상관없이 그 안에 틀어박혀 지냈다. 이 작은 독방을 제외한 나머지 재산은 모두 가난한 사람들과 하느님께 바쳤다. 슬픔에 잠긴 처녀는 무덤과도 다름없는 이곳에서 밤낮으로 아버지의 영혼을 위해 기도하며 20년을 보냈다. 검은 자루를 옷으로 삼고, 베개로 사용할 돌조각 하나 없이 재 속에서 잠을 자고, 사람들이 자비를 베풀어 창문 주위에 가져다 놓은 빵과 물만 먹으면서 긴 세월을 지냈다. 가난한 사람들에게 전 재산을 나누어준 처녀가 이제 사람들의 도움을 받으면서 살게 된 것이다. 마침내 죽음이 임박해오자 처녀는 자신이 살았던 그 독방을 어머니든 과부든 처녀든 간에 자기 자신을 위해서, 또 남을 위해서 기도할 것이 많은 여인들이나 혹은 큰 슬픔이나 속죄를 이유로 살아 있는 채로 무덤에 묻히고 싶어하는 여인들에게 영원히 물려주었다.

이런 종류의 무덤을 보는 것은 중세 시대의 도시에선 그리 드문 일이 아니었다. 사람들의 왕래가 잦은 한길이나 온갖 사람이 모인 시끌벅적한 시장 한가운데, 혹은 마차의 바퀴나 말발굽이 지나가는 길 아래서 종종 지하실이랄까 우물이랄까 오두막 같은 것이 발견되곤 했다. 문도 없이 사방은 벽으로 막히고 창에는 철창이 쳐 있는 이곳에서, 영원한 탄식이나 위대한 속죄를 위해 기꺼이 자신을 바친 사람들이 밤낮으로 기도를 드리는 것이었다.

게다가 당시의 도시에는 이런 식으로 독방에 갇혀 지내는 사람이 제법 많았다. 파리 시만 하더라도 신에게 기도를 드리거나 속죄를 할 목적으로 만들어진 독방의 수가 꽤 되었는데 거의 대부분의 방에 사람이 살고 있었다. 투르롤랑의 독방만 하더라도 그곳이 일이 년씩 비어 있는 일은 거의 없었다. 롤랑 드 아가씨가 죽은 이후에도 수많은 여인이 그곳에 찾아와 죽을 때까지 부모님이나 연인의 명복을 빌고 잘못을 뉘우쳤던 것이다.

당시의 관습에 따라 이 독방의 바깥벽, 작은 창문 위에는 「투, 오라(그대, 기도하라)」라는 라틴어 문구가 하나 새겨져 있어서 글을 아는 행인에게 이 방이 신앙의 목적으로 사용되는 것임을 알려주었다. 그런데 일반 민중의 양식이란 세상일에 있어 그토록 오묘한 뜻을 다 헤아리지는 못하는 바여서 얼마 지나지 않아 어둡고 음습한 이 동굴 같은 방에는 「트루 오 라(역주 : '쥐구멍'이란 뜻의 불어로 라틴어의 '투 오라'와 비슷하게 발음됨)」라는 별명이 붙게 되었다. 이 '쥐구멍'이라는 별명은 기도하라는 라틴어 단어에 비해 숭고한 감은 덜 하지만 훨씬 더 생동감 있는 표현이라 할 수 있겠다.

 3 분홍 신에 얽힌 사연

우리의 이야기가 진행될 무렵 투르롤 랑의 독방엔 사람이 들어 있었다. 그 방에 살고 있던 여인이 누구인지 알고 싶다면 센 강을 따라 샤틀레에서 그레브 광장 쪽으로 걸어가고 있던 수다스러운 세 여인의 이야기에 귀를 기울이기만 하면 된다.

세 여인 중 둘은 시골 사람에게 파리 구경을 시켜주는 파리 여인 특유의 걸음걸이로 걷고 있었다. 다른 한 여인인 시골 아낙네는 손에 커다란 빵 조각을 들고 있는 사내아이의 손을 잡고 있었다.

「어서 가요, 마이에트.」

셋 중 제일 젊어 보이는 뚱뚱한 여자가 시골 여자에게 말했다.

「이러다 너무 늦게 도착하는 게 아닌가 걱정되네요. 샤틀레에서 들은 말로는 그를 곧바로 죄인 공시대로 끌고 갈 거라고 했거든요.」

다른 파리 여자가 말을 받았다.

「아니, 지금 무슨 말을 하는 거예요? 죄인은 두 시간 동안 공시대 형틀에 묶여 있을 텐데 뭐가 걱정인가요? 시간은 충분해요. 그건 그렇고 마이에트, 죄인 공시대라는 걸 본 적이 있어요?」

「네, 랭스에서요.」

「호호호, 랭스의 죄인 공시대는 어떻게 생겼나요? 기껏해야 농부들이나 묶어놓고 돌리는 그런 짐승 우리 같은 거겠죠.」

「기껏해야 농부라고요? 우리 랭스에서 말이에요? 거기서 처형된 죄인들은 굉장했어요. 자기 부모를 죽인 죄인도 있었다고요! 기껏해야 농부들이라니! 이봐요, 제르베즈. 대체 우리 랭스 사람들을 어떻게 보고 그런 말을 하는 거예요? 어머! 저기 다리 끝에 모인 사람들 좀 보세요! 가운데에 뭐가 있는지 모두들 그걸 쳐다보고 있네요.」

「탬버린 치는 소리가 들리는 걸 보니 에스메랄다가 염소와
함께 있는 것 같군요. 자, 서둘러요, 마이에트! 애를
데리고 어서 갑시다. 파리의 구경거리를 보러 왔
잖아요. 어젠 플랑드르 사신들을 봤으니 오늘
은 집시 계집애를 봐야죠.」

「집시 계집애라고요? 하느님 맙소사, 저 계
집이 제 아들을 훔쳐 가지 않도록 도와주세요!
외스타슈, 어서 가자.」

시골 아낙네가 갑자기 발걸음을 멈추더니 아들의 손을 꽉
잡았다. 그러고는 오던 길과 반대 방향으로 내달리기 시작했
다. 달리던 아이가 넘어졌다. 그제야 여인은 뛰던 걸음을 멈추
고 숨을 몰아쉬었다. 두 파리 여인이 그녀의 뒤를 따랐다. 제르
베즈가 물었다.

「집시 계집애가 댁의 아들을 훔쳐 간다고요? 별 이상한 생
각을 다 하는군요.」

마이에트가 생각에 잠긴 표정으로 고개를 끄덕였다.

「참 이상하네요. 그 자루 수녀와 똑같은 생각을 하다니.」

우다르드가 덧붙였다.

「자루 수녀라니요?」

마이에트가 물었다.

「귀델 수녀 말이에요.」

「귀델 수녀는 또 누구예요?」

마이에트가 재차 물었다.

「그 여잘 모른다니 정말 랭스에서 올라온 게 맞기는 맞네요. '쥐구멍'에 사는 여자 말이에요.」

「뭐라고요? 그러니까 지금 우리가 빵을 가져다주려는 그 여자 말인가요?」

마이에트의 물음에 우다르드가 그렇다는 뜻으로 고개를 끄덕였다.

「그래요. 조금 있으면 그레브 광장으로 난 독방의 창문으로 그 여자를 보게 될 거예요. 그 여자도 탬버린을 치면서 사람들에게 점을 봐주는 집시들과 보헤미아 사람들에 대해서 당신과 똑같은 생각을 하고 있어요. 집시에 대한 그런 두려움이 대체 어디서 시작된 건지는 모르겠지만 말이에요. 그나저나 마이에트, 당신은 왜 그들을 보기만 하면 달아나는 거죠?」

「아! 그건 파케트 라 샹트플뢰리에게 일어났던 일이 나에게는 일어나지 않기를 바라는 마음 때문이죠.」

마이에트가 아이의 둥근 머리를 감싸 안으며 말했다.

「그 여자 얘기를 우리에게 들려줄래요?」

제르베즈가 시골 여인의 팔을 붙잡으며 청을 넣었다.

「그 얘길 모른다니 두 분 정말 파리 사람이 맞긴 맞군요. 저랑 동갑내기인 파케트가 열여덟의 꽃다운 아가씨였을 적 이야기니까 지금으로부터 18년 전으로 거슬러 올라가네요. 그녀의 부친은 기베르토라는 음유시인이었어요. 샤를 7세가 잔다르크 님과 함께 대관식차 랭스에 내려오셨을 때 시를 읊은 바로 그 유명한 시인 말이에요. 늙은 아버지가 세상을 떠났을 때 파케트는 아직 어린애였어요. 파케트의 어머니는 착한 여자였지만 불행히도 어린 딸에게 남겨준 거라고는 장식품 만드는 기술밖에는 없었죠. 두 모녀는 랭스 강가에 있는 폴펜 거리에서 살았답니다. 잘 들어봐요. 내 생각에 파케트가 불행해진 원인이 거기 있으니까요. 61년, 루이 11세께서 대관식을 거행하시던 무렵 파케트가 얼마나 예쁘고 발랄해진지 모두들 그 애를 샹트플뢰리(역주 : '꽃이 만발한 노래'라는 뜻)라고 부르기 시작했어요. 가엾은 파케트! 그 애는 자기의 하얀 치아를 드러내 보이려고 늘 활짝 웃곤 했지요. 그런데 웃기 좋아하는 여자는 눈물로 생을 마감한다는 얘기가 있잖아요. 예쁜 치아가 아름다운 눈을 잃게 한다는 얘기도 있고요. 대관식이 있었던 바로 그 해 겨울은 여간 추운 게 아니었어요. 두 모녀가 사는 집에는 물론 장작 같은 건 없었지요. 그런데 그 추위 때문에 붉게 물든 파케트의 얼굴은 더욱 곱게만 보였답니다. 남정네들은 그 애를 이름 대신 '파크레트(역주 : '양귀비'라는 뜻의 불어)'라고 부르며 추근거리기 시작했어요. 가난에 못 이긴 그 애는 결국 거리로 나서고 말았답니다. 어느 주일날 그 애가 금 십자가를 목에 걸고 교회에 나왔을 때 우리는 드디어 그 애가 타락했다는 걸 알았죠. 그때 그 애는 겨우 열네 살이었답니다. 아시겠어요? 그 애의 첫 번째 남자는 랭스에서 얼마 떨어지지 않은 곳에 살고 있던 젊은 귀족 양반이었어요. 그 다음부터는 남자들의 신분이 조금씩 낮아지기 시작하더니 마침내는 여기저기 굴러다니며 아무 남자에게나 몸을 파는 처지가 되었지요.」

마이에트가 한숨을 내쉬고는 눈가에 흐르는 눈물을 닦아 냈다.

「그다지 특별할 것도 없는 얘기네요. 집시나 아이 얘기는 나오지도 않고.」

제르베즈가 말했다.

「계속 들어보세요. 곧 아이 얘기가 나올 테니까. 파케트는 66년에 여자 애 하나를 낳았어요. 불쌍한 이 여자는 몹시 기뻐했지요. 오래전부터 아이를 가지고 싶어했으니까요. 마음씨 착한 그녀의 어머니도 벌써 세상을 떠나셨고, 그녀는 혼자였어요. 하느님도 그녀를 불쌍히 여기셨던지 딸아이를 하나 점지해주신 거죠. 아이를 낳았을 때 그녀가 얼마나 기뻐했는지 말로는 다 표현 못 해요. 눈물을 흘리고 아이를 껴안고 뽀뽀하고 꼭 미친 사람 같았답니다. 아이에게 젖을 먹이고 하나밖에 남지 않은 이불을 잘라 옷을 만들어주었죠. 이제 추위나 배고픔 따위도 느끼지 못했어요. 그러다 보니 그녀에게도 생기가 돌면서 다시 예뻐지지 않았겠어요? 늙은 아가씨가 이제 젊은 엄마로 탈바꿈한 거죠. 남자들이 다시 찾아들기 시작하면서 아이를 예쁘게 꾸미고 치장할 거리도 생겼어요. 아이 이름, 그러니까 세례명이 아네스였는데 그 아이에게는 여느 공주 부럽지 않게 많은 리본과 자수품이 있었어요. 그중에서도 신발은 아마 우리 폐하께서도 어릴 때 신어보지 못하셨을 정도로 예쁜 것이었죠. 그 애의 엄마가 직접 꿰매고 수를 놓고 하면서 열성적으로 꾸민 것이었거든요. 그렇게 예쁜 분홍 신은 내 생전 처음 봤어요. 고작해야 내 엄지손가락 정도나 할까. 어린애의 발이 그 안에 들어갈 수 있을지 궁금할 정도였답니다. 그런데 아이의 발은 정말 작았어요. 게다가 예쁜 분홍빛이었어요. 아이 신발의 분홍빛 새틴 천보다 더 분홍빛이었다니까요. 하긴 파케트의 딸은 발만 예쁜 게 아니었어요. 넉 달밖에 안 된 그 애를 봤을 때 얼마나 사랑스러웠는지 아마 상상을 못 하실 거예요! 눈은 입보다 더 컸고, 곱슬곱슬한 검정 머리칼은 정말 아름다웠지요. 열여섯이 되면 아주 매력적인 갈색 머리의 아가씨가 되겠구나 싶더라고요. 아이 엄마는 아이에게 더욱더 빠져들었답니다. 아이를 껴안고 간지럼을 태우고 뽀뽀하고 씻기고 쪽쪽 빨았어요. 아이 때문에 완전히 넋이 나갔지요. 물론 아이를 주신 하느님께 감사드리는 것도 잊지 않았고요.」

「재미있는 이야기네요. 그런데 집시하고 무슨 관계가 있다는 거죠?」

「이제 나와요. 그러던 어느 날 랭스에 이상한 사람들이 나타났어요. 말을 탄 사람들이었는데 모두 거지나 방랑자로, 우두머리를 앞세우고 우리 고장을 지나가던 길이었어요. 얼굴은 햇볕에 그을리고 머리는 모두 구불구불한 데다 귀에는 은 고리를 달고 있었지요. 그 사람들은 모두 이집트 남쪽 지방에서 시작해서 폴란드를 거쳐 랭스로 왔던 거예요. 사람들 말로는 교황님께서 그 사람들의 고해를 들으시고는 죄를 사하는 방법으로 7년 동안 침대에서 자지 말고 전 세계를 돌아다니라고 명령하셨다고 하더군요. 어쨌거나 그들은 사람들의 손금을 보고 미래를 예언해줬어요. 물론 그들이 어린애와 돈을 훔치고 사람을 먹는다는 흉측한 소문이 돌기는 했지요. 그래도 사람들은 남몰래 그들을 찾아가곤 했어요. 가엾은 샹트플뢰리도 바짝 호기심이 생겨 어느 날 그들을 찾아갔답니다. 자기의 예쁜 딸 아네스가 나중에 커서 아르메니아 같은 나라의 황후가 될 운이 없는지 물어보고 싶었던 거예요. 집시 여자들은 아이가 너무 예쁘다고 감탄을 하면서 안아주고 쓰다듬어주고 했답니다. 물론 아이 엄마의 기쁨이야 이루 말할 수가 없었죠. 아이가 장차 정숙하고 아름다운 아가씨가 되어 한 나라의 왕비가 될 거라는 예언을 들었으니 말이에요. 아이 엄마는 몹시 기뻐하면서 집으로 돌아왔답니다. 다음 날 그녀는 아이가 자고 있는 틈을 타서 세셰스리 거리의 한 이웃 여자에게 집시들이 한 예언을 자랑하러 갔어요. 그런데 그녀가 집에 돌아와 계단을 올라가는데 아이의 울음소리가 들리지 않는 거예요. 아이가 아직 자고 있구나 생각하면서 방 안으로 들어가 침대로 달려갔죠. 그런데 글쎄 아이가 없는 게 아니겠어요? 그 예쁜 분홍 신 한 짝만 옆에 떨어져 있을 뿐 아이와 관련된 모든 것이 감쪽같이 사라져버렸다 이 말이에요. 샹트플뢰리는 미친 듯이 시내를 쏘다녔어요. 거리란 거리는 샅샅이 뒤지고 다녔지요. 하지만 아이는 찾을 수 없었어요. 그런데 그날 저녁 집에 돌아와 보니 방에서 어린애 울음소리 같은 것이 들리는 거예요. 그녀가 허겁지겁 계단을 뛰어 올라갔죠. 그런데 세상에! 어떻게 이렇게 끔찍한 일이 다 있을까요! 귀여운 아네스 대신 애꾸눈에 절름발이요, 성한 데라고는 한 군데도 없는 추악한 괴물 새끼가 누워 있는 거예요. 파케트는 무서워서 그만 눈을 감아버렸답니다. 그러고는 마녀들이 자신의 딸을 괴물로 바꾸어 놓았다고 소리를 질러댔어요. 사람들이 와서 한 네 살쯤이나 되었을 괴물 새끼를 데리고 갔지요. 파케트는 아이의 분홍 신 위에 몸을 던진 채 한참 동안 말없이 숨도 쉬지 않고 그대로 있었답니다. 사람들은 모두 그녀가 죽은 줄 알았어요. 그런데 갑자기 그녀가 신발을 꺼안고 온몸을 떨며 미친 듯이 흐느껴 우는 거예요. 지금도 그 모습을 생각하면 눈물이 나요……. 그러더니 그녀가 갑자기 벌떡 일어나 밖으로 뛰쳐나갔죠. 그러고는 랭스 시내를 달리며 이렇게 외쳐댔어요. '집시들을 감옥으로 보내요! 경찰 나리들, 마녀들을 모두 불태워 죽여요!'라고 말이에요. 하지만 집시들은 이미 떠나고 없었어요. 캄캄한 밤이어서 그들을 쫓아갈 수도 없었죠. 이튿날 랭스에서 2리 정도 떨어진 곳에서 화톳불을 피웠던 자리를 발견했어요. 거기엔 아네스가 달고 있던 리본과 핏자국, 그리고 염소 똥이 있었답니다. 그 끔찍한 사실을 전해 듣고도 파케트는 울지 않았어요. 무슨 말을 할 것처럼 입술을 달싹였지만 말을 할 수가 없었던 모양이에요. 다음 날 그녀의 머리가 희끗해지더니 그 다음 날엔 어디론가 사라져버렸답니다.」

「세상에나, 정말 끔찍한 이야기군요.」

우다르드가 말했다.

「당신이 그렇게 집시들을 무서워하는 것도 무리가 아니네요!」

제르베즈가 덧붙였다.

「그런데 샹트플뢰리는 그 뒤로 어떻게 되었는지 혹시 모르세요?」

「샹트플뢰리가 어떻게 되었느냐고요?」

자신의 생각에 골몰해 있던 마이에트가 상대방이 던진 질문의 의미를 생각하느라 말을 늦추었다.

「그 후론 한 번도 본 적이 없어요.」

「그럼 그 괴물딱지는요?」

제르베즈가 불쑥 물었다.

「괴물딱지라니요?」

「마녀들이 아이 대신 놓고 갔다는 그 집시 괴물 새끼 말이에요. 강물에 던져버렸나요?」

「아니요. 그러지 않았어요.」

「뭐라고요? 그럼 불에 태워 죽였단 말인가요? 하긴 그것이 더 나았을지도 모르겠네요. 분명 어린 요괴였을 테니까.」

「그게 아니에요, 제르베즈! 대주교님께서 집시 아이를 동정하셔서 마귀를 몰아내고 축성을 하신 뒤 파리로 올려 보내셨어요. 업둥이 아이로 노트르담 목침대 위에 내놓을 수 있게 말이에요.」

이런 얘기를 주고받는 사이 세 여인은 그레브 광장에 도착했다. 얘기에 한창 빠져 있던 그들은 투르롤랑 앞을 그냥 지나쳐 기계적으로 죄인 공시대 앞까지 걸어갔다. 그곳엔 시시각각으로 사람들이 불어나고 있었다. 만일 여섯 살배기 꼬마 외스타슈의 질문이 없었다면 아마도 쥐구멍 같은 건 완전히 잊어버리고 말았으리라.

「엄마, 이제 이 빵 먹어도 돼?」

아들의 질문이 마이에트의 기억을 되살렸다.

「그렇구나, 독방의 수녀를 잊고 잊었네요! 독방이 어딘지 가 봅시다. 이 빵을 갖다 줘야죠!」

「당장 그곳으로 갑시다. 좋은 일을 하는 건데.」

우다르드가 말했다.

세 명의 여인은 오던 길을 되돌아갔다. 투르롤랑 가까이에 이르자 우다르드가 두 여자에게 말했다.

「자루 수녀하고는 안면이 좀 있거든요. 내가 앞장설 테니 두 사람은 신호를 하면 그때 오세요.」

그러고는 혼자 작은 창 쪽으로 다가갔다. 얼마 후에 그녀가 입술에 손가락을 대며 마이에트에게 오라는 신호를 했다.

마이에트는 마치 죽어가는 자의 침상에 다가가듯 발꿈치를 들어 살금살금 다가갔다.

두 여자의 눈앞에 펼쳐진 광경은 참으로 처참했다. 방은 비좁았다. 아무것도 깔지 않은 맨바닥 구석에 한 여자가 웅크리고 앉아 있었다. 그녀는 두 팔로 무릎을 감싼 채 턱을 괴고 있었다. 주름이 잡힌 갈색 자루 속에 온몸을 쑤셔 넣고, 풀어 헤친 긴 흰머리가 제멋대로 흘러내리도록 내버려 둔 그녀의 모습은 첫눈에는 그저 기이한 하나의 형체로 보일 뿐이었다. 여자도 아니고 남자도 아닌, 살아 있는 생물도 죽어 있는 정물도 아닌, 그것은 마치 빛과 그림자처럼 현실과 환상이 교차하는 일종의 환영이었다.

어느새 제르베즈도 두 사람 곁으로 다가와 창 안을 들여다보았다. 창문 앞을 막아선 세 명의 방문객으로 인해 독방을 비추는 엷은 빛마저 차단되었으나 가엾은 여인은 그 사실조차 모르고 있는 듯했다.

「방해하지 맙시다. 지금 기도하는 중인가 봐요.」

우다르드가 나직하게 말했다.

그 사이 마이에트는 산발이 된 흰머리 여인의 핼쑥한 얼굴을 근심스러운 표정으로 쳐다보고 있었다. 그녀의 두 눈에 눈물이 가득 고였다.

「정말 이상한 일이네.」

그녀가 혼잣말을 하며 채광창의 쇠창살 너머로 얼굴을 들이밀었다. 그러자 독방의 불행한 여인이 시선을 고정한 채 바라보고 있는 물건이 눈에 들어왔다. 얼마 후 창에서 고개를 빼낸 그녀의 얼굴은 온통 눈물로 뒤범벅이 되어 있었다.

「저 사람을 뭐라고들 부르시죠?」

마이에트가 물었다.

「귀딜 수녀라고 불러요.」

우다르드가 대답했다.

「저 여자는 파케트 라 샹트플뢰리예요.」

마이에트는 조용히 하라는 신호로 손가락을 입술에 갖다 대면서 놀라움으로 어안이 벙벙해진 우다르드에게 창 안을 들여다보라는 신호를 했다. 우다르드는 자루 수녀가 미동도 없이 응시하고 있는 금실과 은실로 수놓은 한 짝의 분홍 신을 보았다. 제르베즈도 마찬가지였다. 세 여자는 가련한 엄마의 심정을 생각하면서 흐느껴 울기 시작했다.

그러나 여자들의 시선도 울음소리도 독방의 여인을 방해하지는 못했다. 여인은 두 손을 모으고 시선을 고정한 채 그저 말없이 앉아 있을 뿐이었다. 그녀의 개인사를 알고 있는 사람에게 작은 분홍 신을 쳐다보는 것은 그야말로 가슴을 에는 고통이었다.

그때까지 아무 말도 할 수 없었던 마이에트가 마침내 입을 뗐다.

「이봐요, 파케트! 파케트 라 샹트플뢰리!」

귀델 수녀의 작은 독방에 갑자기 울려 퍼진 이름의 효과는 엄청난 것이었다. 귀델 수녀가 온몸을 떨며 맨발로 일어서더니 눈을 반짝이며 창문 쪽으로 다가섰다. 그 기세에 겁을 먹은 세 여자와 아이는 뒷걸음질 치고 말았다.

귀델 수녀는 험상궂은 얼굴로 창살에 꼭 붙어 섰다.

「흐흥! 날 부르는 게 바로 그 집시 계집이렷다!」

그녀가 소름끼치는 소리로 웃으며 외쳤다. 그때 광장의 죄인 공시대에서 벌어지고 있는 광경이 그녀의 눈에 들어왔다. 그녀의 이마가 공포로 일그러졌다. 그녀는 뼈만 앙상하게 남은 두 팔을 창밖으로 들어올리며 숨찬 목소리로 소리쳤다.

「또 너로구나! 이 집시 계집! 날 부르는 게 또 너야! 애 도둑년 같으니! 오! 천벌을 받아라! 천벌을!」

물 한 방울에 더해진 눈물 한 방울

그레브 광장의 죄인 공시대로 오르는 사다리 주위에는 사람들이 많이 몰려 있었다. 공개적인 처형을 기다리는 데 익숙한 사람들은 초조한 기색도 없이 죄인 공시대를 바라보며 그 시간을 즐기고 있었다. 죄인 공시대란 것은 속이 비고 높이가 열 자쯤 되는 석조 입방체였다. 다듬지 않은 돌로 쌓아놓은, 사다리라고 불리는 가파른 계단을 올라가면 평평한 면이 나오고, 그 위에 참나무로 만든 둥근 바퀴가 수평으로 매달려 있었다. 거기에 처형당할 죄인을 무릎 꿇게 하고 팔을 뒤로 틀어 묶는 것이었다. 그러면 석조 입방체 안쪽에 감춰져 있는 도르래가 원반의 축을 돌리고 그 힘으로 바퀴가 수평으로 돌아가게 되어 있었다. 이 장치 덕분에 광장 어느 방향에서도 죄인의 얼굴을 볼 수가 있었다. 이것이 이른바「회전판에 걸어 돌린다」는 형벌이었다.

마침내 죄인이 수레 뒷부분에 매달려 끌려왔다. 그가 죄인 공시대 위로 끌어 올려져 바퀴 위에 무릎 꿇린 채 밧줄과 끈으로 꽁꽁 묶이는 것을 본 순간, 광장을 가득 메운 사람들은 웃음과 야유가 뒤섞인 아우성을 쳐 댔다. 죄인은 바로 카지모도였다.

카지모도는 저항하지 않고 사람들이 이끄는 대로 이리저리 옮겨져 바퀴 위에 앉혀졌다. 밧줄에 꽁꽁 묶여 꼼짝도 할 수 없는 그는 미동도 하지 않고 가만히 있었다. 그의 얼굴엔 백치나

야만인에게서 볼 수 있는 놀라움만 보일 뿐 다른 감정은 찾아볼 수 없었다. 사람들은 그가 귀머거리라는 걸 알고 있었지만 이젠 장님이 아닌가 의심할 정도였다.

사람들이 그를 원반 위에 무릎 꿇리자 그는 아무런 저항 없이 그대로 따랐다. 셔츠와 저고리를 벗겨서 허리까지 반나체가 되었으나 그들이 하는 대로 내버려 두었다. 가죽 끈과 쬠쇠로 심하게 몸을 조여도 그냥 있었다. 이따금씩 도살장에 끌려가는 소처럼 거칠게 숨을 몰아쉴 뿐이었다.

카지모도가 벌거벗겨져 불룩한 곱사등과 낙타 같은 가슴팍, 굳은살이 박힌 털북숭이 어깨가 드러나자 군중 속에서는 요란한 웃음소리가 터져 나왔다. 그때 키는 작달막하나 다부지게 생긴 한 사나이가 제복을 입고 공시대 위로 올라와 죄인 옆에 섰다. 금세 사람들 사이에 그의 이름이 나돌았다. 샤틀레의 악명 높은 고문 집행관 피에라 토르트뤼였다.

그는 우선 공시대의 한쪽 구석에 검은색 모래시계를 내려놓았다. 모래시계 위쪽에는 붉은 모래가 가득 들어 있었고 시간이 지나면서 아래쪽으로 떨어질 것이었다. 그는 외투를 벗었다. 마디마다 쇳조각이 달려 있는 가늘고 긴 흰색 가죽 채찍이 그의 오른손에서 반짝이는 것이 보였다.

한편 장 프롤로는 로뱅의 어깨 위에 올라타 군중을 향해 소리를 질렀다.

「자, 여러분! 여러분은 지금부터 제 형인 조자스 부주교가 부리고 있는 종지기 카지모도 선생을 가죽 끈으로 내리치는 광경을 목격하게 됩니다. 이 카지모도 선생으로 말할 것 같으면 등허리가 둥근 천장이고 두 다리는 구부러진 기둥 같은 이상한 동양식 건물의 표본이 아니겠습니까!」

그 말에 군중 가운데서 웃음이 터져 나왔다. 특히 여자들과 아이들의 웃음소리가 도드라졌다.

마침내 집행관이 발을 구르자 바퀴가 돌아가기 시작했다. 카지모도는 밧줄에 묶인 채 비틀거렸다. 일그러진 그의 얼굴에 스친 당황한 기색을 본 사람들은 더욱더 요란스럽게 웃어댔다.

회전판이 돌아가면서 카지모도의 곱사등이 눈앞에 오자 집행관 피에라는 팔을 높이 쳐들었다. 가느다란 채찍은 날카로운 소리를 내며 가엾은 죄인의 어깨 위에 세차게 떨어졌다.

카지모도는 소스라쳐 깨어나는 사람처럼 펄쩍 뛰어올랐다. 그는 그제야 자기에게 무슨 일이 일어나고 있는지 이해하기 시작했다. 그는 결박된 몸을 비틀었다. 놀라움과 고통으로 안면 근육이 일그러졌다. 하지만 신음 소리를 내지는 않았다. 그저 등에 물린 황소처럼 고개를 뒤로 좌우로 여러 번 흔들 뿐이었다.

두 번째 매질이 이어졌고, 이어 세 번째 매가, 또 다른 매가 계속해서 이어졌다. 바퀴는 돌기를 멈추지 않았고, 빗발같이 내리치는 채찍질은 그칠 줄을 몰랐다. 오래지 않아 핏물이 튀었다. 검푸르게 멍든 꼽추의 어깨 위에서도 핏물이 흘러내렸다. 채찍이 공중을 가르며 어깨를 내리칠 때마다 핏방울이 군중 사이로 흩어졌다.

카지모도는 이제 적어도 외관상으로는 처음의 냉정함을 되찾고 있었다. 그는 움직이지 않았다. 쉬지 않고 흐르는 피도, 맹렬하게 떨어지는 채찍질도, 상대를 때리는 행위에 스스로 취해 흥분해 있는 집행관의 분노도, 끔찍한 채찍 소리도 더는 카지모도를 동요시키지 못했다.

마침내 검은 옷을 입고 흑마 위에 올라탄 채 형이 시작될 때부터 공시대 사다리 옆에 서 있던 샤틀레의 집달관 하나가 손에 들고 있던 흑단 지팡이로 모래시계를 가리켰다. 집행관이 매질을 멈추었다. 바퀴도 돌기를 멈추었다. 카지모도가 서서히 눈을 떴다.

태형은 끝났다. 집행관의 하인 둘이 피가 철철 흐르는 카지모도의 어깨를 닦고, 그 위에 뭔지 모를 고약을 발라주었다. 이내 상처의 피가 멎었다. 그들은 또 꼽추의 등에 사제들이 걸치는 요포 같은 노란 옷을 덮어주었다. 집행관 피에라는 벌건 피가 뚝뚝 떨어지는 채찍을 광장 바닥에 털었다.

갑자기 쇠사슬에 묶인 카지모도가 격렬하게 몸부림치기 시작했다. 그가 올라앉은 처형대의 구조물 전체가 흔들렸다. 지금까지 힘들게 지켜왔던 침묵이 깨지고 그의 입에서 인간의 음성이라기보다는 짐승의 울부짖음에 가까운 격노한 목소리가 새어 나왔다.

「물!」

절망에 찬 카지모도의 외침은 공시대를 둘러싼 군중에게 동정심을 불러일으키기는커녕 흥분을 더욱 돋울 뿐이었다. 그의 목마름을 놀려대는 소리를 빼면 가엾은 죄인 주위에 있던 사람 중 어느 누구도 반응을 보이지 않았다. 피로 범벅이 된 얼굴에 정신 나간 눈빛을 하고, 분노로 거품이 이는 입에서 혀는 반쯤 빠져나와 있는 카지모도의 모습은 솔직히 동정심을 유발하기보다는 괴이하고 혐오스러웠다. 사람들의 험악한 분위기로 미루어 만일 마음씨 착한 누군가가 나서서 그에게 물 한 컵을 건네기라도 한다면 주위에서 빈축을 살 것임에 틀림없었다.

다시 한번 카지모도는 절망적인 눈으로 군중을 돌아보며 더욱 비통한 목소리로 외쳤다.

「물 좀 줘!」

그러자 다시 폭소가 터져 나왔다.

「이거나 마셔라!」

장 뒤 물랭의 친구 로뱅 푸스팽이 진창에서 굴러다니던 스펀지를 그의 얼굴에 던지며 말했다.

「자, 너에게 빚을 갚겠다. 못된 귀머거리야!」

이어 어느 여인이 그의 머리에 돌을 던졌다.

「물 좀 줘!」

카지모도가 헐떡거리며 세 번째로 외쳤다.

그 순간 목마름에 지친 그의 눈에 군중이 양옆으로 비켜서는 것이 보였다. 사람들 사이로 야릇하게 옷을 차려입은 한 아가씨가 나타났다. 금빛 뿔을 단 새끼 염소가 아가씨 뒤를 따르고 있었고, 아가씨 손에는 탬버린이 들려 있었다.

카지모도의 눈이 번득였다. 분명 간밤에 납치하려고 했던 그 집시 아가씨임에 틀림없었다. 그는 어렴풋하게나마 지금 받고 있는 형벌이 어젯밤 사건 때문이라는 것을 알고 있었다. 사실은 그가 귀머거리고, 불행하게도 귀머거리 판사에게 재판을 받은 탓이었는데 말이다. 어쨌든 카지모도는 이 집시 아가씨 또한 자기에게 앙갚음을 하기 위해서 앞으로 나오는 것임을 의심치 않았다.

과연 집시 아가씨가 잽싸게 사다리를 올라오는 것이 보였다. 카지모도는 분노와 원통함으로 숨이 막혔다. 할 수만 있다면 공시대를 무너뜨리고 싶었다. 할 수만 있다면 자신의 눈에서 나오는 벼락 같은 광채로 집시 아가씨를 가루로 만들어버리고 싶었다.

아가씨는 아무 말도 없이 어떻게 해서든 자기의 매질을 피해보려고 몸부림을 치는 죄수 곁으로 다가갔다. 그러더니 허리띠에서 물통을 풀어 죄수의 바짝 마른 입술에 갖다 대었다.

그 순간 불처럼 이글거리며 타오르던 카지모도의 눈에 한 줄기 굵은 눈물이 맺혔다. 눈물은 오래도록 절망으로 일그러졌던 얼굴을 타고 천천히 흘러내렸다. 카지모도라는 불쌍한 인간이 흘린 최초의 눈물이었다. 카지모도는 물 마시는 것도 잊었다. 집시 아가씨는 한번 뽀로통한 표정을 짓더니 이내 미소를 지으며 뻐드렁니가 난 죄수의 입에 물병 주둥이를 대주었다. 타는 듯한 갈증을 느꼈던 그는 그제야 꿀꺽꿀꺽 물을 들이켜기 시작했다.

물을 다 마시고 난 뒤 카지모도는 검은 입술을 쑥 내밀었다. 아마도 자신을 도와준 아름다운 아가씨의 손에 입을 맞추고 싶었으리라. 하지만 그녀는 간밤의 일을 회상한 듯 짐승에게

손을 물릴까 두려워하는 아이처럼 깜짝 놀라면서 얼른 손을 움츠렸다.

그러자 가엾은 귀머거리는 뭐라 표현할 수 없는 슬픔에 가득 찬 눈으로 원망하듯 그녀를 바라보았다.

아름답고 순수하며 매력적인 동시에 가녀린 한 아가씨가, 불행하고 기형적이며 심술궂은 인간을 정성으로 돌봐주는 모습은 어느 상황에서든 분명 감동적인 장면이 아닐 수 없다. 특히 죄인 공시대에서 벌어진 이 장면은 숭고함 그 자체였다.

매정하기 이를 데 없던 광장의 구경꾼들도 모두 감동을 받았다. 그리하여 모두들 박수를 치며 만세를 불렀다.

독방에 있던 귀델 수녀가 창문을 통해 죄인 공시대 위에 있던 집시 아가씨를 발견한 것은 바로 그때였다. 수녀는 아가씨에게 끔찍한 저주의 소리를 퍼부었다.

「천벌을 받아라! 집시 계집아! 천벌을 받아라! 천벌을!」

파리의 노트르담

7

Notre-Dame de Paris

염소에게 비밀을 털어놓는 위험

그로부터 몇 주가 흘러갔다. 3월 초순의 어느 날이었다.

화창하고 따뜻한 3월의 일요일이나 축제일에는 파리 시내 어디를 막론하고 광장이나 산책로에 사람들이 넘쳐난다. 노트르담 대성당 정면의 아름다움을 감상하려면 그런 봄날이 안성맞춤이다. 그중에서도 이미 서쪽으로 기운 해가 성당 정면을 붉게 비추기 시작하는 저녁 무렵의 대성당에는 특별한 아름다움이 있다. 광장의 포석 위에 수평으로 누워 있던 붉은 해가 서서히 몸을 일으키면서 성당 정면으로 기어오르기 시작하면 수천의 환조 조각상이 생명을 얻어 다시 살아나고, 성당 정면의 커다란 장미형 영창은 대장간에서 뿜어 나오는 반사광으로 외눈박이 거인 키클롭스의 눈처럼 붉게 타오르는 것이다.

지는 태양이 노트르담 성당의 정면을 붉게 물들이는 바로 그 시간, 대성당 맞은편 광장과 한길이 마주치는 모서리에 자리 잡은 호화로운 고딕식 저택의 발코니에서 젊고 아름다운 아가씨들이 까르르 웃어대며 담소를 나누고 있었다. 꼭대기에 진주가 장식된 발목까지 내려오는 긴 베일이 달린 머리쓰개라든지, 당시의 유행에 따라 볼록하게 솟은 아름다운 젖가슴을 드러내면서 살짝 어깨를 감싸주는 화사한 블라우스, 그리고

166

희고 부드러운 손으로 보아 그녀들은 하는 일 없이 소일하는 귀족 가문의 규수임에 틀림없었다. 그들은 저택 주인의 딸 플뢰르드리스 드 공들로리에 양과 그녀의 친구인 디안 드 크리스퇴유, 아믈로트 드 몽미셸, 콜롱브 드 가유퐁텐, 그리고 나이 어린 샹슈브리에 양이었다. 모두 귀족 집안 출신으로 그 날 공들로리에 부인 댁에 모여 있었다.

아가씨들이 서 있는 발코니는 플랑드르산 가죽으로 화려하게 벽을 장식해놓은 침실로 연결되어 있었다. 황갈색 가죽 위에는 식물 모티브를 기조로 한 아라베스크 무늬가 황금색으로 수놓아져 있었다. 천장에 평행으로 놓인 들보에는 기이한 모양의 황금색 장식들이 있어, 보는 이의 눈을 즐겁게 했다. 끌로 여러 가지 문양을 새겨놓은 장식함에선 여기저기 박힌 칠보가 에메랄드 빛으로 반짝이고 있었고, 이단 찬장에는 사기로 된 야생 멧돼지의 머리 조각상이 달려 있었다. 방 안쪽에는 위부터 아래까지 공들로리에 가문의 문장으로 장식된 키가 큰 벽난로가 보였다. 그 옆 붉은 비로드 천이 덮인 호화스러운 안락의자에는 나이가 쉰다섯쯤 되어 보이는 공들로리에 부인이 앉아 있었다. 부인의 옆에는 다소 허세를 부리는 듯 건방져 보이는 젊은이 하나가 서 있었는데 꽤 당당한 모습이었다. 관상을 볼 줄 아는 신중한 남자가 보면 어깨를 으쓱하겠지만 여자라면 누구라도 한눈에 반할 만한 미남이었다. 제복을 입은 사내는 국왕 친위 헌병대의 중대장이었다.

아가씨들 중 일부는 방에 있었고, 일부는 발코니에 있었다.

벨벳 방석 위에 앉은 아가씨가 있는가 하면 꽃무늬 문양이 새겨진 참나무 의자에 앉은 아가씨도 있었다. 그녀들은 모두 커다란 태피스트리 한 자락씩을 무릎 위에 올려놓은 채 바늘을 들고 일에 열중하고 있었다. 여럿이서 같이 수를 놓는 중이었다.

젊은 남자를 옆에 두고 밀담을 나누는 아가씨들이 으레 그러하듯이 그 자리에 있던 아가씨들도 나오는 웃음을 억지로 참아가며 저희들끼리 소곤거리고 있었다. 저마다 젊은이의 눈길을 끌어보려 애를 썼지만 정작 청년은 그녀들에게 별다른 관심이 없는 듯 보였다. 그는 아무 표정 없이 사슴 가죽 장갑을 낀 손으로 혁대의 버클만 닦아내고 있었다.

이따금씩 노부인이 나지막한 목소리로 말을 건네면 젊은이는 뭔가 불편한 듯 어색하게 예의를 갖추어 대답할 뿐이었다. 청년에게 말을 걸 때마다 노부인은 자신의 딸인 플뢰르드리스에게 은밀한 시선을 던지곤 했다. 그런 점으로 봐서 분명 두 사람은 이미 약혼을 한 사이로 곧 결혼식을 치를 예정인 것 같았다. 하지만 사내는 그럴 때마다 당황한 듯 차가운 표정을 지었다. 청년 쪽에서는 처녀를 그다지 사랑하지 않는 모양이었다. 그러나 딸에게만 열중하고 있는 마음씨 좋은 노부인은 그런 청년 장교의 태도를 조금도 알아채지 못하고 계속해서 딸아이에 대한 칭찬을 늘어놓기에 바빴다.

그때 발코니 너머로 광장을 바라보고 있던 일곱 살배기 소녀 베랑제르 드 샹슈브리에가 소리를 질렀다.

「아! 저기 좀 보세요, 플뢰르드리스 대모님. 예쁜 아가씨가 춤을 추고 있어요. 저기 사람들 사이에서 탬버린을 치고 있는 아가씨 말이에요.」

과연 방울 달린 탬버린 소리가 은은하게 들려왔다.

「아마 어떤 집시 여자겠지.」

플뢰르드리스가 광장 쪽을 돌아보며 말했다.

「어디 가보자!」

친구들이 모두 발코니 쪽으로 우르르 달려갔다. 자신을 대하는 약혼자의 차가운 태도를 곰곰 되씹고 있던 플뢰르드리스도 친구들의 뒤를 따라 천천히 발걸음을 옮겼다. 덕분에 어색한 대화에서 벗어날 수 있게 된 청년은 마치 근무 교대를 마친 군인처럼 홀가분한 심정으로 방 안으로 들어갔다. 솔직히 아름다운 플뢰르드리스의 시중을 들며 환심을 사는 것은 멋지고 행복한 일이었다. 청년 역시 처음엔 그렇다고 생각했다. 하지만 시간이 지나면서 점점 싫증이 나기 시작했다. 더군다나 곧 결혼하기로 정해진 후부터는 하루가 다르게 열정이 식어가는 것을 막을 도리가 없었다. 거기다 청년은 원래부터 약간 바람기가 있는 편이었고, 다소 경박한 취향을 가지고 있었다. 귀족 가문 태생이긴 했어도 험한 욕지거리가 오가는 선술집을 제집처럼 드나들었고, 거리의 여자들을 보면 이내 마음을 빼앗기곤 했던 것이다.

청년은 생각에 잠긴 듯 벽난로의 장식 틀에 기대어 한참을 서 있었다. 갑자기 플뢰르드리스가 뒤를 돌아보며 그에게 말을 건넸다.

「저, 두 달쯤 전에 야간 순찰을 도시다가 도둑놈들에게서 집시 처녀를 구해냈다고 하셨죠?」

「그랬던 것 같소.」

「어쩌면 저기 광장에서 춤추고 있는 여자가 그 여자일지도 모르겠네요. 이리 와서 한번 보세요.」

페뷔스 드 샤토페르 중대장은 천천히 발코니로 다가섰다.

「저기 동그라미 안에서 춤추고 있는 여자를 보세요. 저 여자가 맞나요?」

플뢰르드리스는 페뷔스의 팔 위에 손을 얹으며 말했다.

페뷔스가 잠시 쳐다보고는 말했다.

「그런 것 같군요, 저 염소를 보니.」

「어머, 정말 귀여운 염소네!」

아믈로트가 박수를 치면서 말했다.

「대모님, 저기 저 위에 있는 시커먼 사람은 뭐예요?」

어린 베랑제르가 이번에는 노트르담 대성당의 탑 꼭대기를 가리키며 물었다.

아가씨들이 일제히 눈을 들어 탑 쪽을 올려다보았다. 아닌 게 아니라 북쪽 탑의 맨 꼭대기 난간에 팔꿈치를 기대고 서서 광장을 바라보는 한 남자가 있었다. 입고 있는 옷이 사제복인 것으로 보아 분명 신부였다. 그는 마치 조상처럼 꼼짝도 않고 서서 광장을 뚫어지게 쳐다보고 있었다.

「저분은 조자스 부주교님이신데.」

플뢰르드리스가 말했다.

「여기서 저분을 알아보다니 언니는 참 눈도 밝네요!」

가유퐁텐이 말했다.

「어쩜 저렇게 춤추는 여자만 뚫어지게 바라보고 계실까!」

디안 드 크리스퇴유가 말을 이었다.

「저 집시 여자는 조심해야겠는걸. 부주교님은 집시를 좋아하지 않으시니 말이야.」

「저 여자를 저런 눈으로 쳐다보시다니 유감이네요. 저렇게 황홀하게 춤을 추고 있는데.」

아믈로트가 덧붙였다.

「페뷔스, 저 여자를 알고 계신다니 이리로 올라 오라고 해보세요. 재미있지 않겠어요?」

플뢰르드리스가 갑작스러운 제안을 했다.

「그래요! 그게 좋겠어요!」

아가씨들이 일제히 손뼉을 쳤다.

「그건 당찮은 짓이오. 저 여자는 벌써 나를 잊었을지도 몰라요. 그리고 난 저 여자의 이름도 모릅니다. 하지만 아가씨들이 모두 원하시는 일이니 한번 해봅시다.」

그는 발코니 난간에 몸을 기대고 큰 소리로 멀리서 춤추는 아가씨를 불렀다.

「이봐요, 아가씨!」

때마침 집시 아가씨는 탬버린을 치고 있지 않았다. 그녀는 소리 나는 쪽으로 고개를 돌렸다. 그녀의 반짝이는 눈이 페뷔스를 알아본 순간 춤이 멎었다.

「아가씨!」

페뷔스가 다시 한번 부르며 손으로 오라는 신호를 했다.

집시 아가씨는 아직도 그를 바라보고 있었다. 그녀의 두 뺨이 빨갛게 달아올랐다. 그녀는 탬버린을 집어 겨드랑이에 끼고 어리둥절해하는 구경꾼들 사이를 뚫고 천천히 공들로리에 저택을 향해 걸어오기 시작했다. 그녀의 시선은 뱀의 유혹에 굴복하는 새처럼 동요되어 있었다.

잠시 후 출입구의 태피스트리가 열리고 집시 아가씨가 나타났다. 어찌할 바를 모른 채 상기된 표정으로 가쁜 숨을 몰아쉬는 아가씨는 눈을 내리깐 채 감히 안으로 들어갈 생각을 하지 못하고 그대로 서 있었다.

베랑제르가 박수를 쳤다.

하지만 무희는 여전히 방문턱을 넘지 못한 채 가만히 서 있을 따름이었다. 그런데 집시 아가씨의 출현은 그곳에 모여 있던 아가씨들 사이에 묘한 분위기를 만들어버렸다. 조금 전까지만 해도 처녀들은 드러내지는 않았지만 서로 일종의 경쟁의식 같은 것을 느끼고 있었다. 하나같이 젊은 청년 장교의 마음에 들고자 하는 막연하고 어렴풋한 욕망으로 마음이 들떠 있었던 것이다. 그녀들 중 누가 특별히 뛰어난 것이 아니라 모두들 그만그만한 외모를 가지고 있었기에 저마다 내심 사내의 마음을 사로잡기를 기대하고 있었다. 하지만 느닷없이 집시 아가씨가 나타남으로써 그런 팽팽한 균형 상태가 깨지고 말았다. 집시 아가씨는 보기 드문 미인이었다. 그녀가 나타나자마자 방 안에는 그녀만이 만들어낼 수 있는 독특한 기운이 감돌았다. 귀족 처녀들은 자기도 모르게 집시 아가씨의 아름다움에 감탄하고 말았다. 그러나 그것은 곧 그녀들의 자존심에 상처가 난 것을 의미하기도 했다. 아무도 입을 떼지 않았지만 그 순간부터 아가씨들이 싸울 대상이 바뀐 것은 확실했다. 그녀들에게 공동의 적이 나타난 것이다. 그녀들 모두가 그것을 느끼고 한데 뭉치기 시작했다.

귀족 아가씨들은 집시 아가씨를 위아래로 훑어보고 나서 서로 마주보았다. 그녀를 대하는 태도가 여간 쌀쌀맞은 것이 아니었다. 집시 아가씨는 사람들이 자신에게 말을 걸어오길 기다리고 있었다. 너무도 감동한 그녀는 감히 고개를 들지도 못했다.

마침내 자신의 딸을 생각하면서 집시 아가씨의 아름다움을 질투하지 않을 수 없었던 노부인이 말을 건넸다.

「이리 가까이 와요, 아가씨.」

집시 아가씨가 귀부인 쪽으로 걸어갔다.

「당신이 나를 기억한다면 무척 행복하겠소……」

페뷔스가 그녀 쪽으로 발걸음을 옮기며 과장되게 말했다.

「기억하고 말고요.」

아가씨는 페뷔스 대위를 향해 무한한 애정이 깃든 눈길을 보내며 미소를 지었다.

「기억력도 좋군요.」

플뢰르드리스가 참견을 했다.

「그런데 그날 밤 당신은 참으로 재빨리 달아나 버리더군요. 내가 무섭소?」

「어머, 무섭다니요!」

집시 아가씨가 말했다.

집시 아가씨가 「어머」 하며 귀엽게 대답하는 모습엔 말로 표현할 수 없는 어떤 매력이 있었다. 플뢰르드리스는 기분이 상했다.

「이봐요, 예쁜 아가씨. 그날 밤 얼굴이 일그러진 꼽추 애꾸 놈을 대신 남겨두고 그렇게 사라진 건 너무 했어요. 성당의 종 지기라는 그 꼽추 놈은 부주교와 악마 사이에 생긴 서자라고 들 하던데.」

「저는 모르는 일이에요.」

장교와 집시 아가씨가 이야기를 나누는 장면을 지켜보던 노 부인은 모욕감을 느꼈다. 하지만 그들의 대화 내용을 이해할 수는 없었다. 갑자기 그녀가 소리를 질렀다.

「에구, 대관절 이게 뭐야? 뭐가 이렇게 다리 밑에서 움직이 는 거야? 아니, 이런 더러운 짐승 새끼가!」

그것은 주인을 찾아온 염소였다. 주인을 알 아보고 그쪽으로 가려다 그만 앉아 있던 노부인 의 치맛자락에 뿔이 걸린 것이었다.

집시 아가씨가 아무 말도 없이 염소를 떼어냈다.

「어머, 이 염소는 발이 금빛이네!」

베랑제르가 즐거운 듯 소리를 질렀다.

집시 아가씨는 무릎을 꿇고 앉아 염소의 머리를 끌어당기며 뺨을 갖다 댔다. 염소를 혼자 광장에 놔두고 온 것을 사과하기 라도 하는 것 같았다.

그때 플뢰르드리스가 염소의 목에 매달려 있는 수놓은 가죽 주머니를 보았다. 궁금해진 그녀가 물었다.

「이게 뭐죠?」

집시 아가씨는 커다란 눈을 똑바로 뜨고 정색을 하며 대답했다.

「비밀이에요.」

그러자 노부인이 마침내 언짢은 듯 자리에서 일어섰다.

「이봐, 집시 아가씨. 아가씨나 아가씨 염소가 우리에게 보여줄 게 없다면 대체 여긴 뭐 하러 온 거지?」

집시 아가씨는 아무 대답도 하지 않고 문을 향해 천천히 걸어갔다. 그러나 문에 가까워질수록 그녀의 발걸음은 느려졌다. 거역할 수 없는 어떤 힘이 그녀를 잡아끄는 것 같았다. 갑자기 그녀가 걸음을 멈추고 페뷔스를 향해 뒤돌아보았다. 두 눈에 눈물이 가득 고여 있었다.

「잠깐! 그렇게 가는 법이 대체 어디 있소? 이리 와서 춤 솜씨를 좀 보여주면 어떻소? 아, 그런데 사랑스러운 아가씨, 이름이 뭡니까?」

「에스메랄다예요.」

집시 아가씨가 그에게서 눈을 떼지 않고 말했다. 에스메랄다란 이름에 아가씨들이 모두 웃음을 터뜨렸다.

「어머나, 여자 이름이 뭐 그래!」

디안이 말했다.

그동안 베랑제르는 과자로 주의를 끌면서 염소를 방 한쪽 구석으로 데려갔다. 둘은 금방 좋은 친구가 되었다. 호기심 많은 소녀가 염소 목에 걸려 있던 가죽 주머니를 풀어 내용물을 돗자리 위에 쏟았다. 그것은 회양목 나뭇조각에 새긴 알파벳 글자들이었다. 소녀가 나뭇조각을 펼쳐놓자마자 염소는 신기하게도 금빛 발을 이용해서 몇 개의 글자를 끄집어내더니 일정한 순서대로 늘어놓기 시작했다. 그것은 곧 하나의 낱말이 되었다. 염소의 영리한 행동에 감탄한 베랑제르는 두 손을 마주 잡고 외쳤다.

「플뢰르드리스 대모님! 이리 와서 염소가 해놓은 것을 보세요!」

플뢰르드리스가 달려들어 염소가 늘어놓은 글자를 읽는 순간 그녀의 온몸이 떨렸다. 바닥에 써 있는 글자는 바로 '페뷔스'였다.

「이걸 염소가 썼니?」

「네, 대모님.」

의심의 여지가 없는 일이었다. 소녀는 아직까지 글을 쓸 줄 몰랐다.

'저 계집애의 비밀이란 게 바로 이거였군.'

플뢰르드리스가 생각했다.

그 사이 어린아이가 외치는 소리를 들은 사람들이 모두 달려왔다. 노부인도, 아가씨들도, 에스메랄다도, 페뷔스도.

에스메랄다는 염소가 저지른 잘못을 보았다. 그녀는 얼굴이 새빨개지더니 곧 창백해져서는 몸서리를 쳤다. 페뷔스는 놀라움과 만족감이 섞인 미소를 지으며 그녀를 바라보았다.

「페뷔스라고? 그건 중대장님의 이름이잖아!」

놀란 아가씨들이 쑥덕댔다.

「아주 엄청난 기억력이군.」

플뢰르드리스가 조각처럼 굳어 있는 에스메랄다를 보며 비꼬았다. 그러고는 흐느껴 울기 시작했다.

「이 여자는 마술쟁이야.」

플뢰르드리스가 두 손으로 얼굴을 감싸고 고통스럽게 말했다. 하지만 마음속에선 더 신랄한 목소리로 이런 외침이 들려오고 있었다.

'이 여자는 라이벌이야.'

그녀는 쓰러지고 말았다.

「애야, 내 딸아!」

놀란 노부인이 소리를 질렀다.

「사라져라. 지옥의 집시 계집애야!」

에스메랄다는 서둘러 흩어진 글자들을 주워 모은 뒤 염소 잘리와 함께 황급히 문밖으로 사라졌다. 사람들은 플뢰르드리스를 다른 방으로 옮겼다.

혼자 남은 페뷔스 대위는 잠시 망설이더니 집시 아가씨를 따라나섰다.

신부는 신부, 철학자는 철학자

성당의 북쪽 탑 위에서 광장 쪽으로 몸을 기울인 채, 춤추는 아가씨를 유심히 바라보던 신부는 아닌 게 아니라 클로드 프롤로 부주교였다.

부주교는 매일 해가 저물기 한 시간 전쯤 종탑으로 올라와 그곳에 마련해놓은 자신의 독방에 틀어박히곤 했다. 그곳에서 며칠씩 밤을 새우는 경우도 더러 있었다. 그날 역시 누추한 독방 문 앞에 이르러 늘 허리에 차고 다니는 복잡한 모양의 작은 열쇠를 자물통에 넣고 있었다. 탬버린과 캐스터네츠 소리를 들은 것은 바로 그때였다. 소리는 성당 앞 광장에서 들려오고 있었다. 이 조그만 독방에는 성당의 경사진 지붕에 면해 있는 창문이 하나 있을 뿐이었다. 클로드 프롤로는 서둘러 열쇠를 빼고 재빨리 종탑 꼭대기로 올라갔다. 어두운 표정의 그는 무슨 생각에 잠긴 듯했다.

종탑 꼭대기에 올라선 클로드는 미동도 없이 무엇인가를 뚫어지게 바라보았다. 파리 시내 전체가 그의 발아래로 펼쳐져 있었다. 수많은 건물의 뾰족탑이 수천 개나 솟아 있고, 밋밋한 구릉들이 지평선을 덮고 있었다. 센 강의 강물은 다리 밑으로 뱀처럼 흘러가고, 거리는 사람들로 물결치고 있었다. 연기는 구름처럼 흐르고, 지붕들은 산맥처럼 잇달아 노트르담 성당을 에워싸고 있었다. 하지만 이 모든 파리 시내의 풍경 가운데 부주교가 바라보고 있는 것은 오직 하나, 광장에서 춤추고 있는 집시 아가씨뿐이었다. 그녀를 바라보는 부주교의 시선은 타는 듯 강렬했다. 그것은 번뇌와 동요로 가득 찬 시선이었다.

집시 아가씨는 춤을 추고 있었다. 프로방스 지방의 사라반드 춤이었다. 방울이 달린 탬버린을 손끝으로 빙빙 돌리고 때론 공중으로 던지기도 했다. 날쌔고 경쾌하며 즐거운 동작이었다.

집시 아가씨 주위에는 많은 군중이 모여 있었다. 이따금씩 붉고 노란 옷을 야릇하게 차려입은 남자가 나서서 군중이 둥그렇게 둘러서도록 정렬을 했다. 그런 다음 사내는 아가씨로부터 몇 발짝 떨어진 곳에 놓인 의자에 앉아 염소의 머리를 무릎 위에 올려놓고 쓰다듬곤 했다. 아무래도 남자는 아가씨의 일행인 것 같았다. 하지만 클로드 프롤로가 서 있는 높은 곳에서 남자의 얼굴을 식별하기란 쉬운 일이 아니었다.

낯선 사내를 발견한 순간부터 부주교의 안색은 더욱 어두워졌다. 이제 부주교의 시선은 아가씨와 사내를 번갈아 향했다. 갑자기 자리에서 벌떡 일어난 부주교가 몸서리를 쳤다.

「저놈은 대체 뭐지? 저 여자는 언제나 혼자였는데.」

그는 나선형 계단이 이어지는 지붕 밑으로 발걸음을 옮겼다. 그리고 계단을 내려가기 시작했다. 그런데 반쯤 열려 있는 종탑의 문 앞을 지나가다가 이상한 것을 발견했다. 거대한 블라인드를 연상시키는 청회색 차양 틈새로 카지모도가 광장을 내려다보고 있었다. 카지모도는 깊은 명상에 잠긴 듯 양아버지가 지나가고 있는 것도 몰랐다. 야만적인 그의 외눈이 평상시와 달라 보였다. 그것은 무엇인가에 매료된 자의 부드러운 시선이었다.

「참 이상한 일이로군! 저놈도 그녀를 바라보고 있는 걸까?」

부주교가 중얼거리며 계단을 내려갔다. 얼마 후 부주교는 근심스러운 표정으로 성당을 빠져나와 광장으로 나섰다.

「집시 여자는 어디로 갔습니까?」

그가 모여 있던 구경꾼들 사이에 끼어들며 물었다.

「방금 사라졌어요. 아마 저 맞은편 집으로 춤을 추러 간 모양입니다. 조금 전에 그쪽에서 아가씨를 부르는 소리가 들렸거든요.」

옆에 있던 구경꾼 하나가 대답했다.

조금 전까지 집시 아가씨가 춤을 추었던 아라베스크 무늬의 양탄자 위에는 노랗고 붉은 옷을 입은 사내의 모습만 보였다. 사내는 몇 푼이라도 벌어볼 요량으로 뒷짐을 지고 고개를 젖힌 채 조금 전까지 앉아 있던 의자를 이로 물고 원 주위를 뱅뱅 돌고 있었다. 남자의 얼굴은 붉게 상기되어 있었다. 의자에는 구경꾼이 빌려준 고양이 한 마리가 묶여 있었는데, 고양이는 두려움에 덜덜 떨고 있었다.

「세상에 이런 일이!」

부주교는 피라미드처럼 고양이를 얹어놓은 의자를 입에 물고 땀을 비 오듯 흘리며 자기 앞을 지나가는 사내가 누구인지 단번에 알아보았다.

「피에르 그랭구아르, 대체 그게 뭐 하는 짓인가?」

부주교의 꾸짖는 듯한 말소리에 놀란 사내는 그만 균형을 잃고 의자와 고양이를 떨어뜨리고 말았다. 구경꾼들 사이에서 비웃음이 터져 나왔다. 그는 군중의 소란을 틈타 클로드 프롤로를 따라 성당 안으로 도망을 쳤다.

「피에르, 이리로 오게. 물어볼 말이 많네. 두 달 전부터 자네를 볼 수 없었던 것은 어찌 된 연유이며, 지금 이런 꼴로 나타난 것은 또 무슨 영문인가?」

「신부님, 저도 이런 몰골을 하고 고양이나 들고 다니는 것보다는 철학이나 시를 논하는 것이 훨씬 고상하다는 것을 압니다. 하지만 하루하루 먹고살려니 어떡합니까? 아무리 멋진 시구를 지어도 치즈 한 조각 살 돈을 못 버는데 말입니다.」

「그건 그렇다 치더라도, 집시 여자와 함께 다니는 건 대체 또 어떻게 된 건가?」

「아, 그거라면 말이죠. 그건 그 여자가 제 아내이고 저는 또 그 여자의 남편이기 때문입니다.」

어둡던 부주교의 눈에 불이 타올랐다.

「고얀 놈! 네가 그 여자에게 손을 대다니 하늘이 무섭지 않느냐?」

부주교가 다짜고짜 그랭구아르의 팔을 잡으며 벼락같이 소리를 질렀다.

「부주교님, 하늘에 맹세코 저는 그 여자 손 한 번 잡아보지 못했습니다.」

「그렇다면 남편이니 아내니 하는 건 무슨 소리냐?」

그랭구아르는 기적궁에서 겪은 모험과 깨진 항아리로 맺은 결혼식에 대해 부주교에게 대충 설명했다. 결혼을 했다고는 하지만 매일 밤 집시 아가씨가 첫날밤과 마찬가지로 잠자리를 피하기 때문에 실제로 부부 사이는 아니라는 것이었다.

「실로 원망스러운 일입니다만, 아무래도 숫처녀와 결혼한 게 제 잘못인 것 같습니다.」

부주교는 그랭구아르에게 마구 질문을 퍼부었다.

그랭구아르는 에스메랄다가 아무것도 모르는 순진한 여자라고 했다. 또 정열적이며 모든 것에 쉽게 감탄한다고도 했다. 그의 말에 따르면 에스메랄다는 아직까지 남자와 여자가 어떻게 다른지조차 모르며 그저 춤추는 것과 소란스러운 것, 바깥에 나가는 것을 좋아하는 자유분방한 여자라고 했다. 그녀는 발에 보이지 않는 날개를 달고 늘 소용돌이 속에서 살고 있었다. 그녀가 자주 만나는 사람들은 생기발랄한 그녀의 모습과 함께 쾌활하고 상냥한 성격, 그리고 뛰어난 노래와 춤 실력 때문에 그녀를 사랑했다. 그녀는 파리 장안에서 딱 두 사람으로부터 미움을 받고 있다고 느끼고 있었다. 무슨 원한이 맺혔는지 그녀를 보기만 하면 독방의 작은 창문으로 간담이 서늘한 저주를 퍼부어 대는 투르롤랑의 자루 수녀와, 만날 때마다 무서운 눈초리와 험한 말을 던지는 어떤 신부가 그들이었다. 어쨌거나 철학자는 육체적 사랑이 배제된 정신적인 결혼 생활을 잘 참아내고 있는 듯했다. 모든 것을 따져보면 이 생활에는 부드러움이 있고, 또 몽상하기에도 딱 적합하다는 것이었다. 그는 또한 자신이 집시 아가씨를 열정적으로 사랑하고 있는지도 솔직히 의심스럽다고 했다. 그는 아가씨를 사랑하는 만큼 염소를 사랑한다고 말했다. 이 염소는 온순하고 영리하고 재치 있는 똑똑한 놈으로, 탬버린만 내밀면 이내 신기한 묘기를 부리기 시작한다는 것이었다. 그렇게 염소를 훈련한 것은 집시 아가씨였다. 염소가 어찌나 영리한지 겨우 두 달 동안 훈련을 했을 뿐인데 나뭇조각에 새겨진 알파벳 글자를 조합해서 '페뷔스'란 단어를 만들어낸다고 했다.

「페뷔스? 어째서 페뷔스지?」

부주교가 되물었다.

「잘은 모르겠지만 그 말에 은밀한 마술적 효능이 있다고 믿는 모양이에요. 혼자 있을 때면 자주 그 말을 되뇌곤 한답니다.」

「자네는 그것이 어떤 사람의 이름이 아니라 단순한 단어라고 생각하나?」

「그럼 누군가의 이름이란 말씀인가요?」

「내가 그걸 어떻게 알겠나.」

「신부님, 제 생각인데 말씀입니다. 집시들은 대부분 배화교도라 태양을 숭배합니다. 거기서 페뷔스란 말이 나오지 않았을까요?」

「내 생각은 자네만큼 분명하진 않네.」

「어쨌거나 그런 건 중요하지 않습니다. 원한다면 페뷔스란 단어를 실컷 중얼거리라고 하죠, 뭐. 저에게 중요한 건 벌써 잘리가 그녀만큼이나 절 좋아한다는 사실입니다.」

「잘리가 뭔가?」

「염소입니다.」

부주교는 손으로 턱을 받치고 잠시 생각에 잠겼다. 그러고는 갑자기 그랭구아르를 향해 돌아서며 외쳤다.

「그 여자를 손끝 하나 건드리지 않았다고 하늘에 대고 맹세할 수 있는가?」

「그럼요, 맹세하고 말고요. 그런데 부주교님, 질문을 하나 드려도 되겠습니까?」

「뭔가?」

「그런데 그것이 신부님과 무슨 상관이 있나요?」

「뭐야? 어서 꺼져버리게.」

신부가 매서운 눈초리로 말했다. 그는 어리둥절하게 서 있는 그랭구아르를 어깨로 밀치고 성당의 어두운 구석으로 성큼성큼 사라졌다.

3 아낭케(ΑΝΑΓΚΗ, 숙명)

같은 3월 어느 화창한 아침이었다. 아마 성 외스타슈 축일인 29일 토요일이었으리라. 장 프롤로 뒤 물랭은 옷을 입다가 바지 속의 지갑에서 짤랑거리는 소리가 나지 않는 것을 깨달았다.

「아! 가엾은 지갑! 이럴 수가! 단 한 푼도 없다니! 주사위와 맥주병과 베누스가 네 창자를 다 긁어먹었구나! 텅텅 비어 주름만 잔뜩 잡힌 꼬락서니라니! 마치 복수의 여신의 늘어진 젖가슴 같구나!」

그는 서글픈 심정으로 옷을 입었다. 구두끈을 매는 순간 문득 한 가지 생각이 떠올랐다. 처음에 그는 그 생각을 떨쳐버리려고 애를 썼다. 하지만 그것은 옷을 입는 내내 그의 머릿속을 떠나지 않았다. 조끼를 거꾸로 뒤집어 입은 것으로 보아 그의 내면에서 상반되는 두 가지 생각이 공방전을 벌이는 것이 틀림없었다. 마침내 그는 모자를 방바닥에 내동댕이치며 외쳤다.

「어쩔 수 없지! 되는 대로 해볼 수밖에! 형님에게 가봐야겠군. 물론 일장연설이야 각오할 일이지만 어쨌거나 돈 몇 푼은 얻을 수 있지 않겠어!」

그는 재빨리 털로 도련을 친 웃옷을 주워 걸치고, 모자를 집어 든 다음 정신없이 집을 나섰다.

프티퐁 다리를 건너 뇌브생트 주느비에브 거리를 성큼성큼 걸어 올라가니 이내 노트르담 성당이 나왔다. 그는 다시금 결정을 내리지 못하고 잠시 머뭇거리며 성당 앞을 서성였다.

「훈계를 들을 건 확실한데 돈을 타낼 수 있을지는 미지수란 말이야.」

그는 성당에서 나오는 문지기를 불러 세웠다.

「조자스 부주교님은 어디에 계십니까?」

「종탑 밀실에 계실 겁니다. 하지만 거기엔 올라가지 않는 게 좋을 거예요. 만일 댁이 교황님이나 국왕 폐하의 심부름으로 온 게 아니라면 말이죠.」

장은 손뼉을 쳤다.

「잘됐군! 지금이야말로 그 유명한 마술의 방을 볼 수 있는 절호의 기회다!」

이렇게 마음을 먹은 그는 자그마한 검정 문을 밀치고 들어서서 종탑 위로 향하는 나선형 계단을 오르기 시작했다.

작은 줄기둥이 늘어서 있는 갤러리에 도착한 장은 숨을 고르며 잠시 휴식을 취했다. 그러고는 계속 올라가도 끝이 보이지 않는 긴 계단에 대해 욕설을 늘어놓은 뒤 작은 문을 통해 다시 계단을 오르기 시작했다. 종들이 들어 있는 종탑을 지나치자 곧 첨두형의 작은 문이 보였다. 문에는 거대한 철제 자물통이 달려 있었다.

「휴! 여기가 틀림없겠지.」

열쇠는 자물통에 꽂혀 있었고 문은 조금 열려 있었다. 그는 문을 살짝 밀면서 방 안을 기웃해보았다. 반쯤 열린 문으로 머리를 넣어 바라보니 흡사 파우스트의 독방과 같은 풍경이 눈앞에 펼쳐졌다. 파우스트 박사의 방처럼 이 방도 역시 빛이 거의 들어오지 않는 캄캄한 굴속이었다. 커다란 안락의자와 테이블이 있었고, 컴퍼스와 증류기가 어지러이 널려 있었다. 천장에는 여러 동물의 뼈가 매달려 있었고 바닥에는 천구본이 나뒹굴었다. 금빛 잎사귀가 살랑대는 표본용 항아리들 옆에는 박제된 말 대가리가 보였고, 온갖 기이한 글자와 형상이 새겨진 독피지犢皮紙 위에는 금색 종이와 해골들이 흩어져 있었다. 그리고 아무렇게나 펼쳐진 채 수북이 쌓인 두툼한 양피지 책들……. 한마디로 학문의 배설물이라 할 수 있는 쓰레기들이 방 안 가득 널려 있었다. 그것들 위엔 먼지가 소복이 쌓여 있었고 거미줄이 늘어져 있었다. 하지만 독수리가 태양을 바라보듯 황홀경에 빠져 빛이 나는 환영을 바라보고 있는 과학자의 모습은 어디에도 보이지 않았다.

그러나 방 안에 사람이 없는 것은 아니었다. 안락의자에 앉은 채로 테이블에 엎드린 한 남자의 모습이 보였다. 남자는 반대쪽을 바라보고 앉아 있었으므로 장의 눈에는 남자의 어깨와

뒤통수만 보였다. 하지만 이마부터 머리 한가운데까지 둥글게 벗겨진 남자를 보고 그가 누구인지 알아내기란 어렵지 않은 일이었다.

장은 이내 형을 알아보았다. 문이 열려 있었으므로 클로드는 동생이 왔다는 것을 눈치 채지 못했다. 호기심이 많은 장은 그 기회를 틈타 한참 동안 독방을 유유히 살폈다. 첫눈에 보지 못했던 커다란 화덕이 안락의자 왼편에 놓여 있는 것이 보였다. 그 위에는 작은 창이 나 있었다. 창문을 통해 들어오는 빛이 마치 장미형 영창처럼 창문에 매달린 둥근 거미줄을 비추고 있었다. 화덕 위에는 갖가지 항아리와 도자기, 유리 증류기, 플라스크 등이 뒤죽박죽으로 쌓여 있었다.

화덕에는 불이 없었다. 아니 꽤 오랫동안 불을 피우지 않은 것 같았다. 방은 전반적으로 버려진 듯한 황폐함이 느껴졌다. 실험 도구의 보존 상태가 엉망인 것으로 미루어 이 방의 주인은 오래전부터 실험을 내팽개친 채 뭔가 다른 일에 몰두하고 있는 것이 분명했다.

방의 주인은 기이한 그림들로 장식된 커다란 책을 펼쳐 놓고 골똘히 생각에 잠겨 있었다. 어떤 상념이 자꾸만 그의 명상을 방해하는 것 같았다. 생각에 잠긴 그가 간간이 알 수 없는 혼잣말을 했다.

「그렇다. 마누가 그렇게 말했고, 자라투스트라 또한 그렇게 가르쳤다. 태양은 불에서 태어나고, 달은 태양에서 태어난다. 불은 모든 것의 영혼이다. 불의 작은 입자들은 무한한 흐름으로 쉼 없이 이 세상에 퍼지고 흘러간다. 이 흐름이 하늘에서 서로 부딪칠 때 거기서 빛이 만들어지며, 이 흐름이 땅에서 부딪칠 때 금이 만들어진다. 결국 빛과 금은 같은 것이요, 그것들은 구체적인 형상을 띤 불인 것이다. 그렇다. 불, 이것이 전부다. 다이아몬드는 석탄 속에 들어 있고, 금은 불 속에 들어 있다는 얘기다. 다만 그것을 어떻게 끄집어내느냐 하는 것이 문제로다……. 마지스트리가 말하길 몇몇 여인의 이름에는 너무도 부드럽고 신비스러운 매력이 있어서 실험을 하면서 그녀들의 이름을 발음하기만 해도 원하는 것을 얻을 수 있다고 했다. '여인의 이름은 듣기 좋고 부드러우며 환상과 같은 것이로다. 긴 여운을 남기며 늘 모음으로 끝나는 여인의 이름은 그 자체로 축성의 말이 아니겠는가.' 그렇다. 현자의 말씀은 옳은 것이다. 마리아, 소피아, 에스메랄……. 아, 저주받으리라. 언제나 떠오르는 똑같은 생각이여!」

클로드가 책을 거칠게 내던지더니 마치 자기의 머리를 떠나지 않는 생각을 쫓아버리려는 듯 손을 이마로 가져갔다. 그러고는 테이블 위에 있던 못과 망치를 집어 들었다. 망치 자루에는 알아보기 힘든 기묘한 문자들이 잔뜩 그려져 있었다. 그가 쓸쓸한 표정으로 혼잣말을 이어갔다.

「얼마 전부터 실험은 늘 실패로 끝나고 있다! 아! 난 지금 제시엘레의 신비한 망치를 손에 쥐고 있지 않은가? 이런 망치와 못을 가지고도 성공을 못 하다니! 제시엘레가 못을 박으면서 발음했다는 그 마법 같은 단어를 되찾기만 하면 되는 것을!」

대체 이게 무슨 횡설수설인가.

「자, 어디 한번 해보자. 만일 성공한다면 못대가리에서 푸른 빛이 보이리라……. 이 못이 페뷔스란 이름을 가진 놈을 저세 상으로 보내버렸으면! 아! 저주받을 내 자신이여! 이 생각이 또 나를 괴롭히는구나!」

클로드는 말을 멈추고 거칠게 망치를 집어 던졌다. 그러고 는 안락의자에 털썩 주저앉았기 때문에 장에겐 형의 모습이 보이지 않게 되었다. 그저 불끈 쥔 주먹이 펴놓은 책 위에서 부 르르 떨리는 것이 보일 뿐이었다. 그때였다. 갑자기 클로드가 자리에서 벌떡 일어섰다. 그러더니 컴퍼스를 집어 들고 아무 런 말없이 벽에다 희랍어 단어 하나를 새겼다.

ΑΝΑΓΚΗ

그리고 부주교는 다시 안락의자에 앉아 머리를 두 손으로 감싸 쥐었다.

장 뒤 물랭은 그런 형을 놀란 마음으로 지켜보았다. 언제나 형의 엄격하고 차가운 겉모습만 보아왔던 동생은 단 한 번도 눈으로 덮인 에트나 산 밑 깊숙한 곳에 펄펄 끓는 뜨거운 용암 이 있으리라고 생각해본 적이 없었다. 비록 철부지였지만 그 는 자기가 조금 전 형의 영혼이 지닌 비밀을 간파했다는 것을, 보아서는 안 될 것을 보았다는 것을, 그리고 그런 형의 모습을 보았다는 사실을 형이 눈치 채서는 안 된다는 것을 재빨리 알 아차렸다. 형이 처음과 같이 부동 상태로 돌아간 것을 확인한 장은 문 사이로 내밀었던 고개를 빼고 마치 자신의 방문을 알리려는 사람처럼 문 뒤에서 발자국 소리를 냈다.

「들어오시오! 자크 씨, 안 그래도 기다리고 있었소.」

부주교가 방 안쪽에서 외쳤다.

장 뒤 물랭은 뚜벅뚜벅 안으로 걸어 들어갔다. 이런 장소에서 동생을 맞이하게 된 것이 부주교에겐 몹시 불편한 일이었다. 그는 안락의자에서 몸을 떨었다.

「아니, 넌 장이 아니냐?」

「자크는 아니지만 'ㅈ'으로 시작하는 건 똑같네요.」

장 뒤 물랭이 즐거운 듯 까불거리며 대답했다. 클로드의 얼굴은 본래의 준엄한 표정으로 돌아와 있었다.

「무슨 일이냐?」

「형님, 부탁이 있어서 왔는데요.」

장은 어린애처럼 모자를 뱅글뱅글 돌리면서 될 수 있는 한 얌전하고 가련한 표정을 지으려 애를 썼다.

「부탁이 뭔데?」

「저에게 필요한 약간의 훈계를 해주셨으면 해서요. 그리고 훈계보다 더 필요한 돈을 좀…….」

마지막 문장은 거의 들리지 않았다.

「얘야, 난 너에게 몹시 실망하고 있다. 라틴어는 제대로 배우지도 않고, 시리아어와 그리스어는 한 단어도 알지 못하니…….」

장이 단호하게 눈을 쳐들었다.

「형님, 제가 저기 벽에 써 있는 그리스어를 불어로 번역한다면 어찌시겠어요?」

「그리스어라니?」

「아낭케ANAΓKH 말입니다.」

순간 은밀하게 활동하는 화산을 알리는 연기처럼 부주교의 누런 뺨에 붉은 기가 감돌았다.

「그래, 그게 무슨 뜻이냐?」

「'숙명'이죠!」

클로드의 얼굴이 창백해졌다. 동생은 개의치 않고 말을 이었다.

「그리고 그 밑에 써 있는 단어는 '부도덕'이라는 뜻이고요. 이래도 제가 그리스어를 모른다고 하실 건가요?」

부주교는 말이 없었다. 철부지 동생의 그리스어 해독이 그에게 생각할 거리를 주었다. 버릇없는 아이가 다 그렇듯 장 뒤 물랭은 이 순간을 기회라 판단하고 아주 부드러운 목소리로 집요하게 졸라대기 시작했다. 그러나 준엄한 형은 평소와는 달리 동생의 위선적인 애원에 꿈쩍도 하지 않았다. 그가 무뚝뚝한 목소리로 물었다.

「대체 뭘 바라는 거냐?」

「저, 사실은 돈이 필요해요!」

「그 돈으로 뭘 하려고?」

형의 질문에 동생의 눈에 한 줄기 희망의 빛이 떠올랐다. 그는 아양을 떠는 듯 다정한 표정을 지으며 대답했다.

「클로드 형님, 설마 그 돈을 나쁜 짓 하는 데 쓰기야 하겠어요?」

「교황령 모음집 수업은 어디까지 했느냐?」

「노트를 잃어버렸습니다.」

「라틴 문학은?」

「호라티우스 사본을 누가 훔쳐 갔어요.」

「그럼 아리스토텔레스는?」

「아, 그거요?」

장은 형의 얼굴과 화덕 위에 놓인 증류기
들을 번갈아 쳐다보더니 엉뚱한
소리를 했다.

「여기 있는 건 죄다 괴상하
군요! 생각하는 것도 유리병 모양도!」

「장, 너는 지금 나쁜 길로 들어서고 있다. 그 끝이 어딘지 아
느냐?」

「술집이죠.」

「술집은 죄인 공시대로 통한다.」

「그거나 저거나 하나의 등불이죠. 아마도 디오게네스가 그
등불 덕에 자기 사람을 만났을 거예요.」

「공시대는 교수대로 이어지는 거야.」

「교수대는 한쪽 끝에 사람을, 다른 쪽 끝에 전 지구를 매달고
있는 저울이에요. 그런 사람이 된다는 건 아름다운 일이죠.」

「교수대는 지옥으로 통한다는 걸 모르느냐?」

「지옥은 커다란 불길이 있는 곳이죠.」

「장, 장, 네가 살고자 하는 삶의 결말은 불행할 거다.」

「적어도 시작은 좋을 거예요.」

그 순간 누군가 층계를 올라오는 발자국 소리가 들렸다.

「조용히 해라!」

부주교는 손가락을 입에 갖다 대며 말했다.

「자크 씨가 온다. 여기서 보고 들은 것을 절대로 발설해서는 안 된다. 자, 어서 저 화덕 밑에 숨어라!」

장 뒤 물랭은 재빨리 화덕 아래로 들어가 웅크리고 앉았다. 그 순간 그의 머리에 한 가지 생각이 떠올랐다.

「그런데 형님, 조용히 숨어 있을 테니 1플로린만 주세요.」

「쉿! 알았다.」

「지금 주세요.」

「옛다, 가져라!」

성난 부주교가 지갑을 내던졌다. 장 뒤 물랭이 다시 화덕 안으로 들어갔고, 문이 열렸다.

 # 4 검은 옷을 입은 두 남자

방문객은 침울한 얼굴을 하고 검은 법의를 입고 있었다. 예순이나 되었을까. 머리가 하얗게 세고 이마가 쪼글쪼글한 방문객은 눈을 자주 깜박였다. 입술은 축 처졌고, 손이 몹시 컸다. 클로드가 기다리던 방문객이 별 볼일 없는 의사 아니면 법관일 뿐임을 깨달은 장은 불편한 자세로 화덕 밑에 웅크린 채 시간을 보내야 하는 것에 적잖이 실망했다.

한편 부주교는 손님이 왔는데도 일어나지 않았다. 손짓으로

194

문 옆에 있는 의자에 앉으라고 권하고는 아까부터 하던 명상을 계속하는 듯 한참 침묵을 지키고 나서야 입을 열었다.

「안녕하시오? 자크 선생.」

「안녕하십니까, 선생님.」

두 사람이 '자크 선생'과 '선생님'이란 호칭을 부르는 태도에는 왕족과 일반 시민 사이에 있을 법한 큰 차이가 있었다. 이는 박사 선생이 제자를 맞는 태도와 진배없었다. 서로 인사가 오간 뒤 또다시 침묵이 흘렀다. 방문객은 그 긴 침묵에 몸이 떨릴 지경이었다. 부주교가 물었다.

「그래, 성공하였소?」

「아뇨.」

자크 샤르몰뤼가 서글픈 미소를 지으면서 대답했다.

「저는 여전히 바람을 불어대고 있습니다. 하지만 재만 생길 뿐 금은 한 조각도 얻지 못했습니다.」

부주교가 초조한 듯 손을 내저었다.

「그게 아니라 마술사에 대한 소송을 말하는 거요. 이름이 마르크 스넨이라고 하지 않았소? 그자가 마술을 부렸다고 자백을 했소? 심문하는 데 성공한 거요?」

「불행히도 그렇지가 못합니다. 그놈은 돌덩이처럼 꿈쩍도 안 합니다. 조만간 불지 않으면 뜨거운 물에 담가버리려고 합니다만……. 어쨌거나 진실을 밝히기 위해 모든 노력을 다하고 있습니다.」

「그자의 집에선 아무것도 발견하지 못했소?」

「아니요, 거기서 수색하는 도중 이 양피지가 나왔습니다. 우리가 모르는 말이 적혀 있더군요. 그러나 필리프 형사가 히브리어를 좀 배워서 알고 있지요.」

자크가 양피지를 펼쳐 보였다.

「이리 줘봐요. 어디 한번 봅시다.」

부주교가 양피지를 한번 쳐다보더니 말을 이었다.

「자크 씨, 이건 완벽한 마술이오!」

「그자를 다시 심문해보겠습니다. 그런데 그 마녀는 어떻게 할까요?」

「마녀라니?」

「종교재판소 판사의 금지령에도 불구하고 매일 성당 앞 광장에서 춤추는 그 집시 여자 말입니다. 그 여자에게는 악마의 뿔이 달린 신들린 염소가 있는데, 글을 읽고 쓸 뿐만 아니라 산수까지 한다고 합니다. 그것만으로도 모든 집시를 교수형에 처할 충분한 이유가 되죠. 재판은 벌써 다 준비되었습니다. 그 여자만 잡아들이면 됩니다. 말이 나왔으니 말인데 그 춤추는 여자는 정말 예쁘지 않습니까? 검은 두 눈이 굉장히 아름답지요. 언제 잡아들이면 되겠습니까?」

부주교의 얼굴이 몹시 창백해졌다.

「자크 선생, 그건 운명에 맡깁시다!」

그 말이 떨어지기가 무섭게 자크 검사가 몸서리를 치며 몸을 돌렸다. 그의 팔이 마치 쇠꼬챙이에 찔린 것 같았다. 부주교의 시선은 그에게 고정된 채 빛나고 있었다. 영문을 알지 못하는 자크 검사가 부주교를 바라보며 말했다.

「알겠습니다. 그 여자는 건드리지 않겠습니다. 그나저나 이 팔 좀 놓아주십시오!」

그때 화덕 밑에서 무엇인가 갉아 먹는 소리가 들렸다. 불안에 떨고 있던 검사는 더욱 겁에 질렸다.

「이건 또 무슨 소리입니까?」

그것은 바로 장 뒤 물랭이었다. 화덕 밑에 웅크리고 숨어 있는 일이 매우 불편하고 지루하던 차에 딱딱한 빵 껍질과 곰팡이 슨 치즈 한 덩이를 발견한 그는, 마침 배가 몹시 고팠던 터라 소리가 나는 줄도 모르고 허겁지겁 먹기 시작했던 것이다.

「아, 저건 내 고양이요. 저기서 쥐라도 잡아먹는 모양입니다.」

그 설명에 마음을 놓은 자크 샤르몰뤼가 존경의 미소를 띠며 말했다.

「예로부터 위대한 철학자들은 가까이 키우는 동물이 있더군요.」

그러나 동생이 또다시 무슨 엉뚱한 짓을 저지를까 걱정이 된 클로드 부주교는 자크 샤르몰뤼 검사와 함께 서둘러 독방을 나갔다. 장 뒤 물랭에게는 천만다행한 일이었다. 오금이 저려 더는 견딜 수 없는 상황이었기 때문이다.

 야외에서 들은 욕설의 효과

「후!」하고 안도의 숨을 내쉰 장 뒤 물랭은 급히 밖으로 기어 나왔다. 그러고는 얼른 형의 지갑을 주위 들었다. 그는 애정과 감탄의 눈길로 지갑 안을 들여다보고 나서 옷매무새를 고치고 구두를 문질러 닦은 후 외투의 먼지를 털고 숨을 크게 들이쉬었다. 마지막으로 뭔가 더 챙겨 갈 것이 있나 확인하기 위해 천천히 독방을 둘러보고는 새처럼 팔짝팔짝 뛰면서 나선형 계단을 돌아 내려왔다. 성당 앞 광장에 도착한 그의 얼굴에는 웃음이 가득했다.

몇 발짝 걸어가니 성당의 정문 앞에서 조각상을 들여다보고 있는 클로드와 자크 샤르몰뤼 검사가 보였다. 그는 살금살금 그들의 뒤로 다가갔다. 그 순간 뒤에서 누군가 우렁찬 목소리로 무지막지한 욕설을 내뱉는 것이 들렸다.

「이건 내 친구 페뷔스 중대장의 목소리가 틀림없군!」

장 뒤 물랭이 외쳤다. 페뷔스라는 이름이 부주교의 귀에 들려왔다. 갑자기 소스라치듯 말을 멈추는 부주교를 보면서 자크 샤르몰뤼 검사는 그저 어리둥절할 뿐이었다. 부주교가 뒤를 돌아보았다. 동생 장이 공들로리에 저택 문 앞에 서 있는 장교 쪽으로 다가가고 있었다.

아니나 다를까 그것은 바로 페뷔스 드 샤토페르 대위였다. 그는 자신의 약혼녀가 사는 집 앞에 기대어 서서 마치 이교도인처럼 험한 욕설을 내뱉고 있었다.

「이런, 페뷔스 중대장. 무슨 욕을 그렇게 심하게 하나?」

장이 장교에게 손을 내밀며 말했다.

「미안하네. 방금 얌전 빼는 여자들 집에서 나오는 길인데 어찌나 짜증이 나던지. 욕이 나오는 걸 참느라 힘들었다고.」

「술이나 마시러 가지 않겠어?」

「좋지. 하지만 난 돈이 없어.」

「돈은 나에게 있지.」

「그래? 어디 한번 봐.」

그러는 동안 부주교는 어리둥절해 있는 검사를 혼자 놔두고 그들 쪽으로 다가와서 가만히 동정을 살폈다. 두 사람은 지갑을 구경하느라 뒤에 사람이 있는지도 몰랐다.

「자, 어서 가자.」

두 친구는 '폼 데브(역주 : '이브의 사과'라는 뜻)'라는 술집을 향해 걷기 시작했다. 부주교는 어두운 표정으로 그들의 뒤를 따랐다. 그랭구아르를 만난 이후로 내내 머리에서 맴돌던 저주받을 이름의 장본인이 바로 저 작자란 말인가? 그로서는 알 수 없는 노릇이었다. 하지만 지금 동생과 함께 있는 저 사내의 이름이 페뷔스인 이상 그들의 일거일동을 면밀히 살피지 않을 수 없었다. 부주교는 불안한 마음으로 그들의 뒤를 밟았다.

어느 거리의 모퉁이를 돌아갈 때 방울 달린 탬버린 소리가 들렸다.

「벼락 맞을! 돌아가자.」

「왜 그래, 페뷔스?」

「집시 계집애를 만날까 봐 걱정이야.」

「집시 계집애라니?」

「염소랑 같이 다니는 계집애 말이야.」

「에스메랄다?」

「그래, 바로 그 여자. 자꾸 이름을 잊어버리는군. 서두르자고. 그 여자가 날 알아보겠어.」

「이봐, 페뷔스. 그 여자를 알아?」

이때 부주교는 페뷔스가 히죽거리며 장 뒤 물랭의 귀에 대고 소곤거리는 것을 보았다. 페뷔스는 고개를 끄떡이며 의기양양하게 웃었다.

「정말이야?」

장이 물었다.

「하늘에 맹세하지.」

「오늘 밤에?」

「그렇다니까.」

「그 여자가 틀림없이 올 거라 생각해?」

「장, 미쳤나? 어떻게 그런 일을 의심할 수가 있나?」

「페뷔스, 자넨 정말 운 좋은 중대장이야!」

부주교는 그들이 나누는 대화를 하나도 빠짐없이 모두 들었다. 이가 덜덜거렸다. 그의 몸은 다른 사람이 눈치 챌 만큼 심하게 떨렸다. 그는 술에 취한 사람처럼 잠시 벽에 기대어 섰다가 다시 두 젊은이의 뒤를 따랐다.

6 허깨비 수도사

그 이름도 유명한 술집 '폼 데브'는 대학구 내 롱델 거리와 바토니에 거리 사이에 있었다. 건물 1층에 자리 잡은 술집은 꽤 넓었지만 천장은 몹시 낮았다. 실내 가득히 탁자가 놓여 있었고 벽에는 술병들이 매달려 있었다. 거리로 나 있는 유리창은 언제나 술꾼들과 여자들이 뒤섞여 시끌벅적한 실내의 풍경을 보여주었다. 출입문 위쪽으로는 여인과 사과를 그려놓은 간판이 비에 녹슨 채 걸려 있었다.

밤이 찾아오고 있었다. 거리는 어두웠다. 수많은 촛불이 켜진 술집은 어둠 속에 드러나는 대장간의 불가마처럼 저 멀리서부터 타오르고 있었다. 술잔 부딪치는 소리, 음식 먹는 소리, 온갖 욕설과 싸움 소리가 깨진 유리창을 통해 밖으로 새어 나왔다.

한 사나이가 소란스러운 술집 앞을 왔다 갔다 하면서 쉬지 않고 안쪽을 바라보고 있었다. 그는 코까지 내려오는 모자 달린 망토를 푹 뒤집어쓰고 있었다. 망토는 조금 전에 술집 옆의 헌 옷 가게에서 산 것이었다. 3월 밤의 추위를 견디기 위한 목적도 있었겠지만 그보다는 자신의 신분을 감추려는 듯했다. 이따금씩 그는 유리창 앞에서 걸음을 멈추고 안을 들여다보다가 발을 구르곤 했다.

마침내 술집 문이 열리고 두 명의 술꾼이 밖으로 나왔다. 문에서 새어 나온 불빛으로 잠시 그들의 얼굴이 빨갛게 물들었다. 망토를 걸친 사나이는 맞은편 건물의 현관으로 들어가서 두 사람을 관찰하기 시작했다.

「이런 젠장! 곧 일곱 시가 되겠군! 그 여자와 만나기로 한 시간인데.」

두 취객 중 하나가 말했다.

「이봐, 페뷔스. 자네는 철학자 플라톤의 옆얼굴이 사냥개를

201

닮았다는 것을 알아?」

또 다른 사내가 비틀거리며 말을 이었다.

독자들은 두 취객이 누구인지 금방 알아보았으리라. 어둠 속에서 그들을 관찰하던 사나이 또한 그들을 알아보았다. 그는 천천히 두 사내의 뒤를 밟으면서 대화 내용을 모두 엿들었다.

「장, 이봐, 친구! 자네도 알다시피 난 지금 생미셸 다리에서 집시 계집애와 약속이 있어. 거기서 그 여자를 데리고 팔루르델 집으로 갈 생각인데 방 값을 내야 하거든. 그 늙은 주인 할망구가 나한테 외상을 줄 리도 없고. 이봐, 장! 신부의 지갑에 있던 돈을 우리가 다 써버린 건가? 한 푼도 안 남았어?」

장은 대답 대신 헛소리만 계속 해댔다.

「빌어먹을! 저세상으로 꺼져버려라!」

페뷔스는 곤드레만드레 술에 취한 장 뒤 물랭을 떠밀며 외쳤다. 장 뒤 물랭은 길바닥에 힘없이 쓰러졌다. 페뷔스는 장 뒤 물랭을 발로 걷어차서 부자들이 '쓰레기 더미'라 부르며 멸시하는 저 가난뱅이의 베개 쪽으로 밀쳐놓았다. 페뷔스가 평평한 곳에 머리를 올려주자 장 뒤 물랭은 곧바로 코를 골기 시작했다.

「지옥의 마차가 지나가다 네놈을 데려가도 나는 모르는 일이다!」

페뷔스 대위는 잠이 들어버린 친구에게 말을 던지고 자리를 떴다.

계속해서 두 사람을 뒤따르던 망토 입은 사나이는 땅바닥에서 뒹구는 장 뒤 물랭을 보고 걸음을 멈추었다. 그는 잠시 머뭇거리더니 깊은 한숨을 내쉬고는 다시 페뷔스의 뒤를 쫓아갔다.

생탕드레데자르크 거리로 나왔을 때 페뷔스는 누가 자기 뒤를 밟고 있다는 것을 깨달았다. 우연히 고개를 돌리다가 뒤쪽에서 벽을 따라 걸어오는 그림자 같은 것을 본 것이다. 그가 멈추면 그림자도 멈춰 섰고, 그가 다시 발걸음을 떼면 그림자도 움직이기 시작했다.

페뷔스는 용감한 군인이었다. 그랬기 때문에 손에 칼을 들고 달려드는 도적쯤은 그다지 겁날 것도 없었다. 하지만 계속해서 뒤를 따라오는 그림자 같은 존재는 그의 간담을 서늘하게 했다. 당시 파리에는 밤거리를 배회한다는 허깨비 수도사 이야기가 떠돌고 있었다. 생각이 이에 미친 페뷔스는 잠시 주춤하다가 억지로 웃음을 터뜨리며 먼저 침묵을 깼다.

「이보시오. 당신이 만일 도둑이라면 그냥 가시오. 나에게는 단 한 푼도 없으니 말이오.」

그림자의 손이 망토 밖으로 빠져나와 페뷔스의 팔을 매몰차게 휘어잡았다. 동시에 그림자가 소리를 냈다.

「페뷔스 드 샤토페르 대위!」

「아니! 누구시기에 내 이름을 알고 있는 거요?」

「댁의 이름만 알고 있는 게 아니야. 당신 오늘 밤 약속이 있지?」

망토를 두른 사나이가 마치 무덤 속에서 말하는 것처럼 음산한 목소리로 물었다.

「그렇소.」

페뷔스가 깜짝 놀라며 대답했다.

「일곱 시에.」

「15분 후요.」

「팔루르델 집에서.」

「그렇소.」

「여자와 만나는 건가?」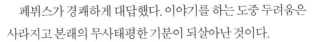

「비밀이오.」

「그 여자 이름이…….」

「에스메랄다요.」

페뷔스가 경쾌하게 대답했다. 이야기를 하는 도중 두려움은 사라지고 본래의 무사태평한 기분이 되살아난 것이다.

그러나 그 이름을 들은 그림자는 페뷔스의 팔을 사정없이 흔들어댔다.

「페뷔스 드 샤토페르, 넌 지금 거짓말을 하는구나!」

이 말에 페뷔스도 더는 참을 수가 없었다. 그는 얼굴을 붉히며 사내에게 잡힌 팔을 빼내고는 칼집에 손을 갖다 댔다.

「지금 이 샤토페르를 어떻게 보고 하는 소리냐? 다시 한번 지껄여봐라!」

「넌 거짓말을 하고 있다.」

그림자가 냉정하게 말했다.

대위는 이를 갈았다. 허깨비 수도사든 망령이든 미신이든 이 순간만큼은 죄다 잊어버렸다. 눈앞에는 오직 한 사나이와 그에게서 받은 모욕이 있을 뿐이었다.

「나를 모욕하다니! 자, 덤벼라!」

그는 칼을 빼 들고 분노로 온몸을 떨면서 외쳤다. 그러나 상대방은 꼼짝도 하지 않았다. 다만 고통으로 떨리는 목소리로 이렇게 말할 뿐이었다.

「이봐, 페뷔스 중대장. 내일이고 모레고 한 달 후고 10년 후 고 언제든 당신은 내 목을 칠 수 있을 거야. 그러니 오늘은 우선 약속 장소로 가라.」

「그렇게 생각해주니 고맙군. 하긴 내일 만나서 싸운다 해도 늦을 건 없지. 내일까지 스릴 있는 시간이 연장된다니 오히려 감사할 일인가?」

여기서 페뷔스는 말을 끊고 귀를 긁적거렸다.

「아! 빌어먹을! 그걸 잊고 있었군! 나한테는 지금 방 값을 치 를 돈이 한 푼도 없지! 그 할멈은 분명 선불을 받으려 할 텐데. 신용을 잃은 지가 벌써 오래전이니.」

「이걸로 방 값을 내라.」

페뷔스는 그림자의 싸늘한 손이 자기 손에 커다란 금화 한 닢을 쥐여주는 것을 느꼈다. 이 돈을 받지 않을 수는 없었다. 그 는 사내의 손을 움켜잡았다.

「이런! 당신은 좋은 사람이었군.」

「한 가지 조건이 있다.」

사내가 말했다.

「당신이 진실을 말했고, 내가 틀렸다는 것을 증명해라. 그 여자가 정말로 당신이 아까 말한 여자인지 볼 수 있도록 어디 한구석에 나를 숨겨주면 된다.」

「그거야 문제없지. 생트마르트의 방을 빌릴 테니 그 옆방에 있도록 해.」

「그렇다면 어서 가자.」

그림자가 재촉했다.

「좋을 대로. 당신이란 양반이 환생한 악마인지는 모르겠지만 오늘 밤만큼은 좋은 친구로 지내자고. 내일이면 돈도 그렇고 칼도 그렇고, 내가 당신에게 진 빚을 모두 갚을 테니 말이야.」

두 사람은 서둘러 걸었다. 잠시 후 흐르는 물소리가 생미셸 다리에 도착했음을 알려주었다. 당시엔 다리 위에 집이 있었던 것이다.

「우선 당신을 안내해주고 나서 아가씨를 찾으러 가겠어. 프티 샤틀레 근처에서 날 기다리고 있을 거야.」

페뷔스가 말했다. 동행자는 대답이 없었다. 페뷔스와 나란히 길을 걷기 시작한 후 그는 한마디도 하지 않았다. 페뷔스는 어느 나지막한 문 앞에서 걸음을 멈추고 사정없이 문을 두드렸다. 문이 열리면서 문틈으로 불빛이 새어 나왔다.

「누구요?」

이가 빠진 노파의 음성이 들렸다.

「빌어먹을! 제기랄! 염병할!」

대위가 대답했다.

바로 문이 열리며 한 노파가 낡은 램프를 들고 나왔다. 누더기 옷을 걸친 노파는 허리가 꼬부라지고, 눈이 움푹 들어갔으며, 얼굴이고 손이고 목이고 할 것 없이 온통 주름투성이였다. 잇몸은 밖으로 다 드러나 있고, 입가에는 온통 흰 털이 나 있어서 꼭 고양이 얼굴처럼 보였다. 헐어빠진 집의 내부도 이 할멈의 모양새에 못지않게 엉망이었다. 벽을 바른 석회는 떨어져 나갔고, 천장의 들보는 새까맸으며, 벽난로는 거의 부서져 내렸고, 구석마다 거미줄이 쳐져 있었다. 한가운데엔 절름발이 탁자와 의자들이 굴러다니고, 지저분한 아이 하나가 재 속에서 놀고 있었다. 한쪽 구석에 층계라기보다는 나무 사다리라고 할 수 있는 것이 천장에 나 있는 문과 연결되어 있었다. 들짐승의 굴 같은 오두막집으로 들어서면서 페뷔스의 동행자는 망토의 모자를 눈 위로 살짝 들어올렸다. 하지만 페뷔스는 계속 욕설을 해대면서 손에 든 에퀴 금화를 반짝이게 하느라 바빴으므로 그의 얼굴을 볼 겨를이 없었다.

「생트마르트 방을 주시오.」

노파는 그를 귀한 손님처럼 떠받들고 금화를 서랍 속에 넣었다. 망토를 입은 사나이가 페뷔스에게 준 금화였다. 노파가 등을 돌린 사이 재 속에서 놀고 있던 아이가 서랍으로 다가섰다. 아이는 거기서 금화를 훔쳐내고 대신 나뭇단에서 끄집어낸 마른 가랑잎 하나를 넣었다.

노파는 손님들에게 따라오라는 신호를 하고 먼저 사다리를 올라갔다. 위층에 이르자 램프를 궤짝 위에 올려 놓았다. 이 집의 단골인 페뷔스는 스스럼없이 컴컴한 방으로 통하는 문을 열었다.

「이쪽으로.」

그가 동행자에게 말했다. 망토를 입은 사나이는 말없이 시키는 대로 따랐다. 문이 닫히고 페뷔스가 노파와 함께 내려가는 소리가 들렸다. 불빛도 사라졌다.

강가로 난 창문의 유용성

독자들은 페뷔스보다 영리하기에 저 허깨비 수도사가 바로 클로드 프롤로였음을 벌써부터 짐작했을 것이다. 클로드 프롤로는 페뷔스가 잠그고 나간 캄캄한 다락방에서 잠시 동안 더듬거렸다. 창문도 없고 지붕이 경사져 있어서 똑바로 서 있을 수조차 없는 방이었다. 그는 먼지와 벽토 부스러기 위에 웅크리고 앉았다. 머리가 깨질 듯 아파왔다.

그 순간 부주교의 어두운 영혼 속에서 무슨 생각이 떠올랐을까? 그것은 오직 그 자신과 신만이 알 것이다.

그는 15분 가량을 기다렸다. 15분이란 기다림의 시간은 그 사이 백 살은 더 늙어버린 것같이 생각될 만큼 길었다. 갑자기 나무 층계의 널빤지가 삐걱거리는 소리가 들렸다. 누군가 올라오고 있었다. 이어 천장의 문이 열리고 한 줄기 빛이 새어 들었다. 그가 있는 낡은 방의 문짝에는 커다란 틈이 있었다. 클로드는 거기에 얼굴을 바짝 갖다 댔다. 먼저 고양이 얼굴을 한 노파가 램프를 손에 들고 올라왔다. 뒤를 이어 페뷔스가 콧수염을 쓰다듬으며 나타났고 그 뒤로 아름답고 우아한 에스메랄다의 얼굴이 보였다. 그녀를 보는 순간 클로드는 몸서리를 쳤다. 두 눈은 안개가 낀 듯 갑자기 뿌옇게 흐려졌고, 맥박은 힘껏 뛰어 모든 것이 그의 주변에서 물결치듯 빙빙 맴돌았다. 그는 아무것도 볼 수 없었고, 아무 소리도 듣지 못했다.

정신을 차리고 보니 노파는 어디론가 사라지고 페뷔스와 에스메랄다가 단둘이 궤짝 위에 앉아 있었다. 옆에 놓인 램프 불빛 덕분에 젊은 남녀의 얼굴이 부주교의 눈에 두드러져 보였다. 구석에는 초라한 침대가 놓여 있었다.

아가씨는 얼굴을 붉힌 채 아무런 말 없이 가슴이 두근거리는 것을 느끼고 있었다. 길게 내리깐 속눈썹이 불그레한 뺨에 그늘을 만들었다. 장교는 눈이 부시게 빛났다. 아가씨는 감히 장교를 쳐다보지 못했다.

클로드는 관자놀이에서 피가 끓는 듯했다. 그 바람에 두 사람의 대화를 제대로 알아들을 수가 없었다.

「아! 저를 비웃진 말아주세요, 페뷔스 대장님. 제가 하는 짓이 잘못된 거라는 걸 알고 있어요.」

아가씨가 눈길을 떨어뜨린 채 입을 열었다.

「당신을 비웃다니! 아름다운 아가씨, 대체 뭣 때문에 내가 당신을 비웃는단 말이오?」

페뷔스는 더없이 다정한 표정으로 물었다.

「당신을 따라 여기까지 왔으니까요.」

아가씨는 기쁨과 애정이 섞인 눈으로 눈물을 글썽거리며 그를 지그시 바라보았다.

「그런 걸로 말하자면 난 오히려 당신을 미워해야 할 거요. 날 이렇게 애타게 만들었으니 말이오.」

페뷔스가 말했다.

에스메랄다는 한동안 말이 없었다. 어느새 눈물이 뺨을 타고 흘러내리더니 가냘픈 한숨이 새어 나왔다. 그녀가 입을 열었다.

「오, 대장님, 당신을 사랑해요!」

아가씨의 주위에선 순결한 향취와 동정녀의 매력이 감돌았다. 그 때문이었을까, 페뷔스는 어쩐지 아까부터 그녀의 옆에 있는 것이 편치 않았다. 하지만 그는 아가씨의 이 말 한마디에 용기를 얻었다.

「나를 사랑한다고?」

흥분한 페뷔스는 처녀의 허리로 손을 뻗었다. 그는 사실 이 순간만을 기다려왔던 것이다.

부주교는 이 광경을 보고 반사적으로 품속에 감춰놓은 단도를 만지작거렸다.

에스메랄다는 집요한 장교의 손을 허리에서 살짝 떼어놓으며 말했다.

「페뷔스, 당신은 선하고 관대한 분이에요. 또한 멋지기도 하고요. 당신은 저를 살려주셨어요. 불쌍한 집시 계집애에 불과한 저를 말이에요. 저는 오래전부터 멋진 기사가 저를 구해주는 꿈을 꾸었답니다. 나의 페뷔스, 저는 당신을 알기도 전에 당신을 꿈꿔왔던 거예요.」

페뷔스는 그 순간을 이용하여 그녀의 목에 입을 맞추었다. 그녀의 얼굴이 홍당무처럼 달아올랐다. 당황한 그녀가 벌떡 몸을 일으켰다.

집시 아가씨는 어린애처럼 장난기 있게 장교의 입에 몇 번 손을 갖다 댔다.

「아니, 싫어요. 전 대장님 말씀을 안 들을 거예요. 저를 사랑하세요? 저는 대장님이 저를 사랑한다고 말씀해주시면 좋겠어요.」

「그럼, 당신을 사랑하고 말고. 오! 나의 천사! 내 몸도 내 마음도 내 피도 모두 당신 것이오. 난 당신을 사랑하오. 그리고 당신 말고는 누구도 사랑해본 적이 없소.」

페뷔스가 무릎을 반쯤 꿇고서 외쳤다. 이런 사랑의 고백을 수많은 여자에게 했던 경험이 있는 사내는 이번에도 같은 말을 토씨 하나 틀리지 않고 단숨에 말해버렸다. 에스메랄다는 행복에 가득 찬 눈으로 더러운 방 천장을 올려다보았다.

「아! 지금 죽어도 여한이 없겠어!」

아가씨가 중얼거렸다. 페뷔스는 그 순간을 놓치지 않고 그녀에게 키스를 퍼부었다.

아가씨는 무슨 생각에 잠긴 듯 아무 말도 없었다. 그녀의 다소곳함에 용기를 얻은 장교는 그녀의 허리를 껴안았다. 에스메랄다는 저항하지 않았다. 장교가 그녀의 블라우스의 끈을 풀더니 브래지어를 확 잡아당겼다. 숨어 있던 부주교는 가쁜 숨을 몰아쉬며 처녀의 둥근 어깨가 노출되는 것을 보았다. 마치 안개 낀 지평선에서 달이 떠오르는 것 같았다.

아가씨는 페뷔스가 하는 대로 내버려 두었다. 지금 무슨 일이 일어나는지 모르는 것 같았다. 반면 장교의 눈은 뻔뻔스럽게 빛났다.

페뷔스가 옷을 벗기자 집시 아가씨의 목에 걸려 있던 신비스러운 부적이 드러났다. 그제야 꿈같은 환상에 빠져 있던 그녀는 소스라치듯 깨어났다.

「이게 뭐지?」

「아, 손대지 마세요!」

아가씨가 큰 소리로 외쳤다.

「이건 저를 지켜주는 거예요. 제가 그에 마땅하게 정숙한 생활을 하면 언젠가는 제 가족을 찾아줄 거라고요. 아! 중대장님, 이러지 마세요! 어머니! 나의 불쌍한 어머니! 어디 계세요? 절 구해주세요! 제발 부탁드려요, 페뷔스 님! 제 옷을 돌려주세요!」

페뷔스는 뒤로 물러섰다. 그리고 냉정하게 말했다.

「아가씨, 아가씨는 나를 사랑하지 않는군요!」

「제가 당신을 사랑하지 않는다고요?」

가엾은 아가씨가 소리를 질렀다. 그러고는 페뷔스를 끌어당겨 자기 옆에 앉혔다.

「당신을 사랑하지 않는다니! 오, 나의 페뷔스! 당신이 그런 말을 하면 제 가슴은 찢어져요. 아! 원한다면 저를 가지세요! 다 가지세요! 당신이 원하는 대로 하세요! 전 당신 거예요. 부적이야 어떻게 되든 상관없어요! 엄마가 어떻게 되든 상관없어요! 이제 당신이 내 엄마예요. 당신을 사랑하니까요. 페뷔스! 오, 내 사랑 페뷔스! 절 보고 있나요? 저예요, 저를 쳐다보세요.」

이렇게 말을 던진 그녀는 장교의 목덜미에 두 팔을 걸치고 호소하는 듯한 시선으로 그를 위아래로 쳐다보았다. 그러고는 눈물이 고인 슬픈 미소를 지으면서 아름다운 젖가슴으로 장교

의 비단 셔츠와 옷깃을 쓸어주었다. 반나체가 된 그녀의 상반신이 사내의 무릎 위에서 휘어졌다. 장교는 취한 듯 뜨거운 입술로 처녀의 어깨를 지그시 눌렀다. 그녀는 넋을 잃은 듯 천장을 바라보며 고개를 뒤로 젖히고 그 열정적 입맞춤에 온몸을 떨었다.

그 순간 갑자기 페뷔스의 머리 위로 또 하나의 얼굴이 나타났다. 납덩이같이 새파랗게 질린 얼굴에 몹시 고통받은 듯한 눈이었다. 그 얼굴 옆으로 단도를 쥐고 있는 손이 보였다. 부주교의 얼굴과 손이었다. 그는 문짝을 부수고 들어온 것이다. 페뷔스는 그를 보지 못했다. 에스메랄다는 끔찍한 침입자의 출현에 온몸이 얼어붙었다.

그녀는 소리도 지르지 못했다. 그녀는 단도가 페뷔스를 향해 내려왔다가 다시 올라가는 것을 보았다. 페뷔스가 비명을 지르며 쓰러졌다. 그녀는 정신을 잃고 말았다. 두 눈이 감기면서 모든 감각이 사라지는 순간 불같이 뜨거운 입술이 그녀의 입술에 와 닿는 것이 느껴졌다.

그녀가 다시 정신을 차렸을 때 야경대의 경찰들이 주위를 둘러싸고 있었다. 피투성이가 된 장교는 어디론가 옮겨졌고, 신부는 이미 사라지고 없었다. 센 강 쪽으로 트인 창문은 활짝 열려 있었으며 거기엔 망토가 떨어져 있었다. 사람들은 장교의 망토라 짐작할 뿐이었다. 그녀는 주위에서 사람들이 웅성거리는 소리를 들었다.

「마녀가 중대장을 찔렀구먼!」

파리의 노트르담

Notre-Dame de Paris

가랑잎으로 변한 금화 1

그랭구아르를 비롯한 기적궁의 사람들은 모두 깊은 상심에 잠겨 있었다. 벌써 한 달째 에스메랄다의 소식을 듣지 못한 것이다. 뿐만 아니라 염소 또한 행방이 묘연했다. 이것이 그랭구아르의 슬픔을 배가시켰다.

어느 날 저녁 그랭구아르는 파리 재판소 앞에 사람들이 모여 있는 것을 보았다.

「무슨 일입니까?」

그는 재판소에서 나오는 청년에게 물었다.

「자세히는 모르겠지만 헌병을 암살한 여자를 재판한다고들 하네요. 그런데 사건의 핵심이 마술과 관련되어 있어 주교나 종교재판소 판사들도 사건에 관여한대요. 그 일로 조자스의 부주교인 우리 형님께서도 여기 와 계시죠. 형님을 만나러 왔는데 사람이 너무 많아서 가까이 갈 수가 없군요. 이거 참 난감한 노릇입니다. 급히 돈이 필요하거든요.」

「거 참 안되셨군요. 돈이 있다면 꾸어드리겠지만.」

그랭구아르는 자신도 그의 형인 부주교를 안다고 차마 말하지 못했다. 지난번 성당에서 만난 후로 다시 찾아가지 않은 것이 미안했기 때문이다.

청년은 자기 갈 길을 갔고, 그랭구아르는 사람들을 따라 대강당으로 들어가는 층계를 올라갔다. 재판관이란 사람들이 저지르는 바보짓을 보는 것은 언제나 재미나는 일이 아니던가. 그랭구아르는 우울함을 달래주는 데 형사재판만큼 좋은 것이 없다고 생각했다.

대강당은 어두웠다. 그런 탓인지 그날따라 유난히 더 크고 넓게 보였다. 벌써 해가 뉘엿뉘엿 지고 있었다. 실내로 들어오자마자 곧 사라지고 마는 가냘픈 석양의 햇살이 기다란 아치형 창문으로 흘러들 뿐 실내는 무척 어두웠다. 여기저기 탁자 위에 켜놓은 촛불이 서류 속에 파묻힌 서기들의 머리를 비추고 있었다. 법정의 앞쪽은 구경꾼들로 가득했고 좌우로는 법복을 입은 사람들이 앉아 있었다.

저 안쪽 구석으로 한 단 높게 마련된 좌석에는 많은 재판관이 줄지어 앉아 있었다. 그중 뒷줄에 앉은 이들의 얼굴은 어둠에 잠겨 잘 보이지 않았다. 험상궂은 얼굴의 재판관들은 눈썹 하나 까딱하지 않고 있었다.

그랭구아르가 옆 사람에게 물었다.

「저기 줄줄이 앉아 있는 분들은 대관절 뭐 하는 사람들입니까?」

「오른쪽에 있는 분들은 상급재판소 판사들이고, 왼쪽에 있는 분들은 심문관들이죠. 저기 검은 법의를 입은 사람들도 판사들이고, 붉은 법의를 입은 사람들은 변호사들입니다.」

「그럼, 저 사람들 너머에 땀을 뻘뻘 흘리고 있는 뚱보 영감은 누구죠?」

「재판장님이시죠.」

「그 앞에 앉은 멧돼지 같은 영감은?」

「고등법원의 서기예요.」

「저기 오른쪽 악어 같은 치는?」

「왕실 특명 변호사 필리프 뢰리에 법관이십니다.」

「왼쪽에 있는 검은 고양이 같은 양반은요?」

「교회 법정을 담당하는 왕실 특명 검사 자크 샤르몰뤼 씨랍니다. 종교재판소 판사님들과 함께 오셨죠.」

「그런데 저 많은 양반이 모두 여기 모여 대체 뭘 하려는 겁니까?」

「그야 재판을 하죠.」

「대관절 누굴 말입니까? 피고는 보이지도 않는데.」

「피고는 어떤 여자랍니다. 저기 등을 돌리고 앉아 있지요. 사람들에게 가려서 아마 보이지 않을 겁니다. 자, 저쪽으로 미늘창이 늘어서 있는 곳을 보세요. 그 여잔 저기 있답니다.」

이때 옆에 있던 사람들이 조용히 하라고 주의를 주었다. 지금 중요한 증언이 진행되고 있었던 것이다. 증인으로 나선 사람은 얼굴이 누더기에 푹 파묻혀 흡사 움직이는 넝마 뭉치 같은 노파였다.

「나리들, 이 늙은것의 이름이 팔루르델이란 것이 사실이듯 제가 드리는 말씀에는 조금도 거짓이 없나이다. 네, 저는 40년 전부터 생미셸 다리에 살고 있습죠. 물론 나라에 바치는 세금도 꼬박꼬박 바쳤나이다. 나리들, 지금이야 이렇게 불쌍한 할망구가 되었지마는 이래 봬도 과거엔 인물이 곱던 시절이 있었답니다. 어느 날 저녁, 물레를 잣고 있는데 누가 문을 두드렸습죠. 그래 누구냐고 하니까 대번에 욕설을 내뱉더구먼요. 그래서 문을 열어드렸더니 남자 두 분이 들어오셨습니다. 한 분은 검정 망토를 입고 있었고 다른 분은 멋진 장교 나리였습니다요. 망토를 두른 분은 모자로 얼굴을 가리고 눈만 내놓았는데 그 눈이 이글이글 타는 것 같더구먼요. 그분들이 생트마르트 방을 내놓으라고 하십디다. 나리들, 그건 저희 집 2층에 있는 방인데 저희 집에서 제일 깨끗한 방입죠. 그 대가로 금화 한 닢을 주셨구먼요. 그래 다음 날 도살장에 가서 내장이나 사야겠다 하면서 서랍에다 금화를 넣었나이다. 그러고는 2층으로 올라갔습죠. 그런데 2층에서 잠깐 등을 돌린 사이 어느새 검은 옷을 입은 양반이 사라졌더구먼요. 그래 좀 놀라긴 했습니다요. 엔간히 지체가 높으신 양반인 것 같은 훌륭한 외모의 장교 나리는 저와 함께 아래로 내려와서 밖으로 나갔습니다. 한 15분쯤 지났을까요. 그분이 어떤 아가씨를 데리고 돌아오셨습죠. 인형처럼 예쁜 아가씨였는데 머리만 제대로 빗었더라면 해님처럼 반짝였을 겁니다. 아가씨는 염소를 한 마리 데려왔는데 그놈이 검었는지 희었는지는 잊어버렸나이다. 아가씨야 저한테 아무 상관이 없었지만 염소는 암만 해도 좀 꺼림칙하다 싶었습죠. 그렇지만 저는 아무 소리도 안 했어요. 돈을 받았으니까요. 재판장님, 제가 옳게 행동한 것이지요? 그래서 아가씨와 장교 나리를 2층으로 모셔다 드리고 두 분만 계시도록 했지요. 염소도 따라 올라갔습니다요. 저는 아래로 내려와서 다시 물레를 돌렸답니다. 한데 나리들에게 미리 말씀드리지만 저희 집은 이층집으로, 다릿목으로 나 있는 여느 집과 마찬가지로 집 뒤쪽은 강으로 나 있습죠. 그래서 1층과 2층의 창문이 전부 강 쪽으로 열리게 되어 있다 이 말씀입니다. 그런데 그때 갑자기 위층에서 뭔가 바닥에 쓰러지는 소리가 요란하게 났습죠. 창문이 열리는 소리도 들렸고요. 그래 얼른 아래층 창문으로 달려가니 시커먼 덩어리 하나가 눈앞으로 지나가면서 강물에 빠지더구먼요. 그건 신부님 차림을 한 허깨비였습죠. 달이 밝았기 때문에 제 눈으로 똑똑히 보았지요. 어찌나 무섭던지 야간 순찰대를 불렀습니다요. 열두 명 남짓한 사람이 달려왔습죠. 그분들께 설명을 드리고 2층으로 올라가 보니 세상에나 2층 방이 온통 피바다가 되어 있는 게 아니겠습니까? 장교 나리는 목에 칼이 꽂힌 채 쓰러져 있고, 색시는 죽은 듯이 꼼짝도 않고, 염소 새끼는 겁에 질려 떨고 있었습죠. 저는 '아이고, 마룻장을 깨끗이 닦아내려면 두 주일 이상 걸리겠구먼. 이만 저만한 일이 아니겠어!'라고 한탄을 했습니다. 사람들이 장교 나리를 떠메고 갔습죠. 젊은 나이에 안됐더구먼요. 색시는 옷차림이 단정치 못했고요……. 아, 잠깐 기다려보세요. 그보다 더 중요한 것은 다음 날 내장을 사러 가려고 서랍을 열어보니 글쎄 그 자리에 금화 대신 가랑잎이 들어 있더라 이 말씀입니다.」

노파가 입을 다물었다. 방청객에서는 공포에 질린 수군거림이 들렸다.

「팔루르델 부인, 더 할 말은 없소?」

재판장이 위엄 있는 목소리로 물었다.

「없습니다요.」

노파가 대답했다.

그러자 그랭구아르에게 악어 같은 인상을 준 특명 변호사가 일어섰다.

「조용히! 저는 여러분에게 피고의 몸에서 단도가 발견되었다는 사실을 잊지 말아주시길 당부하는 바입니다. 그리고 팔루르델 부인, 당신은 악마가 내준 금화가 가랑잎으로 변했다고 했는데 그 가랑잎은 가져왔소?」

「네, 바로 이것입니다요.」

사령 하나가 그 가랑잎을 전달하자 왕실 특명 변호사는 고개를 끄덕이며 침울한 표정을 지었다. 그가 가랑잎을 재판장에게 건네주자 재판장은 그것을 또 교회 법정 담당 특명 검사에게 넘겨주었다. 이렇게 해서 결국 가랑잎은 법정을 한 바퀴 돌았다.

「이것은 자작나무 잎입니다.」

샤르몰뤼가 말했다.

「마술에 대한 새로운 증거가 되겠군요.」

이런 결론은 그랭구아르를 비롯한 방청석의 다른 회의적인 사람들의 의심을 풀어주는 것 같았다.

「여기 증거서류가 있으니 페뷔스 드 샤토페르의 증언을 참고하실 수 있습니다.」

왕실 특명 변호사가 그 말을 덧붙이며 자리에 앉았다.

페뷔스란 이름이 들리자 갑자기 피고가 벌떡 일어섰다. 피고의 머리가 방청객 위로 드러났다. 에스메랄다였다. 그랭구아르는 에스메랄다를 알아보곤 깜짝 놀랐다.

에스메랄다의 안색은 창백했다. 늘 단정하게 땋아 내려 금 장식을 하곤 하던 윤기 나는 머리칼은 아무렇게나 헝클어져 있었다. 입술은 파랬고 움푹 들어간 눈은 겁에 질려 있었다.

「페뷔스!」

그녀는 넋을 잃고 외쳤다.

「그분은 어디 있나요? 오, 나리들! 저를 죽이기 전에 제발 그 분이 살아 계신지 말씀해주세요!」

「그래? 그자는 거의 다 죽어가고 있다. 어때, 이제 후련한 가?」

특명 변호사가 차갑게 말했다.

불쌍한 아가씨는 눈물을 흘릴 기운도 없이 밀랍처럼 하얗게 질려 그대로 의자에 주저앉고 말았다.

재판장은 아래쪽에 앉은 사내에게 몸을 기울였다.

「두 번째 피고를 데리고 오게.」

모든 사람의 눈이 조그만 문으로 쏠렸다. 문이 열리자 뿔이 나고 발굽이 금색인 예쁘장한 염소가 나타났다. 그것을 본 그랭구아르의 가슴이 철렁 내려앉았다. 염소는 잠시 문 앞에 멈춰 서서 마치 바위 끝에서 눈 아래로 펼쳐진 넓은 지평선을 바라보듯 머리를 쑥 내밀고 실내를 두리번거렸다. 집시 아가씨의 모습을 발견한 염소는 책상과 서기의 머리를 뛰어넘어 단번에 주인의 무릎께로 달려갔다. 그러고는 다정한 말이나 따뜻한 손길을 바라는 듯 제 주인의 발치에서 뒹굴었다. 하지만 그녀는 꼼짝도 하지 않고 앉아 있을 뿐 염소를 거들떠보지도 않았다.

「저게 바로 그 밉살스러운 짐승이 틀림없구먼요.」

팔루르델 노파가 말했다.

「색시도 염소도 그날 밤 우리 집에 왔었어요.」

자크 샤르몰뤼가 끼어들었다.

「여러분께서 허락하신다면 지금부터 염소에 대한 심문을 시작하겠습니다.」

그러니까 두 번째 피고는 염소였던 것이다. 당시 마법과 관련하여 동물을 심문하는 것은 흔한 일이었다.

샤르몰뤼는 집시 아가씨의 방울 달린 탬버린을 집어 들고 염소에게 내밀며 물었다.

「지금 몇 시지?」

영리한 염소는 금빛 발을 들어 일곱 번을 쳤다. 과연 일곱 시였다. 방청객 사이에 공포의 숨결이 퍼졌다.

자크 샤르몰뤼는 탬버린을 여러모로 돌려가며 이미 독자들도 알고 있다시피 날짜가 며칠인가 무슨 달인가 하는 질문을 해댔다. 이전에 여러 차례에 걸쳐 길가에서 벌어진 염소 잘리의 똑같은 재롱을 보며 박수를 보내던 방청객들이었다. 하지만 재판소의 천장 아래서는 법정의 변론에서 비롯되는 특유한 착각으로 말미암아 모두 그저 두려움에 떨 뿐이었다. 염소는 틀림없는 악마였다.

검사는 염소의 목에 걸려 있는 글자로 가득한 가죽 주머니를 바닥에 풀어놓았다. 염소가 흩어진 알파벳을 끌어다가 '페뷔스'란 이름을 짜 맞추는 것을 본 순간 사람들의 공포는 극에 달했다. 페뷔스 중대장이 마법에 의해 희생되었다는 사실이 분명하게 드러난 셈이었다. 지금까지 수도 없이 길 가는 사람들의 시선을 사로잡았던 아름다운 집시 무희는 이제 사람들의 눈에 끔찍스러운 마녀로밖에는 비치지 않았다.

에스메랄다에게선 살아 있는 기색이 보이지 않았다. 잘리가 다정스레 움직여도, 재판관석에서 위협적인 언사가 들려와도, 방청석에서 귀청이 떨어질 듯 저주를 퍼부어도 그녀에게는 미치지 않았다. 군졸 하나가 사정없이 그녀의 어깨를 흔들자 재판장이 목소리를 높여 말했다.

「그대는 주술에 탐닉한 집시 출신이렷다. 그대는 지난 3월 29일 밤 본 소송에 회부된 마술을 부리는 염소와 공모해서 어둠의 힘을 빌려 왕실 친위대장 페뷔스 드 샤토페르를 미모로 유혹한 뒤 칼로 찔러 살해하려 했다. 범죄 사실을 인정하는가?」

「저는 모르는 일이에요!」

처녀는 반박을 하며 벌떡 일어섰다.

「그렇다면 공소 사실을 어떻게 설명하겠는가?」

재판장이 퉁명스럽게 말했다.

「이미 말씀드렸잖아요. 저는 몰라요. 그분을 찌른 건 어떤 신부예요. 제 뒤를 따라다니는 악마 같은 신부라고요!」

자크 샤르몰뤼 검사가 상냥한 말투로 다시 입을 열었다.

「피고가 계속 고집을 부리는 이상 고문을 가할 것을 요청하는 바입니다.」

「좋을 대로 하시오.」

재판장이 응낙했다.

불쌍한 에스메랄다는 온몸을 떨었다. 하지만 저항하지 않았다. 세모창을 든 병사들이 이끄는 대로 순순히 일어나 검사 샤르몰뤼와 종교재판소 성직자들의 뒤를 따라 두 줄로 늘어선 미늘창 사이로 중문을 향해 걸어갔다. 문은 활짝 열렸다가 그녀가 들어가자 다시 닫혔다. 슬픔에 잠긴 그랭구아르에게는 그것이 마치 아내를 집어삼킨 짐승의 아가리처럼 보였다. 그녀가 사라지자 염소도 섧게 울었다.

재판은 휴정에 들어갔다. 한 판사가 일어서서 지금 재판관들이 많이 지쳐 있으며 심문이 끝날 때까지 오랜 시간을 기다려야 할 것이라고 불평했다. 재판장은 법관으로서의 의무를 다하기 위해 때로는 스스로를 희생할 줄도 알아야 한다고 대답했다. 그러자 늙은 판사가 중얼거렸다.

「참 귀찮고 불쾌한 계집이로군. 저녁도 먹지 않았는데 심문을 하게 만들다니 말이야.」

2 가랑잎으로 변한 금화 2

대낮에도 램프 불을 밝혀야 하는 어두
컴컴한 복도에서 에스메랄다는 호송 행렬에 둘러싸인 채 계단
을 몇 번이나 오르내린 끝에, 재판소의 군졸들에게 떠밀려 음
침한 방으로 들어섰다. 지하실에 위치한 이 방에는 창문이 없
었다. 낮고 육중한 철제 출입문을 제외하면 다른 구멍이라고
는 없었던 것이다. 그렇다고 아주 어두운 것은 아니었다. 벽 속
에 놓인 가마에서 큰 불이 활활 타오르고 있었다. 방 안에는 보
기에도 끔찍한 도구들이 여기저기 아무렇게나 널려 있었다.
대체 그것이 어디에 사용되는지 알 수 없는 노릇이었다. 방 한
가운데에는 가죽 침대가 거의 바닥에 닿을 듯 놓여 있고, 그 위
로 천장의 쇠고리에 비끄러맨 가죽 끈이 드리워져 있었다. 둥
근 천장에는 들창코의 괴물이 새겨져 있었는데 입에 쇠고리를
물고 있는 형국이었다. 가마 안에는 집게며 부젓가락, 쟁기 모
양의 쇠꼬챙이 등이 시뻘겋게 달구어져 있었다.
이처럼 불가마에서 새어 나오는 핏빛 같은 불
빛이 비추는 것은 뒤죽박죽으로 흩어져 있
는 끔찍한 도구들이었다.

　사람들은 저승의 바닥 없는 심연과도 같은
이 방을 그저 '심문실'이라고만 불렀다.

　침대 위에는 고문 집행관 피에라 토르트뤼
가 태연스레 앉아 있었다. 그 옆으로 얼굴이 넓적한 난쟁이 조
수 두 명이 가죽 앞치마를 두르고 쇠붙이를 숯불에 달구고 있

는 것이 보였다.

불쌍한 아가씨는 용기를 내보려 했지만 허사였다. 그녀는 이 지하실에 들어온 순간부터 완전히 공포에 사로잡혀 있었다.

한쪽으로는 재판소 군졸들이 늘어서고, 다른 한쪽으로는 종교재판소의 성직자들이 자리를 잡고 섰다. 구석에는 재판소 서기가 필기도구가 놓인 책상 앞에 앉아 있었다. 자크 샤르몰뤼 검사가 상냥한 미소를 지으며 집시 아가씨에게로 다가왔다.

「귀여운 아가씨, 아직도 부인을 하실 생각인가요?」

「네.」

그녀가 다 기어 들어가는 목소리로 대답했다.

「그렇다면 참으로 가슴 아픈 노릇이지만 우리가 원하는 것보다 더 심하게 그대를 심문할 수밖에 없겠군요. 자, 저기 침대에 가서 앉으시오.」

하지만 에스메랄다는 멍하니 그대로 서 있었다. 두려움에 뼛속까지 얼어붙는 것 같았다. 샤르몰뤼가 신호를 보내자 두 명의 조수가 그녀를 들어 올려 침대 위에 앉혔다. 아직 아무 일도 당하지 않았건만 낯선 사내들이 몸에 손을 대고, 가죽 침대가 살갗에 닿자 전신의 피가 거꾸로 솟는 듯했다. 그녀는 정신 나간 눈빛으로 방 안을 둘러보았다.

「의사는 어디 있나?」

샤르몰뤼가 물었다.

「여기 있습니다.」

지금껏 눈에 띄지 않았던 검은 법의를 입은 남자가 대답했다.

그녀는 몸서리를 쳤다.

「다시 한번 묻겠소. 당신은 여전히 기소 사실을 부인합니까?」

샤르몰뤼 검사가 다정한 목소리로 되풀이했다.

에스메랄다는 그렇다는 표시로 고개를 숙일 뿐이었다. 이제 목소리도 나오지 않았다.

「계속 부인하겠다 이 말씀이군. 그렇다면 별수 없지, 직무를 수행할 수밖에.」

「검사 나리, 어디서부터 시작할까요?」

피에라가 물었다. 샤르몰뤼는 멋있는 운을 찾으려 고민하는 시인처럼 얼굴을 찌푸린 채 잠시 머뭇거렸다.

「다리를 죄는 차꼬부터 시작하지.」

말이 떨어지기 무섭게 고문 집행관과 의사가 그녀 곁으로 다가왔다. 그 사이 조수들은 그 흉측한 연장 통을 뒤지기 시작했다.

쇠붙이들이 부딪치는 끔찍한 소리에 불행한 아가씨는 온몸을 떨었다.

「오, 나의 페뷔스!」

그녀는 아무도 알아들을 수 없는 가냘픈 목소리로 사랑하는 이의 이름을 불렀다.

피에라 토르트뤼의 조수들이 굳은살이 박힌 손으로 난폭하게 그녀의 신을 벗겼다. 그러자 여태껏 파리 장안의 네거리에서 아름다움과 상냥함으로 행인들의 눈길을 사로잡았던 매력적인 두 다리와 귀엽고 아담한 발이 드러났다.

「흥! 건드리기엔 너무 아까운걸!」

부드럽고 우아한 각선미에 눈길을 뺏긴 집행관이 중얼거렸다.

이윽고 그녀의 흐려진 눈에 차꼬가 다가오는 것이 보였다. 그리고 자신의 발이 쇠를 붙인 널빤지 사이에 끼어 끔찍하게 생긴 도구 밑으로 사라지는 것이 보였다.

샤르몰뤼가 신호를 보내자 거대한 두 손이 가죽 끈을 끌어내려 그녀의 가는 허리에 묶었다.

「마지막으로 묻겠소. 당신의 죄를 인정합니까?」

「저는 무죄입니다.」

「시작해!」

샤르몰뤼가 피에라에게 지시를 내렸다. 피에라가 손잡이를 돌리자 차꼬가 죄어들기 시작했다. 그녀의 입에선 사람의 소리라고 할 수 없는 외마디 비명 소리가 터져 나왔다.

「그만!」

샤르몰뤼가 집행관을 제지했다.

「시인합니까?」

「네! 시인해요! 뭐든지 시인해요!」

에스메랄다는 고문이 시작되기 전에 자신이 이 끔찍한 고문을 얼마나 버틸 수 있을지 계산해보지 않았다. 지금까지 즐겁고 평온한 삶을 살아왔던 이 가엾은 처녀는 첫 번째 시련이 닥치자 그대로 힘없이 무너지고 말았다.

「인정상 당신에게 알려두지만 그런 자백을 한 이상 죽음을 면할 수는 없을 거요.」

「제발 그랬으면 좋겠어요.」

간신히 대답을 한 처녀는 허리를 동여맨 가죽 끈에 매달린 채 숨을 할딱이면서 가죽 침대 위에 쓰러졌다.

죄수의 차꼬를 벗겨내자 교회 담당 검사는 아직도 고통으로 굳어 있는 처녀의 두 발을 찬찬히 들여다보았다.

「흠, 그다지 큰 상처를 입은 건 아니야. 아주 적당한 시기에 소리를 지르셨어. 아가씨, 다시 춤을 추어도 괜찮겠는걸!」

그러고는 종교재판소 판사들을 향해 돌아서며 말했다.

「자, 이것으로 정의가 밝혀졌습니다, 여러분. 이제야 안심이 되는군요. 우리가 최대한 부드럽게 대해주었다는 건 저 아가씨가 증언해주겠지요.」

3 가랑잎으로 변한 금화 3

에스메랄다가 창백한 얼굴로 다리를 절름거리며 법정으로 돌아왔을 때 방청객들은 즐거운 수군거림으로 그녀를 맞이했다. 그것은 바로 연극 공연에서 마지막 막간이 끝나고 다시 막이 오르면서 대단원이 시작되는 순간 맛보는 조마조마하면서도 만족스러운 그런 기분과 같은 것이었다. 염소 역시 기뻐서 울었다. 염소는 주인에게 뛰어들고 싶었지만 불행히도 의자에 매여 움직일 수가 없었다.

이미 밤은 깊었다. 아까부터 켜놓은 촛불이 있었지만 실내는 벽조차 제대로 볼 수 없을 만큼 어두웠다. 어둠이 안개처럼 실내의 모든 사물을 뒤덮고 있었다. 판사들의 무표정한 얼굴만이 눈에 띄었다. 법관들의 맞은편에 위치한 희미한 흰색 점 하나가 컴컴한 실내와 대비되어 두드러졌다. 피고인 에스메랄다였다.

그녀는 피고석에 앉아 있었다. 샤르몰뤼 검사도 자기 자리로 돌아가 앉았다.

「피고가 모든 것을 자백했습니다.」

「보헤미아 처녀여, 그대는 마법과 매춘, 페뷔스 드 샤토페르 중대장의 암살 음모에 대한 모든 사실을 시인하는가?」

재판장이 물었다. 그녀는 가슴이 조이는 듯 아파왔다. 어둠 속에서 그녀의 흐느끼는 소리가 들렸다.

「뭐든 다 시인하겠어요. 그러니 빨리 죽여주세요!」

아가씨가 힘없이 말했다.

「교회 재판소 왕실 특명 검사님, 이제 법정은 당신의 논고를 들을 차례입니다.」

샤르몰뤼 검사는 어마어마한 양의 서류 뭉치를 펼치더니 거드름을 피우면서 짐짓 과장된 억양으로 라틴어로 쓴 조서를 읽기 시작했다. 조서에 등장하는 증거는 모두 키케로식의 우언법에다 평소 그가 즐겨 읽던 그리스 철학자 플라우투스의 글을 인용한 것이었다. 연사는 마치 웅변을 하듯 조서를 멋들어지게 읽어 내려갔다. 웅변은 매우 길었지만 결론은 훌륭했다.

이어서 재판소 서기가 문안을 작성하기 시작했다. 그 문안은 곧바로 재판장에게 전해졌다.

재판장은 방청객들의 웅성거림과 창들이 서로 부딪치는 소리를 뚫고 싸늘한 목소리로 다음과 같은 선고를 내렸다.

「보헤미아의 처녀여, 그대는 국왕 폐하께서 정하시는 날 정오를 기해서 속옷 차림에 맨발로 목에는 포승줄을 건 채 수레를 타고 노트르담 대성당 정문 앞까지 끌려갈 것이다. 거기서 무게 2파운드짜리 밀랍 횃불을 손에 들고 만인 앞에 공개 사죄를 한 다음, 바로 그레브 광장으로 끌려가 시의 교수대에서 교수형에 처해질 것이다. 그대의 염소도 마찬가지다. 또 그대가 저지른 것으로 자백한 마술과 마법, 간음, 페뷔스 드 샤토페르를 살해하려 한 죄의 대가로 금화 세 닢을 교회 재판소에 지불해야 한다. 천주께서 그대의 영혼을 구하시리라!」

「아, 이건 꿈이야!」

에스메랄다가 중얼거리는 순간 거친 손이 그녀를 꽉 붙잡는 것이 느껴졌다.

 제각기 다른 세 남자의 마음

페뷔스는 죽지 않았다. 이런 유의 남자들이란 대개 명이 긴 법이다. 물론 페뷔스의 상처가 깊지 않던 것은 아니었다. 맨 처음 야간 순찰대원들이 부상을 입은 페

232

뷔스를 데리고 병원에 갔을 때 의사는 일주일 동안 그의 생명을 걱정했다. 심지어 환자에게 그 사실을 라틴어로 말해주기도 했다. 하지만 페뷔스의 젊음은 상처를 이겨냈다. 마치 의사를 조롱하기라도 하듯 자연의 힘은 때때로 가망 없는 환자의 목숨을 살려내곤 하는 것이다. 페뷔스가 필리프 릴리에와 종교재판소의 심문관들로부터 첫 조사를 받은 것은 아직도 병원 침대에 누워 있을 때였다. 페뷔스로서는 몸이 아픈 상태에서 조사를 받는 것이 무척 귀찮은 일이었다. 그래서 그는 몸이 좀 가뿐하게 느껴지던 어느 날 아침, 황금 박차를 치료비 조로 내놓고 몰래 도망쳤다. 그러나 그것은 사건의 심리에 아무런 영향을 주지 않았다. 당시에는 죄인을 소송하고 재판을 하는 데 있어 정확성이나 명료함 따위에는 그다지 신경을 쓰지 않았다. 피고가 교수형을 당하기만 하면 그것으로 그만이었다. 더구나 재판관들은 에스메랄다에 대한 충분한 증거를 확보하고 있었다. 그들은 페뷔스가 죽은 줄 알았으며 그것으로 모든 것이 결정된 셈이었다.

페뷔스로 말하자면 아주 먼 곳으로 도망을 친 것은 아니었다. 그저 파리에서 좀 떨어져 있는 일드프랑스의 쾨앙브리에 주둔하고 있는 자신의 부대로 돌아갔을 뿐이었다.

페뷔스는 에스메랄다의 재판에 증인으로 출두하고 싶은 생각이 전혀 없었다. 그런 장소에 나타나면 세인의 웃음거리가 되고 말리라는 생각이 막연하게나마 들었던 것이다. 그는 이 사건이 표면화되지 않기를, 재판 도중 행방불명이 된 자기 이

233

름이 거론되지 않기를 바랐다. 아니 적어도 자기 이름이 재판소 밖으로 퍼져나가지 않기를 바랐다.

페뷔스는 얼마 안 가서 마녀 에스메랄다에 대해서도, 그 아가씨였건 허깨비 수도사였건 간에 둘 중 하나가 자신을 단도로 찔렀던 일에 대해서도, 재판의 결과에 대해서도 그다지 신경 쓰지 않게 되었다. 그런 생각으로부터 자유로워지자 이내 플뢰르드리스의 모습이 그의 마음을 채웠다. 페뷔스 대위의 마음은 비어 있는 것을 견디지 못했다.

게다가 쾨앙브리라는 곳은 제철공들과 손이 거친 소 치기 여자들만이 사는 작은 시골 마을로, 5리나 되는 한길 좌우로 오막살이와 초가집들만이 늘어서 있는 곳이었다.

플뢰르드리스는 에스메랄다를 만나기 전 그가 마음에 두고 있던 아가씨였다. 얼굴도 예쁘지만 결혼할 때 가져올 지참금도 만만치 않았다. 그리하여 어느 날 아침, 상처도 다 나았고 두 달이나 지났으니 집시 아가씨 사건도 잊었으리라 생각을 한 사랑의 기사는 말을 몰아 공들로리에 저택에 도착했다. 그리고 즐거운 마음으로 약혼녀의 방으로 올라갔다.

그녀는 어머니와 단둘이 있었다.

플뢰르드리스는 집시 아가씨가 집에 올라왔던 그날의 사건 이후로 마녀 에스메랄다와 염소, 저주받을 알파벳, 뒤이은 페뷔스의 잠적을 늘 마음에 담아둔 채 한시도 잊은 적이 없었다. 그러나 새 군복에 반짝거리는 칼을 어깨에 차고 건강한 얼굴에 정열 가득한 표정을 지으며 들어서는 대

위의 모습을 본 순간 토라진 마음은 눈 녹듯 사라지고 그저 기쁨으로 얼굴이 붉어질 뿐이었다. 이 귀족 아가씨 역시 그 어느 때보다 아름다웠다.

「꼬박 두 달 동안 도대체 어떻게 된 거예요?」

「맹세하지만 당신은 대주교도 홀딱 반할 만큼 아름답군요.」

약혼녀의 질문에 다소 당황한 페뷔스가 딴청을 부렸다.

그 말에 아가씨는 미소를 짓지 않을 수 없었다.

「좋아요, 좋아요. 제가 아름답다는 얘기는 그만 하시고, 묻는 말에 대답이나 해주세요!」

「그게 그러니까, 잠시 주둔지에 머무르도록 명령을 받았소.」

「거기가 어딘데요? 그렇다면 왜 저에게 작별 인사를 하러 오시지 않았죠?」

「쾨앙브리에 가 있었소.」

페뷔스는 첫 번째 질문 덕에 두 번째 질문에 대한 대답을 피할 수 있게 된 걸 기뻐하며 창가로 다가갔다.

「세상에! 광장에 사람이 무척 많군요!」

「저도 잘 모르겠어요. 마녀 하나가 오늘 아침에 성당 앞에서 공개 사죄를 하고 나서 교수형을 받는다는 것 같아요.」

페뷔스는 에스메랄다 사건이 이미 끝났다고 믿고 있었으므로 플뢰르드리스의 말에 그다지 놀라지는 않았지만 혹시나 해서 한두 가지 질문을 던졌다.

「그 마녀 이름이 뭔지 아시오?」

「몰라요.」

「대체 그 여자가 무슨 짓을 했답니까?」

그녀는 이번에는 대답 없이 하얀 어깨를 들썩였다.

「페뷔스!」

갑자기 플뢰르드리스가 낮은 목소리로 상대를 불렀다.

「우린 석 달 후에 결혼해요. 저 말고 다른 여자는 한 번도 사랑한 적이 없다고 맹세해주세요.」

「물론 맹세하지요, 나의 아름다운 천사!」

페뷔스는 진지하게 대답하며 상대에게 확신을 주려는 듯 정열적인 시선으로 그녀를 바라보았다. 아니 어쩌면 이 순간만큼은 대위 자신도 그렇게 믿고 있었는지도 모른다.

공들로리에 부인은 두 약혼자가 완전히 화해한 것을 보고무척 기뻐하면서 방을 나왔다. 아가씨와 단둘이 남게 된 페뷔스는 대담해지면서 엉뚱한 생각을 품었다. 플뢰르드리스는 자기를 바라보는 장교의 눈빛이 심상치 않은 것을 보고 갑자기겁을 먹었다. 주위를 둘러보았지만 어머니는 보이지 않았다.

「어머나! 정말 덥네요!」

그녀는 얼굴이 새빨개져서 불안한 듯 말했다.

「그렇군요. 정오가 멀지 않았으니까요. 햇볕이 따가우니 커튼을 내립시다.」

「아니요, 싫어요! 전 바람을 쐬고 싶어요!」

아가씨는 사냥개의 숨소리를 들은 암사슴처럼 벌떡 일어서서 발코니를 향해 달려갔다. 그만 멋쩍어진 페뷔스는 그녀를따라 나갔다.

그때 발코니에서 내려다보이는 노트르담 성당 앞 광장에서는 특별하고도 불길한 광경이 연출되고 있었다. 소심한 플뢰르드리스의 마음에 아까와는 다른 공포가 깃들었다.

광장은 수많은 인파로 가득했고, 근처 인접한 길목까지 사람들의 물결로 넘쳐나고 있었다. 그곳에 모인 사람들은 대부분 잿빛에 꾀죄죄한 모습으로 흙이 묻은 더러운 옷을 입고 있었다. 그들이 기다리고 있는 것은 분명 백성 가운데 추한 자들만을 불러 모으는 힘을 지닌 그런 구경거리 중의 하나임에 틀림없었다.

그때 노트르담의 큰 시계가 천천히 정오를 알렸다. 군중은 웅성거렸다. 마지막인 열두 번째 종소리의 여운이 가시기도 전에 모든 사람의 머리가 바람에 이는 물결처럼 일제히 들리면서 광장, 창문, 지붕에서 요란한 고함 소리가 터져 나오기 시작했다.

「저기 그 여자가 온다!」

플뢰르드리스는 차마 보지 못하겠다는 듯 손으로 눈을 가렸다.

「자, 그럼 안으로 들어가겠소?」

페뷔스가 물었다.

「아니요!」

호기심이 발동한 그녀는 조금 전 두려움 때문에 가렸던 눈을 다시 떴다.

튼튼한 노르망디산 말 한 마리가 이끄는 죄인 호송 수레가 흰 십자가가 새겨진 자줏빛 제복을 입은 기마  대에 에워싸인 채 생피에로뵈 거리로부터 광장 안으로 들어서

고 있었다. 그 숙명의 수레 위에는 팔을 등 뒤로 결박당한 한 처녀가 고해성사를 들어줄 신부도 없이 혼자 앉아 있었다. 처녀는 속옷 차림이었고, 길고 검은 머리칼(당시에는 교수대 앞에서 비로소 머리를 잘랐다)은 반쯤 드러난 가슴과 어깨 위로 아무렇게나 흘러내리고 있었다. 윤기 나는 검은 머리털 사이로 우툴두툴한 굵은 회색 밧줄이 처녀의 목을 감은 채 휘어 있는 것이 보였다. 밧줄은 가엾은 처녀의 연약한 쇄골의 껍질을 벗겨놓고 마치 꽃을 갉아 먹는 벌레처럼 처녀의 목에서 꿈틀거리고 있었다. 이 밧줄 아래로 초록 구슬을 박아놓은 작은 주머니가 반짝거렸다. 큰 죄를 지은 사형수가 무언가를 소유한다는 것은 원칙적으로 불가한 일이었으나 아마도 곧 죽임을 당할 죄인의 청이라 거절하지 않았던 것 같다.

「어머나! 저기 좀 보세요! 염소를 데리고 다니던 그 얄미운 집시 여자예요!」

플뢰르드리스가 페뷔스를 향해 소리를 내질렀다.

그녀가 고개를 돌려 바라보니 장교는 수레를 뚫어져라 쳐다보고 있었다. 그의 안색이 창백했다.

「염소를 데리고 다니던 집시 여자라니?」

「아니! 생각이 안 난단 말씀이에요?」

페뷔스가 아가씨의 말을 가로챘다.

「지금 무슨 말을 하는 건지 통 모르겠군요.」

그는 방으로 들어가려고 한 걸음을 옮겼다. 예전에 집시 계집애로 말미암아 생겨났던 생생한 질투심이 플뢰르드리스의 가슴에서 다시 깨어나 고개를 쳐드는 순간이었다. 플뢰르드리스는 야속한 듯 불신의 눈빛으로 페뷔스를 바라보았다. 마녀의 송사에 한 장교가 개입되어 있다는 사실을 누군가로부터 들었던 기억이 어렴풋이 난 것이다.

「왜 그러시죠? 저 여자 때문에 마음이 흔들리시나 봐요.」

「내가? 천만에! 당치 않은 소리!」

페뷔스가 억지로 웃으며 넘어가려 했다.

「그렇다면 그냥 계세요. 끝까지 지켜보자고요!」

불운하게도 사내는 그대로 남아 있는 수밖에 없었다. 여죄수가 수레의 바닥에서 시선을 떼지 않는 것이 그나마 다행이었다. 분명 죄수는 에스메랄다였다. 수치와 불행의 극한에서도 그녀는 여전히 아름다웠다. 두 볼에 살이 빠진 때문인지 검은 눈은 더욱 커 보였고, 창백한 옆모습은 순결하고 숭고해 보였다.

슬픔에 잠긴 수레의 행렬은 환호성과 호기심으로 요동치는 군중의 물결을 헤쳐나가고 있었다. 그렇지만 그토록 아름다운 아가씨가 절망과 비탄에 빠진 모습을 보는 순간에는 제아무리 무정한 사람일지라도 동정심을 느끼지 않을 수 없었다.

호송 수레가 광장으로 들어섰다. 수레는 성당의 중앙 출입구 앞에서 멈췄다. 호송 군사들이 전투태세를 취하며 양쪽으로 늘어섰다. 군중은 침묵을 지키고 있었다. 성당 중앙의 두 문이 엄숙함과 불안한 분위기가 묘하게 뒤섞인 정적을 깨고 피리를 부는 듯한 소리를 내며 열렸다. 어둡고 깊숙한 성당의 내부가 저 안쪽까지 드러났다. 상사喪事에 쓰이는 검은 휘장이 쳐진 성당 안쪽 제대 위에 몇 개의 촛불을 놓아 불을 밝힌 어두운 성당은 햇빛으로 환하게 빛나는 광장 한가운데 마치 동굴의 아가리처럼 벌어져 있었다. 성당 제단 뒤에는 은으로 만든 거대한 십자가가 천장에서부터 바닥까지 늘어진 검은 천 위에 놓여 있었다. 성당의 중앙은 텅 비어 있었다. 하지만 저 멀리 성가대석에서 몇몇 신부가 움직이고 있는 것이 어렴풋하게 보였다. 성당 문이 열리자 장엄하고 단조로운 노랫소리가 광장으로 빠져나오며 마치 바람에 실려 가듯 서글픈 찬미가의 단편을 사형수의 머리 위로 흘려 보냈다.

저 멀리 어둠 속에서 몇몇 노인이 봄날의 따스한 공기와 햇볕을 쐬며 서 있는 젊고 아름다운 아가씨를 위해 불러주는 노래는 바로 죽은 자를 위한 진혼곡이었다.

군중은 경건한 마음으로 노래를 들었다.

가엾은 아가씨는 성당의 어두운 내부를 바라본 뒤 시력을 잃은 듯했다. 마치 기도를 드리듯 하얗게 질린 입술을 달싹였다. 사형집행인의 조수가 수레에서 내리는 것을 도와주려고 아가씨에게 다가섰을 때 그녀의 입에서는 '페뷔스'란 이름이 되풀이해서 흘러나왔다.

사람들이 그녀의 결박된 손을 풀어주었다. 염소 역시 결박에서 벗어나자 기쁜 듯이 울어댔다. 아가씨와 염소는 수레에서 내려와 중앙 현관 계단 아래까지 맨발로 단단한 포석을 밟으며 걸어가야 했다. 목에 매인 밧줄이 뱀처럼 그녀의 뒤를 따랐다.

그때 성당에서 흘러나오던 노랫소리가 멈췄다. 커다란 금빛 십자가를 앞세우고 일렬로 늘어선 촛불들이 어둠 속에서 움직이기 시작했다. 형형색색의 옷을 입은 성당 문지기들의 창이 서로 부딪치는 소리가 들리고, 제의를 걸친 사제와 부제의 긴 행렬이 엄숙하게 성가를 부르며 여죄수 쪽으로 다가섰다. 에스메랄다는 십자가를 받든 사람의 바로 뒤 행렬의 선두에서 걸어오고 있는 사람에게 시선을 집중하며 떨리는 목소리로 나지막이 말했다.

「아! 저 사람! 바로 그 신부야!」

그는 부주교였다. 좌우로 자신의 직책을 나타내는 단장을 든 성가대원들을 대동하고 있었다. 그는 머리를 뒤로 젖힌 채 눈을 크게 뜨고 한곳을 응시하면서 큰 소리로 노래를 부르며 다가왔다.

검은 십자가 무늬가 새겨진 은빛 제의를 두르고 한낮의 태양 아래 아치형의 성당 현관 앞에 나타난 신부의 얼굴은 너무나도 창백했다. 그의 얼굴을 본 사람이라면 누구라도 대리석 신부 상 중 하나가 홀로 일어나 곧 죽음을 맞이하게 될 죄수를 마중 나왔다고 생각했을 것이다.

에스메랄다는 신부만큼이나 창백한 얼굴로 조각상처럼 꼼짝 않고 서 있었다. 사람들이 어느새 불을 붙인 밀랍 초를 자기 손에 쥐어준 것조차 몰랐다. 끔찍한 내용의 공개 사죄문을 읽어 내리는 서기의 줄기찬 목소리도 듣지 못했다. 사람들이 「아멘」 하고 대답하라고 지시하자 그저 그렇게 대답할 뿐이었다.

그런 그녀에게 약간의 생기와 기력이 돌아온 것은 신부가 자신의 호위자들에게 물러가라는 신호를 하고 그녀 쪽으로 혼자 다가오는 것을 보았을 때였다.

그녀는 머릿속에서 피가 끓어오르는 것을 느꼈다. 이미 반쯤 마비되고 싸늘해진 영혼이었지만 신부를 보는 순간 그 안에 남아 있던 분노의 불길이 다시 타올랐다.

부주교는 천천히 그녀 쪽으로 다가왔다. 그녀는 이 절박한 순간에도 부주교의 음탕하고 질투가 서려 있으며 갈망하는 시선이 반나체가 된 자신의 몸을 살피는 것을 보았다.

「처녀여, 그대는 하느님께서 그대의 죄와 과오를 용서하시도록 빌었는가?」

그가 큰 소리로 물었다. 그러고는 그녀의 귀에 대고 나직이 속삭였다.(구경꾼들은 부주교가 죄수의 마지막 참회를 듣는 줄만 알았다.)

「내가 필요한가? 난 지금이라도 그대를 살릴 수 있는데!」

에스메랄다가 그를 노려보며 말했다.

「저리 가! 악마! 그러지 않으면 고발하겠어!」

그는 무시무시한 미소를 지었다.

「아무도 그대의 말을 믿지 않을 것이다. 죄과에 추문을 하나 더하게 될 뿐이지. 어서 대답해라! 내가 필요한가?」

「페뷔스 대장님을 어떻게 한 거야?」

「그는 죽었다.」

그 순간 비통한 심정에 빠진 부주교는 무심코 고개를 쳐들었다. 그때 광장 건너편의 공들로리에 저택 발코니에 플뢰르드리스와 나란히 서 있는 페뷔스가 보였다. 그는 잠시 주춤했다. 그러고는 손을 눈 위로 갖다대면서 다시 한번 자세히 바라보았다. 저주를 내뱉는 그의 표정에 무섭게 경련이 일었다.

「좋아! 죽어라! 아무도 너를 갖지 못하도록 할 테다!」

그는 중얼거리며 혼잣말을 했다. 그러더니 여자를 향해 손을 내밀고는 비통한 목소리로 외쳤다.

「이제는 갈지어다, 방황하는 영혼이여! 하느님께서 그대에게 자비를 베푸시기를!」

이것은 사형수의 공개 사죄 의식을 끝낼 때 관례적으로 하는 말이었다. 사제가 사형집행인에게 형 집행을 시작하도록 하는 하나의 신호였던 것이다.

부주교는 사형수로부터 등을 돌리더니 팔짱을 낀 채 고개를 숙이고 신부들의 행렬로 돌아갔다. 잠시 후 그가 십자가와 촛불과 제의와 함께 어슴푸레한 성당 안으로 사라지는 것이 보였다.

다시 숙명의 수레를 타고 최종 목적지로 떠나려는 찰나에 그제야 가엾은 아가씨는 생명에 대한 뼈저린 미련을 느끼는 듯했다. 그녀는 눈물도 말라붙은 붉게 충혈된 눈을 들어 하늘과 태양과 흩어진 조각구름을 쳐다보고는 다시 시선을 떨어뜨려 자기 주변의 땅과 군중과 집들을 쳐다보았다. 노란 옷을 입은 사내가 그녀의 팔꿈치를 잡아매려 할 때 그녀의 입에서 갑자기 공포의 외침이, 아니 기쁨의 탄성이 터져 나왔다. 저기 광장 모퉁이의 발코니에서 그이를, 사랑하는 그이를, 자기의 생명과도 다름없는 페뷔스를 발견한 것이다. 신부는 거짓말을 했다! 저기 있는 사람은 분명 페뷔스다! 더 의심할 여지가 없었다. 죽지 않고 살아서 여전히 멋진 모습으로 반짝이는 제복을 입고 머리에는 깃털을 달고 허리에는 칼을 찬 채 저기에 저렇게 당당하게 서 있지 않은가.

「페뷔스! 페뷔스 대장님!」

그녀가 부르짖었다. 그녀는 사랑과 기쁨으로 떨리는 팔을 그를 향해 뻗으려 했으나 팔은 이미 단단하게 묶여 있었다.

그때 페뷔스가 눈살을 찌푸리는 것이 보였다. 그에게 기대서 있던 아름다운 여인은 입을 샐쭉거리며 화가 난 듯 사내를 올려다보았다. 페뷔스가 여인에게 무슨 말인가를 지껄였지만 그 내용이 에스메랄다의 귀에까지 들리지는 않았다. 이내 두 사람은 방 안으로 사라졌고 발코니의 문도 닫혔다.

에스메랄다는 지금까지 모든 것을 참아왔다. 하지만 이 최후의 일격은 너무나 가혹한 것이었다. 그녀는 그대로 포석 위에 쓰러지고 말았다.

「저 여자를 수레에 실어라. 어서 일을 마쳐야지!」

샤르몰뤼가 말했다.

그때까지 중앙 현관의 아치 바로 위 프랑스 역대 국왕의 조상들이 늘어서 있는 회랑에 기이한 구경꾼 하나가 앉아 있는 것을 눈치 챈 사람은 아무도 없었다. 이 구경꾼은 몹시 추악한 얼굴에 아주 무심한 표정으로 목을 빼고 성당 앞 광장에서 벌어지는 일을 낱낱이 관찰하고 있었다. 반은 빨강이고 반은 보라색인 그의 옷차림이 아니었다면 누구나 그를 6백 년 전부터 대성당의 물받이 홈통이 입으로 흘러들게 되어 있는 괴물 조상 중 하나로 착각했을 것이다. 이 사람은 정오부터 노트르담 성당의 정문 앞에서 일어난 일을 하나도 빠짐없이 지켜보았다. 그는 의식이 시작될 때 아무도 보지 않는 틈을 타서 이미 회랑의 작은 원기둥 하나에다 굵은 밧줄을 단단히 매어두었다. 그 다음에 태연히 구경을 하기 시작했고 이따금씩 티티새가 눈앞을 지나갈 때면 휘파람까지 불곤 했다. 그런데 사형집행인의 하인들이 샤르몰뤼 검사의 명령을 따르려 하는 순간, 그는 갑자기 회랑의 난간을 뛰어넘었다. 그러고는 발과 무릎과 손으로 밧줄을 붙잡고 유리창에 흘러내리는 빗물처럼 성당 정면으로 미끄러지면서 잽싸게 두 명의 하인 쪽으로 내려오더니 어마어마한 주먹으로 그들을 때려눕혔다. 그런 뒤 마치 아이가 인형을 집어 들 듯 손으로 집시 아가씨를 낚아채어 자기 머리 위로 들어올리면서 큰 소리로 외쳤다.

「성역이다!」

그야말로 눈 깜짝할 사이의 일이었다.

「성역이다! 성역이다!」

모여 있던 군중이 따라 외치기 시작했다. 수많은 사람이 박수를 치며 호응하는 모습을 보고 카지모도의 외눈박이 눈에 기쁨과 자랑스러움이 서렸다.

갑작스러운 소동에 에스메랄다는 제정신을 차릴 수 있었다. 눈을 뜨고 카지모도를 바라본 그녀는 이내 눈을 감아버렸다. 자신을 구원해준 사람에게 겁을 먹은 것 같았다.

샤르몰뤼 검사도, 사형집행인들도, 호위하던 군졸들도 모두 어안이 벙벙할 따름이었다. 사실 노트르담 안에서는 사형수에게도 손을 대지 못하는 것이 당시의 관례였다. 성당은 곧 성역이었다. 인간이 내린 재판의 결과는 성당의 문턱에서부터 효력을 상실하는 것이었다.

게다가 이처럼 흉측하게 생긴 존재가 그처럼 가엾은 존재를 구해냈다는 사실, 외눈박이 꼽추 카지모도가 사형을 선고받은 죄인을 구해낸 사실은 실로 감동 그 자체였다. 각각 자연과 사회로부터 버림받은 극과 극의 불쌍한 두 존재가 서로 통했고, 서로를 도와준 것이었다.

잠시 승리에 도취했던 순간이 지나자 카지모도는 여죄수를 껴안은 채로 돌연 성당 안으로 사라져버렸다. 이런 식의 용감한 행동을 좋아하는 민중은 자기들이 박수를 보내던 영광의 주인공이 그렇게 빨리 사라져버린 것을 아쉬워하며 어둠 속으로 모습을 감춘 사내를 눈으로 찾았다. 순간 카지모도가 프랑스 왕들의 회랑 한끝에 다시 나타났다. 그는 자신의 획득물을 두 팔로 번쩍 안아 올린 채 미친 듯이 이리저리 뛰어다니며 「성역이다!」라고 소리를 질러댔다. 군중의 박수갈채가 이어졌다. 그는 회랑을 한 바퀴 돈 후 다시 교회 안으로 사라지는가 싶더니 이번에는 여전히 여자를 팔에 안은 채 한 칸 더 위쪽에 나타나 아까처럼 뛰어다니며 「성역이다!」라고 외쳐댔다. 군중의 환호성과 갈채는 대단했다. 마지막으로 카지모도는 종이 걸려 있는 종탑 위에 모습을 드러냈다. 거기에서 그는 자기가 구출해낸 아가씨를 자랑스럽게 장안 전체에 내보이는 시늉을 하며

구름까지 들으라는 듯 벽력같은 소리로 세 번을 반복해서 외쳤다.

「성역이다! 성역이다! 성역이다!」

「만세! 만세!」

군중도 질세라 소리를 질러댔다. 천지를 진동하는 군중의 만세 소리는 사형 집행을 구경하기 위해 강 건너 그레브 광장에 모여 있던 군중과, 교수대를 노려보며 집시 아가씨가 사형되는 순간만을 기다리고 있던 골방의 자루 수녀까지도 놀라게 할 만한 것이었다.

9

파리의 노트르담
Notre-Dame de Paris

열병

자기가 에스메랄다에게 씌워놓은 숙명의 올가미를 양아들 카지모도가 가차 없이 끊어버리는 동안 가련한 클로드 프롤로는 노트르담 성당 안에 있지 않았다. 그는 제의실로 돌아오자마자 입고 있던 제의를 벗어 어리둥절해하는 교회지기의 팔에 던져주고는 수도원의 비밀 문을 통해 밖으로 빠져나갔다. 그리고 센 강의 뱃사공에게 센 강 좌안으로 데려다 달라고 부탁했다. 배에서 내린 그는 어디로 가는지도 모르는 채 언덕배기에 나 있는 대학가의 거리를 정처 없이 걸었다. 혹 지금이라도 마녀가 교수형에 처해지는 것을 볼 수 있을까 싶어 생미셸 다리 쪽으로 서둘러 달려가는 무리가 눈에 띄었다. 창백한 안색에 넋이 나간 듯한 그의 모습은 한낮에 아이들에게 쫓기는 밤새처럼 사납지만 눈이 멀어 불안에 떠는 듯 보였다. 그는 자신이 어디에 있는지, 무엇을 생각하는지 몰랐다. 그는 꿈을 꾸고 있었다. 아무 거리나 닥치는 대로 들

어서서 걷고 뛰고 달렸다. 무언가에 쫓기는 사람처럼 자신의 뒤통수를 짓눌러오는 공포의 그레브 광장에서 가능하면 멀리 달아나기 위해 발을 옮길 뿐이었다.

그러다 끔찍한 생각이 그의 머리를 스쳐

갔다. 그는 자신의 영혼을 분명하게 들여다보았고, 그로 인해 몸서리쳤다. 또한 자신을 파멸시켰고 결국 자신이 파멸시키고 만 불행한 아가씨를 다시 생각했다. 그는 다른 길을 가던 두 사람이 숙명의 힘에 이끌려 마침내 한곳에서 만나 부딪치면서 끝내는 부서져 버리고야 말았다는 사실을 뼈아프게 깨달았다. 영원한 맹세란 부질없는 것이며 순결, 과학, 종교, 미덕이라는 것은 허영에 불과한 것이었다. 신 역시도 무용한 존재가 아닌가. 그의 머릿속에서 사악한 생각이 꼬리를 물고 이어졌다. 이런 생각에 몰입하면 할수록 부주교의 마음속 깊은 곳에서 사탄의 웃음이 터져 나오는 듯했다. 페뷔스는 죽지 않았다. 살아남아서 즐겁고 만족스러운 표정으로 예전보다 더 멋진 제복을 입고 새로운 애인과 함께 옛 애인이 교수형 당하는 것을 지켜보고 있었다. 클로드는 자기가 죽기를 바랐던 사람들 중에서 오직 집시 아가씨만이, 자기가 증오하지 않았던 유일한 사람인 집시 아가씨만이 죽음을 피할 수 없었다는 사실을 떠올리며 쓴웃음을 지었다.

해가 뉘엿뉘엿 기울어갈 무렵 그는 다시 한번 자기 자신을 돌아보았다. 그는 자신이 미쳤다고 생각했다. 에스메랄다를 살리겠다는 희망과 의지가 사라진 그 순간부터 그의 마음속에는 계속해서 격렬한 폭풍이 몰아쳤다. 덕분에 그의 영혼 속에 경건한 생각은 하나도 남아 있지 않았다. 이성 또한 완전히 파괴된 채 쓰러져 있었다. 그의 머릿속에는 오직 두 가지 생각뿐이었다. 에스메랄다와 교수대. 나머지는 그저 암흑이었다. 두 가지의 생각이 합쳐지면서 일련의 끔찍한 영상이 떠올랐다.

부주교가 마지막 남은 주의력과 생각하는 힘을 동원해 그 이미지를 붙잡으려 하자 두 가지 영상은 마치 판타지처럼 확대되어 그의 눈앞에 펼쳐졌다. 하나가 매력적이고 아름답고 우아한 이미지라면 다른 하나는 끔찍하고 무시무시한 것이었다. 그렇게 하여 에스메랄다는 하늘의 별이 되었고 교수대는 뼈만 앙상한 거대한 팔이 되었다.

밤이 깊어가고 있었다. 아직까지 부주교의 안에 살아 있던 작은 생명의 불씨가 그에게 돌아가야 할 시간임을 알려주었다. 그는 파리에서 멀리 벗어났다고 믿었지만 방향을 헤아려 보니 대학구의 성벽을 돌기만 하면 파리 성안이었다. 사람들이 왕래하는 거리로 들어섰을 때 가게 진열창의 불빛을 받은 행인들이 마치 영원히 자기 주위를 맴도는 유령처럼 느껴졌다. 귀에서는 괴이한 소리가 들리고 이상한 환상이 머리를 어지럽혔다. 그의 눈에는 집도, 거리도, 수레도, 지나가는 남자와 여자도 보이지 않았다. 모든 것이 가장자리에서 서로 만나 사라지고 마는 정해지지 않은 물체들의 카오스에 불과했다.

부주교는 노트르담 성당을 향해 있는 힘껏 달렸다. 어둠 속에서 성당의 거대한 탑이 집들 위로 솟아 있는 것이 보였다.

숨을 헐떡거리며 성당 앞 광장에 도착했을 때 그는 감히 건물을 쳐다보지 못하고 한 발 뒤로 물러섰다. 낮은 탄식이 새어 나왔다.

「아! 그런 끔찍한 일이 바로 오늘 아침 여기서 일어났다는 게 사실이란 말인가?」

그는 마침내 용기를 내어 성당을 바라보았다. 성당 정면은 어둠에 잠겨 있었다. 뒤쪽 하늘엔 별이 총총했다. 지평선에서 막 떠오른 반달이 성당의 오른쪽 탑 정상에 잠시 머물렀다가 자리를 옮겨 클로버 모양으로 잘린 난간 끝에 앉았다. 그 모습은 흡사 빛을 내는 한 마리의 새와 같았다.

수도원으로 들어가는 문은 잠겨 있었다. 하지만 부주교는 언제나 자신의 독방이 있는 탑의 열쇠를 지니고 있었으므로 교회 안으로 들어가는 데는 아무런 문제가 없었다.

그는 뭔지 알 수 없는 공포에 사로잡힌 채 천천히 종탑 계단을 올라갔다. 어느 순간 얼굴에 서늘한 한기가 느껴졌다. 그는 자신이 가장 높은 회랑의 문 아래 와 있다는 것을 깨달았다. 구름 한가운데 좌초한 반달은 얼음 조각들 사이를 부유하는 천상의 배처럼 보였다.

그때 시계가 자정을 알렸다. 부주교는 정오의 일을 생각했다. 벌써 열두 시간이 흐른 것이다. 그가 중얼거렸다.

「아! 그녀는 지금쯤 싸늘해져 있겠군!」

갑자기 종탑 반대쪽 모퉁이에 여인의 모습을 닮은 흰색 그림자가 나타났다. 그는 몸을 떨었다. 그림자 옆에 작은 염소가 서 있는 것이 보였다. 염소는 열두 번째 울리는 종소리에 「매」 하는 울음소리를 섞고 있었다.

그는 용기를 내어 바라보았다. 그것은 집시 아가씨였다.

그녀는 창백했고 침울해 보였다. 긴 머리칼은 아침과 마찬가지로 어깨 위로 흘러내린 채였다. 그러나 목엔 밧줄이 없었

고, 손의 결박도 풀려 있었다. 그녀는 죽었고, 이젠 자유의 몸이
된 것이다.

처녀는 흰옷을 입고 머리에 흰 베일을 쓰고 있었다.

그녀가 고개를 들어 하늘을 우러러보면서 천천히 그의 앞으
로 다가왔다. 신비로운 염소가 그녀의 뒤를 따랐다. 그는 다리
가 천근만근 무겁게 느껴져 그 자리에서 도망칠 수조차 없었
다. 그녀가 한 걸음씩 다가설 때마다 그는 한 걸음씩 뒷걸음질
쳤다. 그것이 그가 할 수 있는 전부였다. 그렇게 어두운 층계참
의 천장 아래까지 물러서게 된 그는 그녀가 거기까지 오지 않
을까 하는 생각에 온몸이 얼어붙었다. 만일 그녀가 더 다가갔
다면 그는 두려움에 죽고 말았으리라.

그림자는 계단으로 들어서는 문 바로 앞까지 다가왔다가 잠
시 걸음을 멈추고 어둠 속을 유심히 바라보더니 신부를 보지
못한 듯 그냥 지나쳐버렸다. 그녀는 살아 있을 때보다 키가 더
커 보였다. 부주교는 아가씨의 흰 드레스 너머
로 달을 보았고 그녀의 숨소리를 들었다.

그녀가 지나가고 나자 부주교는 좀 전에 환
영을 보았을 때와 마찬가지로 아주 느린 걸음
으로 다시 층계를 내려가기 시작했다. 넋이 빠
지고, 머리털이 온통 곤두선 게 자기 자신 역시 환영이 아닌가
하는 생각이 들었다. 나선형 계단을 다 내려온 그의 귓가에 비
웃는 듯 같은 가사를 반복하는 노랫소리가 들려왔다.

「유령이 내 앞을 스쳐 갔다네. 난 그녀의 숨소리를 들었지.
내 몸의 모든 털이 곤두섰다네…….」

254

꼽추, 애꾸, 절름발이

중세의 모든 도시가 그러했듯이 루이 12세가 통치할 무렵의 프랑스 도시에는 저마다 성역이라 불리는 장소가 있었다. 이 성역은 그 당시 홍수처럼 도시를 휩쓸던 야만적인 형법과 재판권의 남용 속에서 인간에 의한 재판의 굴레를 벗어나 우뚝 솟아난 일종의 섬과도 같은 것이었다. 이곳에 당도한 죄인은 누구라도 구제되었다.

일단 이 성역 안에 발을 들여놓기만 하면 죄인은 신성한 존재가 되었다. 하지만 이곳을 벗어나지 않도록 주의를 기울일 필요는 있었다. 한 발자국이라도 성역을 벗어나면 죄인은 다시 형벌의 파도 속으로 떨어지는 셈이었다. 차형, 교수형, 높이 올렸다가 떨어뜨리는 형벌 등이 마치 선박을 따라다니는 상어처럼 쉼 없이 성역 주위를 배회하면서 자기들의 먹이를 살피고 있었다. 간혹 법원에서 정식 체포령이 내려져 성역의 금기를 깨고 죄인을 사형집행인에게 돌려주는 경우가 있긴 했다. 그러나 그것은 매우 드문 일이었다.

교회에는 보통 탄원하는 사람들을 받아들이기 위해 마련해 둔 허름한 방이 하나쯤 있었다. 노트르담 성당의 경우에는 수도원이 마주 보이는 측랑 꼭대기에 작은 방 하나가 마련되어 있었다. 에스메랄다를 구해낸 후 미친 사람처럼 종탑과 회랑을 뛰어다녔던 카지모도가 그녀를 내려놓은 곳은 바로 이 방이었다. 카지모도의 품에 안겨 있는 동안 아가씨는 정신을 차리지 못했다. 그러다가 머리가 산발이 된 카지모도가 숨을 헐떡거리며 성역의 독방에 그녀를 내려놓고서 두꺼운 손으로 팔에 묶여 있던 포승줄을 부드럽게 풀어주자, 아가씨는 비로소 어두운 밤바다를 항해하는 선박의 탑승객들을 소스라치게 깨우는 갑작스러운 충격 같은 것을 느꼈다. 동시에 그녀의 생각도 잠에서 깨어나 하나씩 되살아났다. 그녀는 자신이 노트르담 성당 안에 있다는 사실을 깨달았다. 사형집행인의 손에서 벗어났다는 것, 페뷔스가 살아 있다는 것, 페뷔스가 이제는 자신을 사랑하지 않는다는 것도 기억해냈다. 그녀의 마음을 아프게 하는 두 가지 생각이 한꺼번에 떠오르자 그녀는 자기 앞에 버티고 서 있는 카지모도를 바라보면서 두려움에 떨리는 목소리로 물었다.

「당신은 왜 나를 살려주었나요?」

카지모도는 질문의 의미를 추측하려는 듯 걱정스러운 눈길로 그녀를 바라보았다. 아가씨는 다시 한번 같은 질문을 던졌다. 종지기는 매우 슬픈 눈으로 그녀를 흘끗 바라보고는 이내 사라져버렸다.

아가씨는 어처구니가 없었다.

잠시 후 카지모도가 꾸러미를 들고 나타났다. 아가씨의 발치에 내려놓은 꾸러미는 인정 많은 부인들이 그녀를 위해 성당 문턱에 던져놓고 간 옷이었다. 그제야 그녀는 거의 발가벗은 자기의 차림새를 깨닫고 얼굴이 붉어졌다. 수치심을 느끼는 걸 보니 다시 살아난 것이 틀림없었다.

아가씨가 부끄러워하는 기색을 보고 카지모도는 무언가 눈치를 챈 모양이었다. 그는 큼직한 손으로 눈을 가리고 다시 자리를 떠났다. 하지만 이번에는 느릿느릿 걸었다.

그녀는 서둘러 옷을 입었다. 흰 베일이 달린 흰색 드레스였다. 파리 시립 병원에서 일하는 견습 수녀가 입는 옷이었다.

그녀가 옷을 갈아입기가 바쁘게 카지모도가 다시 나타났다. 한 손에는 바구니를, 다른 한 손에는 매트를 들고 있었다. 물병과 빵, 약간의 식료품이 들어 있는 바구니였다. 그는 바구니를 바닥에 내려놓고 말했다.

「드세요.」

그러고는 매트를 바닥에 펼쳤다.

「여기서 주무세요!」

종지기가 가져온 것은 그 자신이 먹을 끼니였고, 그가 깔고 자는 이부자리였다.

집시 아가씨는 고맙다는 말을 전하기 위해 고개를 들었지만 한마디도 할 수가 없었다. 악마와 같은 상대의 얼굴은 정말이지 끔찍스러웠다. 그녀는 공포에 떨며 고개를 푹 숙였다.

「제가 무섭죠? 정말 추하게 생겼죠? 그러니 저를 보지 마시고 듣기만 하세요. 낮엔 여기에 계세요. 밤이 되면 성당 내를 돌아다녀도 상관없어요. 그렇지만 밤이든 낮이든 절대 성당 밖으로 나가서는 안 돼요. 그랬다간 끝장이니까요. 당신은 사형을 당할 거고 그럼 나도 죽을 거예요.」

에스메랄다는 감동을 받은 나머지 대답을 하려고 고개를 들었지만 종지기는 이미 사라지고 없었다. 그녀는 다시 혼자 남았다. 혼자라는 고독감이 그 어느 때보다 뼈저리게 느껴지는 순간이었다. 그때 고운 털로 덮인 머리 하나가 그녀의 다리 사이로 미끄러져 들어왔다. 손에 부드러운 감촉이 느껴졌다. 그녀는 몸서리를 쳤다. 그녀에겐 모든 것이 두려움의 대상이었다. 눈을 들어 무릎 위로 보이는 물체를 바라보니 그것은 가엾은 염소였다. 이 날쌘 잘리는 카지모도가 샤르몰뤼의 수하들을 물리치는 동안 몰래 도망을 쳤던 것이다. 에스메랄다는 염소에게 마구 입맞춤을 퍼부었다.

「오! 잘리! 내가 널 완전히 잊고 있었구나! 넌 언제나 나를 생각해주는데! 넌 나같이 배은망덕한 애가 아니지!」

동시에 지금껏 참아왔던 눈물이 터져 나왔다. 가장 슬프고 쓰라린 고통이 흐르는 눈물과 함께 사라지는 것 같았다.

 3 귀머거리

다음 날 아침 눈을 떴을 때 아가씨는 자신이 간밤에 잠을 푹 잤다는 사실을 깨달았다. 그녀는 별것도 아닌 이 사실에 놀랐다. 벌써 오래전부터 불면에 시달려왔던 것이다. 막 떠오른 아침 태양의 한 줄기 빛이 창을 통해 들어와 그녀의 얼굴에 닿았다. 햇빛과 동시에 아가씨는 창에 비치는 무서운 물체를 보았다. 카지모도의 추한 얼굴이었다. 그녀는 엉겁결에 눈을 감아버렸지만 허사였다. 분홍빛 눈꺼풀 너머로 애꾸눈에 앞니가 빠진 난쟁이 요정 같은 얼굴이 계속해서 아

른거렸다. 여전히 눈을 감고 있는 그녀의 귓가에 거칠지만 부드러운 음성이 들렸다.

「두려워하지 마세요. 전 아가씨의 친구랍니다. 전 아가씨가 주무시는 것을 보러 왔어요. 아가씨가 주무시는 걸 보러 오는 게 그리 나쁜 일은 아니지요? 아가씨가 눈을 감고 있을 때 옆에 있어도 괜찮겠지요? 이제 그만 갈게요. 벽 뒤에 숨었으니까 눈을 뜨셔도 좋아요.」

카지모도의 말보다 더 애처로운 것은 그 말을 하는 슬픈 억양이었다. 감동한 집시 아가씨는 눈을 떴다. 과연 그는 보이지 않았다. 그녀가 창가로 가보니 가엾은 꼽추는 고통스러워하며 체념한 듯 벽 모퉁이에 웅크리고 앉아 있었다. 그녀는 추한 얼굴이 주는 혐오감을 참으려 애쓰며 부드럽게 말했다.

「이리 와요.」

처녀의 입술이 달싹이는 것을 보고 카지모도는 자신을 쫓아내는 것이 틀림없다고 생각했다. 그는 절망에 가득 찬 눈길을 아가씨 쪽으로 돌려볼 용기도 없이 가만히 일어나 고개를 숙이고는 다리를 절룩거리며 천천히 걸어갔다.

「이리 오라니까요!」

그녀가 소리를 질렀지만 그는 점점 더 멀어질 뿐이었다. 그녀는 방에서 뛰어나가 그의 팔을 잡아당겼다. 아가씨의 손이 몸에 닿는 것을 느낀 카지모도는 온몸을 떨었다. 고개를 들어 보니 아가씨가 자기를 그녀 곁으로 끌어당기는 것이 보였다. 카지모도의 얼굴은 기쁨과 애정으로 빛났다. 그녀는 그를 방 안으로 들어오게 했으나 그는 끝까지 문턱에 서 있었다.

「안 돼요! 안 돼요! 부엉이는 종달새의 보금자리에 들어가지 않는 법이에요.」

부득이 아가씨는 자기 발밑에서 잠든 염소와 함께 우아한 자태로 매트 위에 앉았다. 두 사람은 한동안 말이 없었다. 한 사람은 상대의 아름다운 자태를, 다른 한 사람은 상대의 추한 모습을 관조했던 것이다. 침묵을 깨고 먼저 말을 꺼낸 것은 카지모도였다.

「아까 저한테 오라고 하신 거예요?」

아가씨가 그렇다고 고개를 끄덕였다.

그는 고개를 끄덕인 뜻을 이해하고 주저하면서 입을 열었다.

「그게 그러니까…… 전 귀머거리거든요.」

「가엾은 사람!」

그녀가 연민을 담은 표정으로 탄식했다.

그는 고통스러운 미소를 지었다.

「제가 이렇게까지 병신일 줄은 몰랐죠? 그래요, 전 귀머거리랍니다. 전 이렇게 생겨먹었어요. 참 끔찍한 일이죠? 아가씨는 이렇게 아름다운데! 저로 말하자면 사람도 아니고 동물도 아닌 이상한 놈이지요. 뭔지는 몰라도 돌멩이보다 더 단단하고 더 자주 사람들 발길에 채이는 그런 존재지요.」

그렇게 말하고 나서 그는 웃기 시작했다. 그 웃음은 더할 나위 없이 비통한 것이었다.

「그래요, 전 귀머거리예요. 하지만 아가씨는 몸짓이나 신호로 저한테 얘기하시면 돼요. 제게는 주인이 한 분 계시는데 그분과도 이런 방법으로 이야기를 나누거든요. 게다가 전 아가씨의 입술이 움직이는 모습이나 눈길만 봐도 아가씨가 무슨 말을 하시려는 건지 다 알 수 있어요.」

그는 주머니에서 조그만 금속 호루라기를 꺼냈다.

「자, 이걸 받으세요. 제가 필요할 때, 제가 나타나기를 바랄 때, 절 보는 것이 그리 두렵지 않을 때 이걸 부세요. 그 소린 저에게도 들리니까요.」

그는 호루라기를 내려놓고 도망치듯 자리를 떴다.

 ## 질그릇 꽃병과 수정 꽃병

그로부터 여러 날이 지나갔다.

에스메랄다의 마음도 차츰 안정을 되찾아갔다. 극도의 고통이란 극도의 기쁨과 마찬가지로 지속될 수 없는 격정이며, 인간의 마음이란 극단적인 상황에 오래 머무를 수 없는 법이다. 에스메랄다가 지금까지 겪은 고통은 너무도 큰 것이었다.

안전한 곳에 피신을 하고 나니 희망 또한 다시 샘솟았다. 그녀는 사회나 삶으로부터 격리되어 살고 있었지만 막연하게나마 그리로 다시 돌아가는 것이 불가능한 것은 아니라고 믿고 있었다. 그녀는 마치 죽었으되 자기 무덤의 열쇠를 따로 가지고 있는 자와 같았다.

오랫동안 뇌리에서 떠나지 않던 끔찍한 이미지들 또한 조금씩 그녀에게서 멀어져 가는 듯했다. 피에라 토르트뤼며 자크 샤르몰뤼 같은 추악한 환영도 모두 그녀의 영혼 속에서 사라졌다. 심지어 그 신부의 환영까지도.

또한 페뷔스가 살아 있었다. 그가 살아 있다는 것은 의심할 여지가 없었다. 두 눈으로 확인하지 않았던가. 페뷔스가 살아 있다니 그것으로 충분했다. 계속되는 숙명의 타격이 그녀 안에 있는 모든 것을 무자비하게 쓰러뜨릴 때도 오직 하나의 감정, 페뷔스에 대한 사랑만은 남아 있었다. 사랑이란 저절로 자라나 우리의 온 존재 안에 뿌리를 깊게 내리는 나무 같은 것이어서 많은 경우 폐허가 된 가슴속에서조차 푸르게 잎을 피운다. 게다가 설명할 수는 없지만 사랑의 감정은 맹목적일수록 더욱 오래가는 법이다. 어쩌면 사랑이란 그 자체로 존재 이유를 갖지 못했을 때 더욱 견고해지는 것인지도 모른다.

매일 아침 새로운 태양이 떠오르면서 에스메랄다는 점차로 안정을 찾아갔고, 좀 더 편히 숨을 쉬었으며, 얼굴에서도 창백함이 가시었다. 마음의 상처가 아물어감에 따라 그녀의 얼굴에도 다시 아름다움과 우아함이 피어올랐다. 그것은 이전에 비해 한결 고요하고 차분해진 아름다움이었다. 예전의 성격도 되돌아오고 있었다. 쾌활했던 모습도, 입술을 비쭉이는 모습도, 염소에 대한 사랑도, 노래를 부르는 취미나 수치심까지도 모두 되살아났다. 이젠 누가 창문으로 볼까 봐 아침마다 방구석에 숨어서 몰래 옷을 갈아입었다.

집시 아가씨는 페뷔스를 생각하다가 약간의 여유가 생길 때 이따금씩 카지모도를 생각했다. 이 사나이는 그녀를 살아 있는 사람과 묶어주는 유일한 끈이었다. 가엾은 에스메랄다! 그녀는 카지모도보다 더 세상과 유리되어 있었다. 그녀는 우연히 얻게 된 이 벗을 제대로 이해하지 못했다. 종종 그녀는 감사한 것도 모르고 카지모도 앞에서 눈을 감아버리는 자기 자신을 책망하기도 했지만 좀처럼 이 종지기에게 익숙해질 수가 없었다. 솔직히 종지기의 얼굴은 너무나 추악했던 것이다.

꼽추가 두고 간 호루라기는 방바닥에 그대로 방치되어 있었다. 처음 며칠 동안은 호루라기를 불지 않았는데도 카지모도가 그녀 앞에 나타나는 일이 있었다. 그가 먹을 것이나 물병을 가지고 올 때마다 그녀는 얼굴을 돌리지 않으려고 무던히 애를 써야만 했다. 영리한 카지모도는 몸짓만으로 그녀의 속내를 알아채고는 슬픈 얼굴로 되돌아가곤 했다.

어느 날 아침이었다. 에스메랄다는 지붕 끝까지 걸어가 뾰족한 지붕 너머로 광장을 내려다보고 있었다. 카지모도는 그녀의 뒤에 서 있었다. 가능한 한 아가씨가 그의 얼굴을 보고 불쾌해하지 않도록 배려하기 위해서 그렇게 자리를 잡은 것이었다. 갑자기 집시 아가씨가 온몸을 부르르 떨더니 눈물이 가득 고인 눈으로 반색을 하면서 광장을 향해 안타까운 몸짓을 하며 소리를 질렀다.

「페뷔스! 여기요! 이리 오세요! 한마디만, 꼭 한마디만! 제발 부탁이에요! 페뷔스! 페뷔스 대장님!」

그녀의 목소리는 물론 얼굴과 몸짓에까지 비통한 심정이 담겨 있었다. 그것은 뜨거운 태양이 내리쬐는 아득한 수평선을 달려가는 범선을 향해 절망적인 신호를 보내는 조난자의 표정, 바로 그것이었다.

카지모도가 광장을 내려다보니 애정에 사무치는 호소의 대상, 젊은 장교가 보였다. 멋지게 무장을 하고 화사하게 의관을 갖춘 잘생긴 청년은 말을 타고 광장 한구석으로 다가서더니 어느 발코니에서 웃고 있는 아가씨에게 군모의 깃털 장식으로 멋들어지게 인사를 했다. 그는 자기를 향한 가엾은 에스메랄다의 부르짖음을 듣지 못했다. 그 소리를 듣기에는 그가 너무 멀리 있었다.

하지만 가엾은 귀머거리는 절규의 외침 소리를 듣고 말았다. 긴 한숨에 그의 가슴이 들썩였다. 그는 고개를 돌렸다. 그의 심장은 애써 참고 있는 눈물로 부풀어 올랐다. 두 주먹이 경련을 일으키듯 떨리며 머리 위에서 부딪쳤다. 올렸던 주먹을 내려 펴보니 한 움큼의 머리카락이 뽑혀 있었다.

에스메랄다는 그에게 아무런 주의도 기울이지 않았다. 종지기는 이를 갈며 나지막이 중얼거렸다.

「저주받을 자식! 꼭 저렇게 생겨야만 하나! 허우대만 멀쩡해가지고!」

그날 이후로 에스메랄다는 카지모도를 다시 볼 수 없었다. 그는 그녀의 방에 오지 않았다. 이따금씩 종탑 꼭대기에 앉아 슬픈 표정으로 그녀를 바라보는 종지기의 얼굴이 언뜻 보이기는 했다. 하지만 그녀가 그를 알아보면 이내 사라져버리곤 했다.

종지기의 모습을 볼 수는 없었지만 자기 주변을 맴도는 착한 정령의 존재를 에스메랄다는 여전히 느낄 수 있었다. 그녀가 잠든 사이 보이지 않는 손이 새 음식을 가져다주곤 했다. 어느 날 아침 그녀는 창가에 놓인 새장을 발견했다.

때때로 저녁이면 종루의 차양 밑에서 에스메랄다를 위한 자장가 같은 애달픈 노랫소리가 들려오기도 했다.

얼굴을 보지 마시고 마음을 보세요, 아가씨.
잘생긴 젊은이의 마음은 때론 흉하거든요.
사랑이 오래가지 않는 마음도 있으니까요.

전나무는 아름답지 않아요, 아가씨.
포플러만큼 아름답지 않지요.
하지만 겨울에도 그 잎을 푸르게 간직하고 있어요.

아! 이런 얘길 하는 것이 무슨 소용일까?
아름답지 않은 것은 존재하지 말아야 하는 법.
아름다운 것은 아름다운 것만을 사랑하고
4월은 1월에 등을 돌려버리는 것을.

어느 날 아침 에스메랄다가 잠에서 깨어나 보니 창가에 꽃이 가득 꽂힌 두 개의 꽃병이 놓여 있다. 하나는 매우 아름답고 윤기가 나는 수정 꽃병이었지만 금이 가 있었다. 가득 채워놓았던 물은 모두 새버렸고 꽃은 벌써 시들어 있었다. 또 하나는 흔히 볼 수 있는 허름한 질그릇 항아리였다. 하지만 물이 가득 담겨 있었고 붉은 꽃이 여전히 신선하게 피어 있었다.

일부러 그랬을까, 에스메랄다는 시든 꽃을 꺼내 하루 종일 가슴에 품었다.

그날 종탑에서는 종지기의 노랫소리가 들리지 않았다.

그녀는 그런 일에는 그다지 신경을 쓰지 않았다. 날마다 잘리를 쓰다듬고, 공들로리에 저택 문을 엿보고, 나지막이 페뷔스의 이름을 불러보고, 날아드는 제비에게 빵 조각을 나눠주면서 시간을 보냈다.

이제 그녀는 카지모도를 보거나 그의 목소리를 듣는 일이 없었다. 불쌍한 종지기는 교회에서 완전히 사라져버린 듯했다. 그러던 어느 날 밤 그녀가 잠을 이루지 못하고 사모하는 중대장을 생각하고 있을 때, 그녀는 자기 방 옆에서 살아 있는 생명의 숨소리를 들었다. 깜짝 놀란 그녀는 벌떡 일어나 문을 열어젖혔다. 달빛에 문 앞에 괴물 같은 덩치가 가로놓여 있는 것이 보였다. 그것은 방문 앞 돌 위에서 자고 있는 카지모도였다.

5 붉은 문의 열쇠

그동안 클로드 부주교는 어떤 기적 같은 방법으로 에스메랄다가 사형집행인의 손에서 구출되었는지를 알게 되었다. 그 사실을 알았을 때 느낀 감정의 정체는 그 자신도 알지 못했다. 그는 에스메랄다의 죽음에 만족하고 있었다. 그렇게 함으로써 다소나마 마음의 평온을 찾을 수 있었던 것이다. 그는 이미 가능한 고통의 맨 밑바닥을 경험하고 난 뒤였다. 인간의 마음이란 한정된 수의 절망밖에는 받아들일 수가 없다. 바닷물을 잔뜩 빨아들인 해면은 설령 물이 그 위로 흐른다 해도 그 이상은 한 방울도 흡수하지 못하는 법이다.

에스메랄다가 죽었을 때 클로드는 물을 잔뜩 빨아들인 해면처럼 이 세상 모든 것에 종말을 고한 셈이었다. 그런데 죽은 줄로만 알았던 에스메랄다가 버젓이 살아 있고 페뷔스 역시 살아 있지 않은가. 그것은 번민과 동요, 딜레마로 가득한 고문이 다시 시작되는 것을 의미했다. 클로드는 이 모든 것에 지쳐 있었다.

그는 이 놀라운 소식을 듣고 수도원의 독방에 틀어박혔다. 교회 참사회 모임에도, 성무일도 때도 모습을 드러내지 않았다. 문을 걸어 잠근 채 어느 누구에게도, 심지어 주교에게도 문을 열어주지 않았다. 몇 주일간을 그렇게 갇혀서 지냈다. 사람들은 그가 심하게 앓고 있는 거라 생각했다. 그건 사실이었다.

그는 그렇게 방에 틀어박혀서 대체 무엇을 했을까? 이 불행한 사나이는 무슨 생각을 하면서 자신과 싸운 것일까? 물리칠 수 없는 격렬한 감정과 최후의 혈투를 벌인 것일까? 아니면 그녀에게는 죽음을 주고 자신에게는 영겁의 형벌을 주기 위한 방법을 마지막으로 궁리했던 것일까?

한번은 그가 애지중지하던 버릇없는 동생 장이 그를 보러 왔다. 문턱까지 와서 문을 두드리고, 욕설을 하고, 애원을 했지만 문은 끝내 열리지 않았다.

부주교의 밤은 고통스러웠다. 에스메랄다가 살아 있다는 것을 알게 된 이후로 그를 괴롭히던 주검과 무덤에 대한 망상은 사라졌지만, 대신 억제하기 어려운 육욕이 그를 사로잡았다. 그는 아주 가까운 곳에 누워 있을 갈색 피부의 처녀를 느끼며 침대 위에서 몸을 비틀었다. 욕정으로 가득 찬 환상은 주먹을 불끈 쥐게 했고, 등골을 따라 전율이 흐르게 만들었다.

그러던 어느 날 밤이었다. 육욕의 환상으로 동정이며 사제인 그의 피가 격렬하게 끓어올랐다. 그는 베개를 물어뜯었다. 그러고는 벌떡 일어나 침대 밖으로 뛰어내렸다. 그는 셔츠 위에 겉옷을 걸치고 램프 불을 들고 서둘러 독방을 빠져나왔다. 정신이 나간 듯한 얼굴에 두 눈은 이글이글 타고 있었다.

그는 수도원과 성당을 연결해주는 붉은 문의 열쇠가 어디 있는지 알고 있었다. 뿐만 아니라 그에겐 종탑으로 오르는 층계의 열쇠가 있었다.

그날 밤 에스메랄다는 모든 것을 잊고 희망에 차서 감미로운 공상을 하며 잠자리에 들어 있었다. 잠든 지 얼마 안 된 그녀는 늘 그렇듯 페뷔스의 꿈을 꾸고 있었다. 그때 주위에서 무슨 소리가 들렸다. 그녀의 수면은 깊지 못했고 잠자리는 언제나 새처럼 불안했기 때문에 그녀는 아주 작은 소리에도 잠을 깨곤 했다. 그녀는 눈을 떴다. 사방이 어두웠다. 창문 너머로 그녀를 내려다보는 얼굴이 보였다. 램프 불빛이 이 환영을 비추었다. 에스메랄다가 자신을 보고 있음을 눈치 챈 그림자는 재빨리 램프 불을 불어서 껐다. 하지만 그녀가 이미 그의 얼굴을 알아보고 난 뒤였다.

「아! 또 그 신부야!」

겁에 질린 아가씨가 눈을 감으며 모기처럼 기어드는 목소리로 말했다.

지난날의 모든 불행이 주마등처럼 그녀의 머리를 스쳐 갔다. 온몸이 공포로 얼어붙었다. 그녀는 그대로 침대 위에 쓰러졌다.

잠시 후 그녀는 자신의 몸에 무엇이 닿는 느낌에 소스라쳐 벌떡 일어났다.

신부가 그녀 곁으로 슬그머니 미끄러져 들어오는 참이었다. 그는 두 팔로 그녀를 안았다.

그녀는 소리를 지르고 싶었지만 입이 떨어지지 않았다.

「저리 비켜, 이 악마야! 저리 꺼져, 이 살인자야!」

노여움과 공포에 떠는 절규였지만 떨리는 목소리는 크지 않았다.

「용서해다오! 용서해다오!」

신부가 그녀의 어깨를 입술로 누르며 속삭였다.

그녀는 머리카락이 몇 올 남지 않은 신부의 대머리를 두 손으로 움켜쥐고 죽을힘을 다해 입맞춤을 피하려고 애썼다.

「제발 용서해다오! 너에 대한 나의 사랑이 어떤 건지 제발 알아다오! 이건 불이고, 녹아내린 납덩이처럼 뜨거운 것이다. 내 심장을 찌르는 수천 자루의 칼날처럼 격렬한 것이야!」

에스메랄다는 성난 어린애처럼 부주교를 후려쳤다. 신부의 얼굴을 더 세게 때리기 위해 아름다운 두 손에 잔뜩 힘을 주었다.

「꺼져버려, 이 악마야!」

「날 사랑해다오! 날 사랑해줘! 제발!」

가련한 신부가 애원하며 그녀를 감싸 안았다. 자신을 내리치는 손찌검에 애무의 손길로 대답하는 것이었다.

돌연 그녀는 상대가 자기보다 힘이 세다는 사실을 깨달았다.

「이젠 끝장을 내야겠다!」

그가 이를 갈며 말했다. 기진맥진한 아가씨는 그의 품 안에 갇혔다. 음탕한 손길이 그녀의 몸을 더듬었다. 그녀는 안간힘을 쓰며 소리를 질렀다.

「사람 살려요! 누구 좀 와줘요! 흡혈귀야!」

그러나 오는 사람은 없었다. 오직 잘리만이 걱정스레 울고 있을 뿐이었다.

「닥치지 못할까!」

부주교가 헐떡거리며 말했다.

몸부림을 치면서 마룻바닥 위를 구르고 있을 때 무엇인가 차가운 것이 그녀의 손에 닿았다. 카지모도가 준 호루라기였다. 그녀에게 희망이 되살아났다. 그녀는 그것을 붙잡아 입술에 대고 남아 있는 힘을 다해 불었다. 호루라기는 맑고 날카로운 소리를 냈다.

「그게 뭐지?」

신부가 물었다. 그와 동시에 부주교의 몸이 억센 팔에 붙잡혀 들어 올려졌다. 방 안이 어두웠기 때문에 누가 자기를 휘감는지 그는 분간할 수가 없었다. 분노로 이를 가는 소리가 들렸다. 어둠 속에서도 부주교는 날의 폭이 넓은 단도가 자기 머리 위에서 번득이는 것을 분명히 보았다.

겁에 질린 신부는 누군가 납덩이처럼 무거운 무릎으로 자기 가슴을 짓누르는 것을 느꼈다. 네모난 무릎의 느낌으로 미루어 카지모도가 틀림없었다. 하지만 어쩌겠는가? 어떻게 카지모도에게 그가 공격하고 있는 사람이 자기라는 사실을 알릴 수 있겠는가? 밤의 어둠은 이 귀머거리를 장님으로 만들어놓았다.

부주교는 이제 어쩔 도리가 없었다. 성난 호랑이처럼 냉혹한 처녀는 그를 도울 생각 따위는 하지도 않았다. 단도가 머리 위로 다가왔다. 아찔한 순간이었다. 그때 상대가 잠시 머뭇거렸다.

「아가씨에게 피를 뿌릴 순 없지.」

그가 들리지도 않는 소리로 말했다.

어김없는 카지모도의 목소리였다.

신부는 곧 커다란 손아귀에 발목을 잡힌 채 밖으로 끌려 나갔다. 밖으로 나가면 칼에 찔려 죽을 것이 뻔했다. 다행히도 얼마 전부터 하늘에 달이 떠올라 있었다. 그들이 문턱을 넘어서자 달빛이 신부의 얼굴을 비추었다. 부주교의 얼굴을 직면한 카지모도는 덜덜 떨면서 부여잡았던 손아귀를 풀고 뒤로 한 발짝 물러섰다.

문턱까지 따라 나온 아가씨는 갑자기 두 사람의 입장이 완전히 뒤바뀐 것을 보고 그저 놀랄 뿐이었다. 이제 윽박지르고 있는 것은 신부였고, 애원하는 것은 카지모도였다. 부주교는 노여움과 질책의 몸짓으로 귀머거리를 책망하면서 물러가라고 마구 야단을 쳤다.

귀머거리는 머리를 숙이고 에스메랄다의 방문 앞까지 걸어가더니 무릎을 꿇었다.

「나리, 뭐든지 마음대로 하세요. 그러나 먼저 저를 죽여주세요.」

그가 체념한 듯 장엄한 목소리로 말했다.

그는 신부에게 단도를 내밀었다. 제정신이 아닌 신부는 그것을 잡으려 달려들었으나 아가씨의 동작이 그보다 더 빨랐다. 카지모도의 손에서 단도를 빼앗아 든 그녀는 미친 듯 웃기 시작했다.

「어디, 덤벼봐라!」

그녀가 신부에게 칼을 겨누었다. 신부는 어찌할 바를 몰랐다. 정말로 찌를지도 모르는 일이었다.

「이젠 다가오지 못하겠지, 비겁한 놈!」

아가씨가 호통을 쳤다. 그러고는 매정한 표정으로 덧붙였다.

「난 페뷔스 대장님이 죽지 않았다는 것을 알고 있어!」

그녀는 그 말이 벌겋게 단 쇠 젓가락이 되어 신부의 가슴을 후비리란 사실을 알고 있었다.

갑자기 신부는 카지모도를 발로 차버리고는 분노에 몸을 떨면서 층계 지붕 밑으로 사라졌다.

이 갑작스러운 상황에 충격을 받은 아가씨는 기진맥진해서 이부자리 위로 쓰러져 흐느끼기 시작했다. 그녀의 미래는 다시 어두워졌다.

신부는 어둠 속을 더듬어 자신의 방으로 돌아왔다. 모든 것은 끝장난 것이다. 클로드 부주교는 카지모도에게 질투를 느꼈다!

그는 생각에 잠긴 표정으로 숙명적인 다짐을 되풀이했다.

「아무도 그녀를 갖지 못하리라!」

10

파리의 노트르담
Notre-Dame de Paris

1 좋은 생각을 떠올린 그랭구아르

피에르 그랭구아르는 사건이 어떻게 돌아가든 그 사건에 끼어들 생각이 없었다. 결국에는 이야기의 주인공들이 교수형이나 그 밖의 불행한 일을 당하게 되리란 걸 알고 있었기 때문이다. 하지만 그가 함께 지내고 있는 거지 패는 여전히 에스메랄다의 행방에 관심을 갖고 있었다. 그랭구아르는 거지 패를 통해서 항아리를 깨뜨리고 혼인한 에스메랄다가 지금 노트르담 성당에 피신해 있다는 사실을 알게 되었다. 기쁜 소식이었다. 그러나 그곳에 가서 그녀를 보고 싶은 마음은 없었다. 이따금씩 작은 염소 잘리 생각을 하는 것이 전부였다. 낮엔 먹고살기 위해 곡예를 하고 밤엔 파리의 주교를 공격하는 논문을 썼다.

어느 날이었다. 그가 생제르맹 록세루아 근처에 있는 한 저택 모퉁이에서 잠시 걸음을 멈추었을 때, 갑자기 누군가 두 손으로 자신의 어깨를 잡는 것이 느껴졌다. 뒤를 돌아보니 그의 옛 스승이자 친구인 클로드 부주교였다.

그는 깜짝 놀라 그대로 서 있었다. 부주교를 본 지도 오랜만이었다. 그 사이 클로드 부주교는 많이 변해 있었다. 안색은 창백하고, 눈은 움푹하게 들어갔으며, 머리는 백발이 다 되어 있었다. 신부가 먼저 침착하고 냉정한 어조로 말문을 열었다.

「어떻게 지내는가, 피에르 군?」

「건강 말씀인가요? 그야 이렇게도 말할 수 있고 저렇게도 말할 수 있죠. 어쨌든 전체적으로는 좋은 편입니다. 저는 아무것도 탐하는 게 없거든요.」

잠시 침묵이 흐른 후 사제가 되물었다.

「자넨 그래도 꽤 가난하지 않은가?」

「가난하긴 하지만 불행하진 않습니다.」

그때 말발굽 소리가 들려왔다. 거리 저쪽에서 왕실 친위 헌병대가 창을 높이 쳐들고 장교를 선두로 줄지어 지나가고 있었다. 기마 행렬은 화려했고, 말발굽 소리는 요란하게 주위에 울려 퍼졌다.

「선생님은 저 장교를 유심히 쳐다보시네요.」

그랭구아르가 부주교에게 말했다.

「안면이 있는 사람이거든.」

「이름이 뭡니까?」

「페뷔스 드 샤토페르라고 하네.」

「페뷔스! 이상한 이름이군요. 제가 아는 한 여자는 맹세를 할 때마다 페뷔스라는 말을 하곤 했어요.」

부주교가 깊은 사색에 잠긴 듯 말했다.

「그런데 자네는 아까 그 기마병들이 입은 군복이 자네 옷이나 내 옷보다 더 훌륭하다고 생각하지 않는가?」

그랭구아르가 고개를 흔들었다.

「천만에요! 맹세하지만 저는 강철 비늘같이 생겨먹은 그 작자들 옷보다 노랗고 붉은 제 옷이 훨씬 좋습니다.」

「그런데 피에르 그랭구아르, 자넨 그 춤추는 아가씨를 어떻게 했나?」

「에스메랄다 말씀인가요? 선생님도 참 느닷없이 대화 내용을 바꾸시네요.」

「그 여자는 자네 부인이 아닌가?」

「그래요. 항아리를 깨뜨리고 결혼했지요. 4년 동안 부부로 지내기로 했습니다. 그런데 선생님은 늘 그 생각을 하세요?」

그랭구아르가 반쯤 놀리는 듯한 태도로 부주교에게 물었다.

「아니, 그럼 자네는 그 여자 생각을 안 한단 말인가?」

「별로요. 할 일이 너무 많아서 말이죠…… 그 염소는 참 귀여웠는데!」

「그 집시 아가씨가 자네 목숨을 살려주지 않나?」

「그건 그렇지요.」

「그런데 그 여잔 어떻게 됐나? 자넨 그 여잘 어떻게 했느냔 말이야?」

「뭐라 말씀드릴 수가 없습니다. 사람들이 그 여자를 교수형에 처했을 겁니다.」

「자넨 그걸 믿나?」

「확실하지는 않습니다. 사람들이 교수형에 처하려는 것을 보자마자 저는 자리를 떴으니까요.」

「자네가 알고 있는 건 그뿐인가?」

「잠깐 기다려보세요. 사람들이 말하길 그 여자가 노트르담 성당으로 피신했다고 하더군요. 거기서 안전하게 살고 있다고요. 그 말에 저는 기뻤습니다. 다만 염소도 그녀와 함께 구출되었는지는 알아내지 못했어요. 그게 제가 알고 있는 사실의 전부입니다.」·

「그렇다면 내가 그 이상의 것을 가르쳐주겠네. 사실 그 여자는 노트르담 성당에 은신하고 있네. 하지만 3일 후에 재판소는 그 여자를 다시 체포해서 그레브 광장에서 교수형에 처할 것이야. 법원의 결정이 내려졌지.」

그때까지 거의 들리지 않을 정도로 낮고 느릿느릿하던 신부의 목소리가 갑자기 쩌렁쩌렁 울렸다.

「유감이군요.」

그랭구아르가 대답했다.

순식간에 신부의 표정이 다시 차갑고 냉정하게 변했다.

「아니, 그런데 대체 어느 할 일 없는 놈이 그런 명령을 내리도록 요청했답니까? 재판소 사람들을 가만히 내버려 두면 안 된답니까? 가엾은 처녀가 노트르담 처마 밑에서 제비들의 둥지를 벗 삼아 사는 게 무슨 문제가 된다고요?」

「이 세상엔 악의 무리가 많네.」

「이번엔 일이 정말 잘못되었군요.」

잠시 침묵하던 부주교가 말을 이었다.

「그러니까 그 여자가 자네 목숨을 구했다 이 말이지.」

「제 친구들인 도적 떼 소굴에서 말이죠. 조금만 늦었어도 전 교수형을 당했을 겁니다. 만일 그랬다면 그 사람들 오늘에 와서 많이 후회했을 테지요.」

「그래, 자네는 그녀를 위해 아무 일도 안 할 셈인가?」

「뭔가를 할 수 있다면 더 바랄 나위가 없지요. 하지만 그러다가 고약한 사건에 휘말리면 어쩝니까?」

「그게 무슨 상관인가?」

「무슨 상관이냐고요? 이제 겨우 시작한 작품이 두 개나 있어요.」

부주교가 이마를 탁 쳤다. 침착함을 가장하고 있었지만 이따금씩 튀어나오는 격렬한 동작이 내면의 동요를 드러냈다.

「어떻게 하면 그 여자를 구할 수 있을까?」

「선생님, 감히 말씀드린다면 오직 신만이 우리의 희망입니다.」

「어떻게 하면 그 여자를 구할 수 있을까?」

클로드가 꿈꾸듯 되풀이했다.

이번에는 그랭구아르가 자신의 이마를 쳤다. 그러면서 무언가를 생각하는 표시로 검지를 코에 대고 혼잣말을 하듯 이야기를 꺼냈다.

「선생님, 제 말씀을 잘 들어보세요. 저에게 생각이 있습니다. 제가 방도를 찾아드리지요. 그래요, 바로 그겁니다. 거지 패거리는 용맹스러운 자들입니다. 이집트 집시족은 그녀를 사랑하지요. 한마디만 하면 모두들 일어설 겁니다. 그보다 더 쉬운 일은 없어요. 노트르담을 습격하게 해서 그 혼란을 틈타 여자를 도망치게 하는 겁니다. 당장 내일 저녁이라도. 그렇게만 되면 더 바랄 게 없지 않겠습니까?」

「구체적인 방법은? 어서 말을 해보게.」

부주교가 그를 잡아 흔들며 다그쳤다.

「생각할 시간을 주셔야죠. 지금 방법을 구상하고 있지 않습니까?」

그랭구아르는 잠시 더 생각하더니 소리를 지르며 박수를 쳤다.

「좋아! 이건 확실한 성공이야!」

「방법은?」

클로드가 성난 듯 재차 물었다.

그랭구아르는 신이 나 있었다. 그는 지나가는 사람이 없는지 불안한 시선으로 주위를 돌아보며 부주교의 귀에 대고 나지막이 속삭였다. 그 말을 다 듣고 난 부주교는 손을 잡고 차갑게 말했다.

「좋아. 내일 보세.」

「내일 뵙겠습니다.」

그랭구아르도 따라 했다.

거지가 되려무나

부주교가 수도원으로 돌아와 보니 동생 장 뒤 물랭이 방 앞에서 기다리고 있었다.

클로드는 동생을 거들떠보지도 않았다. 그는 다른 생각에 빠져 있었다. 과거에 몇 번이나 신부의 어두운 표정에 평온을 되찾게 해주던 난봉꾼 동생의 빛나는 얼굴도, 이젠 하루가 다르게 부패하고 독기가 서려가는 부주교의 영혼에 덮인 안개를 걷어치우기엔 역부족이었다.

「형님, 형님을 뵈러 왔어요.」

장이 머뭇거리며 말을 꺼냈다.

부주교는 쳐다보지도 않고 대답했다.

「그래?」

「형님, 형님은 제게 늘 잘해주시고 좋은 충고를 많이 해주시기 때문에 언제나 형님을 찾게 돼요.」

위선자 동생이 말을 이었다.

「그래서?」

「형님, 보시다시피 저는 죄 많은 범죄자요, 가련하기 짝이 없는 인간으로 방탕한 생활을 해왔어요. 형님의 간곡하신 충고도 헌신짝처럼 짓밟아버렸지요. 저는 지금 그 벌을 받고 있습니다. 하느님은 지극히 정당하세요.」

「그래서?」

「아! 사랑하는 형님! 저는 이제부터 착실한 생활을 하려고 마음먹었어요. 크게 뉘우친 바가 있어 형님께 찾아온 겁니다. 정말로 속죄하고 있어요. 저의 죄를 모두 고백합니다. 이렇게 주먹을 쥐고 가슴을 내리친답니다. 형님은 제가 장래 토르시 학교의 학사가 되고 조교가 되길 바라시지요? 그건 참으로 옳으신 생각이에요.」

「그게 전부냐?」

「네, 그리고 약간의 돈이 필요해요.」

282

「난 돈이 없다.」

그러자 동생 장도 태도를 바꾸어 엄숙한 목소리로 선언했다.

「그렇다면 형님, 이런 말씀을 드리는 게 유감스럽지만 저는 제게 아주 좋은 제안을 하는 사람들을 따를 수밖에 없어요. 형님은 저에게 돈을 주기 싫으신 거죠? 좋습니다. 전 거지가 되겠어요.」

이 끔찍스러운 말을 내뱉으면서 장은 머리에 벼락이 떨어지길 기다렸다.

부주교는 쌀쌀하게 말했다.

「그럼 거지가 되려무나.」

장은 형에게 허리를 굽혀 인사를 하고는 휘파람을 불면서 수도원의 계단을 내려왔다.

그가 형의 독방 아래를 지나갈 때 그 방 창문이 열리는 소리가 들렸다. 고개를 들어보니 창문으로 준엄한 부주교의 얼굴이 보였다.

「어서 꺼져버려라. 나에게서 가져가는 돈도 이게 마지막이다!」

소리를 지르며 부주교는 돈주머니를 던졌다. 돈주머니는 장의 이마에 떨어져 커다란 혹을 만들었다. 장 뒤 물랭은 뼈다귀로 매를 맞은 강아지처럼 화를 내면서도 만족해하며 유유히 사라졌다.

3 쾌락 만세!

독자들은 아마도 기적궁의 일부가 옛
날의 성벽으로 둘러싸여 있다는 사실을 기억하고 있을 것이
다. 이 성벽에 있던 대부분의 탑은 이 시기에 벌써 허물어져 내
리기 시작했는데 그 탑들 중 하나가 거지들의 유흥장으로 사
용되고 있었다. 탑의 아래쪽에는 카바레가 있었고, 나머지는
위층에 들어서 있었다. 이 탑은 거지들이 모이는 장소 가운데
가장 활기찬 동시에 가장 추악한 장소였다.

탑 바로 밑 지하실에 있는 카바레로 가려면 낮은 문을 열고
들어가 매우 가파른 층계를 내려가야만 했다. 문짝에는 간판
대신 새로 나온 동전과 때려잡은 병아리를 그
려 넣은 괴상한 낙서가 붙어 있었다.

어느 날 저녁 파리 시내에 소등의 종소리가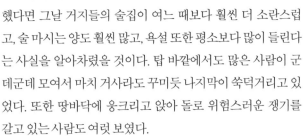
울려 퍼질 무렵이었다. 만일 그 시간에 야경대
원들이 무시무시한 기적궁에 들어서기라도
했다면 그날 거지들의 술집이 여느 때보다 훨씬 더 소란스럽
고, 술 마시는 양도 훨씬 많고, 욕설 또한 평소보다 많이 들린다
는 사실을 알아차렸을 것이다. 탑 바깥에서도 많은 사람이 군
데군데 모여서 마치 거사라도 꾸미듯 나지막이 쑥덕거리고 있
었다. 또한 땅바닥에 웅크리고 앉아 돌로 위험스러운 쟁기를
갈고 있는 사람도 여럿 보였다.

술집 안에서는 사람들이 술과 노름에 취해 있었으므로 술
취한 이들이 나누는 대화를 듣고서 무슨 일이 일어나고 있는

지 알아내기란 어려운 일이었다. 다만 특기할 점이라면 이들이 평소보다 더 유쾌해 보인다는 것과 너 나 할 것 없이 저마다 다리 사이에 시퍼런 도끼와 커다란 쌍칼, 또는 낡은 화승총 같은 번쩍거리는 무기를 끼고 있다는 것이었다.

비록 어수선하긴 했지만 한 번만 둘러보면 그 자리에 모인 군중 가운데서 세 개의 패거리를 구별할 수 있었다. 각 패거리는 독자들이 이미 알고 있는 세 사람의 인물을 중심으로 모여 있었다. 그 세 사람 가운데 요란스러운 동양식 의복으로 기이하게 옷을 입은 자는 보헤미안의 대왕 이집트 공이었다. 이자는 테이블 위에 앉아 다리를 꼬고 손가락을 하늘로 치켜든 채 자기 패거리에게 마법과 요술의 비결을 가르쳐주고 있었다. 또 하나의 무리는 우리가 익히 알고 있는 용감무쌍한 튄의 대왕 주변에 몰려 있었다. 완전무장을 한 클로팽 트루유푸는 심각한 표정으로 약탈한 무기가 가득 들어 있는 술통을 살펴보고 있었다. 밑 빠진 술통에서는 도끼며 칼, 철모, 쇠사슬, 창촉과 화살촉 같은 것이 쏟아져 나왔다. 그 무더기에서 어떤 이는 투구를, 어떤 이는 장검을, 어떤 이는 십자형 자루의 단검을 집어 들었다. 어린애들마저도 무장을 했으며 앉은뱅이들까지도 갑옷을 두르고 나서는 판이었다.

끝으로 가장 소란스럽고 흥겨우며 숫자도 많은 무리는 탁자와 의자를 가득 메우고 있었다. 그 한복판에는 투구에서 박차까지 단단히 무장을 한 사내가 욕설이 섞인 장광설을 내뱉고 있었다. 이 사내는 완전무장을 하고 있어 뻘건 들창코와 투구 밖으로 비어져 나온 금발 머리, 장밋빛 입과 열기 오른 눈밖에 보이지 않았다. 그의 허리띠엔 단검과 단도가 주렁주렁 달려 있었고 옆구리에는 한 자루의 장검이 매달려 있었다. 그의 왼편에는 녹슨 쇠뇌가, 정면에는 커다란 포도주 병이 있었으며, 오른쪽에는 단정치 못한 옷차림의 뚱보 여자가 앉아 있었다. 그를 에워싼 군중은 모두 웃고 욕하면서 술을 퍼마시고 있었다.

이런 소란 가운데 술집 안쪽 벽난로 앞에 놓인 의자에 철학자가 앉아 있었다. 그는 재 속에 발을 뻗고 깜부기를 바라보면서 사색에 잠겨 있었다. 피에르 그랭구아르였다.

「자, 빨리 서둘러라! 무기를 들어라! 한 시간 후에 진격이다!」
클로팽 트루유푸가 자신의 패거리에게 외쳤다.

그러자 머리부터 발끝까지 무장을 한 젊은이가 실내의 소란을 잠재울 만큼 압도적인 목소리로 맞장구를 쳤다.

「만세! 만세! 오늘은 나의 첫 출전이다! 아! 나는 거지가 되었다. 제기랄! 나에게 술을 따르라! 친구들이여, 내 이름은 장 프롤로 뒤 물랭이다! 동지들이여, 우린 지금 멋진 원정을 나가려 한다. 우리는 모두 용감한 사람들이다. 성당을 포위하고, 문짝을 부수고, 거기서 예쁜 아가씨를 끌어내어 재판관들과 신부들로부터 그녀를 구출해내자! 수도원을 파괴하고 주교관에서 주교를 불태우자! 시장이 수프를 한 술 떠먹을까 말까 한 시간 내에 모든 일을 해치우자! 우리의 명분은 정당하다! 노트르담 성당을 약탈하자! 카지모도의 목을 매달자! 아가씨들, 카지모도를 아시죠? 그놈이 종 위에서 헐떡거리고 있는 모습을 봤습니까? 마치 악마가 걸터앉아 있는 것 같지 않습디까!」

「가엾은 에스메랄다! 그 앤 우리 동생이야. 꼭 구해내야 해!」

집시 여자 하나가 말했다.

「그럼 그 애는 여태 노트르담 성당에 있었나?」

유대인 모습을 한 거지가 말했다.

「물론이지!」

「그렇다면 동지들!」

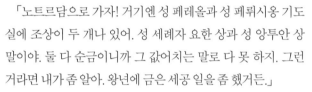

거지가 소리쳤다.

「노트르담으로 가자! 거기엔 성 페레올과 성 페뤼시옹 기도
실에 조상이 두 개나 있어. 성 세례자 요한 상과 성 앙투안 상
말이야. 둘 다 순금이니까 그 값어치는 말로 다 못 하지. 그런
거라면 내가 좀 알아. 왕년에 금은 세공 일을 좀 했거든.」

사람들이 장에게 저녁밥을 가져다주었다. 그는 옆에 있던
아가씨의 가슴에 몸을 기대며 소리를 질렀다.

「하늘에 계신 성인들을 두고 맹세컨대 난 지금 몹시 행복하
다. 내 앞에는 오스트리아 대공처럼 수염 하나 없는 얼굴로 나
를 쳐다보는 멍청이가 앉아 있고 왼쪽에는 이가 너무 길게 나
서 턱을 가린 놈이 있구나. 그리고 나로 말하자면 퐁투아즈 성
을 공격하던 지에 원수처럼 오른손을 여인의 젖가슴에 얹어놓
고 있지 않은가.」

그 순간 클로팽이 우레와 같은 소리로 외쳤다.

「자정이다!」

이 한마디는 휴식 중인 군대에 내려진 전투 신호와도 같았
다. 그 말이 떨어지자마자 거지 패거리는 남녀노소 할 것 없이
모두 무기와 고철 덩이를 요란스레 흔들며 술집 밖으로 뛰어

나갔다.

구름이 달을 가리고 있었다.

기적궁은 칠흑같이 캄캄했다. 한 줄기 빛도 없었다. 하지만
사람이 없는 것은 아니었다. 한 무리의 남녀가 웅성거리는 소
리가 들렸고 어둠 속에서 온갖 종류의 무기가 반짝이는 것이
보였다. 클로팽은 커다란 돌덩이 위에 올라서서 패거리를 거
지 부대, 이집트 부대, 갈릴레아 부대로 나누어 편성했다. 군중
은 어둠 속에서 일사불란하게 움직였다. 이내 수많은 군중이
종대로 정렬을 마쳤다. 잠시 후 클로팽이 목소리를 높였다.

「이제 파리를 지나간다. 모두들 조용히 해라! 암호는 '산책
하는 작은 불꽃'이다! 노트르담에 도착할 때까지
햇불을 켜서는 안 된다. 자, 출발!」

그로부터 10분 후, 밤 순찰을 돌던 기병대는
시장을 통과하는 구불구불한 길을 통해 말없이 퐁
토상주로 내려가는 검은 사람들의 끝없는 행렬에
놀라서 그만 줄행랑을 치고 말았다.

4 서투른 친구

그날 밤 카지모도는 자지 않고 있었다.
막 마지막 경내 순찰을 돌고 난 참이었다. 그가 성당 문을 잠그
고 있을 때 부주교가 옆을 지나가다가, 조심스레 철제 빗장을

가로지르며 자물쇠를 잠그고 있는 그의 모습을 보고 왠지 못마땅한 기색을 보인 것을 그는 알아차리지 못했다. 클로드 부주교는 평상시보다 더 수심에 차 있었다. 게다가 그는 에스메랄다의 방에서 있었던 사건 이후로 계속해서 카지모도를 학대하고 있었다. 그러나 아무리 구박을 하고 때로 매질까지 해도 이 충실한 종지기의 헌신적인 인종과 인내, 체념은 흔들리지 않았다. 그는 부주교로부터 나오는 것이라면 욕지거리든 협박이든 구타든 무엇이 되었든 간에 한마디의 불평도, 비난도 없이 모두 받아들였다. 기껏해야 종탑 계단을 올라가는 부주교를 볼 때마다 걱정스러운 눈빛으로 그를 지켜보는 것이 전부였다. 하지만 부주교는 에스메랄다의 눈앞에 다시 나타나는 것을 스스로 삼가고 있었다.

그날 밤 카지모도는 북쪽 탑 꼭대기까지 올라가서 불이 꺼진 초롱을 납 막대 위에 올려놓고 파리 시내를 내려다보고 있었다. 독자들도 이미 알고 있다시피 달빛마저 구름에 가린 몹시 캄캄한 밤이었다. 그 어둠 속에서 카지모도는 저 멀리 생탕투안 성문 쪽에 자리한 건물의 창문에서 불빛이 흘러나오는 것을 보았다. 그 밤 그곳에도 자지 않고 밤을 밝히는 사람이 있었던 것이다.

안개 낀 밤거리를 하나밖에 없는 눈으로 내려다보면서 종지기는 뭔지 모를 불안감을 느꼈다. 벌써 며칠 전부터 그는 경계를 강화하고 있었다. 심술궂게 생긴 사내들이 성당 주변을 얼씬거리며 집시 아가씨의 은신처에서 눈을 떼지 않는 것을 보았기 때문이다. 아마도 가엾은 아가씨를 해하려는 음모가 꾸며지고 있는 게 분명했다. 자기에게 그랬던 것처럼 이번에는 민중의 분노가 집시 아가씨에게로 쏠려서 오래지 않아 무슨 일이 일어날 것만 같았다.

나면서부터 불구였던 것에 대한 보상인 듯 조물주가 아주 예민하게 만들어준 하나의 눈으로 카지모도가 파리 시내를 관찰하고 있을 때, 별안간 비에유 펠트리 강둑에서 뭔가 이상한 조짐이 나타났다. 무엇이 움직이는 듯 꾸물거리고, 희멀건 센 강 위에 떠 있는 검은 다리 난간의 선이 다른 강가의 난간처럼 곧고 잔잔하게 뻗어 있지 않았다. 그것은 마치 강물에 이는 물결처럼 혹은 행진 중인 군중의 머리처럼 흔들리고 있었다.

카지모도가 여러 가지 추측을 하고 있을 때, 노트르담 성당 정면과 직각으로 교차하면서 시테 섬으로 향하는 파르비 거리에 그 움직이는 물결이 다시 나타났다. 비록 어둠이 깊었으나 카지모도는 행렬의 선두가 그 거리로 들어서는 것을 보았다. 삽시간에 한 떼의 군중이 성당 앞 광장에 쫙 퍼졌다. 그들을 하나씩 식별하는 것은 무리였지만 수가 많다는 것만은 확실했다.

공포가 되살아났다. 필시 집시 아가씨에 대해 무슨 음모가 꾸며지고 있는 것이 틀림없었다. 카지모도는 막연하게나마 끔찍한 상황이 임박해오고 있음을 느꼈다.

성당 앞 광장에 모인 군중은 시시각각으로 불어났다. 다만 광장과 광장에 면한 집들의 창문이 닫혀 있는 것으로 미루어 그들이 거의 소리를 내지 않고 있다는 사실을 짐작할 수 있었다. 돌연 불빛 하나가 번쩍하더니 순식간에 일고여덟 개의 햇불이 사람들의 머리 위로 타올랐다. 어둠 속에서 불꾸러미들이 요동을 쳤다. 그제야 카지모도는 번쩍거리게 날이 선 도끼나 창으로 무장을 한 누더기 차림의 남녀 무리가 성당 앞 광장에서 파도처럼 물결치고 있는 것을 똑똑히 보았다. 한 손에 횃불을, 다른 손에 방망이를 든 사내가 말뚝 위에 올라서서 무언가 지시를 하는 듯했다. 그와 동시에 이 수상쩍은 무리는 마치 성당을 포위하듯 움직이기 시작했다. 카지모도는 초롱을 집어들고 북 탑과 남 탑 사이의 평평한 지붕으로 내려왔다. 좀 더 자세히 살펴본 뒤 방어책을 강구하기 위해서였다.

노트르담의 현관 앞에 도착한 클로팽은 졸개들을 전투대형으로 배치했다. 물론 아무런 저항도 없으리라 예상했지만 그래도 혹시 필요한 경우 야경대나 220인조 편대의 불의의 공격에 대항할 수 있으려면 질서를 유지해야 하기 때문이었다. 클로팽은 이집트 공과 장 프롤로, 그 밖의 몇몇 대담한 패거리와 함께 선두에 섰다.

부대 배치가 끝나자 패거리가 침묵 속에서 아주 정확하게 명령에 따라 움직이기 시작했다. 그들의 총사령관 클로팽은 광장 가에 있는 난간 위에 올라서서 거세고도 쉰 목소리를 높여 외쳤다.

「제군이여, 전진하라!」

건장한 체격에 무지막지한 얼굴을 한 30명의 사내가 어깨에 망치와 장도리와 철봉을 메고 대열에서 빠져나와 성당 정문을 향해 걸었다. 그들은 출입문 층계를 올라가더니 문 앞에 꿇어앉아 지렛대로 문을 부수려 들었다. 한 무리의 거지가 그 뒤를 따라가 그들을 돕기도 하고 그냥 가만히 바라보기도 했다. 모두 열한 개인 정문 계단은 거지들로 발디딜 틈이 없었다.

그러나 문은 끄떡도 하지 않았다.

「이런 제기랄! 문이 단단해서 열리지가 않는걸!」

누군가가 투덜거렸다.

「이 문짝도 나이가 들었으니 뼈다귀가 단단해진 게지!」

다른 누군가가 맞장구를 쳤다.

「동지들, 기운을 내라!」

클로팽이 패거리를 독려했다.

「내 목을 걸고 맹세하지만 제군은 문지기가 깨어나기 전에 이 문을 열고 들어가 에스메랄다를 구해내고 제단을 싹쓸이할 것이다! 저 봐라! 자물쇠가 부서질 것 같지 않느냐!」

그 순간 등 뒤에서 울린 엄청난 굉음 때문에 클로팽의 말이 중단되었다. 그가 뒤를 돌아보니 거대한 대들보가 하늘에서 떨어져 성당 층계에 서 있던 열 명 이상의 거지를 박살 내더니, 다시 포성 같은 소리를 내며 튀어 올라 소리를 지르며 뒤로 물러서던 거지 몇 사람의 다리를 부러뜨려버렸다. 눈 깜짝할 사이에 파르비 광장은 텅 비었다. 성당 현관문의 아치 덕분에 피해를 면한 자들도 문을 열려는 생각을 포기했고 클로팽조차도 성당에서 상당히 떨어진 곳으로 피신을 했다.

「하마터면 큰일 날 뻔했네!」

장 프롤로가 소리쳤다.

2만 명의 왕실 친위대로부터 공격을 받은 것보다 이 나무 기등 하나에 더 혼비백산한 거지 떼는 한참 동안 허공만 살필 뿐이었다.

「빌어먹을 악마 새끼! 아무래도 이건 마술쟁이의 수작인걸!」

이집트 공이 중얼거렸다.

「아마도 저기 뜬 달이 우리에게 이 나뭇조각을 던진 모양입니다.」

빨간 머리 앙드리가 말했다.

「그런데도 저 달님이 성모마리아의 친구라고 하다니.」

옆에 있던 프랑수아가 대꾸했다.

처음의 놀라움이 가시자 클로팽은 간신히 부하들이 수긍할 만한 설명을 찾아냈다.

「빌어먹을! 신부 놈들이 대항을 하겠단 얘긴가? 그렇다면 약탈하는 수밖에! 자, 약탈이다!」

그러나 누구도 용기를 내어 다가갈 생각을 못했다.

「기가 막히군! 힘센 장정들이 그깟 대들보 하나를 무서워한단 말인가!」

클로팽이 투덜거리자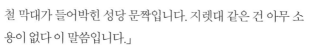
한 늙은이가 나섰다.

「두목님, 우리가 걱정하는 건 저 대들보가 아니라 철 막대가 들어박힌 성당 문짝입니다. 지렛대 같은 건 아무 소용이 없다 이 말씀입니다.」

「그렇다면 문을 부수기 위해 뭐가 필요하단 말이냐?」

「파성추가 있어야 되겠습니다.」

그 말을 들은 클로팽은 용감하게도 대들보 쪽으로 다가가서 그 위에 발을 올려놓았다.

「보아라! 여기 파성추로 쓸 만한 훌륭한 도구가 있지 않느냐? 신부 놈들이 우리한테 이걸 보냈구나!」

그는 성당을 향해 조롱하듯 인사를 던지며 말했다.

「어쨌든 고맙구려, 신부 양반들!」

두목의 대담무쌍한 행동은 졸개들 사이에서 기대를 훨씬 넘어선 효과를 가져왔다. 이내 하늘에서 떨어진 대들보의 마력은 사라졌다. 거지들은 다시 용기를 냈다. 잠시 후 백 명이 넘는 장정에 의해 깃털처럼 가볍게 들어 올려진 대들보는 아까부터 부수려던 성당 문에 가서 세게 부딪쳤다. 거지 패거리가 광장에 밝혀놓은 얼마 되지 않는 횃불의 희미한 빛 사이로, 수많은 사내가 기다란 대들보를 든 채 성당 쪽으로 돌진하는 모습은 마치 수백 개의 발이 달린 무시무시한 짐승이 고개를 숙이고 석조 거인을 공격하는 것 같았다.

대들보의 일격이 가해지자 철제 성당 문은 거대한 북소리와 같은 굉음을 냈다. 다행히 문은 부서지지 않았으나 그 위력으로 성당 전체가 진동하면서 건물 구석구석까지 으르렁거리는 소리가 울려 퍼졌다. 그때였다. 성당 지붕에서 큼직한 돌멩이들이 비 오듯 쏟아지기 시작했다.

「빌어먹을! 이번에는 탑들이 성깔을 부리는 건가?」

하지만 드높은 군졸들의 사기를 꺾을 수는 없었다. 두목 클로팽은 스스로 나서 모범을 보였다. 자신들에게 대항을 하는 자는 분명 주교가 틀림없었다. 쏟아져 내리는 돌에 맞아 깨진

거지 패의 두개골이 이리저리 날아다녔다. 그러나 거지들은 그에 괘념치 않고 더욱 기세를 올려 문을 부수는 데 열중했다.

독자들도 이미 짐작하고 있겠지만 거지들을 쩔쩔매게 한 이 뜻밖의 저항은 카지모도의 소행이었다.

노트르담 성당의 양쪽 탑 사이 지붕 위로 내려왔을 때 카지모도의 머리는 여러 가지 생각으로 혼란스러웠다. 그는 성당으로 밀고 들어올 준비가 된 군중을 내려다보면서 신이든 악마든 에스메랄다를 구해만 달라고 기도를 드리며 미친 사람처럼 회랑을 뛰어다녔다.

문득 카지모도는 그날 하루 종일 석공들이 남쪽 탑의 벽과 내부, 지붕을 수리하던 것을 생각해냈다. 그야말로 한 줄기 광명이 아닐 수 없었다. 탑의 벽은 돌이요, 지붕은 연판으로 되어 있고, 내부의 재료는 목재였다. 그곳의 거창한 내부 구조는 너무도 복잡하기에 '숲'이라 불릴 정도였다.

카지모도는 그 탑으로 달려갔다. 과연 그 안에는 생각했던 대로 여러 가지 건축자재가 가득 들어 있었다. 산처럼 쌓인 돌무더기, 둘둘 말아놓은 연판 뭉치, 판자 더미, 톱으로 손질을 해둔 대들보, 한쪽 구석을 채운 자갈 더미를 보니 그야말로 훌륭한 병기창으로 손색이 없었다.

촌음을 다투는 순간이었다. 지상의 광장에서는 지렛대와 망치로 문을 부수는 작업이 진행되고 있었다. 눈앞에 닥친 위험 때문에 실제보다 열 배는 더 힘을 발휘하게 된 카지모도는 탑 안에 적재된 대들보 가운데 가장 길고 무거운 통나무를 들어 올려 창문 밖으로 밀어냈다. 종탑의 바깥쪽으로 나온 카지모도는 대들보를 고쳐 잡고 지붕을 둘러싸고 있는 난간까지 끌고 와서 저 아래로 아득히 보이는 광장을 향해 힘껏 내던졌다. 거대한 통나무는 160피트의 높이를 낙하하면서 벽을 깎고 조상을 부수며 허공에서 몇 바퀴 돌았다. 마침내 통나무는 엄청난 굉음을 내며 지상에 도달했다. 땅에 떨어졌다가 다시 광장의 포석 위로 튀어 오르는 대들보는 흡사 펄쩍 솟아오르는 뱀처럼 보였다.

대들보가 떨어지는 순간 거지들은 어린아이가 후 불어 날리는 재처럼 사방으로 흩어졌다. 그들이 겁에 질려 난데없이 하늘에서 떨어진 통나무를 두려운 눈초리로 지켜보는 동안 카지모도는 부지런히 자갈과 돌멩이, 심지어 인부들의 작업 연장이 든 가방까지도 옮겨다 난간 앞에 차곡차곡 쌓아놓았다.

아래쪽에서 다시 대문을 부수려는 기미가 보이자 이내 자갈 더미를 우박처럼 쏟아부었다. 거지들은 성당이 자기들 머리 위에서 무너져 내리는 줄 알았다.

그 순간 카지모도의 모습을 본 사람이 있었다면 아마 기절 초풍했을 것이다. 그는 난간 위에 가득 쌓인 돌무더기 외에 지붕 위에까지 거대한 돌산을 만들어놓은 것이다. 카지모도는 난간 위에 놓인 석재가 바닥나자 옥상에 쌓아둔 더미를 헐어 아래로 내던졌다. 몸을 굽혔다 펴는 움직임은 믿을 수 없을 만큼 날쌨다. 그의 커다란 머리통이 난간 너머 아래를 내려다보는가 하면 곧 돌멩이 하나가 바닥으로 떨어졌다. 이따금씩 그는 떨어지는 돌덩이를 눈으로 좇다가 그것이 누군가의 머리에

명중하기라도 하면 「자, 맛이 어떠냐」 하고 소리를 질렀다.

하지만 거지들의 기세도 만만치 않았다. 비처럼 떨어지는 돌덩이도 공격자들을 물러서게 하지는 못했다.

이 절박한 순간에 카지모도는 난간 아래쪽에 돌로 된 두 개의 긴 빗물받이 홈통이 성당의 출입문 위로 뻗어 있다는 사실을 발견했다. 홈통의 안쪽 구멍은 카지모도가 서 있는 지붕까지 닿아 있었다. 그 순간 그의 머리에 묘안이 떠올랐다. 그는 자신의 거처로 뛰어 올라가 나무 묶음을 가져왔다. 그리고 그 위에 판자 더미와 둘둘 만 납 연판을 올려놓은 뒤 홈통의 구멍 앞까지 밀어 넣고 초롱불을 이용하여 불을 붙였다.

그 사이 돌덩이가 더는 떨어지지 않자 거지들 역시 위를 쳐다보는 것을 그만두었다. 거지 패거리는 멧돼지 굴까지 달려온 사냥개들처럼 숨을 헐떡거리며 정문 주변에 모여들었다. 정문은 대들보 공격으로 완전히 일그러져 있었지만 아직 무너지지 않고 버티고 있었다. 그들은 떨리는 심정으로 「쾅」 하고 문짝을 쓰러뜨릴 최후의 일격을 기다리고 있었다.

그들이 마지막 일격을 가하기 위해 온몸의 근육을 긴장시키며 숨을 죽이고 있는 순간, 조금 전 대들보가 떨어질 때보다 더 처절한 비명 소리가 터져 나왔다. 비명을 지르지 않은 자들, 즉 아직까지 죽지 않고 살아남은 자들은 눈을 비비며 주위를 살펴보았다. 그들이 서 있는 곳 바로 위에서 두 줄기 뜨거운 납 물이 폭포수처럼 흘러내리고 있었다. 인산인해를 이루던 사람들은 마치 눈 속에 뜨거운 물을 부은 것처럼, 군중 속에 검고 연기나는 두 개의 구멍을 만들어놓은 끓는 금속 물의 위력 앞에 힘없이 쓰러졌다. 절반쯤 타버린 채 죽어가는 사람들이 고통에 울부짖으며 꿈틀거렸다.

그들의 아우성은 절규에 가까웠다. 소심한 자는 물론이고 대담한 자까지 문을 부수던 대들보를 시체들 위에 던져버리고 이리저리 피신하기에 바빴다. 성당 앞 광장은 또다시 텅 비었다.

모든 이의 눈길이 성당 위를 향했다. 그들의 눈에 비친 장면은 실로 해괴했다. 성당 정면 중앙의 장미형 창 위쪽, 회랑 꼭대기에 솟은 두 탑 사이에서 거대한 불길이 솟고 있었다. 붉은 불똥이 사방으로 튀었다. 이 성난 불길이 솟구치는 클로버 잎 문양의 난간 아래로는 괴물의 아가리 같은 두 개의 홈통이 김이나는 뜨거운 빗줄기를 쉴 새 없이 뿜어내고 있었다. 흘러내리는 불줄기는 어둠에 잠긴 아래쪽 성당 정면과 대비되어 은빛으로 찬란하게 빛났다. 두 줄기로 내려오던 뜨거운 납 물은 지면에 가까워지면서 마치 구멍이 수천 개 뚫린 물뿌리개처럼 사방으로 흩어졌다.

공포에 질린 거지들은 한동안 말이 없었다. 수도원에 갇힌 수도사들이 불안에 떨며 외치는 고함 소리, 살그머니 열었다가 닫아버리는 창문 소리, 근처 민가와 시립 병원 내부에서 일어난 소란 소리, 바람결을 타고 타들어 가는 불길 소리, 아직 생명이 남아 있는 부상자들의 단말마 같은 신음 소리, 쉬지 않고 광장의 포석 위에 떨어지는 납 물의 폭음이 한밤의 적막을 깨고 있었다.

그 사이 클로팽을 비롯한 패거리의 장수들은 공들로리에 저택 현관 아래로 피신하여 회의를 하고 있었다.

「정녕 이 문을 무너뜨릴 방도가 없단 말인가?」

클로팽이 벽을 걷어차며 외쳤다.

이집트 공이 슬픈 표정으로 계속해서 성당의 검은 정면을 붉게 물들이고 있는 두 줄기 납 물을 가리켰다.

마티아스 운가디도 동조의 뜻으로 고개를 끄덕였다.

「정문으로는 들어갈 수 없을 겁니다. 저 늙은 마녀 같은 성당의 허점을 찾아야 해요. 구멍이든 비밀 문이든 어딘가 허술한 곳을 찾아내야만 합니다.」

「난 다시 돌아가겠다. 그건 그렇고 고철 덩이를 주렁주렁 달고 있던 장이란 꼬마 놈은 어디 있지?」

클로팽이 말했다.

「아마 뒈졌나 봅니다. 웃는 소리가 안 들리는 걸 보니.」

누군가의 대답이었다.

클로팽이 눈살을 찌푸렸다.

「그거 참 안됐군. 용감한 녀석이었는데.」

「두목님! 저기 그 학생 놈이 옵니다.」

파르비 거리 쪽을 바라보던 빨간 머리 앙드리가 소리를 질렀다.

「하느님이 도우셨군! 그런데 저 녀석은 대관절 뭘 끌고 오는 거야?」

역전의 용사처럼 무거운 갑옷을 입고, 기다란 사다리를 씩

씩하게 끌며 있는 힘껏 달려오는 사람은 분명 장 프롤로였다. 그는 제 몸길이보다 스무 배는 더 긴 나뭇잎을 끌고 오는 개미처럼 숨이 차서 씩씩거렸다.

「승리다! 기뻐해라! 이건 강가에서 짐 부리는 인부들이 쓰는 사다리요!」

장이 소리쳤다.

클로팽이 그에게 다가섰다.

「꼬마야! 그 사다리로 대체 뭘 하려는 거냐?」

「이걸로 뭘 할 거냐고요? 대왕 나리, 저기 세 개의 출입문 위로 멍청이 같은 얼굴을 한 조상들이 늘어선 거 보이시죠?」

「그래, 그런데?」

「저기가 바로 프랑스 국왕들의 상이 늘어선 회랑입니다.」

「대체 그게 어쨌단 말이냐?」

「잠깐만! 제 말씀 좀 들어보세요. 저 회랑 끝에는 늘 고리만 걸어두는 문이 하나 있어요. 그러니까 이 사다리로 거기까지만 올라가면 성당 안으로 들어가는 것쯤은 식은 죽 먹기라는 얘기죠.」

「그래? 꼬마야, 그렇다면 내가 제일 먼저 올라가야겠다.」

「천만의 말씀입니다. 사다리는 내 것이니, 대왕께선 제 뒤를 따라오십시오!」

「뭐야! 이런 악마한테 맞아 죽을 놈을 봤나! 나는 누구의 뒤도 따르고 싶지 않다!」

「그래요? 그렇다면 클로팽 님은 다른 사다리를 찾아오셔야겠네요!」

장이 사다리를 둘러메고 광장 쪽으로 뛰어가면서 소리쳤다.

「자, 모두들 내 뒤를 따르라!」

순식간에 출입문 위에 세워진 사다리는 '제왕의 상'이 있는 회랑 난간에 걸쳐졌다. 거지들은 기쁨의 탄성을 지르며 사다리 아래로 몰려들어 서로 먼저 그 위로 기어오르려 했다. 하지만 장은 우선권을 주장하면서 맨 먼저 사다리 위에 발을 올려놓았다. 목적한 회랑까지 도달하려면 한참을 올라가야 했다. 입고 있는 옷이 꽤 거추장스러웠지만 한 손에 활을 들고 다른 한 손으로 가로장을 붙잡고 천천히 올라갔다.

마침내 회랑의 발코니에 올라선 장은 거지들의 요란한 박수 갈채를 받으면서 사뿐히 회랑 속으로 뛰어들었다. 지금 그는 성채의 주인이었다. 그런데 승리의 기분에 도취되어 소리를 지르던 그가 별안간 화석처럼 굳어버렸다. 늘어선 제왕의 상들 뒤로 어둠 속에 숨어 있던 외눈박이 카지모도의 모습을 본 것이다.

두 번째 공격자가 회랑에 발을 들여놓기도 전에 무시무시한 꼽추는 난간 끝으로 다가서서 아무런 말 없이 억센 손으로 사다리 양 끝을 잡아 벽에서 밀쳐냈다. 사다리에 매달린 사람들 사이에서 비명이 터져 나왔다. 카지모도는 비명 소리에도 아랑곳없이 위부터 아래까지 거지들이 주렁주렁 매달려 휘청거리는 기다란 사다리를 흔들어대더니, 이어 초인적인 힘을 발휘하여 그것을 광장으로 밀쳐버렸다. 제아무리 용감한 사람일지라도 숨이 막히지 않을 수 없는 상황이었다. 벽에서 밀쳐진 사다리는 꼿꼿이 선 채 잠시 망설이는 듯하더니 홀연 반지름 80피트의 반원을 그리며 수많은 사람을 태운 그대로 길바닥에 나동그라졌다. 저주의 욕설이 터져 나왔지만 오래지 않아 가라앉았다. 팔다리가 부러진 사람들은 시체 더미에서 기어 나와 줄행랑을 쳤다.

장 프롤로는 위험한 상황에 처해 있었다. 그는 성당의 수직 벽을 사이에 두고 우군과 떨어져 이 무시무시한 종지기를 상대로 홀로 회랑에 남아 있었다. 카지모도가 사다리를 가지고 장난치는 동안 그는 비밀 문 쪽으로 달려가 보았다. 불행히도 문은 열려 있지 않았다. 카지모도가 회랑으로 들어오면서 잠가 놓았던 것이다. 어쩔 도리가 없어진 장은 왕들의 조상 뒤에 숨어서 숨을 죽인 채 괴물과도 같은 사나이의 동정을 살필 따름이었다.

처음 얼마 동안 그에게 주의를 기울이지 않던 카지모도가 마침내 뒤를 돌아보면서 벌떡 몸을 일으켰다. 장을 발견한 것이다.

희미한 횃불이 어둠을 밝히는 가운데 끔찍한 장면이 연출되었다.

카지모도의 왼손이 장의 두 팔을 꽉 잡았을 때 장은 저항하지 않았다. 이미 틀렸다고 생각했기 때문이다. 귀머거리는 아무 말도 없이 오른손으로 소름이 끼칠 만큼 천천히 장의 무장을 해제하기 시작했다. 검, 단도, 투구, 갑옷, 완장까지 모든 것이 하나씩 벗겨져 나갔다. 흡사 원숭이가 호두를 까고 있는 모양과 같았다. 카지모도는 벗겨낸 학생의 철갑 껍데기를 한 조각씩 떼어 발밑으로 던졌다.

무지막지한 손에 잡혀서 무장해제를 당하고, 옷까지 벗기어 벌거숭이가 된 가련한 장은 상대에게 말을 걸어볼 엄두가 나지 않았다. 대신 카지모도의 얼굴을 바라보고 뻔뻔스럽게 웃으면서 열여섯의 나이에 걸맞게 한번 버텨나 보자는 식으로 당시 유행하던 노래를 부르기 시작했다. 하지만 그는 노래를 끝내지 못했다. 카지모도가 한 손으로 장의 발목을 부여잡고 마치 투석기를 휘두르듯 아득한 아래로 던져버린 것이다. 무언가 벽에 부딪치는 소리가 들리더니 이윽고 아래로 떨어져 내리는 것이 보였다. 추락하던 물체는 3분의 2쯤 내려와서 건물의 튀어나온 부분에 걸려 멈추었다. 거기에 걸린 것은 허리가 꺾이고 두개골이 쏟아져 나온 장 프롤로의 시체였다.

거지들 사이에서 공포의 외침이 흘러나왔다.

「복수다!」

클로팽이 외쳤다.

그러자 무리는 저마다 「약탈!」 또는 「공격! 공격!」을 외치며 그에 호응했다.

그들의 외침은 갖가지 언어와 갖가지 방언, 갖가지 억양이 뒤섞인 괴상스러운 함성이었다. 가엾은 학생의 죽음은 폭도 사이에 분노를 폭발시켰다. 목표물을 눈앞에 두고 한낱 꼽추 때문에 지금까지 실패만 거듭하고 있다는 수치와 분노에 그들은 몸을 떨었다. 이제 울화통이 터진 그들은 사다리를 찾아 나르고 불을 밝힌 횃불의 수를 늘렸다. 얼마 지나지 않아 이성을 잃은 카지모도는 무시무시한 개미 떼가 성당을 공격하려고 사방에서 기어오르는 것을 보았다. 사다리가 없는 자들은 고를 낸 밧줄을 타고 올라왔고, 밧줄조차 없는 자들은 여러 조상과 부조의 돈을새김 장식을 붙들고 기어올랐다. 그들은 서로의 옷에 의지했다. 흉악하게 일그러진 얼굴로 필사적으로 기어오르는 사람들의 물결에 대항할 방법은 아무것도 없었다. 그들의 성난 얼굴은 분노로 이글거렸고, 흙빛 이마에선 구슬땀이 흘러내렸으며, 눈은 광채로 번득였다.

광장에 밝혀진 수많은 햇불이 별처럼 빛났다. 지금까지 어둠에 잠겨 있던 혼란스러운 장면이 갑작스레 빛의 세례를 받게 된 것이다. 반짝이는 광장은 그 빛을 하늘에 반사하고 있었다. 여전히 성당 꼭대기에서 타오르는 불길도 파리 장안 저 멀리까지 환하게 밝혀주었다. 잠들었던 도시가 깨어나 조금씩 꿈틀대기 시작했다. 무슨 불평을 하는 듯 저 멀리에서 종소리가 들렸다. 거지들은 고래고래 소리를 지르고 가쁜 숨을 몰아쉬면서 쉬지 않고 욕설을 해대며 성당 벽을 기어올랐다. 아무리 카지모도라 해도 수많은 적 앞에서는 속수무책일 수밖에 없었다. 그는 집시 아가씨를 생각하며 몸서리를 쳤다. 험상궂은 얼굴들이 점점 회랑 가까이로 접근하는 것을 보면서 그는 신이 기적을 내려주기만을 바랐다.

5 루이 왕이 기도를 드리던 방

거지들이 성당 앞으로 몰려오기 전 카지모도가 종탑 위에서 파리 시내를 살피고 있을 때, 멀리 생탕투안 성문 옆에 위치한 어느 건물 맨 위층 창문에서 불빛이 새어 나오고 있었음을 기억하자. 그곳은 바스티유였으며 그 불빛은 바로 루이 11세가 켜놓은 촛불이었다.

국왕 루이 11세는 이틀 전부터 파리에 와 있었다. 그는 다음 다음 날 그가 주로 머무는 몽틸레투르 성으로 돌아갈 예정이었다. 그는 여간해서는 파리에 오는 법이 없었고, 혹 들르더라도 극히 짧은 시간 머무를 뿐이었다. 파리엔 자신의 신변을 보호해줄 만한 장치나 교수대, 친위대 군사가 충분치 못하다고 생각한 탓이었다.

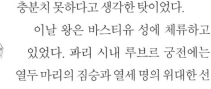

이날 왕은 바스티유 성에 체류하고 있었다. 파리 시내 루브르 궁전에는 열두 마리의 짐승과 열세 명의 위대한 선지자가 새겨진 커다란 벽난로와 가로 11피트 세로 12피트의 거대한 침대가 놓인 큰 방이 있었다. 하지만 그 방은 왕의 마음에 들지 않았다. 루이 11세는 서민적인 작은 방과 침대가 있는 바스티유를 더 좋아했다. 게다가 바스티유는 루브르 궁전보다 견고했다.

나라의 감옥 중 가장 유명한 바스티유에서 왕이 사용하는 방은 작다고는 해도 꽤 넓은 편으로 성 제일 꼭대기 층에 위치하고 있었다. 둥근 형태의 방에는 호화로운 태피스트리 대신 광택이 나는 짚으로 엮어 만든 돗자리가 깔려 있었고, 프랑스 왕실을 상징하는 백합 문양이 천장 대들보를 장식하고 있었다. 화려한 목재 내장재로 꾸며진 내벽엔 장미꽃 모양의 장식 무늬가 박혀 있었다. 이것이 바로 사람들이「프랑스의 루이 왕이 기도를 드리는 방」이라고 부르는 곳의 정경이었다.

방 안은 매우 어두웠다. 소등 신호가 한 시간 전에 울렸고, 이미 밤은 깊었다. 방에 모인 다섯 명의 인물을 비춰주는 것은 탁자 위에 놓인 흔들리는 촛불뿐이었다.

첫 번째 사람은 짧은 바지에 은색 줄이 쳐진 주홍색 셔츠와 검정 무늬가 들어간 금빛 나사의 웃옷을 걸쳐 입은 귀족이었다. 방 안을 비추는 은은한 촛불 빛으로 그의 화려한 옷차림에서는 번쩍번쩍 윤이 났다. 그의 가슴팍에는 선명한 색깔의 문장이 새겨져 있었고, 허리에는 훌륭한 단도가 매달려 있었다. 험상궂고 교만하고 건방져 보이는 인상이었다.

그의 앞에는 팔걸이가 달린 호사스러운 가죽 의자가 놓여 있었다. 의자에는 보기 흉하게 몸을 구부리고 다리를 포갠 채 팔꿈치를 탁자에 기댄 괴상한 옷차림의 남자가 앉아 있었다. 그는 검정 모로 짠 초라한 편물 옷 위에 퍼스티언 외투를 아무렇게나 걸쳐 입고 있었는데, 외투에 덧댄 모피 또한 많이 닳아서 남아 있는 털보다 가죽이 더 많이 드러나 있었다. 남자는 또한 테두리를 두른 형편없는 검정 천으로 만든 낡아빠진 두툼한 모자를 쓰고 있었다. 이것이 의자에 앉아 있는 사람에 대해 알 수 있는 전부였다. 남자가 머리를 푹 수그리고 있었기 때문에 그림자로 가려진 얼굴에선 아무것도 볼 수 없었다. 다만 길

쭉한 코끝만이 불빛에 드러나 보였다. 쭈글쭈글 주름이 잡힌 야윈 손은 그가 꽤 나이 들었다는 걸 말해주고 있었다. 바로 루이 11세였다.

의자 뒤쪽으로 좀 떨어진 곳에는 플랑드르식으로 옷을 재단해 입은 두 사나이가 나직한 소리로 이야기를 나누고 있었다. 그랭구아르의 수난극 상연에 참석했던 플랑드르의 사절단 기욤 랭과 자크 코프놀이었다. 알다시피 두 사람은 루이 11세의 비밀 정책에 관여하고 있었다.

끝으로 안쪽 문 옆에 조각상처럼 꼼짝 않고 서 있는 건장한 사나이가 있었다. 작달막한 체구에 기사의 갑옷을 입은 그는 문장이 새겨진 외투를 걸치고 있었다. 네모나게 각진 얼굴에 눈은 툭 불거져 나왔고 입은 꽤 큰 편이었다. 사내의 모습은 개와 호랑이의 상판을 동시에 닮아 있었다.

왕을 제외하면 모자를 쓴 사람은 없었다.

왕 앞에 놓인 탁자에는 몇 개의 전보가 놓여 있었다. 왕은 손수 봉인을 뜯어내고 내용을 일일이 훑어보았다. 그러더니 뒤에 있던 남자에게 펜을 들라는 신호를 보낸 후 전보의 내용은 알리지 않고 답신을 받아 적도록 시켰다. 올리비에라 불리는 사내는 꽤 불편한 자세로 탁자 앞에 꿇어 앉아 왕이 불러주는 내용을 써나갔다.

기욤 랭은 모든 것을 관찰하고 있었다.

왕의 목소리가 아주 낮았기 때문에 플랑드르 사절단은 왕이 말하는 것을 들을 수 없었다. 이따금씩 몇몇 단어가 들리기는 했지만 그 내용을 알아채기란 거의 불가능한 일이었다. 그때 갑자기 방문이 열리고 새로운 인물이 다급하게 방 안으로 뛰어 들어왔다.

「폐하! 폐하! 파리 시내에 폭동이 일어났습니다!」

루이 11세의 근엄한 얼굴이 일순간에 일그러졌다. 하지만 왕은 이내 냉정을 되찾으며 침착하고 엄숙한 태도로 나무랐다.

「여보게 자크, 이렇게 무례하게 들어오는 법이 어디 있나!」

「폐하! 폐하! 반란입니다!」

자크가 숨을 헐떡이며 되풀이했다.

왕은 벌떡 일어나 그의 팔을 낚아채더니 플랑드르 사신들을 곁눈질하면서 그에게만 들리도록 낮게 말했다.

「입을 닥치든지 아니면 조용히 얘기해!」

그는 그제야 상황을 파악하고는 엄청난 소식을 아주 나직이 전하기 시작했다. 한편 플랑드르 사신들은 갑작스레 출현한 사나이를 가리키며 무슨 말인가를 나누었다.

소식을 다 전해 들은 루이 11세는 별일 아니라는 듯 껄껄 웃기 시작했다.

「그런 일이라면 크게 말해도 좋네! 그렇게 작게 말할 필요가 어디 있나? 플랑드르 친구들에게 감출 것이 아무것도 없다는 건 성모마리아께서 잘 알고 계시지 않은가.」

「그러하오나 폐하…….」

「크게 얘기하라니까!」

자크 쿠악티에는 놀라움에 말을 잇지 못했다.

「자, 그러니까 민중이 장안에서 폭동을 일으켰다 이 얘기인가?」

「그렇습니다.」

「그들이 파리 재판소의 대법관에게로 몰려가고 있다고?」

「그런 것 같습니다.」

뭐라 설명할 길 없는 갑작스러운 왕의 심경 변화에 아직도 얼떨떨한 쿠악티에가 더듬거리며 대답했다. 왕이 다시 입을 뗐다.

「야경대가 폭도를 만난 곳이 어디인가?」

「샹죄르 다리로 가는 길목입니다. 이 말씀을 드리는 저도 폐하의 명을 받아 이곳으로 오는 도중 그들과 부딪쳤습니다. '재판소 대법관을 죽여라'라고 외치는 소리도 들었습니다.」

「그래, 그자들은 재판소 대법관에게 무슨 불만이 있는가?」

「아, 그건 재판소 대법관이 그들의 영주이기 때문입니다.」

「그래?」

「그렇습니다, 폐하. 폭도는 기적궁의 거지들입니다. 그들은 재판소 대법관의 신하로서 이미 오래전부터 대법관에 대해 불만을 표시해왔습니다.」

「그랬군!」

왕은 입가에 번지는 회심의 미소를 감추려 노력했지만 허사였다.

「그들이 상급재판소에 내놓은 소송에 따르면 그들은 폐하와 신 외에는 어떤 이도 주인으로 모실 수 없다고 주장하고 있습니다. 물론 그들의 신은 악마겠지만 말씀입니다.」

「흠! 흠!」

왕은 손을 비비면서 웃었다. 내면에서 우러나오는 미소로 왕의 얼굴은 한층 밝아졌다. 이따금씩 억지로 심각한 체하려고 노력했지만 왕은 기쁨을 숨길 수가 없었다. 하지만 그 자리에 있던 어느 누구도 그 기쁨의 이유를 알지 못했다. 올리비에까지도 영문을 몰라 어리둥절해 있었다. 왕은 한동안 생각에 잠긴 듯 만족한 표정으로 침묵을 지켰다.

「그들의 규모가 큰가?」

「예, 물론입니다.」

「얼마나 되는데?」

「줄잡아 6천 명쯤 됩니다.」

「좋아!」

부지중에 왕의 입에서 새어 나온 말이었다.

「무장을 했던가?」

「낫과 창, 화승총에 곡괭이까지 온갖 흉기로 무장을 하고 있었습니다.」

이런 말에도 왕은 전혀 걱정하는 기색이 아니었다. 자크 쿠악티에는 추가 설명을 해야 할 필요를 느꼈다.

「폐하께서 속히 원병을 보내지 않으시면 대법관이 위험합니다.」

왕은 걱정스럽다는 표정을 지으며 대답했다.

「좋아. 보내도록 하지. 분명히 원병을 보낼 걸세. 재판소 대법관은 우리의 친구니까! 6천 명이라고! 놈들이 아주 단단히 작정을 했군그래! 그렇게 대담무쌍하다니 괘씸하군. 정말 분

통할 노릇일세. 하지만 오늘 밤 이곳에는 군사가 얼마 없으니 아무래도 내일 아침은 돼야 하겠네.」

자크 쿠악티에가 다시 외쳤다.

「당장 원병을 보내야 합니다, 폐하! 그때까지 재판소는 스무 번도 더 노략질당하고 대법관은 교수형을 당하고도 남을 것입니다. 제발, 폐하. 내일 아침이 오기 전에 원병을 보내십시오.」

왕이 그를 정면으로 쏘아보았다.

「내일 아침이라고 하지 않았나!」

갑자기 그의 화가 폭발했다.

「이런 빌어먹을! 짐의 나라에서 도로 관리관이니 재판관이니 영주니 상전이니 하고 주장하는 작자들은 대체 뭐 하는 놈들인가? 걸핏하면 아무 도로에서나 통행세를 받아 챙기고 짐의 백성들이 사는 곳 어느 길목에서나 재판을 하며 사형을 집행하지 않는가! 그리스 사람들이 샘터의 수효만큼, 페르시아 사람들이 별의 수효만큼 많은 신을 믿고 있었듯이 프랑스 사람들은 교수대 숫자만큼이나 많은 왕을 받들고 있는 셈이지 뭔가! 이것은 매우 우려되는 사태야. 게다가 혼란과 무질서는 짐이 가장 싫어하는 것이란 말이다. 파리 장안에 국왕인 짐 외에 도로 관리관이 있고, 짐이 주재하는 왕실 상급재판소 외에 또 다른 재판소가 있다. 이 제국에는 짐 말고도 국왕 노릇을 하는 작자가 여럿 있다는 거야. 이런 일이 과연 신의 은총으로 일어난 일인지 궁금하군그래. 제기랄! 언젠가 이 나라에 단 하나의 국왕, 단 하나의 영주, 단 하나의 재판관만이 존재하는 그런 날이 꼭 와야 할 것이네! 천국에 하느님이 딱 한 분 계시듯 말이야!」

왕은 다시 사냥개를 부추겨서 사냥감에 달려들게 하는 사냥꾼과도 같은 말투로 말을 이었다.

「잘한다! 백성들이여! 용기를 내라! 저 가짜 영주들을 몰아내라! 끝까지 밀어붙여라! 영주들을 약탈하고, 그들의 목을 매달고, 무참히 짓밟아라! 제후들이여, 그대들이 왕이 되고 싶다 이 말씀인가? 그렇게는 안 되지…… 자, 백성들이여! 진격하라! 진격하라!」

여기서 그는 갑자기 말을 뚝 끊고 입술을 깨물었다. 그러고는 벗어 든 모자를 꽉 쥐고 방 안에 있던 다섯 사람을 하나씩 번갈아 쏘아보았다.

그때 쿠악티에가 말을 꺼냈다.

「그런데 폐하! 경황이 없어 아뢰는 것을 잊었습니다만, 야경대가 두 명의 낙오자를 체포했습니다. 그들을 보시겠습니까?」

「그들을 보겠느냐고? 이런 빌어먹을! 어떻게 그런 걸 잊어버릴 수가 있는가? 올리비에, 어서 가서 그들을 데려오게.」

왕이 호통을 쳤다.

밖으로 나갔던 올리비에는 잠시 후 친위대원들에게 둘러싸인 두 명의 포로를 데리고 들어왔다. 포로 중 한 명은 바보 같은 얼굴을 한 취객이었다. 갑자기 벌어진 상황에 놀라고 당황한 나머지 어쩔 줄 모르는 표정이었다. 누더기 옷을 걸친 그는 무릎을 구부리고 발을 질질 끌며 들어왔다. 독자들이 이미 잘 알고 있는 다른 사내는 창

313

백한 얼굴에 생글생글 미소를 띠고 있었다.

왕은 잠시 아무 말 없이 그들을 살펴보았다. 그러고는 술 취한 부랑자에게 말을 걸었다.

「이름이 뭐냐?」

「지에프루아 팽스부르드라고 합니다.」

「직업은?」

「거지입니다.」

「대체 무슨 짓을 하려고 폭동을 일으켰느냐?」

거지는 얼빠진 표정으로 두 팔을 흔들며 왕을 쳐다보았다.

「모르겠습니다. 사람들이 몰려가기에 그냥 따라갔을 뿐입니다.」

「무엄하게도 그대들의 영주인 재판소 대법관을 공격하고 약탈하려 한 것이 아니었더냐?」

「제가 알고 있는 건 사람들이 누군가의 집에 가서 뭔가를 가져오려 했다는 것뿐입니다.」

「저기 저자는 너와 한패가 틀림없으렷다?」

루이 11세가 다른 포로를 가리키면서 물었다.

「아닙니다. 저는 저 사람을 모릅니다.」

「그만 됐다.」

왕은 출입문 옆에서 침묵을 지킨 채 꼼짝 않고 서 있는 남자에게 신호를 했다.

「트리스탕, 이놈을 처치하라!」

명령을 받은 사내는 공손히 머리를 숙였다. 그러고는 불쌍한 거지를 끌고 왔던 두 명의 군졸에게 나지막이 명령을 내렸다.

314

그러는 동안 왕은 다른 포로에게 다가갔다. 포로의 얼굴엔 굵은 땀방울이 흘러내리고 있었다.

「이름은?」

「피에르 그랭구아르라고 합니다.」

「직업은?」

「철학자입니다, 폐하.」

「네가 어떻게 감히 짐의 친구인 파리 재판소 대법관을 공격하려 했단 말이냐? 네놈들이 일으킨 폭동에 대해 할 말이 있느냐?」

「폐하, 저는 폭동에 가담하지 않았습니다.」

「뭐라고? 이런 고얀 놈을 봤나. 야경대가 그놈들 무리에 섞여 있던 네놈을 잡아 온 것이 아니었더냐?」

「아닙니다, 폐하. 뭔가 오해가 있습니다. 소인은 희곡을 쓰는 작가입니다. 폐하, 제발 저의 말씀을 들어주시옵소서. 소인은 시인입니다. 저와 같은 직업을 가진 사람들은 우울함을 달래기 위해 밤거리를 돌아다니는 버릇이 있습니다. 소인이 어젯밤 그 앞을 지나가고 있었던 것은 사실이지만 그건 순전히 우연이었습니다. 야경대 나리들은 잘못 알고 저를 체포한 겁니다. 저는 이번 폭동과 무관합니다. 조금 전에 여기 왔던 거지가 저를 알아보지 못하는 것을 폐하께서도 보시지 않았습니까. 폐하, 제발 제 말을 믿어주십시오.」

「닥치지 못할까! 참으로 말이 많은 놈이로다.」

왕이 약차를 한 모금 마셨다.

트리스탕이 그랭구아르를 가리키며 앞으로 나섰다.

「폐하, 이놈도 목을 매달까요?」

그것이 그의 입에서 나온 첫 번째 말이었다.

「그래도 문제 될 건 없겠지.」

왕이 태연하게 말했다.

「아니, 제가 보기엔 문제가 있습니다!」

철학자의 얼굴이 새파랗게 질렸다. 그는 국왕의 냉정하고 차가운 얼굴을 보면서 살아남기 위해서는 매우 비장한 어떤 것에 호소할 수밖에 없음을 깨달았다. 그는 루이 11세의 발치에 몸을 던지면서 절망적인 몸짓으로 외쳤다.

「폐하! 부디 소인의 말을 들어주십시오! 폐하! 소인처럼 하찮은 것에게 벼락을 치지 마십시오. 하느님의 큰 벼락은 배추 같이 보잘것없는 미물을 때리지 않는 법입니다. 폐하, 폐하께선 강하고 존엄하신 군주이십니다. 가엾고 정직한 인간을 가긍하게 여겨주십시오. 저는 얼음 조각이 불꽃을 일게 할 수 없는 것과 같이 폭동을 부추기는 일과는 거리가 먼 사람입니다! 지극히 너그러우신 폐하, 관용이야말로 위대한 국왕의 미덕입니다. 불행히도 가혹한 정치는 백성들에게 겁을 줄 뿐입니다. 가차 없이 불어대는 삭풍은 지나가는 행인의 망토를 벗기지 못할 것이나 조금씩 햇살을 내려 덥게 하는 태양은 마침내 행인의 외투를 벗겨 셔츠 바람으로 걷게 만듭니다. 폐하, 폐하께서는 태양이십니다. 소인의 주인이시며 영주이신 폐하께 감히 말씀드리지만 소인은 도둑질을 일삼는 무질서한 폭도의 일당이 아닙니다. 폭동이나 강도 짓은 시를 사랑하는 아폴론과 어울리지 않습니다. 소인은 폐하의 충성스러운 신하입니다. 폐하! 소인은 폐하께서 사랑하시는 왕세자 전하와 플랑드르 공주님의 결혼식 때 축시를 지어 바친 적도 있습니다. 그것은 반란의 선동자가 할 일이 아닙니다. 폐하께서 보시듯 소인은 결코 엉터리 문사가 아닙니다. 소인은 공부도 많이 했고 선천적으로 웅변의 재주도 타고난 사람입니다. 폐하, 소인에게 자비를 베푸십시오. 그리하시면 성모마리아께서도 흡족해하실 것입니다. 폐하, 소인은 교수형을 당한다는 생각에 몹시 떨고 있습니다.」

드디어 숨이 찬 그랭구아르가 말을 마쳤다. 그는 덜덜 떨면서 조심스럽게 왕을 바라보았다. 왕은 손톱으로 바지 무릎 부분에 묻은 얼룩을 긁어내고 있었다. 그리고 찻잔을 들어 차를 한 모금 마셨다. 왕은 아무 말도 없었다. 그랭구아르의 가슴은 사정없이 타들어 갔다. 마침내 왕이 그를 쳐다보며 입을 열었다.

「이만저만 시끄러운 놈이 아니구나! 좋다! 이놈을 풀어줘라!」

그랭구아르는 너무도 기쁜 나머지 뒤로 나동그라졌다.

「석방하라고요? 아니, 폐하. 이자를 옥에 처넣지 않으시렵니까?」

트리스탕이 불만스레 물었다.

「당장에 이자를 문밖으로 끌어내라!」

「아이고 살았다! 참으로 위대하신 국왕이십니다!」

그랭구아르는 행여 왕의 마음이 바뀔까 트리스탕이 마지못해 열어준 문으로 쏜살같이 달려갔다. 두 명의 군사도 함께 밖으로 나갔다.

재판소 대법관에 대한 반란 소식을 들은 후 왕은 기분이 몹시 좋아졌다. 그랭구아르에게 베푼 이례적인 사면 조치가 그 확실한 증거였다. 트리스탕은 얼굴을 찌푸린 채 서 있었다.

왕은 의자에 앉아 즐거운 듯 손가락으로 팔걸이를 톡톡 두드리며 행진곡 박자를 맞췄다. 그는 좀처럼 본심을 드러내지 않는 편이었으나 기쁨을 감추는 것은 고통을 감추는 것보다 어려웠다. 그래서 좋은 소식이 있을 때마다 자기도 모르게 겉으로 표시를 내곤 했다. 샤를 르 테메레르가 죽었을 때도 너무 기쁜 나머지 생마르탱 드 투르 성당에 은으로 된 난간을 봉헌했다. 그런가 하면 왕위에 오르는 기쁨에 빠져 아버지의 장례식을 준비하는 것을 잊기도 했다.

왕이 선심을 쓰는 것을 보고 올리비에는 이때야말로 좋은 기회라 생각하며 앞으로 나섰다.

「폐하.」

「무슨 일인가?」

「폐하께선 시몽 라댕 나리가 죽은 걸 알고 계시겠지요?」

「그런데?」

「그는 국고 감사를 담당하는 왕실 보좌관이었습니다.」

「그래서?」

「폐하, 지금 그 자리가 비어 있습니다.」

올리비에의 거만한 얼굴에 비굴함이 떠올랐다. 거만함과 비굴함은 궁중 대신의 얼굴이 가질 수 있는 유일한 표정이다. 왕은 그를 정면으로 바라보며 쌀쌀하게 말했다.

「여보게, 지나친 교만은 결국 자신을 망치고
말 걸세. 교만 뒤에는 항상 몰락과 치욕이 따르
는 법이거든. 이 사실을 명심하고 잠자코 있게. 그
러나 우리 이 일로 틀어지지는 말자고. 우린 오랜 친구가 아니
던가. 이제 밤이 늦었네. 오늘 일은 끝났으니 짐에게 면도나 해
주게.」

왕의 이발사 올리비에는 세 가지 이름을 가지고 있었다. 조
정에서는 예의 바르게 '사슴 올리비에'라 불렸지만, 백성들은
그를 '악마 올리비에'라고 불렀다. 그의 진짜 이름은 '악인 올
리비에'였다.

올리비에는 토라져서 움직이지 않고 가만히 있었다.

「암, 그렇고 말고!」

루이 11세는 이상하게도 친절하게 말을 이었다.

「이보게, 가엾은 이발사. 만일 짐이 한 손으로 턱수염을 쓰
다듬는 버릇이 있는 왕이었다고 생각해보게. 그럼 자네는 어
떻게 되었겠나? 이발사란 직책은 공석이 될 수밖에 없지 않았
겠나? 자, 그러니 어서 필요한 도구를 가지고 와서 짐의 면도나
해주게.」

올리비에는 왕이 웃기로 마음먹은 것을 보고 어떤 말도 통
하지 않을 것임을 알았다. 그는 명령을 수행하기 위해 투덜거
리며 나갔다.

올리비에가 나가자 왕은 자리에서 일어나 창가로 다가섰다.
그러더니 갑자기 창문을 열어젖히며 말했다.

「그래! 시체 위의 하늘이 빨갛구나. 재판소가 타고 있는 거야. 바로 그거야. 아! 내 백성들이여! 그대들이 나를 도와 영주들을 타도하는구나!」

그러고는 플랑드르 사신들을 돌아보았다.

「여러분, 이리 와서 좀 보시구려. 저기 벌겋게 불이 타고 있지 않소?」

그들이 다가섰다.

「큰불이군요.」

기욤 랭이 말했다.

「아! 저걸 보니 앵베르쿠르 영주의 저택이 불타던 때가 생각나는군요. 아무래도 저쪽에 폭동이 크게 일어난 모양입니다.」

코프놀이 눈을 반짝이며 덧붙였다.

「그렇게 생각하시오, 코프놀 선생?」

루이 11세의 시선은 양품점 주인의 그것만큼이나 기쁨에 들떠 있었다.

「저것에 저항하기란 어렵지 않겠소?」

「물론입니다, 폐하. 폐하께서 많은 군사를 보내셔도 소용없을 겁니다.」

「아! 짐의 군사들 말이오? 그 경우는 다르지요. 짐이 원하기만 한다면 저런 폭동쯤은 언제든 진압할 수 있다오!」

하지만 양품점 주인은 대담하게도 왕의 말에 꼬리를 달았다.

「만일 이 폭동이 제가 생각하고 있는 그런 거라면, 폐하께서 아무리 원하셔도 진압하기란 불가능한 일입니다.」

「내 친위대 2개 중대와 대포 사격만 있으면 저런 오합지졸

이야 문제도 아니오.」

옷 장수는 담담하게 대꾸했다.

「그럴 수도 있겠지요, 폐하. 그렇다면 백성들의 때가 아직
당도하지 않은 탓입니다.」

기욤 랭이 끼어들기로 마음먹었다.

「코프놀 나리, 당신은 지금 강력한 군주 앞에 서 있소.」

「잘 알고 있습니다.」

코프놀이 대답했다.

「저 사람이 말을 하게 내버려 두시오. 솔직하게 얘기하는 게
마음에 드는구려. 선왕이신 샤를 7세께서는 진리가 병들었다
고 얘기하셨고 나는 진리가 죽었다고 믿고 있었소. 코프놀 선
생이 내 잘못을 깨닫게 해주시는구려.」

루이 11세는 옷 장수의 어깨 위에 친밀하게 손을 올렸다.

「그래, 조금 전에 한 말을 다시 한번 해보시오.」

「아마 폐하의 말씀이 옳을지도 모르며, 그렇다면
폐하의 나라에는 백성들의 때가 아직 오지 않
은 거라고 말씀드렸습니다.」

루이 11세가 그를 뚫어져라 쳐다보았다.

그때 바깥으로 나갔던 올리비에가 되돌
아왔다. 그 뒤로 면도 도구를 받든 시종
두 사람이 따라 들어왔다. 루이 11세는 파
리 시장과 야경대장이 그들과 함께 들어오는 것을 보고 놀랐
다. 그들은 당황한 표정이었다. 앙심을 품은 이발사 역시 당황
한 얼굴을 하고 있었으나 내심 만족한 듯 보였다. 그가 입을 열

었다.

「폐하, 소신이 좋지 못한 소식을 전하게 됨을 용서하소서.」

「무슨 일인가?」

「폐하!」

올리비에는 상대에게 강한 일격을 가하는 것을 은근히 즐기는 심술궂은 사람의 표정으로 말을 이었다.

「이번 백성들의 폭동은 재판소 대법관을 겨냥한 것이 아니옵니다.」

「그럼 누구를 겨냥하는 것인가?」

「바로 폐하인 줄로 아옵니다.」

늙은 왕은 마치 젊은이처럼 꼿꼿하게 벌떡 일어섰다.

「그게 무슨 얘긴지 명확히 밝혀라, 올리비에! 그리고 그대의 머리를 잘 지켜라. 내가 생로의 십자가에 대고 맹세컨대 만일 그대가 짐에게 거짓말을 한다면 뤽상부르 공의 목을 벤 칼이 그대의 목을 치리라!」

이 맹세는 실로 무시무시했다. 루이 11세가 생로의 십자가에 대고 맹세를 한 것은 평생에 두 번밖에 없었다.

「폐하.」

올리비에가 대답을 하려 했다.

그러나 국왕은 사정없이 그의 말을 가로막았다.

「무릎을 꿇어라! 트리스탕, 이놈을 감시해라!」

올리비에는 무릎을 꿇고 냉정하게 말했다.

「폐하, 어떤 마녀 하나가 폐하의 재판소에서 사형선고를 받았습니다. 그 계집이 노트르담 성당 안으로 피신했습니다. 백성들은 실력을 행사하여 그 여자를 앗아
가려고 나선 것입니다. 현장에서 달려온
시장과 야경대장이 여기 계시니 제 말이
진실인지 거짓인지 가려줄 것입니다. 폭
도가 포위하고 있는 것은 노트르담입니다.」

「그래?」

왕은 분노로 새파랗게 질려 와들와들 떨면서 나직한 목소리
를 말했다.

「노트르담이라고! 그놈들이 나의 주 성모님을 모신 성당을
포위했다는 건가! 어서 일어나라, 올리비에. 그대의 말이 옳다.
그대에게 시몽 라댕의 자리를 주겠다. 그대의 말이 옳아. 놈들
이 공격하는 것은 바로 짐이다. 그 마녀는 성당의 보호 아래 있
고, 성당은 짐의 보호 아래 있다. 아, 짐은 여태 저 도적 떼가 그
놈의 재판소 대법관을 공격하는 줄로만 알고 있었구나! 짐을
공격하는 줄도 모르고!」

노기가 머리끝까지 오른 왕은 성큼성큼 걷기 시작했다. 그
는 이제 웃지 않았고 무시무시한 얼굴로 방 안을 서성였다. 갑
자기 여우가 하이에나로 바뀐 꼴이었다. 기가 막혀 입을 뗄 수
조차 없는 것 같았다. 입술은 분노로 실룩거리고 야윈 주먹은
부르르 떨렸다. 왕이 불쑥 고개를 쳐들었다. 움푹 팬 눈에선 벼
락같은 광채가 일었고 목소리는 나팔처럼 쩌렁쩌렁 울렸다.

「칼을 내려라, 트리스탕! 그 폭도에게 칼을 내려라! 가라, 트
리스탕! 가서 죽여라! 몰살해라! 한 놈도 남김없이 몽포콩의
형장으로 보내라!」

트리스탕이 고개를 숙였다.

「알겠습니다, 폐하.」

잠시 침묵이 흐른 후 그가 되물었다.

「그런데 그 마녀는 어찌하오리까?」

왕은 잠시 생각에 잠겼다.

「음, 마녀 계집이라! 여보게 시장, 폭도는 그 계집을 어떻게 하려고 했던가?」

「폐하, 폭도가 노트르담의 성역에서 그 여자를 끌어내려고 하는 것으로 보아, 그 여자가 처벌받지 않은 것에 불만을 품고 직접 목을 매달려고 하는 것으로 보입니다.」

왕은 깊은 생각에 잠겼다.

「좋아, 트리스탕. 폭도를 모두 잡아 죽이고, 마녀는 교수형에 처하도록 하라.」

「알겠습니다, 폐하. 그런데 만일 마녀가 아직도 성당 안에 있다면 성역인 것을 무시하고 체포해 목을 매달아도 무방하겠습니까?」

「그렇지, 성역이었군.」

왕이 귓불을 긁적였다.

「그래도 그 마녀는 교수형에 처해야 해.」

이렇게 말하고 난 왕은 새삼스레 무슨 생각이 떠오른 듯 의자 앞에 꿇어앉더니 모자를 벗어 그 위에 올려놓았다. 그러고는 몸에 지니고 있던 부적을 꺼내 들고 경건한 마음으로 우러러보며 두 손을 모아 기도를 드렸다.

「아! 파리의 노트르담이여! 나의 친절하신 수호신이여! 저를 용서해주시옵소서! 두 번 다시 그런 짓은 하지 않겠습니다. 그 죄인은 벌을 받아야 하나이다. 성모마리아여, 단언하건대 그 마녀는 당신의 보호를 받을 자격이 없나이다. 성모시여, 신앙이 두터운 왕들 중에서도 신의 영광과 국가의 필요를 위해 교회의 특권을 침범한 적이 있었나이다. 그것은 이미 당신께서도 알고 계시는 일이옵니다. 그러니 파리의 노트르담이여! 이번의 일만큼은 부디 용서해주시옵소서. 두 번 다시 그런 일은 없도록 하겠나이다. 그리고 작년에 에쿠이의 노트르담에 바친 것과 같은 아름다운 은제 석상을 당신 앞에 바치겠나이다. 아멘.」

왕은 성호를 긋고 일어나 다시 모자를 쓰고 트리스탕에게 말했다.

「서둘러라. 샤토페르 대위를 데리고 가서 경종을 울리고 폭도를 짓밟아버려라. 마녀는 교수형에 처해야 한다. 처형이 끝날 때까지는 자네가 손을 떼면 안 된다. 일이 다 끝나면 보고하는 것을 잊지 말고. 자, 올리비에. 짐은 오늘 밤 잠을 자지 않겠다. 어서 면도를 해다오.」

트리스탕은 절을 하고 밖으로 나갔다. 그 사이 왕은 플랑드르 사신들에게 말했다.

「신의 가호가 두 분께 있기를. 이제 가서 쉬도록 하시오. 밤이 깊었소.」

둘은 자리에서 물러나 각자의 침소로 돌아갔다.

6 산책하는 작은 불꽃

바스티유에서 나온 그랭구아르는 고삐 풀린 말처럼 날쌘 걸음으로 생탕투안 거리를 내달렸다. 보두아예 성문에 도착한 그는 광장 한가운데 솟아 있는 석조 십자가를 향해 똑바로 걸어갔다. 십자가로 오르는 계단 위에 검은 옷에 검은 두건을 쓴 사내가 앉아 있었다.

「선생님이십니까?」

그랭구아르가 물었다.

검은 옷을 입은 사내가 벌떡 일어났다.

「이런 죽일 놈 같으니! 아주 내 속을 끓이는구나, 그랭구아르! 생제르베 탑 위에 있는 사내가 이제 막 새벽 한 시 반이라고 소리를 질렀다네!」

「아! 그건 제 탓이 아니라 야경대와 국왕 폐하 탓입니다. 가까스로 위기를 모면했다니까요. 이번에도 글쎄 교수형에 처해질 뻔했지 뭡니까? 아무래도 그게 제 운명인가 봅니다.」

「자넨 모든 것을 망쳐놓는군. 어쨌든 빨리 가세. 암호는 알고 있나?」

「알고 있으니 안심하십시오. '산책하는 작은 불꽃'입니다. 그나저나 성당 안으로 어떻게 들어갑니까?」

「종탑의 열쇠가 있네.」

「그럼 나올 때는요?」

「수도원 뒤쪽에 강으로 통하는 문이 나 있네. 난 그 문의 열쇠를 가지고 있어. 오늘 아침 거기에다 나룻배를 묶어두었다네.」

「정말 까딱하면 교수형을 당할 뻔했다니까요.」

그랭구아르가 이야기를 이으려 하자 상대는 금방 말을 막았다.

「시끄럽네. 어서 서두르기나 하세!」

둘은 성큼성큼 시테를 향해 걸어갔다.

7 샤토페르의 원군

독자들은 막무가내로 성당을 올라오는 폭도 앞에서 카지모도가 위험한 상태에 빠져 있었음을 기억하고 있으리라. 사방팔방에서 공격을 받게 되자 용감한 귀머거리는 용기를 아주 잃은 것은 아니었지만 희망이 사라져가는 것을 느꼈다. 그것은 자기 자신을 구하겠다는 희망이 아니었다. 그는 오직 집시 아가씨만을 생각했다. 그는 미친 듯이 회랑 위를 뛰어다녔다. 바야흐로 노트르담이 폭도에게 점령당하려는 순간이었다. 그때 갑자기 말들이 질주하는 소리가 들려왔다. 동시에 기다란 횃불의 행렬과 함께 창을 들고 전속력으로 달려오는 기마대의 군사들이 나타났다. 성난 고함 소리가 마치 우레처럼 광장 위로 울려 퍼졌다.

「프랑스! 프랑스! 폭도를 무찔러라! 샤토페르의 원군이 도착했다! 헌병대다! 헌병대다!」

놀란 거지들이 뒤를 돌아보았다.

카지모도의 귀에는 아무 소리도 들리지 않았다. 하지만 칼집에서 꺼낸 칼, 횃불, 번쩍이는 창, 기병대의 군사들과 더불어 기병대를 지휘하는 페뷔스의 모습은 똑똑히 볼 수 있었다. 거지들은 뒤죽박죽 혼란에 빠진 듯했다. 겁에 질린 자들은 물론 용감한 자들 가운데서도 동요가 일어났다. 카지모도는 뜻하지 않게 원군을 얻은 것이었다. 그는 마지막 남은 힘을 다해 이미 회랑으로 밀고 들어온 폭도를 성당 밖으로 밀쳐냈다.

거지들은 용감했다. 필사의 저항이 계속되었다. 처절한 접전이었다. 페뷔스 드 샤토페르는 국왕의 기병대 가운데에서 용감하게 싸웠다. 기병대는 가차 없이 찔러댔고 칼을 휘둘렀다. 무장을 제대로 갖추지 못한 거지들은 거품을 내뿜으며 군인들을 물어뜯었다. 남녀노소 할 것 없이 말의 엉덩이와 가슴팍으로 달려가서 이빨과 손톱을 날카롭게 세운 고양이처럼 달라붙었다. 어떤 이들은 기병들의 얼굴에 횃불을 휘둘렀고, 또 다른 이들은 괭이로 그들의 목을 찔렀다. 이미 죽어 쓰러진 자들의 시체에선 남아나는 것이 없었다.

그들 중 한 사람은 커다란 낫으로 말의 다리만 골라 베고 있었다. 콧노래를 흥얼거리면서 쉴 새 없이 낫을 휘둘렀다. 그때마다 잘려 나간 말의 사지가 커다란 반원을 그리면서 땅에 떨어졌다. 그는 흡사 밀밭에서 추수를 하는 농부처럼 고개를 좌우로 저어가며 숨이 차지만 여유를 가지고 기병들이 밀집해 있는 쪽으로 다가서고 있었다. 바로 클로팽 트루유푸였다. 하지만 얼마 지나지 않아 그도 화승총을 맞고 쓰러졌다.

마침내 거지들이 굴복했다. 누적된 피로와 변변치 못한 무기, 불의의 습격으로 인한 충격, 열린 창문에서 날아오는 화승총 세례, 국왕 군대의 물러설 줄 모르는 패기에 더는 버틸 재간이 없었다. 살아남은 자들은 공격의 포위망을 뚫고 사방팔방으로 도망치기 시작했다. 파르비 광장에는 시체가 산더미처럼 쌓였다.

잠시도 싸우기를 그치지 않았던 카지모도의 눈에 폭도가 패주하는 모습이 보였다. 그는 무릎을 꿇고 주저앉아 두 손을 하늘로 쳐들었다. 그러고는 기쁨에 취해 쏜살같이 에스메랄다의 방으로 뛰어 올라갔다. 이걸로 두 번째로 에스메랄다의 목숨을 구해낸 셈이었다. 그는 그녀 앞에서 무릎을 꿇고 싶은 생각밖에 없었다. 하지만 그녀의 방으로 들어섰을 때 방은 이미 텅비어 있었다.

11

파리의 노트르담

Notre-Dame de Paris

1 작은 신발

거지들이 성당을 공격했을 때 에스메 랄다는 자고 있었다.

그러나 성당 주위에서 자꾸만 커져가는 소란과 먼저 잠을 깬 염소의 불안한 울음소리가 그녀의 잠을 깨웠다. 그녀는 침대에서 벌떡 일어나 앉아 귀를 기울였다. 주위를 둘러보니 바깥이 환하게 밝아 있었다. 소란스러움 역시 심상치 않았다. 그녀는 일어나 밖으로 나왔다. 광장에서 꾸물거리는 그림자들 사이로 야간 습격의 혼란스러운 상황이 드러났다. 어둠 속에서 개구리의 무리처럼 이리저리 뛰어다니는 흉측한 사람들, 그들의 목쉰 아우성 소리, 안개 낀 늪을 지나갈 때 밝혀놓는 횃불처럼 어둠 속에서 흔들리는 붉은 횃불들, 이 모든 광경이 그녀의 눈에는 망령들과 성당 석조 괴물들 사이에 벌어진 신비로운 싸움같이 보였다. 겁에 질린 그녀는 방으로 뛰어 들어가 죽은 듯이 침대에 웅크리고 있었다.

그녀는 점점 더 가까워지는 성난 군중의 숨결을 느끼며 겁에 질린 채 한참을 그렇게 있었다. 갑작스러운 소란의 동기가 무엇인지, 지금 무슨 음모가 꾸며지고 있는지, 저들이 뭘 하고 있는지, 뭘 원하는지 전혀 알 수가 없었다.

그저 끔찍한 결말이 있을 것만 같았다.

그때 갑자기 방을 향해 걸어오는 발자국 소리가 들렸다. 그녀는 뒤돌아보았다. 두 사나이가 방 안으로 들어왔다. 그중 하나는 램프를 들고 있었다. 그녀는 기어드는 목소리로 짧은 비명을 내질렀다.

「두려워하지 마세요.」

낯선 목소리는 아니었다.

「누구죠, 당신은?」

「피에르 그랭구아르예요.」

그 이름은 그녀를 안심시켰다. 고개를 들어 쳐다보니 역시나 바로 그 시인이었다. 하지만 그의 옆에는 머리부터 발끝까지 검은 옷을 입은 남자가 서 있었다. 그녀는 그만 할 말을 잃었다.

「잘리가 당신보다 먼저 날 알아보는군요.」

그랭구아르가 나무라는 듯 말했다.

과연 염소는 그랭구아르가 자신의 이름을 댈 때까지 기다리지 않았다. 그가 방에 들어오자마자 앞으로 달려들며 그의 무릎에 머리를 비벼대고 핥기 시작했다. 그랭구아르의 무릎에 흰 털이 묻어났다. 염소는 털갈이를 하는 중이었다.

「저기 당신과 함께 온 사람은 누구죠?」

에스메랄다가 낮은 목소리로 물었다.

「걱정할 것 없어요, 내 친구니까.」

철학자는 램프를 바닥에 내려놓고 웅크리고 앉더니 감동에 겨운 듯 잘리를 품에 안았다. 하지만 검은 옷을 입은 남자는 그를 그냥 내버려 두지 않았다. 그랭구아르 옆으로 다가와서는 어깨로 밀치며 서두르라는 표시를 했다. 그랭구아르가 일어섰다.

「맞아요. 서둘러야 한다는 걸 잊고 있었군요. 아가씨, 당신의 목숨은 지금 위태로운 상태입니다. 물론 잘리의 목숨도. 사람들은 당신을 다시 체포하려 하고 있어요. 우린 당신 편이에요. 당신을 구출하러 왔어요. 우릴 따라와요.」

「정말이에요?」

「정말이고 말고. 어서 와요.」

「좋아요. 그런데 왜 당신의 친구 분은 아무 말씀도 없으시죠?」

「아, 그건 이 친구 부모님이 괴팍한 분들이라 아들을 이렇게 말이 없는 사람으로 키우셨기 때문입니다.」

에스메랄다는 석연치 않은 이 해명에 만족할 수밖에 없었다. 그랭구아르가 그녀의 손을 잡았다. 동행인은 램프를 들고 앞장서서 걸었다. 그녀는 무서운 생각이 들어 그들이 이끄는 대로 따라나섰다. 염소는 그랭구아르를 다시 보게 된 것이 기뻤는지 폴짝폴짝 뛰면서 뒤를 따랐다.

그들은 종탑의 층계를 서둘러 내려가 성당 내부를 통과해 수도원 앞마당으로 나왔다. 침묵에 잠긴 어두운 성당 안에 바깥의 소란스러운 소리가 울리고 있었다. 수도원은 텅 비어 있었다. 수사들은 수도원을 버리고 주교관으로 피신해서 함께 기도를 올리는 중이었다. 그들은 마당을 통해 테랭 쪽으로 난 문을 향해 걸어갔다. 검은 옷의 사나이가 열쇠로 문을 열었다. 테랭은 시테 섬 동단으로 비어져 나온 기다란 반도로, 노트르담 사원에 속해 있는 땅이었다. 성벽으로 둘러싸인 테랭 일대에도 사람의 그림자라곤 없었다. 물가에는 오리목으로 엮어 세운 낡은 울타리가 있었다. 거기에는 야트막한 포도 덩굴이 마치 손가락을 펴놓은 듯 앙상한 가지를 드리우고 있었다. 울타리 너머로 어두운 곳에 작은 나룻배가 한 척 숨겨져 있었다. 검은 옷의 남자가 그랭구아르와 아가씨에게 배 안으로 들어가라고 신호를 보냈다. 염소도 그 뒤를 따랐다. 검은 옷의 남자가 맨 마지막으로 배에 올랐다. 남자는 밧줄을 끊고 긴 막대기로 배를 육지에서 밀어내고는 뱃머리 쪽으로 옮겨 앉아 양손에 노를 잡고 온 힘을 다해 젓기 시작했다.

그랭구아르는 배에 타자마자 염소를 무릎 위에 올려놓고 고물 쪽에 자리를 잡았다. 낯선 사나이에게서 뭐라 표현할 수 없는 불안을 느낀 에스메랄다는 시인 옆으로 바짝 다가앉았다.

배는 센 강 우안을 향해 천천히 나아갔다. 잠시 아가씨는 은근히 겁을 먹고 낯선 사내를 관찰했다. 초롱의 불빛은 새어 나가지 않게 조심스레 가려져 있었다. 뱃머리의 어둠에 잠긴 사내의 모습이 유령처럼 희미하게 보였다.

「그건 그렇고, 선생님!」

그랭구아르가 불쑥 말을 꺼냈다.

「아까 저 날뛰는 거지들 사이로 파르비 광장에 도착했을 때 말이에요. 그 귀머거리 놈이 왕들의 조상이 있는 회랑에 버티고 서서 어느 불쌍한 청년의 머리를 박살 내던 걸 보셨어요? 전

눈이 나빠서 누군지 정확히 보질 못했지 뭡니까. 선생님은 그게 누군지 아십니까?」

상대는 한마디 대꾸도 없었다. 대신 노 젓는 것을 멈추고 고개를 숙였다. 그의 팔은 마비된 듯 움직이지 않았다. 에스메랄다는 사나이가 경련하듯 한숨을 내쉬는 소리를 들었다. 이번에는 그녀가 몸을 부르르 떨었다. 그것은 이미 들어본 적이 있는 한숨 소리였다.

제멋대로 내버려 둔 배는 한동안 물이 흐르는 대로 흘러갔다. 그러나 검은 옷의 사나이는 몸을 일으키고 다시 노를 잡았다. 그러고는 강물을 세차게 거슬러 오르기 시작했다. 배는 노트르담 섬의 돌출부를 지나 포르토푸엥의 선창을 향하고 있었다.

노트르담 주위의 소란은 더욱 심해져 갔다. 그들은 가만히 귀를 기울였다. 승리의 외침 소리가 똑똑히 들려왔다. 갑자기 성당 위 높은 곳 도처에 수백 개의 횃불이 타올랐다. 그 빛에 여기저기 서 있는 무장한 군사들의 투구가 번쩍거렸다. 종탑 위에도, 회랑 위에도 온통 횃불이 나부꼈다. 그 횃불들은 무언가를 찾고 있는 것 같았다. 저 멀리서 들려오는 사람들의 외침 소리가 도망자들의 귀에까지 들렸다.

「집시 계집애를 찾아라! 마녀를 찾아라! 집시 계집애를 잡아 죽여라!」

에스메랄다는 두 손으로 얼굴을 감쌌다. 검은 옷의 사나이는 강가를 향해 미친 듯이 노를 젓기 시작했다. 그랭구아르는 골똘히 생각에 잠겨 있었다. 그는 염소를 품에 안고 그녀에게

서 슬그머니 떨어져 앉았다. 그럴수록 그녀는 그에게로 바싹 다가앉았다. 마치 자신에게 남아 있는 유일한 피난처로 다가 가듯이.

그랭구아르는 대단히 난처한 입장에 빠져 있었다. 다시 잡히는 날에는 염소 또한 교수형을 피할 수 없으리라. 아! 가엾은 잘리! 그것은 정말 유감이었다. 그렇지만 자신을 의지하는 두 사형수를 혼자서 구출하기란 무리였다. 동행하고 있는 신부가 집시 아가씨를 돌봐준다면 좋을 텐데……. 그의 머릿속에선 두 가지 생각이 맞붙어 격렬한 싸움을 벌이고 있었다. 그는 집시 아가씨와 염소를 번갈아 보며 머리를 굴렸다. 그는 눈물에 젖은 눈으로 두 사형수를 바라보았다. 아, 안타깝게도 내 힘으로 둘 다 구해내기란 불가능한 일이야…….

순간 배가 쾅 소리를 내며 강기슭에 부딪쳤다. 여전히 무시무시한 소란이 시테 섬을 메우고 있었다. 검은 옷의 사나이가

일어나 에스메랄다에게로 다가와 그녀가 내리는 것을 부축하기 위해 팔을 잡으려 했다. 그녀는 그의 손을 뿌리치고 그랭구아르의 소매에 매달렸다. 그랭구아르는 염소에 정신이 팔려 그녀를 거의 밀어내다시피 했다. 결국 그녀는 혼자서 배 아래로 뛰어내렸다. 정신이 하나도 없었다. 지금 무엇을 하고 있는지 어디로 가는지 알 수가 없었다. 그녀는 그렇게 넋이 빠진 채로 한참 동안 흐르는 물을 바라보았다. 그녀가 정신을 차려보니 강가에는 자신과 말 없는 사나

이 두 사람만이 남아 있었다. 그랭구아르는 배에서 내리는 틈을 타서 염소를 안고 낮은 집들이 밀집해 있는 인근 거리로 도망치고 없었다.

낯선 사나이와 단둘이 남은 것을 안 가엾은 집시 아가씨는 두려움에 몸서리를 쳤다. 말을 하고, 소리를 지르고, 그랭구아르를 부르고 싶었지만 입이 떨어지지 않았다. 아무런 소리도 낼 수가 없었다. 갑자기 사나이의 손이 그녀의 손을 잡는 것이 느껴졌다. 차갑고 억센 손이었다. 그녀의 이는 덜덜 떨렸고 얼굴은 달빛보다 더 창백해졌다. 사내는 아무 말이 없었다. 처녀의 손을 붙잡고 그레브 광장 쪽으로 성큼성큼 올라갈 뿐이었다. 그 순간 그녀는 막연하게나마 운명의 저항할 수 없는 힘을 느꼈다. 기진맥진한 그녀는 사내가 이끄는 대로 끌려갔다. 그들이 걷고 있는 강둑 길은 오르막이었다. 하지만 그녀에겐 내리막처럼 생각되었다.

드디어 그들은 강기슭에 위치한 커다란 광장에 도착했다. 달빛이 희미했다. 그레브 광장이었다. 한가운데에 검은 십자가 같은 것이 서 있었다. 교수대였다.

사나이는 걸음을 멈추고 두건을 벗었다.

「아! 역시 그 사람이었어!」

그녀가 화석처럼 굳어져 더듬거렸다. 푸른 달빛에 비친 그의 모습은 유령 같았다.

「자, 내 얘길 들어봐!」

에스메랄다는 들은 지 오래된 그 음산한 목소리에 숨이 막혔다. 숨찬 듯 헐떡거리며 이어가는 그의 말은 내면의 깊은 동요를 그대로 보여주고 있었다.

「내 말을 잘 들어라. 여긴 그레브 광장이다. 생의 마지막 지점이지. 운명이 너와 나를 여기에 두고 가버렸다. 난 네 생명을, 넌 내 영혼을 결정지어야 한다. 너를 교수형에 처하라는 상급 재판소의 명령이 있었다. 난 방금 그들의 손에서 널 구해낸 거다. 저기 너를 쫓는 사람들이 보이냐?」

그가 손으로 시테 섬을 가리켰다. 아닌 게 아니라 수색은 계속되고 있는 듯했다. 사람들의 웅성거림이 점점 가까이 다가왔다. 그레브 형장에서 마주 보이는 건물의 탑에는 소란스러운 소리와 함께 불빛이 환히 밝혀져 있었다. 반대편 강둑에선 횃불을 든 군사들이 소리를 지르며 달리고 있었다.

「집시 계집애를 잡아라! 집시 계집애는 어디 있느냐? 어서 잡아 죽여라! 사형이다!」

「자, 봤지. 모두들 널 뒤쫓고 있다. 내 말은 거짓이 아니야. 난 너를 사랑한다. 아! 입을 열지 마. 만일 나를 증오한다고 말하려거든 아예 내게 말을 하지 마라. 난 이제 더는 그 말을 듣고 싶지 않다. 난 너를 구해냈다. 아니, 하던 말을 먼저 끝내야겠다. 난 널 완벽하게 구해낼 수 있어. 모든 것을 준비해두었다. 선택은 네 몫이다. 네가 원하는 대로 하겠다.」

갑자기 그가 말을 끊었다.

「아니, 내가 하고 싶은 말은 이게 아니었어.」

그는 그녀의 손을 붙잡고 교수대를 향해 빠른 걸음으로 걸어갔다.

「우리 둘 중 하나를 선택해라!」

그는 교수대를 바라보며 차갑게 말했다.

그녀는 그의 손에서 빠져나와 교수대 아래로 쓰러지면서 교수대의 받침돌을 잡았다. 그러고는 고개를 돌려 신부를 바라보았다. 그 모습은 마치 십자가 아래 쓰러진 성모마리아 같았다. 신부는 손가락을 여전히 교수대로 향한 채 조각처럼 꼼짝도 하지 않고 있었다.

드디어 아가씨가 입을 뗐다.

「난 교수대보다 당신이 더 끔찍해요.」

신부는 두 손에 얼굴을 파묻었다. 에스메랄다는 그가 우는 소리를 들었다. 그것은 처음 있는 일이었다. 똑바로 서서 흐느끼는 사제의 모습은 무릎을 꿇은 것보다 더 비참해 보였다. 그는 그렇게 얼마간을 울었다.

「아! 무슨 말을 해야 할지 모르겠구나. 너에게 할 말을 그렇게 오래도록 생각했는데……. 지금 난 너무나 떨리고 두렵다. 가장 중요한 순간인데 기절이라도 할 것 같아. 난 우리 두 사람을 둘러싸고 있는 지고한 무언가를 느낀다. 그래서 이렇게 말을 더듬고 있는 거지. 아니! 넌 내가 우는 걸 그렇게 냉정히 바라보고 있구나. 아무래도 그 말이 사실이었나 보다. 한번 미움을 받은 사람은 무슨 일을 해도 상대를 감동시킬 수 없다는 말……. 만일 내가 죽는 걸 보면 넌 웃겠지. 아! 난 이렇게 네가 죽는 것을 원치 않는데! 한마디만 해다오! 용서한다는 한마디만! 날 사랑한다고 말하지 않아도 좋다! 다만 네가 살려달라는 말 한마디만 하면 그냥 널 살려주겠다. 그리하지 않으면……. 아! 시간이 가고 있다. 제발 부탁이다. 내가 너의 목숨을 요구하는 이 교수대처럼 차가운 돌덩이가 되는 걸 기다리지 말아다오! 우리 두 사람의 운명은 내 손에 달려 있다는 사실을 기억해라. 나는 지금 거의 미쳐 있다는 걸, 내가 모든 것을 미련 없이 놓아버릴 수도 있다는 걸 생각하란 말이다, 불행한 여인이여! 우리 아래로는 끝없는 낭떠러지가 있을 뿐이다. 네가 그리로 떨어진다면 나도 영원히 너를 따라갈 거다! 제발 다정한 말 한마디만 해다오! 한마디만! 더도 말고 꼭 한마디만!」

무슨 말을 하려는 듯 에스메랄다의 입술이 달싹였다. 신부는 후다닥 무릎을 꿇고 경배하는 자세로 말이 떨어지기를 기다렸다. 그녀의 입에서 부드러운 말이 나올지도 모르는 일 아닌가.

「당신은 살인자야!」

신부는 미친 듯 그녀를 품에 끌어안았다. 그리고 소름끼치게 웃기 시작했다.

「오냐! 그렇다! 난 살인자다. 그러니 너도 그냥 두지 않겠다. 너는 나를 노예로 삼고 싶은 마음이 없다니 이제 주인으로 섬겨야 한다. 너는 내 것이다. 너를 끌고 은신처로 가리라! 너는 나를 따라올 것이다. 나를 따르든가 저들의 손에 넘겨지든가 둘 중 하나니까. 이봐, 넌 죽든지 내 것이 되든지 하는 수밖에 없어! 이 신부의 것이 되어야 한다고! 살인자의 것이 되어야 한다 이 말이다! 오늘 밤부터……. 내 말 알아 듣겠나? 자! 가자!

내게 키스해다오! 무덤이냐 내 잠자리냐, 어서 선택을 해라!」

그의 눈은 욕정과 분노로 반짝였다. 욕망에 찬 입술이 그녀의 목덜미를 핥았다. 그녀는 그의 품에서 벗어나려 안간힘을 썼다. 그는 키스 세례를 퍼부었다.

「비켜! 이 악마! 이 가증스러운 신부야! 어서 놓지 못해?」

부주교의 얼굴이 붉어지는가 싶더니 이내 창백해졌다. 그는 그녀를 밀치고 슬픈 눈으로 쳐다보았다. 그녀는 드디어 자신이 승리했다고 믿었다.

「네놈에게 말해두지만 나는 우리 페뷔스 님의 것이야. 내가 사랑하는 사람은 페뷔스 님이라고. 페뷔스 님은 잘생겼지만 넌 늙고 추하단 말이야! 어서 꺼져!」

그 말에 신부는 단근질을 당하는 불쌍한 사내처럼 날카로운 비명을 질렀다.

「좋아, 죽어버려라!」

그가 이를 갈며 말했다. 에스메랄다는 그의 매서운 눈을 보고 도망치려 했다. 그러나 그의 손을 피할 수 없었다. 그는 그녀를 붙잡아 흔들고 길바닥에 내동댕이쳤다. 그러고는 그녀의 두 손목을 눌러 잡고 투르롤랑의 모퉁이를 향해 질질 끌고 갔다.

투르롤랑 앞에 이르렀을 때 그가 그녀를 바라보았다.

「마지막으로 묻겠다. 내 것이 되겠느냐?」

그녀가 힘을 다해 대답했다.

「싫어!」

그러자 신부는 큰 소리로 외쳤다.

「귀뒬! 귀뒬! 여기 집시 계집애가 있소. 어서 복수하시오!」

에스메랄다는 누군가 느닷없이 자신의 팔을 움켜잡는 것을 느꼈다. 벽에 뚫린 채광창에서 빼빼 마른 손이 나와 철로 만든 집게처럼 그녀를 붙잡았다.

「꼭 붙드시오. 여기 집시 계집이 있소. 도망치지 못하게 해요. 난 가서 군졸들을 불러오겠소. 곧 이 여자가 교수형 당하는 것을 보게 될 거요.」

창문 안쪽에서 목구멍으로부터 솟아나는 웃음소리가 들렸다.

에스메랄다는 그 심술궂은 귀뒬 수녀를 알아보았다. 그녀는 무서운 나머지 빠져나가려고 안간힘을 썼다. 괴로움과 절망에 허덕이면서 몸을 비틀어 몇 번인가 뛰어오르기도 했다. 하지만 상대는 놀라우리만큼 강한 힘으로 그녀를 붙잡고 있었다. 뼈만 남은 앙상한 손가락이 상처가 날 정도로 계속해서 에스메랄다의 손목을 죄고 있었다.

에스메랄다는 기진맥진해서 벽에 몸을 기댔다. 철창 너머로 자루 수녀의 성난 얼굴이 보였다.

「제가 대체 아주머니께 무슨 잘못을 했나요?」

에스메랄다가 힘없이 물었다.

수녀는 대답하지 않았다. 대신 화가 나서 조롱하는 듯한 어조로 마치 노랫가락 같은 말을 반복했다.

「집시 계집! 집시 계집! 집시 계집!」

가엾은 에스메랄다는 고개를 푹 숙였다. 지금 자신이 상대하고 있는 것은 사람이 아니었다.

갑자기 귀될 수녀가 소리를 질렀다. 집시 아가씨의 질문에 대답할 거리를 찾는 데 그처럼 많은 시간이 걸린 모양이었다.

「나에게 무슨 잘못을 했냐고? 아! 나에게 무슨 잘못을 했느냐 이 말이지! 집시 계집애야! 내 말 잘 들어라! 내게는 어린애가 하나 있었다. 알아듣겠냐? 어린애가 있었다고! 아주 예쁜 여자 애였지! 그래, 이 집시 계집애야! 누군가 내 아이를 훔쳐 갔단 말이다. 그리고 잡아먹어 버렸어. 알겠느냐? 이게 바로 네년이 한 짓이다. 내 너에게 말해두지. 난 몸을 파는 여자였지만 아이가 하나 있었다. 그런데 누군가 그 아이를 빼앗아 갔다! 바로 너희 집시 놈들의 소행이야. 이제 네년이 죽어야 하는 이유를 알겠지. 네 엄마가 너를 찾아오거든 말해주겠다. 저기 저쪽 교수대를 쳐다보라고 말이야. 그게 싫으면 내 아이를 돌려놓으라고! 그 애가 어디 있는지 아느냐, 내 귀여운 딸이? 이걸 봐라. 이게 내 딸이 신던 신발이다. 이게 나에게 남은 유일한 물건이야. 이런 신을 어디서 본 적이 있니? 만일 알고 있다면 말해다오. 그게 있는 곳이라면 이 세상 끝이라도 난 그걸 찾으러 갈테다.」

귀될 수녀는 다른 한 손을 창밖으로 뻗쳐 수놓은 신을 보여주었다. 신의 색과 형태를 알아보기에 충분할 만큼 날이 밝아 있었다.

「저에게 그 신발을 보여주세요!」

에스메랄다는 놀란 나머지 온몸을 떨며 말했다.

「어머나! 어머나!」

그녀는 탄성과 동시에 귀될 수녀에게 붙잡히지 않은 손으로 목에 걸고 있던 초록빛 구슬이 달린 주머니를 열었다.

「그래, 어디 한번 악마의 주머니를 실컷 뒤져보려무나!」

으르렁대던 귀뒬 수녀가 돌연 입을 다물었다. 그러더니 갑자기 온몸을 떨면서 절규했다. 그것은 가장 깊숙한 폐부로부터 솟아오르는 소리였다.

「내 딸아!」

에스메랄다의 주머니 속에서 작은 신이 나온 것이다. 그것은 귀뒬 수녀가 내민 것과 똑같은 짝이었다. 이 신발에는 한 장의 양피지가 달려 있었는데 거기에는 다음과 같은 글귀가 쓰여 있었다.

같은 짝을 찾게 되는 날
그대의 어미가 두 팔을 벌리리라.

귀뒬 수녀는 단숨에 신발 두 짝을 비교해보며 양피지의 글귀를 읽더니 천상의 기쁨이 배어나는 행복한 얼굴로 영창의 쇠창살 사이에 꼭 붙어 섰다.

「내 딸아! 오, 내 딸아!」

「어머니!」

에스메랄다도 감동해서 어머니를 불렀다.

벽과 창살이 그들 모녀 사이를 가로막고 있었다.

「아, 이놈의 벽이!」

수녀가 절규했다.

「오! 딸을 보고도 껴안지 못하다니! 네 손을 다오!」

아가씨가 쇠창살 너머로 팔을 들이밀자 수녀는 달려들어 입을 맞추었다. 그녀는 그렇게 입을 맞춘 채 그대로 있었다. 이따금씩 허리를 들썩이게 하는 흐느낌만이 그녀가 살아 있음을 알려주었다. 수녀는 밤새 내리는 비처럼 어둠 속에서 한마디 말도 없이 폭포수 같은 눈물을 흘렸다. 가엾은 어머니는 15년 간이나 참아왔던 눈물을 사랑하는 딸의 손등에 콸콸 쏟아낸 것이다.

별안간 귀뒬 수녀가 벌떡 일어서더니 이마 앞으로 흘러내린 백발의 긴 머리를 뒤로 쓸어 넘겼다. 그러고는 말없이 두 손으로 거세게 쇠창살을 흔들기 시작했다. 창살은 끄떡도 하지 않았다. 그러자 그녀는 방 한쪽 구석에서 베개로 사용하던 돌덩이를 가져와 창살에 대고 힘껏 내리쳤다. 힘이 얼마나 센지 창살 하나가 불꽃을 튀기며 부러져 나갔다. 다시 한번 내리치자 창살을 막고 있던 낡은 십자가가 완전히 떨어졌다. 이어 수녀는 두 손으로 녹슨 쇠창살을 부러뜨리고 벌려놓았다. 때로는 여자의 손에서도 이처럼 초인적인 힘이 솟구치는 법이다.

구멍이 뚫리자 귀뒬 수녀는 딸아이를 번개같이 안아 자신의 방 안으로 들였다.

「오너라! 내가 널 지옥의 구렁텅이에서 건져주마!」

그녀는 독방 안에 들어온 딸을 바닥에 살그머니 내려놓았다가 다시 들어 올렸다. 마치 예전의 어린 아네스에게 해주듯 딸을 두 팔로 안고 방 안을 이리저리 돌아다녔다. 기쁨에 취한 듯 소리를 지르고, 노래를 부르고, 입을 맞추며 이야기를 건네고,

깔깔 웃기도 하고, 눈물을 펑펑 쏟아내기도 했다.

「내 딸아! 내 딸아! 아! 드디어 내 딸을 찾았구나. 선량한 하느님이 마침내 이 애를 내게 돌려주셨어. 이봐요! 모두들 와서 보시오! 여기 있는 내 딸을 보러 올 사람 아무도 없소? 세상에나. 이렇게 예쁠 수가! 하느님, 15년 동안 딸을 기다리게 하시더니 이렇게 예쁜 모습으로 돌려주려고 그러신 거였군요. 집시 여자들이 내 딸애를 잡아먹은 게 아니었어. 누가 그런 말을 퍼뜨렸을까? 아, 내 딸아! 내 딸아! 이 어미한테 입을 맞춰다오. 착한 집시 여자들! 바로 너였구나. 네가 이 앞을 지나갈 때마다 내 가슴이 뛰던 게 다 이유가 있었구나. 그걸 난 증오 때문이라고 착각했었다. 용서해다오, 나의 아네스. 이 어미를 용서해다오!」

그녀는 또다시 손뼉을 치고 웃고 울기 시작했다.

「우린 이제 행복해질 거야.」

그때 노트르담 다리로부터 이쪽을 향해 달려오는 말발굽 소리가 들렸다. 동시에 무기 부딪치는 소리도 방 안에까지 울려 퍼졌다. 에스메랄다는 겁에 질려 어머니의 품속으로 뛰어들었다.

「어머니, 저를 살려주세요! 그들이 오고 있어요! 저를 죽이고 말 거예요.」

귀될 수녀의 얼굴이 새파랗게 질렸다.

기마대가 멈춘 듯하더니 멀리서 말하는 소리가 들렸다.

「트리스탕 님, 이쪽입니다. 신부님 말씀이 '쥐구멍'에 가면 그 계집애가 있을 거라고 했습니다.」

다시 말발굽 소리가 들렸다.

귀될 수녀는 절망적인 비명을 지르며 일어섰다.

「아가, 달아나! 어서 달아나라! 네가 말한 대로구나. 너를 잡아 죽이려는 거다. 끔찍해라! 저주받을 놈들! 어서 달아나라!」

어머니는 창문에 얼굴을 갖다 대고 밖을 내다보았다. 그러고는 이미 살아 있다기보다 죽은 것에 가까운 딸의 손을 발작적으로 잡고 침울한 목소리로 짧게 말했다.

「여기 머물러라! 소리 내지 말고! 사방에 군인들이 있다. 넌 여기서 나가지 못할 거야. 날이 너무 밝다.」

눈물이 마른 모친의 눈은 이글이글 타고 있었다. 그녀는 말이 없었다. 그저 방 안을 서성이다가 이따금씩 멈춰 서서 백발의 머리를 한 움큼씩 뽑아 이로 끊을 뿐이었다.

돌연 그녀가 말했다.

「그들이 다가온다. 내가 말을 할 테니 너는 이 구석에 숨어 있어라. 그놈들은 너를 보지 못할 거야. 네가 도망쳤다고, 내가 널 놔줬다고 얘기하마.」

그녀는 딸을 구석에 몰아넣었다. 밖에서는 보이지 않는 곳이었다. 그녀는 웅크리고 앉은 딸의 손발이 밖으로 드러나지 않도록 세심하게 주의를 기울였다. 그러고
는 딸의 검은 머리채의 매듭을 풀어 하얀 드레스를 덮은 후 자기가 가진 유일한 가구인 항아리와 나무토막을 딸 앞에 놓았다. 마치 그것으로 소중한 딸아이를 숨길 수 있다고 믿는 것 같았다. 그렇게 한 다음 그녀는 한결 침착해진 상태로 무릎을 꿇고 기도를 드리기 시작했

다. 이제 막 동이 트고 있었다. 방 안은 여전히 어두웠다.

그때 지긋지긋한 신부의 목소리가 독방 바로 옆에서 들려왔다.

「여기요, 페뷔스 중대장!」

페뷔스란 이름과 그 이름을 부른 자의 목소리에 구석에 박혀 있던 에스메랄다가 움찔했다.

「움직이지 마라!」

귀될 수녀가 말을 끝내기도 전에 한 무리의 군사가 검 부딪치는 소리와 말발굽 소리를 내며 독방 앞에 멈춰 섰다. 방은 포위되었다. 귀될 수녀는 재빨리 일어나 창 앞을 가로막으며 섰다. 무장을 한 많은 군사가 서서, 혹은 말을 타고 그레브 광장에 정렬해 있는 것이 보였다. 그들의 지휘관이 말에서 내려 그녀에게로 다가왔다.

「이봐, 우리는 교수형에 처할 마녀를 찾고 있다. 그 마녀가 여기 붙잡혀 있다고 하던데.」

가련한 어머니는 할 수 있는 한 최대로 태연한 표정을 지으며 말했다.

「무슨 말을 하시는지 모르겠군요.」

「빌어먹을! 대체 이 부주교란 작자는 무슨 소릴 지껄인 거야? 부주교는 지금 어디 있나?」

「어딘가로 사라지고 없습니다.」

한 군졸이 대답했다.

「좋아, 이 늙은 할망구야! 거짓말 마라. 너에게 마녀를 맡겼다고 하던데 대체 그 계집을 어떻게 했느냐?」

귀튈 수녀는 모든 것을 부정하면 오히려 의심을 살 것 같아 무척 진지하지만 퉁명스러운 목소리로 대답했다.

「조금 전에 붙잡고 있으라고 제 손에 떠맡기고 간 키 큰 계집애를 말씀하시는 거라면 놓쳐버렸습니다. 내 손을 물어뜯는 데야 별 수 있습니까? 자, 이제 귀찮게 굴지 마십시오.」

지휘관은 얼굴을 찌푸렸다.

「나에게 거짓말할 생각일랑 마라. 난 국왕 폐하의 명령을 받은 트리스탕 레르미트다. 알겠느냐?」

그때 백발의 야경대원 하나가 대열에서 벗어나 앞으로 나오더니 트리스탕에게 말했다.

「대장님, 저 여자는 미치광이입니다! 사실 저 여자가 집시 계집애를 놓쳤다 해도 저 여자 잘못은 아닙니다. 저 여자는 집시 여자들을 좋아하지 않거든요. 제가 15년째 밤 순찰을 돌고 있는데 매일 밤 저 여자가 집시 여자들을 끝없이 저주하는 소리를 듣습니다. 우리가 쫓고 있는 계집이 염소를 데리고 다니는 춤추는 소녀가 맞다면 그 계집애는 특히 저 여자한테 미움을 받았답니다.」

귀튈 수녀가 힘을 내서 말했다.

「그 계집애는 정말 끔찍합니다.」

다른 야경대원들도 모두 만장일치로 늙은 군인의 말에 동의했다. 트리스탕은 자루 수녀에게서 아무것도 얻어내지 못한 것이 적잖이 실망스러웠지만 발길을 돌리지 않을 수 없었다. 귀튈 수녀는 천천히 말에게 돌아가는 상대를 뭐라 표현할 수 없는 걱정스러운 표정으로 바라보았다.

「자, 다시 길을 떠나자! 마녀를 찾아내자! 그 계집애의 목을 매달지 못하면 휴식도 없다!」

하지만 그는 말에 올라타기 전에 잠시 주춤했다. 주변에서 나는 사냥감 냄새를 맡고 그 자리를 떠나지 않으려 하는 사냥개 같은 표정으로 광장을 서성거리는 기마대 대장의 모습을 보고, 귀될 수녀는 삶과 죽음 사이를 오가듯 숨이 막혔다. 마침내 트리스탕이 고개를 한번 끄덕이고는 말에 올랐다. 그제야 이루 말할 수 없이 옥죄여 들었던 귀될 수녀의 가슴에 안도의 기운이 퍼졌다. 그녀는 지금껏 한 번도 눈길을 주지 못한 딸을 바라보며 낮은 목소리로 말했다.

「살았다!」

가엾은 아가씨는 자신 앞에 놓인 죽음을 생각하면서 내내 숨도 쉬지 않고 움직이지도 않은 채 구석에 웅크리고 있었다. 그녀는 귀될 수녀와 트리스탕이 나눈 말을 하나도 놓치지 않고 들었다. 어머니의 근심은 모두 그녀에게로 고스란히 전해져 왔다. 그녀는 심연의 구렁텅이 위에 매달아 놓은 줄 위에 서 있었다. 그녀는 조금 전까지 그 가느다란 줄이 마구 흔들리는 것을 느꼈으며, 드디어 그 줄이 끊어져 버렸다고 믿었다. 이제 그녀는 안도했고, 허공에 매달린 줄에서 내려와 단단한 땅을 밟고 선 기분이 들었다. 그때 갑자기 누군가의 목소리가 그녀의 귀에 들려왔다.

「빌어먹을! 헌병대장님! 마녀의 목을 매다는 것은 군인인 내가 할 일이 아니니 혼자 알아서 하십시오. 난 중대로 돌아가겠습니다.」

이 목소리의 주인공은 바로 페뷔스 드 샤토페르였다. 그 순간 에스메랄다의 마음속에 일어난 것은 말로 형언할 수 없는 무엇이었다. 그가 거기 있었다. 그녀의 친구요, 보호자요, 지주요, 은신처인 페뷔스가 바로 거기 있었다. 그녀는 어머니가 미처 말릴 새도 없이 벌떡 일어서서 창가로 달려가 외쳤다.

「페뷔스! 나의 페뷔스!」

페뷔스는 이미 그곳에 없었다. 그는 말을 달려 쿠텔르리 거리 모퉁이를 돌아가고 있었다. 그러나 트리스탕은 아직 떠나지 않고 있었다.

귀딜 수녀는 야수와도 같은 탄성을 내지르며 딸에게로 달려들었다. 그녀는 딸의 목에 손톱을 박아 사정없이 뒤로 끌어냈다. 하지만 이미 때는 늦었다. 트리스탕이 그녀를 보고 말았다.

「앙리에 쿠쟁은 어디 있느냐?」

이 말에 군복도 입지 않고 전혀 군인같이 보이지 않는 한 사내가 앞으로 나섰다. 이 사람은 회색과 갈색이 반씩 섞인 옷을 입고 있었다. 머리칼은 고슴도치처럼 위로 솟고 그의 두꺼운 손에는 포승줄 한 더미가 들려 있었다. 트리스탕이 언제나 루이 11세 곁을 떠나지 않듯이 이 사내는 트리스탕을 그림자처럼 쫓아다녔다.

「이봐, 우리가 찾고 있는 마녀가 저기 있는 것 같다. 가서 목을 매달아라. 사다리는 가져왔나?」

「저기 메종오필리에의 헛간에 사다리가 하나 있습니다. 그건 그렇고 저기 돌로 만든 교수대에 매다는 겁니까?」

「그래.」

「그렇다면 뭐 그다지 할 일도 없겠군요.」

그는 짐승처럼 껄껄 웃으며 대답했다.

「어서 서둘러라. 웃는 건 나중 일이야!」

트리스탕이 딸아이를 본 순간부터 모든 희망을 잃은 귀딜 수녀는 한마디 말도 하지 않았다. 그녀는 반쯤 기절한 딸을 방 한구석에 밀쳐놓고 두 손을 마치 야수의 발톱처럼 창틀에 올려놓은 채 채광창 앞에 버티고 섰다. 앙리에 쿠쟁이 독방으로 다가오자 그녀는 금방이라도 덤벼들 것 같은 표정을 지었다. 그 기세에 앙리에 쿠쟁이 잠시 주춤했다.

「대장님, 어디를 통해 들어갈까요?」

「문으로.」

「여긴 문이 없습니다.」

「그럼 창문으로 들어가.」

「창문은 너무 좁습니다.」

「그럼 창문을 넓혀라!」

트리스탕이 화를 내며 소리를 질렀다.

어머니는 자신의 은둔처 구석에서 꼼짝도 하지 않고 모든 광경을 지켜보았다. 그녀에겐 이제 아무런 희망이 없었다. 자신이 무엇을 원하는지도 몰랐다. 다만 딸아이만은 빼앗길 수 없었다.

앙리에 쿠쟁은 메종오필리에의 헛간으로 건축용 도구 상자를 찾으러 갔다. 돌아올 때는 접히는 사다리도 가져왔다. 그는 사다리를 교수대 아래에 설치했다. 곡괭이와 지렛대로 무장한 대여섯 명의 사나이와 함께 트리스탕이 채광창 가까이 다가왔다.

「이봐, 할망구. 좋은 말로 할 때 그 계집애를 내놓지그래?」

트리스탕은 단호했다.

그녀는 무슨 말인지 못 알아듣겠다는 표정으로 그를 쳐다봤다.

「이런 망할 놈의 할망구가 있나! 어째서 국왕 폐하의 명에 따라 마녀를 처벌하려는 우리를 방해하는 거냐?」

가엾은 노파는 잔인하게 웃기 시작했다.

「왜냐고? 이 애는 내 딸이다.」

이 말을 내뱉는 노파의 목소리에 앙리에 쿠쟁까지도 소름이 끼쳤다.

「사정이 그렇다면 딱하긴 하군. 하지만 이건 국왕의 명령이다.」

트리스탕이 대답했다.

그러자 그녀의 소름끼치는 웃음소리가 더욱 커졌다.

「너의 그 왕이라는 게 대체 무슨 상관이냐? 이 애가 내 딸이라는데!」

「벽을 뚫어라!」

트리스탕이 명령했다.

어머니는 뒤로 물러나 딸 옆으로 다가가 온몸으로 딸을 감싸 안았다. 가엾은 아가씨는 움직이지도 않고 낮은 목소리로 「페뷔스」만 중얼거릴 따름이었다. 벽을 부수는 작업이 진행될수록 어머니는 반사적으로 더욱 뒤로 물러나면서 딸을 벽 쪽으로 밀어붙였다. 별안간 귀틸 수녀는 돌덩이 하나가 떨어져 내리는 것을 보았다. 동시에 부하들을 격려하는 트리스탕의 목소리도 들었다. 갑자기 정신이 번쩍 든 그녀가 소리를 지르기 시작했다.

「어디, 이리로 가까이 와서 내 딸을 빼앗아 보아라. 이 아이가 딸이라고 말하는 어미의 심정도 모른단 말이냐! 네놈은 부모한테 새끼가 어떤 것인지 그것도 모르는 놈이냐!」

「돌을 치워라!」

트리스탕이 명령했다. 돌은 맥없이 무너져 내렸다.

지렛대가 무거운 주춧돌을 들어 올렸다. 그것은 어머니의 마지막 보루였다. 그녀가 돌 위로 몸을 던졌다. 필사적으로 돌덩이를 잡아보려 했으나 허사였다. 여섯 명의 장정이 힘을 합치자 무거운 주춧돌은 지렛대를 따라 가뿐히 지상으로 올라왔다.

그것을 본 귀틸 수녀는 무릎을 꿇은 채로 상체를 세우고 앉아 얼굴을 가리는 머리칼을 쓸어 올렸다. 앙상하게 마른 그녀의 손이 힘없이 허벅지 위로 떨어졌다. 굵은 눈물방울이 그녀의 주름 진 뺨을 타고 흘렀다. 동시에 그녀가 입을 열었다. 너무도 부드럽고 비통하며 간곡한 목소리였기에 트리스탕 주변에 있던 군인들조차 눈물을 훔쳤다.

마침내 그녀가 입을 다물었을 때 트리스탕 레르미트는 눈살을 찌푸렸다. 자신의 잔인한 눈에서 흘러내리는 눈물을 감추기 위해서였다. 그는 약해지는 마음을 애써 참아 누르며 짤막하게 말했다.

「폐하의 뜻이다.」

그러고는 앙리에 쿠쟁의 귀에 대고 낮게 속삭였다.

「빨리 해치워라!」

인정사정 봐주지 않는 그였지만 이번에는 너무 심하다 싶은 생각이 들었다.

사형집행인과 병사들이 방으로 들어갔다. 어머니는 조금도 저항하지 않았다. 다만 딸 옆으로 기어가 그녀를 힘껏 껴안을 뿐이었다. 집시 아가씨는 군사들이 다가오는 것을 보았다. 죽음에 대한 공포가 그녀에게 기운을 되살려주었다.

「어머니, 어머니, 저들이 다가와요! 저를 지켜주세요!」

집시 아가씨가 절망적으로 외쳤다.

「오냐, 내 사랑! 내가 너를 지켜주마!」

어머니는 꺼져가는 목소리로 대답했다. 그리고 딸을 품 안에 꼭 껴안고 마구 키스를 퍼부었다. 어머니와 딸, 두 여자가 그렇게 서로 껴안고 땅바닥에 쓰러져 있는 모습은 참으로 측은한 광경이었다.

앙리에는 아가씨의 아름다운 어깨 아래로 몸통 한가운데를 잡았다. 억센 남자의 손이 닿자 아가씨는 외마디 비명을 지르더니 정신을 잃었다. 앙리에는 굵은 눈물방울을 흘리면서 아가씨를 두 팔로 들어 올리려 했다. 그는 딸의 허리띠 주위를 두 손으로 꼭 잡고 있는 어머니를 떼어내려 애를 썼지만 어찌나 꼭 붙잡고 있는지 도저히 떼어낼 수가 없었다. 어쩔 수 없이 앙리에는 딸과 어머니를 둘 다 끌고 방 밖으로 나왔다. 어머니 역시 눈을 감고 있었다.

해가 떠오르고 있었다. 광장에는 벌써 구경꾼들이 모여 있었다. 그들은 멀찌감치 떨어져서 교수대로 끌려가는 물체를 바라보고 있었다. 트리스탕의 사형 집행은 늘 이런 식이었다. 그는 구경꾼들이 접근하지 못하도록 막는 별난 취미를 가지고 있었다.

창문에서 내다보는 사람은 아무도 없었다. 저 멀리 그레브 광장이 내려다보이는 노트르담 성당의 탑 꼭대기에 검은 옷을 입은 두 남자가 청명한 새벽하늘과 대조를 이루며 서 있는 것이 보일 뿐이었다. 그들은 광장을 바라보는 듯했다.

처녀를 질질 끌고 가던 앙리에 쿠쟁은 숙명의 사다리 앞에서 걸음을 멈추고 숨을 몰아쉬었다. 아마도 측은한 생각이 들었던 모양이다. 그는 여죄수의 아름다운 목에 올가미를 씌웠다. 굵은 교수용 밧줄이 목에 닿는 느낌에 아가씨가 눈을 떴다. 머리 위로 우뚝 선 교수대의 돌기둥이 보였다. 그녀는 몸서리를 치며 가슴이 찢어지게 처량한 목소리로 외쳤다.

「싫어! 싫어! 난 죽기 싫어!」

정신을 잃은 채 딸의 옷 속에 머리를 파묻고 있던 어머니는 아무 말도 하지 않았다. 그저 온몸을 부르르 떨며 딸에게 키스를 퍼부을 뿐이었다. 앙리에는 그 틈을 이용하여 사형수를 꼭 껴안고 있는 어머니의 팔을 풀었다. 너무 지쳤던 탓일까, 아니면 단념을 했던 것일까, 그녀는 그가 하는 대로 가만히 내버려 두었다. 앙리에가 아가씨를 어깨에 둘러멨다. 아가씨의 아름다운 사지가 그의 어깨 위에서 둘로 꺾이며 늘어졌다. 그는 교수대에 올라가려고 사다리에 발을 디뎠다.

그때 포석 위에 엎드려 있던 어머니가 눈을 떴다. 그녀는 한마디 소리도 지르지 않은 채 무서운 표정을 짓더니 앙리에에게 달려들어 그의 손을 물어뜯었다. 순식간의 일이었다. 사형집행인은 고통스러운 비명을 질렀다. 사람들이 달려왔다. 그들은 성난 어머니의 이 사이에서 피투성이가 된 앙리에의 손을 간신히 빼냈다. 어머니는 여전히 깊은 침묵을 지키고 있었다. 사람들이 그녀를 난폭하게 밀쳐냈다. 그녀의 머리가 포석 위에 쿵 하고 떨어졌다. 사람들이 그녀를 일으켜 세웠지만 그녀는 또다시 넘어졌다. 그녀는 죽어 있었다.

갑작스러운 사건에도 사형수를 놓치지 않고 있던 사형집행인은 다시 사다리의 계단을 오르기 시작했다.

2 백의의 미녀

에스메랄다의 독방이 텅 비고 그녀가 사라져버린 것을 알았을 때, 그녀를 지키느라 싸우고 있는 동안 누군가 그녀를 납치해 간 것을 발견한 카지모도는 놀라고 슬픈 나머지 두 손으로 머리를 쥐어뜯으며 발버둥을 쳤다. 그때부터 카지모도는 에스메랄다를 찾아 교회 안을 샅샅이 뒤지기 시작했다. 여기저기 벽 모퉁이에 닿을 때마다 괴상한 소리가 입에서 터져 나왔고 쥐어뜯은 붉은 머리털은 성당의 포석 위로 날렸다. 국왕의 군사들 역시 에스메랄다를 찾아 성당 안으로 들어왔다. 가엾은 귀머거리인 카지모도는 그들 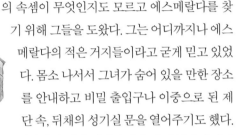 의 속셈이 무엇인지도 모르고 에스메랄다를 찾기 위해 그들을 도왔다. 그는 어디까지나 에스메랄다의 적은 거지들이라고 굳게 믿고 있었다. 몸소 나서서 그녀가 숨어 있을 만한 장소를 안내하고 비밀 출입구나 이중으로 된 제단 속, 뒤채의 성기실 문을 열어주기도 했다. 만일 가엾은 에스메랄다가 성당 어딘가에 숨어 있었다면 카지모도에 의해 적에게 인수되었을 것이다. 쉽사리 지치지 않는 트리스탕이었지만 오랜 수색 끝에 아무런 결과물도 얻지 못하자 그만 지쳐 성당을 떠났다. 카지모도는 그가 떠난 후에도 여전히 혼자서 집시 아가씨를 찾아 돌아다녔다. 교회 안을 수십 번, 아니 수백 번은 더 돌았을 것이다. 그는 계단을 올라갔다 내려갔다 하면서 이름을 부르고 소리를 질렀다. 냄새를 맡고, 닥치는 대로 뒤집어보고, 구멍이란 구멍엔 전부 고개를 들이밀어 살피고, 둥근 천장엔 횃불을 들어 올려 확인해가면서 미친 사람처럼 필사적으로 교회 안을 헤매고 다녔다.

마침내 제정신이 들었을 때 그는 부주교를 생각했다. 오직 클로드 부주교만이 독방으로 통하는 계단의 열쇠를 갖고 있다는 생각이 떠올랐다. 부주교가 밤에 처녀를 겁탈하려 했던 일도 생각났다. 처음엔 자신이 그를 도왔고, 두 번째는 자신이 그를 방해하지 않았던가. 여러 가지 정황으로 미루어 자신에게서 에스메랄다를 빼앗아 간 것은 틀림없이 부주교였다. 그러나 그는 부주교를 존경하고 있었다. 그에 대한 감사와 헌신과 사랑이 그의 가슴속 깊이 뿌리박혀 있었기에 이 절박한 순간에도 절망감이나 질투가 느껴지지 않았다.

그는 모든 게 부주교의 짓이라고 생각했다. 하지만 상대가 그의 양부인 클로드 프롤로라는 생각을 하니 가엾은 귀머거리의 마음에는 다른 사람이었다면 마땅히 느꼈을 불같은 분노 대신 고통만 커져갈 뿐이었다.

카지모도가 모든 생각을 부주교에게로 집중하고 있을 때 날이 밝아오기 시작했다. 저 멀리 그림자 하나가 지나가는 것이 보였다. 그림자는 카지모도를 향해 다가오고 있었다. 카지모도는 그것이 누구인지 알아보았다. 바로 부주교였다. 클로드는 무거운 걸음을 천천히 옮기고 있었다. 걷고 있었지만 앞을 쳐다보고 있지는 않았다. 발걸음은 북쪽 탑을 향했지만 얼굴은 옆을 향해 센 강 오른편 둑을 바라보고 있었다. 저쪽 너머로 무언가를 보려는 듯 고개를 높이 쳐들고 있었다. 부주교는 카지모도도 보지 못하고 그대로 지나쳐 갔다.

난데없이 나타난 부주교 때문에 카지모도는 넋이 나간 듯 잠시 그대로 있었다. 부주교는 종탑으로 오르는 문 안으로 사라졌다.

카지모도는 신부가 무슨 일로 종탑에 가는지 보기 위해서 그의 뒤를 밟았다. 그때까지만 해도 성당의 종지기는 자신이 무슨 일을 할 것인지, 무슨 말을 할 것인지, 원하는 것이 무엇인지 알지 못했다. 그는 분노와 두려움으로 가슴이 뻐근했다. 부주교와 에스메랄다가 그의 가슴속에서 서로 부딪치고 있었다.

종탑 꼭대기에 올라선 카지모도는 침침한 계단에서 밖으로 나가기 전에 우선 부주교가 어디 있는지 조심스레 살폈다. 부주교의 뒷모습이 보였다. 종탑 옥상에는 사방으로 난간이 둘러쳐져 있었다. 부주교는 노트르담 다리 쪽으로 난 난간에 기대서서 거리를 내려다보고 있었다.

카지모도는 조심조심 발소리를 죽여가며 부주교의 등 뒤로 다가갔다. 부주교가 무엇을 보고 있는지 확인하기 위해서였다. 부주교는 다른 생각에 정신이 팔려 있었으므로 자신의 양아들이 가까이 다가오는 소리를 듣지 못했다.

카지모도는 그에게 집시 아가씨를 데려다 어떻게 했느냐고 따져 묻고 싶은 마음이 간절했다. 하지만 그 순간 부주교는 이 세상 사람이 아닌 듯했다. 사람이 살다 보면 한두 번쯤은 땅이 무너져도 모르는 때가 있는 법이다. 지금 부주교는 그런 생의 격렬한 순간 속에 있었다. 한 장소에 시선을 고정한 채 그는 까딱도 않고 묵묵히 서 있었다. 그 침묵과 부동자세에는 뭔지 모를 무서움이 깃들어 있었다. 그 기세에 야만적인 종지기도 몸을 떨 뿐 감히 앞으로 나서지 못했다. 다만 부주교의 시선이 가서 머무는 곳을 더듬는 것만이 그가 할 수 있는 일의 전부였다. 부주교의 눈길을 좇던 가엾은 귀머거리의 시선이 마침내 그레브 광장에 가서 꽂혔다.

그는 신부가 바라보는 것을 보고야 말았다. 상설 교수대 옆에 사다리가 세워져 있었다. 광장에는 약간의 구경꾼과 수많은 병사가 있었다. 어떤 사나이가 흰 물체 하나를 광장의 포석 위로 끌고 가고 있었다. 거기엔 거무스레한 뭔가가 매달려 있었다. 사나이는 교수대 앞에서 걸음을 멈추었다.

그때 무슨 일이 일어난 듯했으나 카지모도의 눈에는 보이지 않았다. 하나뿐인 눈의 시력이 약해서가 아니라 광장에 운집한 병사들 때문에 볼 수가 없었던 것이다. 게다가 이제 막 솟아오른 아침 해가 지평선을 밝은 햇살로 물들이면서 파리 장안에 솟아 있는 첨탑이나 굴뚝, 지붕들이 마치 한꺼번에 불붙듯 타올라 눈이 부셨다.

사나이가 사다리를 오르기 시작했다. 그 덕분에 카지모도는 그를 똑바로 볼 수가 있었다. 그는 어깨 위에 한 여인을, 흰옷을 입은 젊은 처녀를 둘러메고 있었다. 처녀의 목에는 밧줄이 걸려 있었다. 카지모도는 그게 누구인지 곧바로 알아보았다. 에스메랄다였다.

사나이가 마침내 사다리 꼭대기에 이르렀다. 거기서 그는 밧줄에 매듭을 지어 올가미를 만들었다. 부주교는 좀 더 자세히 보기 위해서 난간 위에 무릎을 꿇고 앉았다.

별안간 사나이가 사다리를 발끝으로 툭 차서 넘어뜨렸다. 얼마 전부터 숨도 못 쉬고 있던 카지모도는 가엾은 처녀가 밧줄 끝에 매달려 대롱거리는 것을 보았다. 밧줄은 여죄수를 매단 채로 여러 번 뱅글뱅글 돌았다. 카지모도는 아가씨의 온몸에 무서운 경련이 일어나는 것을 보았다. 부주교 역시 목을 길게 빼고 사형집행인과 여죄수가 벌이는 끔찍스러운 광경을 응시하고 있었다.

가장 고통스러운 순간에 떠오르는 악마의 웃음이, 인간이 인간이길 포기했을 때 나타나는 그런 끔찍한 웃음이 부주교의 창백한 얼굴 위로 번졌다. 카지모도는 이 웃음소리를 들을 수는 없었지만 웃는 얼굴을 알아볼 수는 있었다. 종지기가 부주교 뒤로 몇 걸음 물러서는가 하더니 돌연 그에게로 달려들면서 투박한 두 손으로 부주교의 등을 밀쳐버렸다.

부주교는 짧은 비명을 지르며 떨어졌다.

아래로 떨어지던 그의 몸이 건물에서 비어져 나온 홈통에 걸렸다. 그는 필사적으로 거기에 매달렸다. 그가 고함을 지르려고 입을 떼는 순간 자신의 머리 위로 난간에 서 있는 카지모도가 보였다. 복수심에 불타는 무서운 얼굴이었다. 신부는 그만 입을 다물었다.

까마득한 심연이 그의 몸 아래로 펼쳐져 있었다. 여기서 손을 놓는다면 2백 척도 더 되는 거리를 추락하여 포석 위에 떨어지게 된다. 이런 끔찍한 상황에 처한 부주교는 말은커녕 비명조차도 지를 수 없었다. 이를 악물고 어떻게든 다시 올라가려고 애를 쓰며 버둥거릴 뿐이었다. 하지만 수직으로 난 화강암 성당 벽에는 그의 손이 잡을 데가 없었고, 그의 발이 걸릴 곳이 없었다.

카지모도가 손을 뻗치기만 하면 되었으련만 그는 거들떠보지도 않았다. 그의 시선은 그레브 광장과 교수대에 머물러 있었다. 그는 에스메랄다를 보고 있었다. 귀머거리는 조금 전까지 부주교가 있던 자리에서 난간에 몸을 기대고 처녀에게서 시선을 떼지 않은 채 꼼짝 않고 서 있었다. 그의 눈에서 굵은 눈물방울이 폭포처럼 흘러내렸다.

부주교는 여전히 헐떡이고 있었다. 그의 대머리에서는 땀이 줄줄 흘러내렸고, 그의 손톱에선 피가 묻어나고, 무릎은 긁혀 생채기가 났다. 홈통에 걸린 신부복은 몸을 움직일 때마다 찢어지는 소리를 냈다. 설상가상으로 그가 붙잡고  선 홈통은 납으로 만든 관이었기에 부주교의 몸무게를 견디지 못하고 조금씩 휘고 있었다. 부주교는 홈통이 조금씩 구부러지고 있음을 느꼈다. 그는 피곤에 지쳐 두 손을 놓아버리는 순간, 자신의 법의가 찢어지는 순간, 납으로 된 홈통이 완전히 휘는 순간, 저 아래로 추락하고 말 것임을 알았다. 그러자 공포가 뼛속까지 엄습해왔다.

카지모도는 울고 있었다.

마침내 부주교는 분노와 공포로 거품을 뿜으면서 이젠 모든 것이 끝났다는 사실을 깨달았다. 그래도 그는 마지막 노력을 다하기 위해 자신에게 남아 있던 힘을 모두 모았다. 홈통 위에서 몸을 움츠리며 두 무릎으로 벽을 밀치고 두 손으로는 튀어나온 돌멩이를 붙잡았다. 그렇게 해서 한 발자국쯤 기어오르는 데 성공했다. 그러나 그 동요로 말미암아 몸이 의지하고 있던 홈통의 끝머리가 꺾이고 말았다. 그와 동시에 신부복이 찢겨 나갔다. 체념한 부주교는 눈을 감고 홈통을 놓았다. 아득한

365

곳으로의 추락이었다.

카지모도는 신부가 아래로 떨어지는 것을 바라보았다.

어떤 물체가 아주 높은 곳에서 떨어질 땐 똑바로 떨어지는 법이 없다. 허공에 던져진 부주교는 처음엔 머리를 아래로 하고 양팔을 벌린 채로 떨어지더니 이어 여러 번 회전을 하며 뱅글뱅글 돌았다. 바람에 날려 어느 집 지붕 위에 떨어진 부주교의 몸은 박살이 났다. 하지만 생명이 끊긴 것은 아니었다. 부주교가 손톱으로 지붕의 합각머리를 잡으려 하는 것이 보였다. 그러나 지붕의 경사는 너무 심했고 그에겐 남은 힘이 없었다. 그는 떨어져 내리는 기왓장처럼 지붕 위에서 미끄러져 내리면서 포석 위에 떨어져 튕겨 나갔다. 이제 그는 움직이지 않았다.

카지모도는 눈을 들어 흰옷에 쌓인 채 교수대 위에 매달린 사형수의 몸이 마지막 단말마의 전율로 떨리는 것을 보았다. 그리고 이번에는 다시 길바닥에 뻗어 있는 부주교를 바라보았다. 그것은 인간의 형체가 아니었다. 카지모도의 입에서 오열이 터져 나왔다.

「아! 난 저들을 진심으로 사랑했는데!」

 페뷔스의 결혼

그날 저녁 주교의 사법관들이 산산조각 난 부주교의 시체를 치우러 왔을 때 카지모도는 대성당에

366

서 종적을 감추고 없었다.

이 사건에 대해 여러 가지 소문이 나돌았다. 둘 사이에 맺은 계약에 따라 악마 카지모도가 마술사 클로드를 저세상으로 데려갔다는 것을 의심하는 사람은 없었다. 사람들은 카지모도가 호두를 먹기 위해 껍질을 부수는 원숭이처럼 신부의 영혼을 가져가려고 그 육신을 부숴버린 것이라 믿었다.

그런 이유로 부주교는 성스러운 땅에 묻히지 못했다.

루이 11세는 이듬해인 1483년 8월에 세상을 떠났다.

피에르 그랭구아르로 말하자면 염소를 무사히 구해냈고, 이어 비극 작품으로 성공을 거두었다. 점성술, 철학, 건축, 연금술 등 온갖 분야에서 갖은 경험을 한 후에 다시 연극계로 복귀해 성공한 것이 다. 그의 말을 빌리자면 그야말로 「극적인 결말을 지은」 셈이었다.

페뷔스 드 샤토페르 역시 극적인 결말을 보았으니, 그는 결혼을 했다.

 # 카지모도의 결혼

에스메랄다가 처형된 날 밤 잡역부들은 교수대에서 그녀의 시체를 끌어 내려 당시의 관례에 따라 몽포콩의 지하실로 옮겼다.

카지모도의 괴이한 잠적에 관해서는 다음에 밝히는 것이 필자가 발견할 수 있었던 사연의 전부다.

사건이 있은 지 2년 아니 1년 반쯤 후, 사람들이 몽포콩의 지하실로 올리비에의 시체를 찾으러 갔다. 이 작자는 이틀 전에 교수형을 당했는데 샤를 8세가 특사를 내려 생로랑 성당으로 이장될 수 있었다. 그런데 무시무시한 해골 더미 사이에서 기묘한 꼴로 얼싸안고 있는 한 쌍의 유골이 발견되었다. 한쪽은 여자의 해골로 흰 드레스 조각이 아직까지 몇 군데 붙어 있었고 목에는 목걸이가 걸려 있었다. 목걸이에는 초록색 유리구슬로 장식된 작은 명주 천 주머니가 열린 채로 매달려 있었다. 이 물건은 값진 것이 아니었기에 사형집행인도 그것을 탐내지 않았던 듯싶다. 한편 이 여자의 유골을 꼭 껴안고 있는 것은 남자의 유골이었다. 등뼈가 굳었으며 두개골은 어깨 사이에 파묻혀 있었고 한쪽 다리가 다른 쪽보다 짧았다.

그 해골은 목뼈가 전혀 상하지 않은 것으로 미루어 교수형을 당하지 않은 것이 분명했다. 그러니까 뼈만 남은 이 사나이는 이곳에 와서 죽은 것이다.

사람들이 그가 껴안고 있는 유골에서 그를 떼어내려 하자 그것은 그만 바스러지면서 먼지로 변해버렸다.